Zu diesem Buch

Die neue Zeit bricht herein. Sie vertreibt die Wapshots aus dem idyllischen St. Botolphs in die Welt der Raketenbasen, Autobahnen, Supermärkte, Satellitenstädte und Steuerfahnder – eine Welt, auf die die Wapshots nicht vorbereitet sind. Coverly und seine Betsey leben in einem Forschungszentrum, das so geheim ist, daß es offiziell gar nicht existiert. Moses und Melissa haben sich in Proxmire Manor niedergelassen, wo sich scheinbar nie etwas ereignet – von Parties, Tratsch, Ehebruch und Selbstmord abgesehen. Moses ergibt sich dem Alkohol und Melissa dem Gemüsejungen. Auch Honora, die schrullige Erbtante, steckt in Schwierigkeiten. Ein überaus hartnäckiger Steuerfahnder verfolgt die alte Dame bis nach Rom.

«Eine Familienchronik von exemplarischer Gültigkeit. Man vergleicht John Cheever der repräsentativen Kraft nach mit Mark Twain, Hemingway, Thomas Wolfe und William Faulkner. Man begegnet hier einem Autor, der hohen Rang beanspruchen kann.» («Frankfurter Allgemeine Zeitung»)

John Cheever, geboren am 27. Mai 1912 als Sohn eines Kaufmanns in Quincy/Massachusetts, besuchte die Thayer Academie in South Braintree, von der er wegen angeblicher Faulheit und Rauchens relegiert wurde. Er zog nach Boston, wo er sich der literarischen Arbeit widmete. Später war er u. a. als Hochschuldozent tätig. Sein Weg zum Schriftsteller war langwierig und entbehrungsreich; der Durchbruch gelang ihm schließlich mit der Veröffentlichung seiner Short stories, von denen eine Auswahl 1995 im Rowohlt Taschenbuch Verlag unter dem Titel «Der Schwimmer» erscheinen wird. Der erste Teil des Romans «Die Wapshots» (rororo Nr. 13340) verhalf ihm zu internationalem Ruhm und wurde 1958 mit dem National Book Award ausgezeichnet. 1994 erschienen im Rowohlt Verlag John Cheevers «Tagebücher». Für sein Gesamtwerk erhielt er 1979 den Pulitzer-Preis. John Cheever starb 1982.

John Cheever

Der Wapshot-Skandal

Roman

Deutsch von
Paul Baudisch

rororo

Rowohlt

Die Originalausgabe erschien bei Harper & Row,
New York, unter dem Titel «The Wapshot Scandal»

Veröffentlicht im Rowohlt Taschenbuch Verlag,
Reinbek bei Hamburg, Februar 1995

Umschlaggestaltung Walter Hellmann
(Illustration C. Michael Dudash/The Image Bank)
Gesetzt aus der Sabon (Linotronic 500)
Gesamtherstellung Clausen & Bosse, Leck
Printed in Germany
1490-ISBN 3 499 13341 5

Für W. M.

Erster Teil

I

Am Weihnachtsabend um Viertel nach vier begann es in St. Botolphs zu schneien. Mr. Jowett, der alte Bahnhofsvorsteher, ging mit seiner Laterne hinaus und hielt sie hoch. In dem Lichtstrahl glitzerten die Flocken wie Feilspäne. Das Schneegestöber hatte etwas Erfrischendes, Erheiterndes und löste Mr. Jowett – ganz und gar, wie es schien – aus dem Panzer seiner Sorgen und Verdauungsstörungen. Der Nachmittagszug hatte schon eine Stunde Verspätung, und der Schnee (dessen Weiße wohl ein Teil unserer Träume ist, da wir sie stets in uns tragen) rieselte flink und freigebig herab, so schnell, daß es aussah, als hätte sich der Ort von dem Planeten losgerissen und stemmte seine Dächer und Türme in den Himmel empor. Die Reste eines Kinderdrachens, die in den Telegrafendrähten hingen, erinnerten an den Wechsel der Jahreszeiten. «Wer hat denn den Overall in Mrs. Murphys Suppe getan?» sang Mr. Jowett laut, obgleich er wußte, daß dieses Lied weder zu dem winterlichen Weihnachtsabend paßte noch zur Würde eines Stationsvorstehers, des Hüters der wahren, uralten Grenze der Stadt, ihrer Herkulessäule.

Als er um die Ecke des Bahnhofsgebäudes bog, sah er die Lichter des Gasthofs *Viaduct House*, wo in diesem Augenblick ein einsamer Handlungsreisender sich über einen Versandkatalog beugte, um das Bild eines hübschen Mädchens zu küssen. Der Kuß schmeckte leicht nach Druckerschwärze. Hinter dem *Viaduct House* schimmerten im Rechteck die Laternen des Marktplatzes. Der Ort selbst war kreisförmig angelegt, ohne Rücksicht auf die Landstraße, die sich meerwärts nach Travertine schlängelte, oder auf die Bahnlinie oder auch nur auf die Biegung des Flusses. Man hatte sich lediglich nach den fußgängerischen Bedürfnissen der Einwohner gerichtet: Von allen Häusern aus war der Marktplatz bequem zu erreichen. So hatte St. Botolphs eigentlich die Form einer antiken Siedlung, und wer es an einem klaren Tag aus der Luft betrachtete, hätte meinen können, in Etrurien zu sein. Mr. Jowett blickte über den Gasthof *Viaduct House* und den Laden des Schiffslieferanten hinweg in die Fenster der Familie Hastings. Der Hausherr stand auf einer Leiter und war damit beschäftigt, den Weihnachtsbaum zu schmükken. Seine Frau und die Kinder reichten ihm Kugeln und Sterne und sagten ihm, wo sie hängen sollten. Auf einmal beugte er sich zu seiner Frau hinunter und küßte sie. Das ist die Summe der Gefühle, die dieser Tag und der Schneefall in ihm erweckt haben, sagte sich Mr. Jowett, und es stimmte ihn sehr froh. Überall, in den Läden, in den Häusern, glaubte er Glück zu spüren. Tray, der alte Köter, war auf dem Heimweg und trottete vergnügt die Straße entlang. Mr. Jowett dachte liebevoll an die Hunde von St. Botolphs. Da gab es kluge Hunde, dumme Hunde, blutrünstige und diebische Hunde, und wenn sie Wäscheleinen plünderten, Mülleimer umwarfen, den Postboten bissen und den Schlaf der Gerechten störten, hatten sie etwas von Diplomaten oder Geheimagenten an sich. Sie trieben Unfug und schienen damit den Ort zusammenzuhalten.

Die letzten Käufer verließen die Geschäfte und gingen nach Hause, mit Fausthandschuhen für den Müllkutscher, einer Brosche für die Großmutter oder einem Teddybär für Baby Abigail. Wie der alte Tray waren sie jetzt alle auf dem Heimweg, und jeder hatte ein Heim, das ihn erwartete. Zu Hause ist es doch immer am besten, dachte Mr. Jowett. Obwohl er einen Freifahrtschein besaß, war er nie gern gereist. Er wußte, daß St. Botolphs, wie jeder andere Ort, seine Rohlinge und seine Xanthippen, seine Diebe und seine Pervertierten hatte, daß es jedoch, wie jeder andere Ort, darauf bedacht war, seinen Schleier des Anstands über diese Dinge zu breiten. Das war nicht Heuchelei, sondern ein Ausdruck der Hoffnung. Um diese Stunde schmückten die meisten Einwohner ihre Weihnachtsbäume. Sie hatten gewiß noch nie darüber nachgedacht, daß die Sitte, zur Wintersonnenwende einen grünen Baum ins Haus zu holen, auf die Druiden zurückgeht und eine besondere Bedeutung hat, aber sie behandelten die ausgesuchten Bäume (zu der Zeit, von der ich schreibe) instinktiv mit größerem Respekt, als das heute der Fall ist. Wenn die Bäume ausgedient hatten, wurden sie nicht auf den Müll oder in den Graben neben den Bahngleisen geworfen, noch behangen mit einigen Strähnen Engelshaar. Die Männer und die Burschen verbrannten sie feierlich auf dem Hof, freuten sich an dem Lodern der Flammen und dem würzigen Duft. Niemand sagte – wie es heutzutage gang und gäbe ist –, der Baum der Tremaines sei schäbig, der Baum der Wapshots habe in der Mitte eine kahle Stelle, der Baum der Hastings wirke recht plump, und mit den Guilfoyles stehe es wirtschaftlich wohl nicht zum besten, da sie nur fünfzig Cent für ihren Baum ausgegeben hätten. Raffinierte Beleuchtung, ehrgeiziger Wettbewerb, Mißachtung der Symbole, das alles sollte kommen, aber erst später. Zu der Zeit, von der ich schreibe, gab es nur spärlichen Lichterschmuck, und der Baumbehang bestand wie das Tafelsilber aus Erinnerungsstücken, die man so ehrfurchtsvoll aus der Schachtel nahm, als zähle man die Gebeine der Vorfahren. Natürlich war alles beschädigt – den Vögeln fehlten die Schwänze, den Glocken die Klöppel, den Engeln zuweilen die Flügel. Die Zeremonie des Baumschmückens wurde in konservativer Kleidung vollzogen. Alle Männer trugen Hosen und alle Frauen Röcke, ausgenommen die verwitwete Mrs. Wilston und Alby Hooper, ein wandernder Zimmermann. Diese beiden tranken schon seit zwei Tagen Bourbon und hatten überhaupt nichts am Leibe.

Auf dem zugefrorenen Teich – dem Pfarrersteich am Nordende von St. Botolphs – quälten sich zwei Jungen damit ab, eine genügend große Eisfläche für das morgige Hockeyspiel schneefrei zu halten. Sie schlitterten auf und ab, und jeder schob eine Kohlenschaufel vor sich her. Es war ein hoffnungsloses Unternehmen, das wußten sie ganz genau, und doch machten sie weiter, flitzten in unerklärlichem Eifer hin und zurück, glitten auf den tosenden Wasserfall am Wehr zu und von ihm weg. Schließlich, als sie im Schnee steckenzubleiben drohten, lehnten sie ihre

Schaufeln an einen Kiefernstamm und setzten sich, um die Schlittschuhe abzuschnallen.

«Weißt du, Terry, du fehlst mir, wenn du im Internat bist.»

«Mir halsen sie dort so viel Schularbeiten auf, daß ich gar keine Zeit habe, jemanden zu vermissen.»

«Rauchst du?»

«Danke, nein.»

Der andere kramte einen Beutel voll Sassafraswurzel hervor, die er mit einem sauberen Bleistiftspitzer zerkleinert hatte, schüttete etwas davon auf ein viereckiges Blättchen – es war grobes gelbes Toilettenpapier –, rollte eine lockere Zigarette und zündete sie an. Sie flammte wie eine Fackel auf, beleuchtete sein schmales, in diesem Augenblick sanftes Gesicht und sprühte Funken auf seine Hose. Bei jedem Zug aus der Zigarette schmeckte er ihre Bestandteile: den rohen Gasgeschmack brennenden Toilettenpapiers und die Süße des Sassafras. Er schauderte, als er den Rauch in der Lunge spürte, und doch empfand er dabei ein Gefühl der Weisheit und Macht. Als sie die Schlittschuhe abgeschnallt hatten und das Feuer in der Zigarette erloschen war, traten sie den Heimweg an. Das erste Haus, an dem sie vorbeikamen, gehörte den Ryders; es war in St. Botolphs berühmt, weil seit Menschengedenken die Tür des Salons verschlossen war und dicke Fenstervorhänge jeden Blick ins Innere des Raumes verwehrten. Was hielten die Ryders in ihrem Salon versteckt? Es gab wohl niemanden im Städtchen, der sich darüber nicht schon den Kopf zerbrochen hätte. Befand sich eine Leiche darin, ein Perpetuum mobile, eine Möbelsammlung aus dem 18. Jahrhundert, ein heidnischer Altar, ein Laboratorium für teuflische Experimente an Hunden und Katzen? So mancher hatte sich mit den Ryders angefreundet, weil er hoffte, ihren Salon betreten zu dürfen, doch das war noch keinem geglückt. Die Ryders, etwas eigenartige, aber durchaus nicht unfreundliche Leute, hielten sich für gewöhnlich im Eßzimmer auf, und dort schmückten sie jetzt auch ihren Baum. Neben den Ryders wohnten die Tremaines, und als die Jungen an dem Haus vorbeigingen, sahen sie drinnen etwas Gelbes schimmern – Kupfer oder

Messing. Sie wußten, wie farbenprächtig diese Räume eingerichtet waren. Als junger Mann hatte Dr. Tremaine auf einer Reise durch Persien den Schah von Furunkeln kuriert und war dafür mit Teppichen belohnt worden. Die Tremaines hatten Teppiche auf den Tischen, auf dem Klavier, an den Wänden und auf dem Fußboden, und wenn man von draußen durch die Fenster spähte, konnte man die Farben im Lampenlicht leuchten sehen. Plötzlich schien für den einen der Jungen – den Raucher – die Bitterkeit der Kälte mit der Wärme der Farben im Hause der Tremaines zusammenzufließen. Es war wie eine Entdeckung, so aufregend, daß er zu laufen begann. Sein Freund trabte neben ihm her, und als sie an der Ecke waren, hörten sie die Glocken der Christuskirche.

Der Pfarrer war im Begriff, die Weihnachtssänger zu segnen, die sich in seinem Wohnzimmer versammelt hatten. Ihre feuchten Sachen strömten einen aufreizend säuerlichen Geruch aus. Das Zimmer war freundlich, sauber und warm, und bevor sie mit ihrer beschneiten Kleidung hereinkamen, hatte es nach Bohnerwachs geduftet. Sie wußten, daß Mr. Applegate eigenhändig rein gemacht hatte, denn er war unverheiratet und beschäftigte keine Haushälterin. Frauen hatten in seinem Sanktuarium nichts zu suchen. Er war ein hochgewachsener Mann, dessen Rückgrat eine erstaunliche und irgendwie elegante Krümmung aufwies, die Folge eines stattlichen Hängebauches, den er zufrieden vor sich her trug wie einen Beutel voller Geld und Wertpapiere. Ab und zu klopfte er sich auf den Wanst – seinen Stolz, seinen Freund, seinen Trost. Er trug eine Brille, die ihm das Aussehen eines würdigen und gütigen Klerikers verlieh; nahm er sie jedoch ab, um die Gläser zu putzen, so wirkte sein durchdringender Blick seltsam starr, und sein Atem roch nach Gin.

Er führte ein einsames Leben. Je älter er wurde, desto mehr zweifelte er am Heiligen Geist und an der Jungfrau Maria. Das quälte ihn, und deswegen trank er wohl auch. In der ersten Zeit hatten die alten Jungfern seine Stolen bestickt und die Bilder in seinen Gebetbüchern koloriert. Als sie jedoch merkten, daß ihre Aufmerksamkeiten ihn nicht interessierten, liefen sie zum Kirchenvorstand und zum Bischhof und verlangten, man solle diesen Trunkenbold seines Amtes entheben. Aber es war gar nicht Mr. Applegates Liebe zum Alkohol, die ihren Zorn erregte. Sein Bekenntnis zum Zölibat, sein Wunsch, niemals zu heiraten, beleidigte ihr Frauentum. Sie lechzten danach, ihn abgesetzt, gebrandmarkt und über den Wilton Trace, vorbei an der alten Pillenfabrik, zur Ortsgrenze gehetzt zu sehen. Übrigens wurde der Geistliche neuerdings immer wieder von einer Halluzination heimgesucht. Sooft er seinen Pfarrkindern beim Abendmahl Brot und Wein reichte, schien ihm, er könne die Anliegen hören, mit denen sie sich an Gott wandten. Ihre Lippen bewegten sich nicht, daher wußte er, daß es eine Halluzination war, eine Art Wahn, aber wenn er von einem Knienden zum anderen schritt, vernahm er klar und deutlich ihre Fragen: *«O mein Gott, Herr der Heerscharen, soll ich die Legehennen verkaufen?»* – *«Soll ich mein grünes Kleid kürzer machen?»* – *«Soll ich die Apfelbäume fällen?»* – *«Soll ich einen neuen Eisschrank kaufen?»* – *«Soll ich Emmett nach Harvard schikken?»* – «Trinke dies im Gedenken an Christi Blut, das für dich vergossen wurde, und sei dankbar!» sagte er und hoffte, die quälenden Halluzinationen endgültig verscheucht zu haben. Gleich darauf aber begann es von neuem: *«Soll ich zum Frühstück eine Wurst braten?»* – *«Soll ich eine Leberpille nehmen?»* – *«Soll ich mir einen Buick kaufen?»* – *«Soll ich Helen das goldene Armband schenken oder warten, bis sie älter ist?»* – *«Soll ich die Treppe streichen?»* Mr. Applegate hatte das Gefühl, jedes erhabene menschliche Erlebnis sei Schwindel und die Kette des Daseins eine Kette simpler Sorgen. Hätte er das Laster der Trunksucht und seine ernsten Zweifel an der ewigen Seligkeit bekannt, so wäre er als Briefmarkenlecker in irgendein Diözesanbüro geschickt worden, und dafür fühlte er sich zu alt. «Allmächtiger Gott», sagte er laut, «segne diese Deine Diener, wenn sie jetzt ausziehen, die Geburt Deines einzigen Sohnes zu feiern, durch den und in dem in der Einheit mit dem Heiligen Geist alle Ehre und alle Herrlichkeit Dein sei, o Du allmächtiger Vater, Welt ohne Ende. Amen!» Der Segen roch deutlich nach

Wacholder. Sie sangen ein Amen und eine Strophe des Weihnachtsliedes «Christus Natus Hodie».

Vom Singen beansprucht und entwaffnet, wirkten ihre Gesichter ungewöhnlich offen, und es machte Mr. Applegate Freude, in sie hineinzuschauen wie in ebenso viele Fenster. Sie sahen in diesem Augenblick so verschiedenartig aus. Ganz vorn stand Harriet Brown, die beim Zirkus gewesen war und die Darbietung lebender Bilder mit romantischen Liedern begleitet hatte. Sie war mit einem Verschwender verheiratet und sorgte für den Unterhalt ihrer Familie, indem sie selbstgebackene Kuchen und Pasteten verkaufte. Ihr Leben war hart gewesen, und ihr blasses Gesicht trug die Spuren der Härte. Neben Harriet stand Gloria Pendleton, deren Vater die Fahrradreparaturwerkstatt betrieb. Die Pendletons waren die einzige Negerfamilie im Ort. Glorias billige Halskette schien von unschätzbarem Wert zu sein, und allem, was sie anrührte, verlieh sie Würde. Ihre Schönheit war nicht primitiv oder barbarisch, es war die besondere Schönheit der Rasse, und sie ließ Lucille Skinner, Glorias Nachbarin zur Rechten, noch plumper und blasser erscheinen, als sie ohnehin war. Lucille hatte in New York fünf Jahre lang Musik studiert. Die Kosten der Ausbildung schätzte man auf annähernd zehntausend Dollar. Sie hatte von einer Opernkarriere geträumt, und wem sollte nicht schwindlig werden bei dem Gedanken an San Carlo und die Scala, an jenen stürmischen Beifall, der die Quintessenz des schönsten und wärmsten Lächelns der Welt zu sein scheint? Saphirschmuck und Chinchilla! Aber bekanntlich drängen sich viele auf diesem Feld, und es wird von skrupellosen Leuten beherrscht. Lucille war nach Hause zurückgekehrt, um sich mit Klavierstunden im Salon ihrer Mutter redlich durchs Leben zu schlagen. Bei ihr – und auch bei den meisten anderen, dachte Mr. Applegate – war die Liebe zur Musik eine verzehrende und ernüchternde Leidenschaft. Neben Lucille stand Mrs. Coulter, die Frau des Installateurs. Sie stammte aus Wien und hatte vor ihrer Heirat als Näherin gearbeitet: eine zarte, brünette Frau mit rußschwarzen Schatten unter den Augen. Der letzte in der Reihe war der alte Mr. Sturgis, der einen Zelluloidkragen und ein Brokathalstuch trug; er hatte bei allen erdenklichen Gelegenheiten öffentlich gesungen, seit er vor fünfzig Jahren in den Gesangverein seiner Schule aufgenommen worden war.

Hinter Mr. Sturgis standen Miles Howland und Mary Perkins, die im Frühjahr heiraten wollten, aber schon seit dem Sommer in aller Heimlichkeit ein Liebespaar waren. Zum erstenmal hatte er sie ausgezogen, als sie bei einem Gewitter ins Kieferngehölz hinter dem Pfarrersteich geflüchtet waren, und seither kreisten die Gedanken der beiden hauptsächlich um das Wie, Wo und Wann, während sie sich in einer Welt bewegten, die durch die intelligenten und vertrauensvollen Gesichter der geliebten Eltern erhellt wurde. Einmal hatten sie einen Ausflug nach Bascom's Island gemacht und den ganzen Tag nackt in der Sonne gelegen. Ach, welches Entzücken! Aber war es sündhaft? Mußten sie dafür in der Hölle schmoren, Qualen leiden und Schläge dulden? Würde Miles mitten in einem Baseball-Spiel vom Blitz getroffen werden? Später an diesem Weihnachtsabend würde er, in frisches Weiß und Rot gekleidet, am Altar bei der Heiligen Kommunion ministrieren und, scheinbar betend, das dämmerige Kirchenschiff nach ihrem Gesicht durchforschen. Angesichts aller Gelübde, die er abgelegt hatte, war das ruchlos. Aber wie konnte es denn ruchlos sein? Hätte nicht sein Fleisch den Geist belehrt, er hätte nie dieses Gefühl von Kraft und Leichtigkeit in den Knochen verspürt, diesen Herzensüberschwang, diesen unbedingten Glauben an die frohe Weihnachtsbotschaft, den Stern und die Könige. Wenn er Mary im Schneesturm von der Kirche nach Hause brachte, würden ihre freundlichen Eltern ihn vielleicht auffordern, bei ihnen zu übernachten, und dann würde sie zu ihm kommen. Im Geist hörte er die Treppe knarren, sah ihre Fußsohlen schimmern, und er dachte in seiner Unschuld, wie wunderbar doch sein Wesen sei, da er in ein und demselben Augenblick den Erlöser preisen und den Fuß seiner Liebsten vor sich sehen könne. Neben Mary stand Charlie Anderson, der mit einem überaus wohlklingenden Tenor begabt war, und den Abschluß dieser Reihe bildeten die Zwillinge Basset.

In der dunklen, zusammengestoppelten Kleidung, die sie wegen des kalten Wetters angezogen hatten, sahen die Sänger armselig und unbedeutend aus, aber sobald sie ihr Lied anstimmten, waren sie wie verwandelt. Die Negerin glich einem Engel, die mollige Lucille hob anmutig den Kopf und schien ihre in den regennassen Straßen rund um die Carnegie Hall vergeudete Jugend von sich abzutun. Angesichts dieser jähen Verwandlung fühlte Mr. Applegate, wie sich sein Glauben erneuerte, fühlte, daß vor ihm unendlich viele, nie geahnte Möglichkeiten lagen, ein gewaltiger Hort des Friedens, eine Renaissance ohne Briganten, eine Ekstase von Licht und Farbe, ein Königreich! Oder war es der Gin? Solange die Musik währte, schienen die Sänger begnadet und geläutert, doch als der letzte Ton verklang, waren sie plötzlich wieder die alten. Mr. Applegate dankte ihnen, und sie steuerten auf die Haustür zu. Der Pfarrer nahm Mr. Sturgis beiseite und sagte taktvoll: «Ich weiß, daß Sie sich einer ausgezeichneten Gesundheit erfreuen, aber meinen Sie nicht, daß Sie ein bißchen vorsichtig sein sollten? Im Radio hieß es, dieser Schneesturm sei der schlimmste seit hundert Jahren.»

«Ach nein, danke», erwiderte Mr. Sturgis, der fast taub war. «Ich habe zu Hause schon Milchsuppe mit Zwieback gegessen.»

Die Weihnachtssänger begaben sich vom Pfarrhaus zum Marktplatz.

Der Gesang war bis in das Futtermittelgeschäft zu hören, wo Barry Freeman gerade den Rolladen herunterließ. Barry war Absolvent der Andover Academy und hatte, als er in seinem letzten Studienjahr zu Weihnachten nach Hause kam, seinen neuen Smoking zum Tanz im *Eastern Star* angezogen. Kaum tauchte er auf, da brach ein Höllengelächter los. Er näherte sich einem Mädchen nach dem anderen, und als alle sich weigerten, mit ihm zu tanzen, versuchte er es mit Abklatschen, wurde aber ausgelacht und verscheucht. Fast eine halbe Stunde lang stand er an der Wand, bevor er seinen Mantel nahm und durch den Schnee nach Hause ging. Sein Auftritt im Smoking blieb unvergessen. So sagte etwa eine Frau: «Zwei Jahre nachdem Barry Freeman im *Eastern Star* sein Affenjäckchen vorgeführt hatte, kam meine älteste Tochter zur Welt.» Dieser Abend stellte einen Wendepunkt in Barrys Leben dar. Es ist sogar möglich, daß er deswegen nicht geheiratet hatte und nun am Weihnachtsabend in ein leeres Haus zurückkehren mußte.

Man hörte den Gesang auch in Bryants Gemischtwarenhandlung («Sensationell niedrige Preise»), wo die alte Lucy Markham am Telefon stand. «Haben Sie ‹Prince Albert in der Dose›, Miss Markham?» fragte eine Kinderstimme.

«Ja, Herzchen», antwortete Miss Markham.

«Hör jetzt auf, Miss Markham zu belästigen», befahl Althea Sweeney, die Telefonistin. «Heute ist Weihnachten, und da belästigt man die Leute nicht mit dummen Fragen.»

«Es ist verboten, sich in private Telefongespräche einzuschalten», erwiderte das Kind. «Ich frage Miss Markham nur, ob sie ‹Prince Albert in der Dose› hat.»

«Ja, Herzchen», sagte Miss Markham.

«Dann lassen Sie ihn raus», rief das Kind, und seine Stimme überschlug sich vor Lachen. Althea richtete ihre Aufmerksamkeit auf ein interessanteres Gespräch – ein Fünfundachtzig-Cent-Ferngespräch mit New Jersey, das von Prescotts Drugstore aus geführt wurde.

«Hier spricht Dolores, Mama», sagte eine fremde Stimme. «Dolores... Ich bin in einem Ort, der St. Botolphs heißt... Nein, ich bin nicht betrunken, Mama. Ich bin nicht betrunken. Ich wollte dir nur frohe Weihnachten wünschen... Ich wollte dir nur frohe Weihnachten wünschen. Dir und Onkel Pete und Tante Mildred. Ich wünsche euch allen frohe Weihnachten...» Sie weinte.

«Am Stephanstag, am Stephanstag», klang es vom Marktplatz herüber, «als weiß der Schnee auf Erden lag...» Aber die Stimme der Frau namens Dolores, die aufgeregt von Tankstellen und Motels, Autobahnen und nachts geöffneten Supermärkten sprach, hatte mit der künftigen Welt mehr zu tun als der Chorgesang auf dem Marktplatz.

Die Sänger zogen durch die Boat Street zum Hause der Williams. Sie wußten, daß man sie dort nicht bewirten würde – nicht etwa weil Mr. Williams geizig gewesen wäre, sondern weil er fand, Gastfreundschaft könne die Redlichkeit der Bank, deren Direktor er war, in Frage stellen. Als konservativer Mann hatte er in seinem Arbeitszimmer ein Porträtfoto von Woodrow Wilson hängen, das mit einem alten Toilettensitz aus Mahagoni gerahmt war. Seine Tochter war aus Miss Winsors Institut, sein Sohn aus St. Mark's College heimgekehrt; zusammen mit Vater und Mutter standen sie vor der Tür und riefen: «Fröhliche Weihnachten! Fröhliche Weihnachten!» Neben den Williams wohnten die Brattles, und dort wurden die Sänger zu einer Tasse Kakao eingeladen. Jack Brattle hatte eine Miss Davenport aus Travertine geheiratet. Es war keine glückliche Ehe geworden, und eines Tages entschloß sich Jack, in seinem Garten acht oder zehn Reihen Petersilie zu pflanzen, weil er irgendwo gehört hatte, dieses Kraut sei ein Aphrodisiakum. Die Petersilie wuchs und gedieh, bis die Kaninchen ihre Raubzüge begannen, und als Jack zu nächtlicher Stunde mit einer Schrotflinte in den Garten ging, schoß er ein irreparables Loch in den Bauch eines portugiesischen Fischers namens Manuel Fada, der seit Jahren Mrs. Brattles Liebhaber war. Jack mußte sich wegen fahrlässiger Tötung vor dem Bezirksgericht verantworten und wurde freigesprochen, aber die Frau lief ihm mit einem Tuchhändler davon, und seither wohnte Jack mit seiner Mutter zusammen.

Das Haus neben den Brattles gehörte der Familie Dummer. Dort wurden die Weihnachtssänger mit Löwenzahnwein und Kuchen empfangen. Mr. Dummer war ein zarter Mann, der gern Handarbeiten machte und acht Kinder gezeugt hatte. Alle Sprößlinge waren hinter ihm im Wohnzimmer versammelt, gleichsam als sichtbarer Beweis seiner Manneskraft. Mrs. Dummer schien wieder schwanger zu sein, obwohl das bei ihrer Figur nicht so leicht zu erkennen war. Im Flur hing ein Foto, das sie als hübsche junge Frau neben einem gußeisernen Reh zeigte. Ihr Mann hatte unter dieses Bild die Worte «Zwei Rehlein» geschrieben. Als die Sänger in den Schneesturm hinaustraten, machten sie einander darauf aufmerksam.

Neben den Dummers wohnten die Bretaignes, die vor zehn

Jahren in Europa gewesen waren. Von dieser Reise hatten sie eine Krippe mitgebracht, die allgemein bewundert wurde. Ihre einzige Tochter, Hazel, war mit Mann und Kindern zu Besuch gekommen. Als Mr. Applegate bei Hazels Trauung gefragt hatte, wer die Braut ihrem Verlobten zuführe, stand Mrs. Bretaigne auf und sagte: «Ich. Sie gehört mir, nicht meinem Mann. Ich habe sie gepflegt, wenn sie krank war. Ich habe ihre Kleider genäht. Ich habe ihr bei den Schularbeiten geholfen. Er hat nie etwas für sie getan. Sie gehört mir, und es ist meine Sache, sie dem Bräutigam zuzuführen.» Dieses unkonventionelle Verhalten hatte Hazels Eheglück offenbar nicht beeinträchtigt. Ihr Mann machte einen wohlhabenden Eindruck, die Kinder waren hübsch und gut erzogen.

Am Ende der Straße stand das Haus der alten Honora Wapshot. Dort, das wußten die Sänger, würden sie gebutterten Rum bekommen. Im Schneegestöber erschien ihnen das alte Haus mit den Kaminen, die alle brannten, mit den Schornsteinen, die alle rauchten, als ein schönes Werk von Menschenhand – ein Heim, wie es ein Künstler, der Glückwunschkarten malt, oder ein verzweifelt einsamer Matrose, der in einem möblierten Zimmer seinen Kater ausschwitzt, an einem Weihnachtsabend zeichnen mag, Backstein für Backstein, Zimmer für Zimmer. Maggie, das Mädchen, ließ sie ein und reichte die Gläser herum. Honora stand im Hintergrund des Salons, eine alte Dame in einem schwarzen Kleid, das freigebig mit Mehl oder Körperpuder bestäubt war. Mr. Sturgis machte sich zum Sprecher der Gruppe. «Sagen Sie uns das Gedicht auf, Honora», bat er.

Sie schob sich, rückwärts gehend, an das Klavier heran, strich ihr Kleid glatt und begann:

«Von allen Himmelshörnern angekündigt,
kommt nun der Schnee, weht über Feld und Acker,
als fänd er nirgends Ruh: Geweißte Luft
hüllt Hügel ein und Wälder, Fluß und Himmel
und auch das Bauernhaus am Rand des Gartens...»

Ohne zu stocken, rezitierte Honora das ganze Gedicht. Dann sangen sie «Freut euch, ihr Christen all». Das war Mrs. Coulters Lieblingslied, es brachte sie zum Weinen. Die Ereignisse in Bethlehem waren für sie nicht sosehr eine Offenbarung wie eine Bestätigung dessen, was sie im stillen als den erstaunlichen Überfluß des Lebens bezeichnete. Für dieses Haus, für diese Gäste, für diese schneedurchstürmte Nacht hatte Christus gelebt und war er gestorben. Wie wunderbar, dachte sie, daß die Welt mit einem Erlöser gesegnet wurde! Und wie wunderbar, daß sie selbst in so hohem Maße fähig war, Freude zu empfinden! Als das Lied zu Ende war, trocknete sie ihre Tränen und sagte zu Gloria Pendleton: «Ist es nicht wunderbar?» Maggie füllte die Gläser nach. Alle protestierten, alle tranken. Dann gingen sie wieder hinaus in den Schnee, und sie hatten wie Mr. Jowett das Gefühl, es gebe nur noch Glück – weit und breit nichts als Glück.

Aber zumindest eine einsame Gestalt war unterwegs, nämlich der alte Mr. Spofford, der flink und verstohlen wie ein Dieb zum Ufer des Flusses hinuntereilte. In der Hand trug er einen geheimnisvollen Sack. Er wohnte allein am Rande des Städtchens, reparierte Uhren und verdiente damit, was er zum Leben brauchte. Als Sohn einer ehemals wohlhabenden Familie war er in seiner Jugend gereist und hatte das College besucht. Was mochte er am Weihnachtsabend in diesem epochalen Schneesturm zum Fluß schleppen? Es mußte sich um ein Geheimnis handeln, das er aus der Welt schaffen wollte – aber was für Dokumente konnte ein einsamer, alter Mann schon besitzen, und warum wählte er gerade diese Nacht, um sein Geheimnis in den Fluß zu versenken?

Der Sack, den er bei sich hatte, war ein Kissenbezug, und in ihm steckten neun lebende Kätzchen. Sie waren eine zappelnde Bürde, maunzten laut nach Milch, und ihre unerwünschte Lebenskraft betrübte Mr. Spofford. Er hatte versucht, sie dem Metzger, dem Fischhändler, dem Müllkutscher und dem Drogisten zu schenken, aber wer will denn am Weihnachtsabend eine heimatlose Katze ins Haus nehmen? Und ihm selbst war es unmöglich, die neun zu behalten. Er konnte nichts dafür, daß seine alte Katze trächtig geworden war – niemand konnte etwas dafür –, und doch, je mehr er sich dem Fluß näherte, desto schwerer lastete das Schuldgefühl auf ihm. Das Leben, die Vitalität dieser Geschöpfe zerstören zu müssen, bereitete ihm Schmerz. Obgleich Tiere, wie es heißt, den Tod nicht vorausahnen, strampelten die Kätzchen im Kissenbezug heftig und angstvoll. Und ihn fror.

Er war ein alter Mann, und er haßte den Schnee. Auf seinem Weg zum Flußufer spürte er in diesem Schneesturm die Sterblichkeit des Planeten. Niemals wird der Frühling wiederkehren, dachte er. Nie mehr wird das Tal des West River eine Schale voller Gras und Veilchen sein, nie mehr wird der Flieder blühen. Er sah den Schnee über die Felder wehen und wußte in seinem Herzen, daß alles tot war, daß es keine Zivilisation, keine Kultur mehr gab: Paris, begraben im Schnee, der Canal Grande und die Themse zugefroren, London verlassen, in den Höhlen der Innsbrucker Schanze kauern ein paar Überlebende an einem Feuer aus Stuhl- und Tischbeinen. Dieser grausame, dieser traurige, dieser russische Winter, dachte er, dieser Tod jeglicher Hoffnung. Freude, Mut, alle guten Gefühle hatte die Kälte in ihm erstickt. Er versuchte, die Zukunft heraufzubeschwören, ein sanftes Tauwetter zu ersinnen, einen milden Südwestwind – blau rieselndes Wasser im Fluß, blühende Tulpen und Hyazinthen, die großen, am Himmelsbaum hängenden Sterne einer Frühlingsnacht –, aber statt dessen spürte er in seinen Knochen und im schmerzhaften Schlag des Herzens die Kälte des Gletschers, die Eiszeit.

Der Fluß war zugefroren, doch an der Uferböschung, dort, wo sich die Strömung wendet, gab es offene Stellen. Am einfachsten wäre es gewesen, einen Stein in den Kissenbezug zu stecken, aber damit hätte er vielleicht die Kätzchen verletzt, die er zu ermorden gedachte. Er verknotete die oberen Zipfel, und als er sich dem Wasser näherte, wurde das Wimmern in dem Bündel lauter und kläglicher. Die Böschung war vereist, der Fluß tief. Das Schneegestöber machte Mr. Spofford fast blind. Als er das Bündel ins Wasser gleiten ließ, schwamm es obenauf, und als er versuchte, es unterzutauchen, verlor er das Gleichgewicht und fiel in den

Fluß. «Hilfe! Hilfe! Hilfe!» schrie er. «Hilfe! Ich ertrinke!» Aber niemand hörte ihn, und Wochen sollten vergehen, bevor er vermißt wurde.

Dann ertönte der Pfiff einer Lokomotive – es war der Nachmittagszug, der seinen Schienenräumer durch die hochgetürmten Schneewehen trieb, um die letzten Reisenden nach Hause zu bringen, in die alten Häuser der Boat Street, wo nichts verändert und nichts fremd war, wo niemand sich sorgte und niemand sich grämte und wo in ein oder zwei Stunden die Menschenseelen gesiebt werden sollten: Für die Guten gab es Schlitten, Schlittschuhe und Skier, Ponies und Goldstücke, für die Bösen nichts als einen Brocken Kohle.

2

DIE WAPSHOTS hatten sich im 17. Jahrhundert in St. Botolphs niedergelassen. Ich kannte die Familie gut, ich machte es mir zur Aufgabe, ihre Angelegenheiten zu erforschen, ja, ich verbrachte die besten Jahre, die Blütezeit meines Lebens damit, ihre Chronik zu schreiben. Sie waren nette Leute. Wenn man ihnen in den Straßen von St. Botolphs über den Weg lief, dann taten sie, als hätten sie diese zufällige Begegnung schon lange erhofft; berichtete man ihnen aber irgend etwas – zum Beispiel, daß der West River über seine Ufer getreten oder Pinkham's Folly abgebrannt sei –, dann gaben sie mit einem flüchtigen Lächeln zu verstehen, daß man sich falsch benommen habe. Den Wapshots berichtete man nichts. Die Abneigung, sich Neuigkeiten mitteilen zu lassen, schien ein Charakteristikum dieser Familie zu sein. Sie hatten eine hohe Meinung von sich selbst, eine so hohe Meinung, daß sie glaubten, es könne sich in St. Botolphs nichts ereignen, ohne daß sie davon wüßten, selbst wenn sie sich zum Zeitpunkt des Geschehens in Europa aufgehalten hätten. Ich ging mit den Söhnen zur Schule, ruderte im Bootsclub von Travertine mit Moses um die Wette und spielte mit ihm und Coverly *football.* Sie pflegten einander laut anzufeuern, als gebe es dem Familiennamen eine gewisse Unsterblichkeit, wenn man ihn quer übers Spielfeld brüllte. Ich verlebte viele angenehme Stunden in ihrem Haus in der River Street, und doch erinnere ich mich vor allem daran, daß es immer in ihrer Macht stand, ein Gefühl der Einsamkeit in mir zu wecken, mir schmerzlich klarzumachen, daß ich ein Außenseiter war.

Moses war damals ein hübscher Bursche und hatte jenes Auftreten, das einen jungen Mann im Triumph durch die Oberschule trägt, leider jedoch nicht viel weiter. Er hatte dunkelblondes Haar und eine blasse Hautfarbe. Alle liebten Moses, sogar die Hunde, und er betrug sich mit der reinsten, der impulsivsten Bescheidenheit. Nicht alle liebten Coverly. Er hatte einen langen Hals und die unerfreuliche Angewohnheit, mit den Fingerknöcheln zu knacken. Sarah Wapshot, die Mutter der beiden, war eine blonde, schlanke Frau, die einen Kneifer trug, das Wort ‹ignorieren› falsch aussprach und behauptete, sie habe *Middlemarch* sechzehnmal gelesen. Sie ließ ihre Bücher im Garten herumliegen, so daß die George Eliot-Ausgabe voller Eselsohren und Regenflecke war. Der Vater, Leander, war einer jener Yankees aus Massachusetts, die ihr Leben lang wie Jungen aussehen – zuletzt sah er allerdings wie ein Junge aus, der die Gorgo erblickt hat. Er hatte rote Wangen, schöne blaue Augen und dichtes weißes Haar, sagte ‹Marst› statt ‹Mast› und ‹haht› statt ‹hart› und führte in seinen letzten Jahren einen alten Dampfer, der zwischen Travertine und dem Vergnügungspark in Nangasakit verkehrte. Leander ertrank beim Baden. Mrs. Wapshot starb zwei Jahre später und kam in den Himmel, wo sie zweifellos eine rege Tätigkeit entfaltete, da sie zur ersten Generation amerikanischer Frauen gehörte, die sich der Gleichberechtigung erfreuten. Sie hatte sich für ihre guten Werke aufgeopfert, hatte den Frauenclub und den Club für Tagesereignisse gegründet und war Vorsitzende des Tierschutzvereins und des Lambert-Heims für ledige Mütter. Infolge dieser vielseitigen Tätigkeit vernachlässigte sie das Haus in der River Street: Überall lag Staub, die Schnittblumen waren verwelkt, die Uhren standen still. Sarah Wapshot gehörte zu jenen Frauen, die sich so intensiv mit lebenswichtigen Fragen beschäftigen, daß ihnen die alltäglichen Haushaltspflichten geradezu pervers erscheinen. Coverly heiratete ein Mädchen namens Betsey Marcus, geboren im Ödland von Nordgeorgia, Serviererin in einer Milchbar in der Forty-second Street. Zu der Zeit, über die ich schreibe, arbeitete er auf dem Raketenstützpunkt Talifer. Moses heiratete Melissa Scaddon. Er gab seine Stellung als Banklehrling bald auf, um für Leopold and Co. tätig zu sein, eine anrüchige Maklerfirma. Sowohl Moses als auch Coverly hatten einen Sohn.

Verteilen wir die Wapshots an einem x-beliebigen Sommerabend über den Rasenplatz zwischen ihrem Haus und den Ufern des West River, in der friedlichen Stunde vor dem Essen. Mrs. Wapshot gibt Lulu, der Köchin, Unterricht in Landschaftsmalerei. Sie haben die Staffelei ein wenig rechts von den anderen Familienmitgliedern aufgestellt. Mrs. Wapshot hält einen Papierrahmen hoch, betrachtet durch ihn die Flußlandschaft und sagt: «*Cherchez le motif, Lulu. Cherchez le motif.*» Leander trinkt Bourbon und bewundert die Beleuchtung. Für einen in jeder Hinsicht provinziellen Mann hat Leanders Leben mehr Weite gehabt, als man vermuten könnte. Einmal reiste er mit einer Shakespeare-Truppe bis nach Cleveland, und einige Jahre später stieg er auf dem Bezirksjahrmarkt mit einem Warmluftballon hundertsiebenundzwanzig Fuß hoch. Er ist stolz auf sich selbst, stolz auf seine Söhne. Stolz liegt in dem ruhigen und forschenden Blick, den er auf die Uferböschung richtet, und er denkt: Alle Flüsse der Welt sind alt, aber die Flüsse meiner Heimat scheinen die ältesten zu sein.

Coverly sengt die Rinde der Apfelbäume an, um die Wollspinner zu vernichten. Moses legt ein Segel zusammen. Aus den offenen Fenstern des Hauses klingt die Waldstein-Sonate, gespielt von Vetter Devereaux, der für sein Konzertdebüt im kommenden Herbst übt. Devereaux hat ein gramdurchfurchtes, düsteres Gesicht und ist knapp zwölf Jahre alt. «Licht und Schatten, Licht und Schatten», so charakterisiert die alte Honora die Musik. Dasselbe würde sie sagen, wenn es sich um Chopin, Strawinsky oder Thelonius Monk handelte. Sie ist eine bärbeißige alte Frau in den Siebzigern, ganz in Weiß gekleidet. (Am Tag der Arbeit vertauscht sie das Weiß mit Schwarz.) Ihr Geld hat die Familie mehrmals vor Schande und Schlimmerem bewahrt, und obgleich ihr eigenes Haus am anderen Ende des Städtchens liegt, betrachtet sie diese Landschaft und ihre Personen mit Besitzermiene. Der Papagei in seinem Käfig neben der Küchentür ruft: «Julius Cäsar, ich bin völlig degoutiert!» Das ist alles, was er jemals äußert.

Wie ordentlich, sauber und vernünftig die Welt aussieht! Und wie hell! Als wäre dies der Anfang einer Welt, eine Kette von Morgenstunden. Es ist spät am Tage, spät in der Geschichte dieses Erdteils, doch das vermag den Glanz nicht zu trüben. Jetzt kommt aus der Küche eine schwarze Rauchwolke – die Semmeln sind angebrannt –, aber solche Kleinigkeiten stören die Wapshots nicht. Sie verzehren ihr Abendessen in einem höhlenartigen Speisezimmer, spielen eine Partie Whist, wünschen einander mit einem Kuß gute Nacht und legen sich schlafen, um zu träumen.

3

DIE UNRUHE begann eines Nachmittags, als Coverly Wapshot aus dem Bummelzug stieg, dem einzigen südwärts fahrenden Zug, der noch in St. Botolphs hielt. Es war im späten Winter, kurz vor dem Dunkelwerden. Der Schnee war geschmolzen, aber das Gras war welk, und die Gegend schien sich noch nicht von den Februarstürmen erholt zu haben. Coverly schüttelte Mr. Jowett die Hand und fragte, wie es ihm und den Seinen ginge. Er winkte dem Barmixer im *Viaduct House* zu, er winkte Barry Freeman in seinem Futtermittelgeschäft zu, er begrüßte Miles

Howland, der aus der Bank kam, mit einem munteren «Hallo». Der Abendhimmel war strahlend und stürmisch, doch seine Lichteffekte und Feuerbrände reichten nicht aus, den dunklen Marktplatz zu erhellen. Das eindrucksvolle Schauspiel blieb auf die Luft beschränkt. Zwischen den Häusern sah Coverly den West River mit seiner gewaltigen Fracht angenehmer Erinnerungen, und dieses silbrige Blinken erweckte in ihm den trügerischen Eindruck, die lange Geschichte des Flusses habe wie eine reinigende Kraft gewirkt und das Wasser trinkbar gemacht. An der Boat Street bog er nach rechts ab. Mrs. Williams saß in ihrem Salon und las die Zeitung. Bei den Brattles brannte nur in der Küche Licht. Das Haus der Dummers lag im Dunkeln. Mrs. Bretaigne, die vor ihrer Tür eine Besucherin verabschiedete, hieß Coverly willkommen. Dann ging er durch den Vorgarten auf Honora Wapshots Haus zu.

Maggie öffnete ihm, und er gab ihr einen Kuß. «Wir haben nur Dörrfleisch», sagte Maggie. «Sie werden ein Huhn schlachten müssen.» Er ging durch den langen Korridor an den sieben Ansichten von Rom vorbei in die Bibliothek, wo er die alte Dame mit einem offenen Buch auf dem Schoß fand. Hier war das Traute-Heim-Glück-allein, das blankgeputzte Messing, das Apfelholzfeuer. «Mein lieber Coverly», rief Honora und küßte ihn impulsiv auf den Mund. «Honora», sagte Coverly und nahm sie in die Arme. Dann trat er einen Schritt zurück, und sie musterten einander von Kopf bis Fuß, um festzustellen, was sich verändert habe.

Ihr weißes Haar war noch immer dicht, das Gesicht löwenhaft, aber ihre neue Zahnprothese saß nicht richtig und gab ihr das Aussehen einer Kannibalin. Dieser Anflug von Wildheit erinnerte Coverly daran, daß Honora sich nie hatte fotografieren lassen. In sämtlichen Familienalben erschien sie entweder mit dem Rücken zur Kamera, auf der Flucht begriffen, oder sie verdeckte ihr Gesicht mit den Händen, mit der Handtasche, einem Hut oder einer Zeitung. Hätte ein Fremder die Fotos betrachtet, er wäre unweigerlich auf den Gedanken gekommen, sie werde wegen Mordes gesucht. Honora fand, Coverly sehe unterernährt aus. «Du bist bloß noch Haut und Knochen», sagte sie.

«Ja.»

«Maggie soll dir ein Glas Portwein bringen.»

«Whisky wäre mir lieber.»

Honora blickte ihn erstaunt an. «Du trinkst doch keinen Whisky.»

«Früher habe ich keinen getrunken», erklärte Coverly. «Aber jetzt trinke ich ihn gern.»

«Werden denn die Wunder nie aufhören?» murmelte Honora.

«Wenn Sie ein Huhn schlachten wollen», sagte Maggie von der Tür her, «dann tun Sie's gleich, sonst kriegen Sie vor Mitternacht nichts zu essen.»

«Ich komme sofort», erwiderte Coverly.

«Du mußt lauter sprechen», mahnte Honora. «Sie hört schlecht.»

Coverly folgte Maggie in die Küche. «Sie ist verrückter denn je», sagte Maggie. «Stellen Sie sich vor, sie behauptet, daß sie nicht schlafen kann. Sie behauptet, sie hätte seit Jahren nicht geschlafen. Na, ich komme eines Nachmittags mit ihrem Tee in den Salon, und da sitzt sie. Schläft tief. Schnarcht. Also sage ich: ‹Wachen Sie auf, Miss Wapshot. Hier ist der Tee.› Sie sagt: ‹Was heißt aufwachen? Ich habe nicht geschlafen›, sagt sie. ‹Ich war nur in tiefe Meditation versunken.› Und jetzt will sie sich ein Automobil kaufen. Du lieber Gott, ebensogut könnte man eine hungrige Löwin auf die Leute loslassen! Sie wird unschuldige Kindlein totfahren, wenn sie sich nicht vorher selbst umbringt.»

Die Beziehung zwischen den beiden alten Frauen stand unter dem Zeichen rücksichtsloser Verleumdung. Alles was sie einander nachsagten, hatte so wenig mit der Wahrheit zu tun, daß man es nur als komisch bezeichnen konnte. Maggie hörte ausgezeichnet, aber seit einigen Jahren erzählte Honora allen Leuten, ihre Köchin sei taub. Honora war exzentrisch, aber Maggie erzählte in der ganzen Stadt herum, ihre Herrin sei verrückt. Diese Methode, einander körperliche und geistige Gebrechen anzudichten, war so primitiv, daß man unmöglich an eine ernstliche Feindschaft glauben konnte.

Coverly holte ein Beil aus der Speisekammer und ging in den

Garten. Aus der Ferne tönten Kinderstimmen herüber, die unverkennbar den katarrhalischen Akzent dieses Weltwinkels hatten. Im Hühnerhaus hinter der Hecke gackerte eine Henne. Coverly fühlte sich ungemein wohl an diesem spärlich bevölkerten Ort, und er spürte, wie sein Unbehagen allmählich schwand. Er wußte, dies war die Stunde, da die Kartenspieler über den Marktplatz zum Spritzenhaus schlenderten und die Sehnsüchte der Jugend, verschärft durch die Enge des Städtchens, einem Höhepunkt zusteuerten. Er erinnerte sich, wie er als Junge auf der Hintertreppe des Hauses in der River Street gesessen und geheult hatte, weil es ihn so sehr nach Liebe, nach Freundschaft und Ruhm verlangte.

Er zwängte sich durch die Hecke. Die Legehennen hatten sich ins Hühnerhaus zurückgezogen, aber vier oder fünf Hähnchen pickten im Sand des Hofes. Er jagte sie ins Haus. Nach einem würdelosen Gebalge erwischte er einen von ihnen bei den gelben Beinen. Der Vogel schrie um Gnade. Coverly redete (besänftigend, wie er hoffte) auf ihn ein, während er ihn auf den Block preßte und ihm den Kopf abhackte. Er hielt den zappelnden Körper mit ausgestrecktem Arm, bis alles Blut in die Erde gesickert war. Maggie brachte einen Eimer mit kochendheißem Wasser und eine alte Nummer des Lokalblattes *Enterprise*. Während Coverly den Vogel rupfte und ihn ausnahm, verging ihm der Appetit. Er lieferte den Kadaver in der Küche ab und begab sich zu Honora in die Bibliothek, wo Maggie inzwischen Whisky und Wasser bereitgestellt hatte.

«Können wir uns jetzt unterhalten?» fragte er.

«Gewiß», antwortete Honora. Sie stützte die Ellbogen auf die Knie und beugte sich vor. «Ich nehme an, du willst mit mir über das Haus in der River Street sprechen.»

«Ja.»

«Nun, niemand will es mieten, und niemand will es kaufen, und wenn man es abreißt – also das würde ich nicht überleben.»

«Was ist denn los mit dem Haus?»

«Die Whitehalls hatten es im Oktober gemietet. Sie zogen ein und zogen gleich wieder aus. Dann übernahmen es die Haverstraws. Sie blieben acht Tage. Mrs. Haverstraw erzählte allen

Leuten, es spuke in dem Haus. Wer aber –» Honora blickte auf – «wer sollte dort spuken? Die Wapshots waren immer eine glückliche und zufriedene Familie. Nie hat sich einer von uns um Gespenster geschert. Und jetzt spricht die ganze Stadt davon.»

«Was hat Mrs. Haverstraw erzählt?»

«Daß der Geist deines Vaters umgeht.»

«Leander», murmelte Coverly.

«Weswegen sollte Leander zurückkehren und Leute belästigen?» fragte Honora. «Ich will nicht sagen, daß er nicht an Geister glaubte. Er hatte nur keine Verwendung für sie. Ich habe ihn oft sagen hören, daß Gespenster seiner Meinung nach ein schlechter Umgang seien. Und du weißt, wie gütig er war. Er begleitete Fliegen und Nachtschmetterlinge zur Tür hinaus, als wären es Gäste. Warum sollte er wiederkehren – es sei denn, um Milchsuppe mit Zwieback zu essen? Natürlich hatte auch er seine Schwächen.»

«Warst du dabei», fragte Coverly, «als er in der Kirche eine Zigarette rauchte?»

Honora nahm den toten Leander in Schutz. «Hör mal, das hast du dir doch bestimmt ausgedacht.»

«Nein», versicherte Coverly. «Es war an einem Weihnachtsabend, und wir gingen zur Heiligen Kommunion. Ich weiß noch, daß er einen sehr andächtigen Eindruck machte. Er kniete bei jeder Gelegenheit nieder, bekreuzigte sich und plärrte die Responsorien. Aber kurz vor dem Segen holte er eine Zigarette hervor und zündete sie an. Da merkte ich, daß er stockbetrunken war, und ich flüsterte ihm zu: ‹Papa, in der Kirche darfst du nicht rauchen.› Das Unglück war nur, daß wir ganz vorn saßen und eine Menge Leute es gesehen hatten. Ich wünschte mir, der Sohn von Mr. Pluzinski, dem Farmer, zu sein. Warum, das weiß ich nicht – vielleicht weil die Pluzinskis alle so seriös waren. Ich konnte mir nichts Schöneres vorstellen, als Mr. Pluzinski zum Vater zu haben.»

«Du solltest dich schämen», sagte Honora. Dann seufzte sie und fügte zögernd, in verändertem Ton hinzu: «Da war noch etwas anderes.»

«Was denn?»

«Du erinnerst dich doch, daß er am Vierten Juli immer Nickel verschenkte.»

«O ja.» Coverly sah die festlich geschmückte Fassade des Hauses vor sich. Aus dem ersten Stockwerk hing eine große Fahne herab, deren scharlachrote Streifen zur Farbe getrockneten Blutes verblaßt waren. Nach der Parade und vor dem Ballspiel stand sein Vater auf der Veranda und verteilte blanke Fünf-Cent-Stücke an die Kinder, die sich in Scharen eingefunden hatten – die Reihe zog sich durch die ganze River Street. Alle Bäume hatten junges Laub, und in Coverlys träumerischer Erinnerung war das Licht zartgrün.

«Nun, du erinnerst dich vielleicht auch, daß er die Nickel in einer Zigarrenkiste aufbewahrte, die er schwarz angestrichen hatte. Als ich mich später im Hause umsah, fand ich die Kiste. Es lagen noch eine Menge Nickel darin. Viele waren nicht echt. Ich glaube, er hat sie selber angefertigt.»

«Du meinst...»

«Pst!» sagte Honora.

»Das Essen ist fertig», meldete Maggie.

Nach dem Abendessen schien sich Honora nach Schlaf zu sehnen. Coverly gab ihr einen Gutenachtkuß und ging zur River Street am anderen Ende des Ortes. Seit dem Herbst stand das alte Haus leer. Der Schlüssel lag auf dem Fenstersims. Als Coverly die Tür öffnete, schlug ihm ein starker Modergeruch entgegen. Dies war die Stätte, wo er gezeugt und geboren worden war, wo sich ihm die Vortrefflichkeit des Lebens offenbart hatte, und es betrübte ihn sehr, daß der Schauplatz so vieler strahlender Erinnerungen jetzt nach Verfall roch. Er wußte jedoch, daß es törichte Instinkte sind, die uns verleiten, die Dauer zu lieben, obgleich es keine Dauer gibt. Er machte im Flur und im Wohnzimmer Licht und holte Brennholz aus dem Schuppen. Das Aufschichten und Anzünden der Scheite im Kamin nahm ihn ganz in Anspruch; dann aber, als das Feuer brannte, bemächtigte sich seiner inmitten all dieser unbewohnten Räume ein unsinniges Gefühl der Beklemmung. Er kam sich vor wie ein Eindringling.

Laut Vertrag, Erbrecht und Tradition gehörte dieses Haus ihm und seinem Bruder. Für die undichten Stellen im Dach und die sonstigen Mängel war *er* verantwortlich. *Er* hatte die Vase auf dem Kaminsims zerbrochen, *er* hatte ein Loch ins Sofa gebrannt. Er glaubte nicht an Geister, Schatten, Gespenster und fürchtete auch keine anderen Störungen durch die Toten. Er war achtundzwanzig Jahre alt, glücklich verheiratet, Vater eines Sohnes, wog hundertachtunddreißig Pfund, erfreute sich bester Gesundheit und hatte abends Brathuhn gegessen. Das waren die Fakten. Er nahm *Tristram Shandy* vom Regal und begann zu lesen. Ein lautes Krachen in der Küche erschreckte ihn so sehr, daß seine Hände feucht von Schweiß wurden. Mit erhobenem Kopf saß er da und versuchte, dieses Geräusch in den Bereich nüchterner Tatsachen einzuordnen. Es konnte ein Fensterladen gewesen sein, ein Stück Brennholz, das ins Rutschen geraten war, ein Tier oder einer jener legendären Landstreicher, die ein Teil der örtlichen Dämonologie waren und denen nachgesagt wurde, daß sie heimlich in Scheunen oder verlassenen Häusern übernachteten. Man bekam sie nicht zu Gesicht; von ihrer Anwesenheit kündeten nur Aschespuren, leere Schnupftabakdosen, eine ausgemolkene Kuh oder eine verängstigte alte Jungfer. Er aber war kräftig und jung, und selbst wenn er im dunklen Flur einem Landstreicher begegnen sollte, würde er sich zu wehren wissen. Warum also fühlte er sich so überaus unbehaglich? Er ging ans Telefon, um in der Zentrale zu fragen, wie spät es sei, aber die Leitung war tot.

Er las weiter. Jetzt war aus dem Eßzimmer ein Geräusch zu hören. Er sagte irgend etwas, laut und nachdrücklich, weil er sich über seine Schreckhaftigkeit ärgerte, und die Folge davon war die bestürzende Überzeugung, jemand habe ihn gehört. Jemand lauschte. Nun, gegen solche Dummheiten gab es ein sicheres Mittel. Er ging geradewegs in das leere Zimmer und knipste das Licht an. Nichts war zu sehen. Trotzdem klopfte sein Herz schnell und schmerzhaft, und er war wie in Schweiß gebadet. Hinter ihm fiel die Eßzimmertür langsam ins Schloß. Das war nur natürlich, weil sich das alte Haus stark gesenkt hatte: In dem einen Flügel gingen die Türen von selbst zu, in dem anderen ließen sie sich überhaupt nicht schließen. Coverly stieß die Pendeltür auf, um in der Anrichte und der Küche Umschau zu halten. Auch hier sah er nichts, als er Licht machte, aber er hätte schwören können, daß jemand im Raum gewesen war. Zwei Tatsachen standen einander gegenüber – die leere Küche und das Prickeln auf seiner Haut. Entschlossen, der Sache auf den Grund zu gehen, verließ er die Küche und stieg die Treppe hinauf.

Sämtliche Schlafzimmertüren waren offen, und nun, in der Dunkelheit, überwältigte ihn die Dichte all des Lebens, das hier in fast zwei Jahrhunderten gelebt worden war. Er spürte die Last der Vergangenheit. Das Seufzen und Stöhnen der Empfängnis, der Geburt und des Todes, der Gesang bei einer Familienfeier im Jahre 1893, der Staub, den eine Parade am Vierten Juli aufwirbelte, das freudige Erschrecken der Liebenden, die einander zufällig im Korridor begegneten, das Brüllen der Flammen, die im Jahre 1900 den Westflügel zerstörten, die Zeremonien einer Taufe, das Glück des jungen Ehemannes, der nach der Trauung seine Braut über die Schwelle trug, die Beschwerlichkeit eines harten Winters – das alles nahm hier im Dunkeln fast greifbare Formen an. Aber weshalb war die Atmosphäre in dieser Finsternis mit nichts als Kummer und Mißerfolg geladen? Ebenezer hatte ein Vermögen verdient. Lorenzo hatte im Staatsparlament das Verbot der Kinderarbeit durchgesetzt. Alice hatte Hunderte von Polynesiern zum Christentum bekehrt. Warum schienen alle diese Schatten und Geister mit ihrem Werk unzufrieden zu sein? Weil sie sterblich gewesen waren? Weil jeder von ihnen die bittere Qual des Todes hatte erleiden müssen?

Er kehrte an den Wohnzimmerkamin zurück. Hier war die physische Welt, fest gefügt und geliebt, vom Feuerschein erhellt, und trotzdem reagierte sein Körper weit stärker auf die Finsternis in den Räumen ringsum. Warum spürte er, der doch so dicht am Feuer saß, einen eisigen Hauch an seiner linken Schulter, warum hatte er einen Augenblick später das Gefühl, eine kalte

Hand lege sich ihm auf die Brust? Wenn es Gespenster gibt, dann sind sie ein schlechter Umgang – da war er derselben Meinung wie sein Vater. Sie suchen die Zaghaften und die Schwachen heim. Er wußte, daß wir zuweilen, wenn wir aus dem Zimmer gehen, eine Welle der Liebe oder des Grolls hinterlassen. Womit wir auch für unsere Liebe bezahlen – sei es nun mit Geld, Geschlechtskrankheiten, Skandalen oder Ekstasen –, in den Hotels, Motels und Gästezimmern, auf den Wiesen und Feldern, wo wir einen Teil unserer selbst verströmen, bleibt entweder der Duft der Güte oder der Geruch des Bösen zurück und beeinflußt jene, die nach uns kommen. So mochten die leidenschaftlichen und exzentrischen Wapshots eine Atmosphäre hinterlassen haben, in der Coverlys Anwesenheit wie eine lästige Störung wirkte.

Es war Zeit, schlafen zu gehen. Er holte ein paar Decken aus einem Wandschrank und trug sie ins Gästezimmer, das gleich neben der Treppe lag.

Um drei Uhr wachte er auf. Vom Mond oder vom Nachthimmel strahlte ein Lichtschimmer aus, der den Raum schwach erhellte. Coverly wußte sofort, daß ihn nicht ein Traum geweckt hatte, ein Gedanke oder eine Angst, sondern etwas, was sich bewegte, etwas, was er sehen konnte, etwas Seltsames und Unnatürliches. Das Entsetzen, das nach und nach den ganzen Körper erfaßte, hatte seinen Ausgangspunkt in den Sehnerven. Er konnte es durch das Nervensystem bis in die Pupillen zurückverfolgen. Das Auge nimmt die Wirklichkeit auf, und was er gesehen oder zu sehen geglaubt hatte, war der Geist seines Vaters. Das Chaos, das durch diese Halluzination entfesselt wurde, war fürchterlich. Zitternd vor psychischer und physischer Kälte, zitternd vor Angst und Schrecken, setzte sich Coverly im Bett auf und schrie: «O Vater, Vater, warum bist du zurückgekehrt?»

Der Klang seiner Stimme war irgendwie tröstlich. Der Geist schien das Zimmer zu verlassen. Coverly glaubte Treppenstufen ächzen zu hören. War Leander zurückgekehrt, weil er Milchsuppe mit Zwieback essen oder weil er ein paar Zeilen von

Shakespeare lesen wollte? War er zurückgekehrt, weil er wie all die anderen um die bittere Qual des Todes wußte? Oder verlangte es ihn danach, noch einmal jenen Augenblick zu erleben, da er auf die hohen Vorrechte der Jugend verzichtet hatte – da er ohne sexuelle Begierde aufgewacht war und begriffen hatte, daß die Ärzte nichts gegen den Herbst, nichts gegen den Nordwind verschreiben können? Mochte er auch den Geruch seiner grünen Jahre noch in der Nase haben, das Aroma des Klees, den Duft der Frauenbrüste – diesen Duft nach Gras und Bäumen, der an den Landwind gemahnte –, für ihn war die Zeit gekommen, zugunsten eines Jüngeren das Feld zu räumen. Lendenlahm und grauhaarig hatte er noch wie ein Jüngling die Nymphen jagen wollen. Über Berg und Tal. Jetzt siehst du sie; jetzt nicht mehr. Die Welt ein Paradies, ein Paradies! Vater, Vater, warum bist du zurückgekehrt?

Aus dem Nebenzimmer kam das Geräusch eines Falles. Selbst wenn Coverly gewußt hätte, daß es von einem Eichhörnchen herrührte, es hätte ihn nicht zur Besinnung gebracht. Fakten existierten für ihn nicht mehr. Er griff nach seinen Sachen, raste die Treppe hinunter und ließ die Haustür hinter sich offenstehen. Auf dem Bürgersteig machte er kurz halt, um in die Unterhose zu schlüpfen. Dann rannte er bis zur Ecke. Dort zog er Hose und Hemd an, legte aber den Rest des Weges zu Honoras Haus barfuß zurück. Er kritzelte ein paar Abschiedszeilen, deponierte den Zettel auf dem Tischchen im Flur und sprang kurz nach Tagesanbruch auf den Milchzug, der nordwärts fuhr, vorbei an den Markhams, vorbei am Wilton Trace, vorbei an den Lowells, die an ihrer Scheune das Schild SEID GUT ZU DEN TIEREN durch ein neues ersetzt hatten: GOTT ERHÖRT DEIN GEBET, vorbei an dem Haus, in dem der alte Mr. Spofford gewohnt und Uhren repariert hatte.

4

Auf der Rückfahrt nach Talifer, wo er mit Betsey lebte, mußte Coverly zwischen zwei Möglichkeiten wählen: Entweder war er verrückt, oder er hatte wirklich den Geist seines Vaters gesehen. Natürlich entschied er sich für die zweite Möglichkeit, und doch konnte er seiner Frau nicht davon erzählen. Er konnte auch seinem Bruder Moses nicht erklären, warum das Haus in der River Street leer stand. In dem Flugzeug, das ihn nach Westen trug, schien der Geist seines Vaters neben ihm zu sitzen. O Vater, Vater, warum bist du zurückgekehrt? Und er fragte sich, was Leander wohl zu Talifer gesagt hätte.

Der Stützpunkt für die Entwicklung und den Bau von Raketen wurde von zwanzigtausend Menschen bewohnt. Wie jede Gesellschaft, ganz gleich, was sie anstrebt, war auch diese eingeteilt in erste, zweite und dritte Klasse und Zwischendeck. Die Aristokratie bestand aus einer großen Anzahl von Physikern und Ingenieuren. Handwerker bildeten die Mittelschicht; dann kam das riesige Proletariat der Mechaniker, des Bodenpersonals und der Hilfsarbeiter. Für den größten Teil der Aristokratie gab es unterirdische Schutzräume, und alle wußten – obwohl diese Tatsache nie öffentlich bekanntgegeben worden war –, daß im Fall einer Katastrophe das Proletariat verschmoren würde. Das machte viel böses Blut. Die lebenswichtigen Organe der Anlage waren die neunundzwanzig Abschußrampen am Wüstenrand, der moscheenförmige Atomreaktor, die unterirdischen Laboratorien und Hangars und das zwei Quadratmeilen umfassende Computer- und Verwaltungszentrum. Die Belange dieser Siedlung waren ganz und gar außerirdisch. Der gesunde Menschenverstand verbietet, daß wir uns mit sentimentaler und durchsichtiger Ironie über den gewaltigen Umfang der in Talifer betriebenen wissenschaftlichen Forschung äußern und die Fähigkeit der Wissenschaftler zu irrationaler Einsamkeit und Ekstase glossieren. Immerhin, bei dieser Lebensweise waren heftige intellektuelle Gegensätze unvermeidlich.

Die Sicherheit war stets ein Problem. Talifer wurde nie in der Presse erwähnt. Offiziell existierte es überhaupt nicht. Diese Besorgnis um die Sicherheit hemmte das Leben auf allen Gebieten. Eines Samstag nachmittags war Coverly mit Binxey ins Einkaufszentrum gefahren, und Betsey saß vor dem Fernsehapparat. Durchs Fenster beobachtete sie, wie Mr. Hansen, der auf der anderen Straßenseite wohnte, die äußeren Fensterflügel abmontierte und durch Fliegengitter ersetzte. Er stellte seine Trittleiter vorsichtig ins Blumenbeet, stieg hinauf, hängte die Fenster aus und trug sie in die Garage. Seine Frau und die Kinder waren anscheinend ausgegangen, denn nichts regte sich in Haus und Garten. Als Mr. Hansen im Erdgeschoß fertig war, wandte er sich den Schlafzimmerfenstern im ersten Stock zu. Da die Leiter nicht hinaufreichte, mußte er sich aus den offenen Fenstern beugen, die Außenflügel loshaken und sie schräg ins Haus balancieren. An dem einen Fenster schienen die Scharniere verbogen oder verrottet zu sein, denn es ließ sich nicht lockern. Mr. Hansen setzte sich rittlings auf das Fensterbrett und zerrte mit aller Kraft. Er fiel aus dem Fenster und schlug unten hart auf – er hatte die kleine Terrasse ein paar Wochen zuvor selbst zementiert. Betsey stellte mit einem Blick fest, daß er sich nicht mehr rührte. Dann wandte sie sich wieder dem Fernsehgerät zu. Zwanzig Minuten später hörte sie eine Sirene, und gleich darauf hielt drüben ein Krankenwagen. Der reglose Körper wurde auf eine Bahre gelegt und fortgeschafft. Abends erfuhr sie, daß der Mann auf der Stelle tot gewesen war. Kinder hatten die Sanitäter alarmiert. Warum habe ich nichts unternommen? fragte sich Betsey. Wodurch war ihr unnatürliches Verhalten zu erklären? Der Grund war vermutlich in der allgemeinen Sorge um die Sicherheit zu suchen. Betsey hatte nichts tun wollen, was die Aufmerksamkeit auf sie lenken und sie zwingen würde, als Zeugin auszusagen und Fragen zu beantworten, und so hatte sie sich verleiten lassen, den Tod eines Nachbarn zu übersehen.

Es wäre Coverly schwergefallen, Leander zu erklären, warum er, der als Taper und Subprogrammierer ausgebildet war, in der Public-Relations-Abteilung arbeitete, seit man ihn von Remsen nach Talifer versetzt hatte. Eine der elektronischen Rechenmaschinen in der Personalabteilung hatte einen Fehler gemacht, und dagegen gab es keinen Einspruch. Sie wohnten in einer Gegend mit ziemlich gemischter Nachbarschaft. Da Betsey unbedingt einen Schutzraum haben wollte, hatte Coverley seine Übersiedlung in ein anderes Viertel beantragt, aber die von der Regierung betriebene Grundstücksagentur ertrank fast in solchen Gesuchen. Außerdem fühlte sich Coverley hier recht wohl. Längs der Bürgersteige waren Ginkgos gepflanzt worden, die Kinder liefen Rollschuh, in den Bäumen nisteten Singvögel. Wenn er abends im Garten saß, konnte er hinter den fernen Rampen die Berge sehen, die in dem scharfen, allmählich wechselnden Licht der sinkenden Sonne einen machtvollen Glanz ausstrahlten. Die Wapshots hatten ein Gärtchen und einen Grill. Das Haus rechts von ihnen gehörte einem gewissen Armstrong, der in der Abteilung für internationale Information tätig war. Armstrong hatte einen trockenen, männlichen und einsilbigen Prosastil entwickelt, mit dem er die Berichte der Astronauten neu formulierte. Das Haus zur Linken gehörte einem Hilfsarbeiter, der Murphy hieß, sich jeden Samstag abend betrank und dann seine Frau verprügelte. Zwischen den Wapshots und den Murphys gab es dauernd Reibereien. Eines Morgens, als Coverly bei der Arbeit war, rief ihn ein Lichtsignal zum Telefon. Er verließ den Sicherheitsbereich, um das Gespräch entgegenzunehmen. Es war Betsey. «Sie hat meinen Mülleimer gestohlen», rief sie erregt.

«Wer denn, Schatz?» fragte Coverly.

«Mrs. Murphy», sagte Betsey. «Heute morgen kam der Müllfahrer, er kommt immer am Dienstag, und als er meinen schönen, neuen, galvanisierten Mülleimer ausgeleert hatte, nahm sie den Eimer, trug ihn hinter ihr Haus und ließ mir das schäbige, alte Plastikding zurück, das sie aus Canaveral mitgebracht haben.»

«Also im Augenblick kann ich da gar nichts tun», erwiderte Coverly. «Um halb sechs bin ich zu Hause.»

Abends hatte sich Betsey noch immer nicht beruhigt. «Geh

jetzt gleich rüber und hol mir meinen Eimer», sagte sie. «Die werden ihre Abfälle reinwerfen und behaupten, daß er ihnen gehört. Du hättest unseren Namen draufmalen sollen. Geh sofort rüber und nimm ihnen den Eimer weg. Murphy ist gerade beim Mähen.»

Coverly ging durch den Garten zur Grenze seines Grundstücks. Pete Murphy hatte eben seinen Rasenmäher gestartet. Die fernen Berge schimmerten blau. Die Tageszeit, die Gleichartigkeit der Häuser, das Puffen des Einzylindermotors und die beiden Männer in weißen Hemdsärmeln gaben der Szene etwas ungewohnt Friedliches, als wäre Coverly nicht im Begriff, seinen Nachbarn oder die Frau seines Nachbarn des Diebstahls zu bezichtigen, sondern wollte Pete Murphy lediglich mitteilen, daß die Aufwärtsbewegung der Handelsumsatzziffern unwiderleglich beweise, wie wirksam die Postreklame sei. Kurzum, die Wirklichkeit und ihre Leidenschaften schienen unwichtig geworden zu sein. Feuer und Wasser hatten die fernen Berge gestaltet, aber die Häuser im Tal wirkten in der Dämmerung so kulissenhaft, daß man die Pappe zu riechen glaubte. Coverly ließ nervös seine Fingerknöchel knacken und bedeutete Pete mit einer Kopfbewegung, daß er ihn sprechen wolle. Pete schob den Rasenmäher an ihm vorbei, und Coverlys Worte wurden von dem Lärm des Motors übertönt. Coverly wartete. Pete machte ein zweites Mal die Runde über den Rasen, drosselte dann den Motor und blieb vor Coverly stehen.

«Meine Frau erzählt mir, Sie hätten unseren Mülleimer gestohlen», sagte Coverly.

«Na und?»

«Ist es bei Ihnen üblich, sich an fremdem Eigentum zu vergreifen?» Coverly war eher verblüfft als wütend.

«Hören Sie mal zu», sagte Murphy. «Wo ich herkomme, nimmt man, was man kriegen kann, oder man ist verratzt.»

«Dort, wo Sie herkommen, mag das üblich sein, aber nicht hier», erwiderte Coverly. Es war nicht die richtige Taktik. Mit solchen Bemerkungen wurde die Sache bagatellisiert. Da er sich voll und ganz im Recht fühlte, fragte er laut und in einem Ton, dessen Schärfe durch einen gewissen altmodischen oder provinziellen Hochmut beeinträchtigt wurde: «Würden Sie so gut sein, unseren Mülleimer zurückzugeben?»

«Hören Sie mal zu», sagte Murphy. «Sie sind nicht befugt, mein Grundstück zu betreten. Machen Sie, daß Sie wegkommen, oder ich schlage Sie zum Krüppel. Ich steche Ihnen die Augen aus. Ich haue Ihnen die Nase kaputt. Ich reiße Ihnen die Ohren ab.»

Coverly traf ihn mit einer harten Rechten, und Murphy, ein dicker Mann und offenbar auch ein Feigling, ging zu Boden. Ein wenig verwirrt stand Coverly da, bis Murphy auf allen vieren angekrochen kam und ihn ins Schienbein biß. Coverly brüllte so laut, daß Betsey und Mrs. Murphy aus ihren Küchen herbeieilten. In diesem Augenblick stieg eine Rakete in die Luft, schüttete ein Licht, so hell wie ein Mittsommertag, über das dämmerige Tal und die Siedlung, warf die Schatten der beiden Gegner, ihrer Häuser und ihrer Ginkgobäume schwärzlich auf den Rasen, während Luftwellen das erdbebenartige Getöse zu einem Stakkato dämpften, das wie das bescheidene Rattern eines fahrenden Zugs klang. Mit der aufsteigenden Rakete entschwand das Licht, und die beiden Frauen zerrten ihre Männer nach Hause.

O Vater, Vater, warum bist du zurückgekehrt?

Das Computer- und Verwaltungszentrum, in dem Coverly beschäftigt war, schien, von weitem gesehen, ein großer Flachbau zu sein, aber in diesem einen Geschoß befanden sich nur die Fahrstühle und die Büros des Sicherheitsdienstes. Die übrigen Büroräume und die Apparaturen lagen unter der Erde. Das sichtbare Stockwerk bestand aus Glas, das die Farbe von öligem Wasser hatte. Diese Tönung schwächte das Tageslicht nicht ab, veränderte es aber. Jenseits der matten Glaswände sah man flaches Weideland und die Gebäude einer verlassenen Farm, ein Haus, eine Scheune, einen Lattenzaun, ein Wäldchen. Mit den Rampen im Hintergrund hatte das alles einen wehmütigen Reiz. Es waren Überreste der Vergangenheit, und sie schienen – ganz gleich, wie es in Wirklichkeit gewesen war – von einer üppigen und natürlichen Lebensweise zu künden. Der Anblick der verlassenen

Farm beschwor eine Fülle von Bildern herauf – offene Feuer, Eimer mit frischer Milch, hübsche junge Mädchen, die in Apfelbäumen schaukeln –, und so vulgär, so bukolisch diese Bilder auch waren, sie wirkten dennoch überzeugend. Betrat man dann den ölfarbenen Glaskasten, so geriet man in eine andere Welt, die sechs Stockwerke tief unter dem Weideland lag. Es war eine in jeder Hinsicht neue Welt. Das Neuartige offenbarte sich am stärksten in einer Atmosphäre der Begeisterung und Zielbewußtheit, die man heutzutage recht selten findet. Zu bemerken, daß die Fahrstühle manchmal nicht funktionierten, daß eine Glaswand gesprungen war, daß die hübschen Empfangsdamen im Sicherheitsbüro eine primitive und höchst altmodische Anziehungskraft besaßen – das war, als belaste man sich mit den Wahrnehmungen eines alten Mannes, den die Zeit aus dem Bereich der Nützlichkeit hinausgestoßen hat. All die vielen Menschen, die im Computerzentrum aus und ein gingen, trugen eine zufriedene und entschlossene Miene zur Schau, wie man sie beispielsweise in den New Yorker und Pariser U-Bahnen nicht findet – dort betrachten wir einander mit Entsetzen und Abscheu, weil wir menschliche Zerrbilder zu sehen glauben. Einmal, als Coverly spätabends sein Büro verließ, hatte er gehört, wie Dr. Cameron, der Leiter des Stützpunktes, eine Auseinandersetzung mit einem seiner Mitarbeiter beendete. Dr. Cameron schrie: «Nie werdet ihr einen beschissenen Mann auf den beschissenen Mond befördern, und wenn, dann wird es euch einen Scheißdreck nützen!»

O Vater, Vater, warum bist du zurückgekehrt?

Betsey hatte gehofft, sie würden nach Canaveral kommen, und war von Talifer enttäuscht. Seit ihrer Ankunft vor zwei Monaten hatte noch niemand sie besucht. Es war ihr nicht gelungen, Anschluß zu finden. Abends hörte sie ringsum Schwatzen und Lachen, aber sie und Coverly wurden nie zu diesen Zusammenkünften eingeladen. Vom Fenster aus beobachtete Betsey, daß Mrs. Armstrong oft in ihrem Blumengarten arbeitete, und sie deutete dieses Interesse an Blumen als Zeichen eines freundlichen Naturells. Eines Tages, als Binxey sein Mittagsschläfchen hielt, ging Betsey nach nebenan und klingelte. Mrs. Armstrong öffnete die Haustür. «Ich bin Betsey Wapshot», sagte Betsey, «wir sind Nachbarn. Mein Mann ist als Subprogrammierer ausgebildet, aber man hat ihn in die Public-Relations-Abteilung versetzt. Ich habe Sie in Ihrem Garten gesehen und dachte mir, ich besuche Sie mal.» Die Frau bat sie freundlich herein. Sie schien nicht ungastlich zu sein, zeigte jedoch wenig Enthusiasmus. «Ich wollte mich bei Ihnen nach unseren Nachbarn erkundigen», erklärte Betsey. «Wir wohnen jetzt zwei Monate hier, aber wir hatten einfach noch keine Zeit, uns mit jemandem anzufreunden. Wir kennen keinen Menschen, und ich würde gern eine kleine Cocktailparty geben, damit man die Leute mal zu Gesicht bekommt. Was meinen Sie, wen ich einladen sollte?»

«An Ihrer Stelle würde ich noch ein Weilchen warten, meine Liebe», meinte Mrs. Armstrong. «Die Leute sind hier alle ziemlich konservativ. Es ist besser, Sie machen sich mit Ihren Nachbarn bekannt, bevor Sie sie einladen.»

«Wissen Sie», erwiderte Betsey, «ich bin aus einer Kleinstadt, und da hielten wir alle gute Nachbarschaft, und ich sage mir oft, wenn ich mich nicht auf die Freundlichkeit fremder Menschen verlassen kann, worauf in aller Welt soll ich mich dann verlassen?»

«Ja, gewiß», murmelte Mrs. Armstrong.

«Ich habe an allen möglichen Orten gewohnt», fuhr Betsey fort. «Unter vornehmen Leuten, unter kleinen Leuten. Die Familie meines Mannes ist auf der *Arbella* aus Europa gekommen – das ist das Schiff, das später ankam als die *Mayflower*, aber es hatte vornehmere Leute an Bord. Ich finde, unter ihrer Haut sind die Menschen alle gleich. Ja, ich wollte Sie nur bitten, mir eine Liste von fünfundzwanzig bis dreißig interessanten Leuten aus der Nachbarschaft zu geben.»

«Oh, das wird mir kaum möglich sein, meine Liebe.»

«Warum nicht?»

«Ich habe keine Zeit dazu.»

«Na, so sehr lange kann das doch nicht dauern», meinte Betsey. «Ich habe Papier und Bleistift bei mir. Sagen Sie mir rasch, wer in dem Eckhaus wohnt.»

«Die Seldons.»

«Sind sie interessant?»

«Ja, interessant sind sie, aber nicht besonders umgänglich.»

«Wie heißt er mit Vornamen?»

«Herbert.»

«Und wer wohnt im Nebenhaus?»

«Die Trampsons.»

«Sind sie interessant?»

«O ja, sehr interessant. Er hat zusammen mit Reginald Tappan die Tappan-Konstante entdeckt und ist Anwärter auf den Nobelpreis. Aber umgänglich – nein, das ist er ganz und gar nicht.»

«Und wer wohnt neben den Trampsons?»

«Die Harnecks», antwortete Mrs. Armstrong. «Ich glaube allerdings, meine Liebe, Sie machen einen Fehler, wenn Sie sie einladen, bevor Sie ihnen vorgestellt worden sind.»

«Und ich glaube, da irren Sie sich», sagte Betsey. «Warten Sie's nur ab. Wer wohnt neben den Harnecks?»

Schließlich ging sie mit fünfundzwanzig Namen nach Hause. Mrs. Armstrong hatte erklärt, sie selbst könne an der Party nicht teilnehmen, weil sie nach Denver fahre. Der Gedanke an eine Party machte Betsey so glücklich, daß sie nicht länger mit ihrem Schicksal haderte. Als sie dem Besitzer eines Spirituosengeschäfts im Einkaufszentrum ihre Pläne erläuterte, sagte er ihr, was sie alles brauchen würde, gab ihr die Telefonnummer eines Ehepaars – Serviererin und Barmixer – und riet ihr, die beiden für die Bedienung der Gäste zu engagieren. Betsey kaufte Einladungskarten und verbrachte einen Nachmittag und Abend damit, sie zu adressieren. Am Tag der Party erschienen die beiden Helfer um drei Uhr. Betsey putzte sich und ihr Söhnchen heraus, Coverly kam gegen fünf nach Hause – um diese Zeit wurden die ersten Gäste erwartet –, und das Spiel konnte beginnen.

Als um halb sechs noch niemand erschienen war, öffnete Coverly eine Dose Bier, und der Barmixer machte für Betsey einen

Whisky mit Ginger Ale zurecht. Auf der Straße fuhren Autos, aber keines hielt vor dem Haus der Wapshots. Auf einem Hof im nächsten Block wurde Tennis gespielt; man hörte Lachen und Geplauder. Der Barmixer bemerkte freundlich, dies sei eine merkwürdige Gegend. In Denver, wo er früher gearbeitet habe, seien die Menschen höflicher und zuverlässiger, und er würde gern dorthin zurückkehren. Er halbierte Zitronen, preßte Limonen aus, stellte eine Reihe von Cocktailgläsern auf den Tisch und tat Eiswürfel hinein. Um sechs Uhr zog die Serviererin ein Buch aus der Handtasche und setzte sich hin, um zu lesen. Kurz nach sechs wurde an der Hintertür geläutet, und Betsey beeilte sich zu öffnen. Es war der Bote aus der chemischen Reinigung. Coverly hörte, wie Betsey ihm einen Drink anbot. «Ach, das ist reizend von Ihnen, Mrs. Wapshot», sagte der Mann, «aber ich muß nach Hause und mein Essen kochen. Ich lebe ja jetzt allein. Ich glaube, ich habe es Ihnen schon erzählt. Meine Frau ist mit einem Metzger aus dem Selbstbedienungsladen durchgebrannt. Der Anwalt hat mir geraten, die Kinder in ein Waisenhaus zu geben, weil ich dann schneller das Sorgerecht kriege. Ich bin also ganz allein. So allein, daß ich mit den Fliegen rede. In meiner Wohnung gibt es massenhaft Fliegen, aber ich schlage sie nicht tot. Ich unterhalte mich mit ihnen. Sie sind wie Freunde. ‹Hallo, ihr Fliegen›, sage ich. ‹Wir sind ganz allein, ihr und ich. Ihr seht gut aus, ihr Fliegen.› Wahrscheinlich halten Sie mich für verrückt, weil ich mit den Fliegen rede, aber so ist es nun einmal. Mit wem soll ich denn sonst reden?»

Coverly hörte die Tür zufallen. Betsey ließ Wasser in den Ausguß laufen. Als sie zurückkam, sah sie blaß und elend aus. «So, jetzt feiern wir eine Party», sagte Coverly. «Nur wir beide, du und ich.» Er holte ihr einen zweiten Drink und eine Platte mit Sandwiches, aber sie schien so steif vor Kummer, daß sie den Kopf kaum bewegen konnte, und als sie den Whisky trank, verschüttete sie ein paar Tropfen aufs Kinn. «Also was die für Sachen in den Büchern schreiben», sagte die Serviererin. «Ich weiß nicht, ich war dreimal verheiratet, aber hier in dem Buch machen sie etwas, und ich weiß nicht, was. Ich meine, ich verstehe einfach nicht...» Ihr Blick streifte den kleinen Jungen, und sie las weiter. Coverly fragte die beiden, ob sie sich nicht etwas mixen wollten, aber sie lehnten höflich ab und erklärten, im Dienst tränken sie nichts. Ihre Anwesenheit machte die Situation nur noch quälender, und aus der Qual wurde sehr bald brennende Scham. So gesittet die beiden auch waren, ihre Blicke schienen die Blicke der Welt zu sein, und Coverly bat sie schließlich, nach Hause zu gehen. Sie atmeten auf. Zum Glück waren sie taktvoll genug, kein Bedauern zu äußern; sie begnügten sich mit einem Abschiedsgruß.

«Wir lassen alles so stehen für die Gäste, die später kommen», rief Betsey ihnen tapfer nach.

Dann aber war es vorbei mit der Tapferkeit. Der Schmerz in ihrer Brust drohte sie zu überwältigen. Angesichts der organisierten Grausamkeit der Welt verlor sie jegliche Widerstandskraft. Sie hatte den anderen ihr unschuldiges Gemüt dargeboten, ihre Vorstellung von freundlichen Nachbarn, und sie war boshaft zurückgestoßen worden. Sie hatte nicht um Geld, nicht um Hilfe gebeten, auch nicht um Freundschaft, sie hatte die Leute nur eingeladen, zu ihr ins Haus zu kommen, ihren Whisky zu trinken und die leeren Räume für kurze Zeit mit Geplauder zu füllen, und nicht einer von ihnen hatte sich dazu bereitgefunden. Die Welt, in der sie jetzt lebte, kam ihr so feindselig, so unbegreiflich und bedrohlich vor wie die Abschußrampen am Horizont. Als Coverly sie in den Arm nahm und murmelte: «Es tut mir leid, Herzchen», da wandte sie sich ab und sagte schroff: «Laß mich in Ruhe, laß mich doch bloß in Ruhe.»

Um Betsey zu trösten, führte Coverly sie in ein Café im Einkaufszentrum. Sie kauften ihre Bons, setzten sich auf die primitiven Stühle und tranken den Kaffee aus Steingutbechern. Eine junge Frau mit blondem, straff zurückgekämmtem Haar zupfte an einer kleinen Harfe und sang:

«O Mutter, Mutter, liebe Mutter,
warum ist der Himmel so schwarz?
Warum geht niemand im Park spazieren?
Warum riecht es nach brennendem Harz?

Es ist nichts, meine liebe Tochter,
noch ist's mit der Welt nicht aus.
Die Waschmaschine, sie dreht sich,
und bald kommen Gäste ins Haus.

O Mutter, Mutter, sag mir, warum
dein Geigerzähler laut tickt?
Und die Leute, die springen ins Wasser,
sind sie denn alle verrückt?

Es ist nichts, es ist nichts, mein Liebling,
es ist nicht der Rede wert.
Mein Geigerzähler verzeichnet nur
einen radioaktiven Herd.

O Mutter, liebe Mutter, so sag mir,
bevor ich mich schlafen leg,
warum fallen die Haare mir aus,
die ich doch so sorgsam pfleg?
Und warum ist der Himmel so rot?
Ach, warum ist der Himmel so rot?»

Irgend etwas in Coverlys Natur – zweifellos etwas Provinzielles – rebellierte heftig gegen dieses Klagelied. Er nahm Betsey bei der Hand und verließ mit ihr das Lokal, schnaufend wie ein alter Mann. Es war kein sehr geglückter Abend.

O Vater, Vater, warum bist du zurückgekehrt?

5

MOSES UND MELISSA WAPSHOT wohnten in Proxmire Manor, das überall an der Vorortbahnstrecke als der Ort bekannt war, wo die Dame verhaftet wurde. Die Geschichte hatte sich vor fünf oder sechs Jahren ereignet, blieb aber unvergessen wie eine Legende, und eine Zeitlang hatte die Dame sogar als der Genius loci von Proxmire Manor gegolten. Es handelte sich ganz einfach um folgendes: Mit Ausnahme eines nicht geklärten Raubüberfalls war in Proxmire Manor noch nie etwas passiert, und die acht Polizisten des Ortes hatten nichts anderes zu tun, als bei Hochzeiten und großen Cocktailparties den Verkehr zu regeln. Tag und Nacht hörten sie, wie der Polizeifunk von Verbrechen und Alarmen in anderen Gemeinden berichtete – Autodiebstahl, Totschlag, Trunkenheit und Mord –, aber das Journal des Reviervorstehers von Proxmire Manor blieb leer. Die Selbstachtung der Beamten litt schwer unter diesem Müßiggang, während sie, mit Pistolen und Patronengürteln ausgerüstet, ihre Tage damit verbrachten, Strafzettel für Parksünder vor dem Bahnhof auszuschreiben. Es war eine Art Kinderspiel, die Leute für die geringfügigsten Verstöße gegen die von der Polizei erdachten Vorschriften zu bestrafen – und sie spielten es mit Begeisterung.

Die Dame – Mrs. Lemuel Jameson – hatte ähnliche Probleme. Ihre Kinder waren im Internat, für die Hausarbeit gab es ein Mädchen, und wenn sie auch Karten spielte und sich mit Bekannten zum Essen traf, so litt sie doch oft unter nagender Langeweile und war entsprechend schlecht gelaunt. Eines Nachmittags, als sie von einem erfolglosen Einkaufsbummel aus New York zurückkehrte, fand sie einen Strafzettel an ihrem Wagen, der seitlich ein wenig über den weißen Strich ragte. Sie zerriß den Zettel. Später fand ein Polizist die Schnitzel im Straßenschmutz und brachte sie aufs Revier, wo sie zusammengeklebt wurden.

Natürlich war die Polizei über diese offene Mißachtung ihrer Autorität empört. Mrs. Jameson wurde vorgeladen. Sie rief ihren Freund, Richter Flint, an – er war Mitglied des Automobilclubs – und bat ihn, die Sache beizulegen. Er versprach es, aber am späten Nachmittag erkrankte er an akuter Blinddarmentzündung und mußte sich ins Krankenhaus begeben. Als Mrs. Jamesons Name vor dem Verkehrsrichter aufgerufen wurde und niemand sich meldete, erließ die Polizei einen Haftbefehl, den ersten seit Jahren. Frühmorgens fuhren zwei Polizisten zu Mrs.

Jamesons Haus, schwer bewaffnet, in frischgebügelten Uniformen und in Begleitung einer älteren Beamtin, den Haftbefehl in der Tasche. Das Mädchen öffnete die Tür und sagte, Mrs. Jameson schlafe noch. Sie betraten – zumindest mit einer Andeutung von Gewalt – den schönen Salon und befahlen dem Mädchen, Mrs. Jameson zu wecken. Als Mrs. Jameson vernahm, daß die Polizei sie erwartete, war sie entrüstet und weigerte sich aufzustehen. Das Mädchen ging hinunter, und einige Minuten später hörte Mrs. Jameson zu ihrem Entsetzen die schweren Schritte der Polizisten. Würden sie es wagen, in ihr Schlafzimmer einzudringen? Der rangälteste Beamte rief vom Korridor aus: «Stehen Sie auf, meine Dame, und kommen Sie mit, oder wir holen Sie aus dem Bett.» Mrs. Jameson fing an zu schreien. Die Polizeibeamtin, die Hand auf der Pistolentasche, erschien im Schlafzimmer. Mrs. Jameson schrie weiter. Die Beamtin ersuchte sie, sich anzukleiden, weil man sie sonst im Nachthemd aufs Revier befördern werde. Als Mrs. Jameson auf das Badezimmer zusteuerte und die Beamtin ihr folgte, kreischte sie von neuem los. Sie war völlig hysterisch. Sie schrie die Polizisten an, die auf dem oberen Flur standen, ließ sich jedoch zum Wagen führen und aufs Revier bringen. Dort begann sie abermals zu kreischen. Schließlich bezahlte sie den einen Dollar Strafe und wurde in einem Taxi nach Hause geschickt.

Mrs. Jameson beschloß, die Entlassung der Polizisten durchzusetzen, und sie startete ihre Kampagne, kaum daß sie zurückgekehrt war. Sie überlegte, welcher von ihren Nachbarn mitfühlend und zugleich beredt sei, und verfiel auf Peter Dolmetch, einen freiberuflichen Fernsehschriftsteller, der das Pförtnerhaus der Fulsoms gemietet hatte. Niemand konnte ihn leiden, aber Mrs. Jameson lud ihn manchmal zu ihren Cocktailparties ein, und er war ihr zu Dank verpflichtet. Sie rief ihn an und schilderte, was geschehen war. «Das ist ja nicht zu glauben, Darling», sagte er. Sie erklärte, daß sie ihn wegen seiner rednerischen Begabung bitte, ihre Verteidigung zu übernehmen. «Darling», erwiderte er, «ich bin gegen den Faschismus, wo immer er sein häßliches Haupt erhebt.» Als nächstes rief sie den Bürgermeister an und forderte eine Untersuchung des Vorfalls. Das Zeugenverhör wurde für denselben Abend um halb neun anberaumt. Mrs. Jamesons Mann befand sich auf einer Geschäftsreise. Sie telefonierte mit einigen Freunden, und um die Mittagszeit wußte jedermann in Proxmire Manor, daß eine Polizeibeamtin sie gedemütigt hatte, indem sie ihr ins Badezimmer folgte, sich auf den Rand der Wanne setzte und sie beim Ankleiden beobachtete, und daß man sie, Mrs. Jameson, mit vorgehaltener Pistole aufs Revier gebracht hatte. Fünfzehn bis zwanzig Nachbarn erschienen zu der Verhandlung. Der Bürgermeister und seine Ratsherren waren sieben an der Zahl, dazu kamen die beiden Polizisten und die Beamtin. Als die Sitzung eröffnet war, erhob sich Peter und fragte: «Ist der Faschismus über Proxmire Manor hereingebrochen? Schleicht Hitlers Geist durch unsere baumbeschatteten Straßen? Müssen wir in der Geborgenheit unseres Heims vor dem schweren Tritt der SS-Stiefel auf dem Pflaster zittern und das Donnern der gepanzerten Faust gegen unsere Tür fürchten?» So ging es endlos weiter. Alles bezog sich auf Hitler, nur ein paar flüchtige Bemerkungen galten Mrs. Jameson. Die Zuhörer begannen zu hüsteln, zu gähnen, und schließlich verdrückte sich einer nach dem anderen. Als der Protest zurückgewiesen und die Sitzung aufgehoben wurde, waren alle außer den unmittelbar Beteiligten gegangen. Mrs. Jamesons Sache war verloren, aber nicht vergessen. Wenn der Zug an den grünen Hügeln vorüberfuhr, sagte der Schaffner: «Dort wurde neulich eine Dame verhaftet», und später: «Das ist der Ort, wo die Dame verhaftet wurde.» Das war Proxmire Manor.

Die Ortschaft lag nördlich der Stadt auf drei baumbestandenen Hügeln, sie war hübsch und komfortabel und schien durch geschickten sozialen Druck die Dornen der menschlichen Natur beseitigt zu haben. Diese Erkenntnis wurde Melissa eines Nachmittags aufgezwungen, als eine Nachbarin, Laura Hilliston, sie besuchte. «Ich wollte Ihnen nur sagen», erklärte Laura, «daß Gertrude Lockhart mannstoll ist.» Melissa hörte es am anderen Ende des Zimmers, wo sie den Sherry einschenkte, und sie fragte sich, ob sie richtig gehört habe. Ist es nicht roh und gefühllos, solche Dinge herumzuerzählen? Sie war sich nicht recht im klaren über Art und Absicht der Gesellschaft, in der sie lebte (wie sollte sie auch, es war ja alles experimentell), aber hatte so etwas wirklich darin Platz? Laura Hilliston lachte. Ihr Lachen war gesund, und ihre Zähne waren weiß. Sie saß auf dem Sofa, eine dickliche Frau, die ihre Füße fest auf den Teppich gepflanzt hatte. Ihr Haar war ebenso braun wie die großen sanften Augen, das Gesicht fleischig, von einer angenehmen Röte. Sie war verheiratet, Mutter von drei erwachsenen Söhnen und hatte vor kurzem das Land der Liebe verlassen – forsch und ohne einen Blick zurück, als hätte sie schon viel zuviel Zeit in seinem dampfenden Dschungel verbracht. *Damit* sei sie ein für allemal fertig, hatte sie ihrem bedauernswerten Gatten erklärt. Für den Besuch hatte sie sich leicht parfümiert, und sie trug eine dicke Halskette aus Golddoublé, die ein gelbliches Licht auf ihre Züge warf. Ihre Schuhe hatten hohe Absätze, das Kleid war hauteng, aber damit wollte sie nicht die Blicke eines Mannes auf sich lenken, sondern ihre gesellschaftliche Position unterstreichen.

«Ich dachte, Sie sollten darüber Bescheid wissen», sagte Laura. «Es sind nicht nur Gerüchte. Sie hat es mit allen getrieben. Mit dem Milchmann und mit dem alten Mann, der das Gas abliest. Und der hübsche, rotwangige Bursche, der früher die Wäsche gebracht hat, ist ihretwegen entlassen worden. Manchmal stand der Lieferwagen stundenlang vor dem Haus. Dann fing sie an, ihre Lebensmittel bei Narobi zu kaufen, und einer der Botenjungen bekam schreckliche Schwierigkeiten. Ihr Mann sieht nett aus, es heißt, daß er es ihr um der Kinder willen durchgehen läßt. Er vergöttert die Kinder. Aber was ich eigentlich sagen wollte: Demnächst werden wir diese Frau los. Die Lockharts haben eine Hypothek über achtundzwanzigtausend Dollar mit einer Instandhaltungsklausel aufgenommen, und Charlie Peterson in der Bank hat ihnen jetzt mitgeteilt, sie müßten das Dach erneuern lassen. Soviel Geld können sie natürlich nicht aufbringen, also wird ihnen Bumps Trigger das geben, was sie für das Haus bezahlt haben, und dann müssen sie sich anderswo etwas suchen. Ich dachte, das würde Sie vielleicht interessieren.»

«Besten Dank», sagte Melissa. «Noch einen Sherry?»

«O nein, danke. Ich muß weiter. Wir sind heute abend bei den Wishings. Sie auch?»

«Ja», antwortete Melissa.

Laura zog ihre kurze Nerzjacke an und verließ das Haus mit der Grazie, der Umsicht, der milden Ausgeglichenheit einer Dame, die der Liebe endgültig Lebewohl gesagt hat.

Bald darauf klingelte es an der Hintertür. Die Köchin war mit dem Kind unterwegs, also öffnete Melissa die Tür. Draußen stand einer der Botenjungen aus Mr. Narobis Lebensmittelgeschäft. Ob das der junge Mann war, den Mrs. Lockhart hatte verführen wollen? Er war schlank, hatte braunes Haar und blaue Augen, die so strahlend leuchteten, wie es die Augen junger Menschen tun, ganz anders als die Augen der Alten, diese kläglichen Laternen, die überhaupt kein Licht mehr ausstrahlten. Melissa hätte ihn gern über Mrs. Lockhart befragt, aber das war natürlich ausgeschlossen. Sie gab ihm einen Vierteldollar als Trinkgeld, und er bedankte sich höflich. Dann ging sie nach oben, um zu baden und sich für die Gesellschaft bei den Wishings umzuziehen.

Dieser Tanzabend war ein alljährliches Ereignis. Wie Mrs. Wishing oft und gern erklärte, veranstaltete sie das Fest immer, bevor die Teppiche geklopft wurden. Eine drei Mann starke Kapelle spielte, es gab ein ausgezeichnetes Abendessen mit Lachs in Aspik, *bœuf en daube* und einem dunklen, blumigen Rotwein. An der Bar wurden Drinks gemixt. Um Viertel nach zehn hätte Melissa am liebsten ihren Mann gebeten, sie nach Hause zu bringen, aber Moses hielt sich in einem anderen Zimmer auf. Sie langweilte sich, und das kam bei ihr selten vor, denn sie war ein heiterer, geselliger Mensch. Während sie den Tanzenden zusah, dachte sie an die arme Mrs. Lockhart, die aus diesem Kreis ausgestoßen werden sollte. Andererseits wußte sie, daß die Ausnahmen – die Säufer und die Lüsternen – durch ihre Exzesse den Schildkrötenpanzer der unsterblichen Gesellschaft nicht zu sprengen vermögen. Kannte Mrs. Lockhart die Menschen besser als sie, Melissa? Wer besaß überhaupt Scharfblick? Der Priester, der sieht, wie die Hände der Leute zittern, wenn sie nach dem Kelch greifen, der Arzt, der sieht, wie sie ihre Kleider abstreifen, der Psychiater, der sieht, wie sie ihren halsstarrigen Stolz abstreifen, und der jetzt mit einer fetten, rotgekleideten Frau tanzte? Und was ist der Scharfblick wert? Spielte es denn eine Rolle, daß die betrunkene und unglückliche Frau dort in der Ecke häufig träumte, sie würde von einem Dutzend nackter Lyriker durch einen Hain gejagt? Melissa langweilte sich, und sie vermutete, daß auch ihre tanzenden Nachbarinnen sich langweilten. Einsamkeit kann einem die Lichter und die Gesellschaft begehrenswert erscheinen lassen, aber die Langeweile steht auf einem anderen Blatt. Warum mußten in dieser reichen und gerechten Welt alle so angeödet und enttäuscht aussehen?

Melissa wollte ins Badezimmer gehen. Das Haus der Wishings war groß, und sie fand sich nicht zurecht. Versehentlich geriet sie in ein dunkles Schlafzimmer. Kaum war sie eingetreten, als eine Frau, die dort gewartet haben mußte, auf sie zustürzte und sie mit inbrünstigem Stöhnen umarmte. Dann bemerkte die Fremde den Irrtum, sagte: «Oh, entschuldigen Sie bitte», und ging rasch hinaus. Melissa sah nur, daß sie dunkles Haar hatte und einen weiten Rock trug. Sie stand eine Weile in dem finsteren Raum und versuchte, ohne jeden Erfolg, diese Begegnung irgendwie mit dem fernen Geräusch der Tanzmusik in Einklang zu bringen. Es konnte doch nur bedeuten, daß zwei ihrer Nachbarinnen, zwei Hausfrauen, ineinander verliebt waren und beim Tanzabend der Wishings ein Rendezvous vereinbart hatten. Aber um wen mochte es sich handeln? So etwas traute Melissa keiner ihrer Bekannten zu. Es mußten Frauen von außerhalb sein, aus der bösen Welt jenseits von Proxmire Manor. Melissa trat in den hellen Korridor hinaus, fand den Weg zu ihrem ursprünglichen Ziel und war zu nichts anderem imstande, als den Vorfall zu vergessen. Er hatte sich nicht ereignet.

Sie bat Bumps Trigger, ihr einen Drink zu holen, und er kam mit einem Glas Bourbon zurück. Sie empfand eine tiefe Sehnsucht nach einer Insel oder Halbinsel der Gefühle, die sie noch nie, nicht einmal im Traum, gesehen hatte. Sie ahnte, wie diese

Insel beschaffen war – kein Paradies, aber voll erhebender Möglichkeiten, emotionaler Fülle und Freiheit. Es war das erstaunliche Gefühl, daß man viel mehr erreichen könne, daß die Wirklichkeit nicht Mrs. Wishings Tanzabend sei, daß sich die Welt nicht in strenge Parlamente des Guten und des Bösen gliedere, sondern von der absoluten Autorität ihrer, Melissas, Wünsche beherrscht werde.

Nun nahm auch sie am Tanz teil, und sie tanzte, bis die Kapelle um drei Uhr morgens Schluß machte. Die Langeweile war einer hemmungslosen Vergnügungssucht gewichen. Jetzt sehnte sie nicht mehr das Ende der Party herbei; sie blieb bis zum Morgengrauen, und dann überließ sie sich den Aufmerksamkeiten ihres Mannes. Moses war ein sehr aufmerksamer Gatte, der seine ehelichen Pflichten in Bootshäusern und lecken Kanus erfüllte, am Strand und auf Moospolstern im Walde, in Motels, in Hotels, in Gästezimmern, auf Sofas und Couches. Allnächtlich hallte das Haus wider von seinen Lustschreien, und doch wahrte er bei allem Überschwang die strengen Regeln des Anstands, wie er auch gewisse Formen des sexuellen Verkehrs anstößig und widerwärtig fand. Bei Tageslicht (ausgenommen die Samstage, Sonntage und Feiertage) benahm er sich höchst dezent. Jeder der im Beisein von Damen eine Zote riß, mußte damit rechnen, daß Moses ihn ohrfeigte, und einmal hatte er seinen kleinen Sohn verdroschen, weil er «Verdammt noch mal» gesagt hatte. Moses war jener Pater familias, bei dessen Anblick uns Mitleid mit dem Lüstling überkommt. Nacht für Nacht himmelte er Melissa an, Nacht für Nacht kroch er zuversichtlich zu ihr ins Bett. Dem armen Lüstling ist eine solche Sicherheit nicht vergönnt. Er – der Wanderer der Liebe – muß Briefe schreiben, sein Geld für Blumen und Juwelen opfern, Frauen in Restaurants oder Theater begleiten und ihren endlosen Reminiszenzen lauschen – Wie-schlecht-meine-Schwester-zu-mir-war und Die-Nacht-als-die-Katze-starb. Er muß all seine Intelligenz, all seine manuelle Geschicklichkeit aufbieten, um mit den nahezu labyrinthischen Komplikationen der Frauenkleidung fertig zu werden. Er muß auf alles gefaßt sein, auf geographische Probleme, auf Kapricen des Geschmacks, auf eifersüchtige Ehemänner, auf mißtrauische Köchinnen – und was wird ihm dafür gewährt? Ein paar Stunden, manchmal nur wenige Minuten gestohlener Zärtlichkeit. Ihm bleiben die Freuden der Freundschaft versagt, er ist der Polizei verdächtig, und manchmal fällt es ihm schwer, Arbeit zu finden. Seinem verheirateten Nachbarn dagegen, diesem haarigen Untier, schenkt die Welt ein gütiges Lächeln. Der vulkanische Bereich, den Moses mit Melissa teilte, war immens, aber er war auch das einzige, was sie miteinander gemein hatten. Sonst stimmten sie praktisch in nichts überein. Sie tranken weder die gleiche Whiskysorte, noch lasen sie die gleichen Bücher und Zeitungen. Außerhalb des dunklen Liebesbezirks standen sie sich wie Fremde gegenüber, und einmal, als er Melissa am anderen Ende einer langen Tafel sitzen sah, hatte er sich gefragt, wer wohl die hübsche Frau mit dem hellen Haar sei. Daß Moses' Ungestüm, seine Aufmerksamkeit nicht gänzlich spontan waren, erkannte Melissa eines Morgens, als sie eine Schublade im Flurtisch öffnete und eine Reihe von Notizen fand, deren Daten sich über einen Monat oder sechs Wochen erstreckten. «Trinkbilanz» stand darüber, und die Eintragungen lauteten: «12 Uhr mittags 3 Martinis. 3.20 ein Magenbitter. 5.36 bis 6.40 (im Zug) 3 Bourbons. 4 Bourbons vor dem Essen. 1 Flasche Mosel. Hinterher 2 Whiskies.» Der Alkoholkonsum war Tag für Tag so ziemlich der gleiche. Melissa legte die Liste in die Schublade zurück. Wieder etwas, was sie vergessen mußte.

6

So unglaublich es klingen mag, Honora Wapshot hatte nie Einkommensteuer gezahlt. Richter Beasely, der nominell ihr Vermögensberater war, nahm an, daß ihr die Steuergesetze bekannt seien, und hatte daher diese Frage nie angeschnitten. Honoras sträfliche Nachlässigkeit mochte sich durch ihr hohes Alter erklären. Vielleicht fühlte sie sich nicht mehr der Aufgabe gewachsen, mit etwas so Neuem wie dem Steuerzahlen zu beginnen, oder vielleicht dachte sie, daß sie sterben würde, bevor man sie erwischte. Hin und wieder rief der Gedanke an ihre Pflichtversäumnis flüchtige Gewissensbisse hervor, aber ihrer Meinung nach gehörte zu den Privilegien des Alters auch eine hochgradige Verantwortungslosigkeit. Jedenfalls hatte sie niemals Steuern gezahlt. So stieg denn eines Tages ein Mann namens Norman Johnson aus dem gleichen Zug, der Coverly damals, als er den Geist seines Vaters sah, nach St. Botolphs gebracht hatte.

Mr. Jowett, der ihn seiner Kleidung nach für einen Handlungsreisenden hielt, wies ihn zum *Viaduct House*. Mabel Moulton – sie leitete seit dem Schlaganfall ihres Vaters den Gasthof – führte ihn die Treppe hinauf in ein Hinterzimmer im ersten Stock. «Besonders schön ist es nicht», erklärte sie, «aber was Besseres kann ich Ihnen nicht geben.» Damit verschwand sie und überließ es Johnson, die Richtigkeit ihrer Bemerkung nachzuprüfen. Das einzige Fenster gab den Blick auf den Fluß und die Tafelsilberfabrik frei. In der Ecke stand ein Waschtisch mit Krug und Becken, unter dem Bett ein Nachttopf. Diese primitiven Gerätschaften irritierten ihn. Man stelle sich vor: ein Nachttopf im Zeitalter der Weltraumfahrt! Ob Astronauten wohl Nachttöpfe benutzen? Und Straßenbahner – was benutzen denn die? Er verscheuchte diese Gedanken und atmete schnüffelnd die Luft im Zimmer ein. Nun ja, das *Viaduct House* war ein sehr altes Hotel, und man mußte Nachsicht mit seinen Gerüchen haben. Er hängte den Anzug, den er anhatte und den aus dem Koffer in den Wandschrank. Als er die Reihe blecherner Kleiderbügel berührte, gab es ein kurzes Geläut. Diese gespenstische Musik erschreckte ihn, und gleich darauf brach die Stille des Hauses über ihn herein. Dann hörte er Schritte im oberen Zimmer. Ein Mann? Eine Frau? Die Absätze waren hart, aber die Schritte schwer, und er hielt sie für die eines Mannes. Der Unbekannte ging vom Fenster zum Schrank, vom Schrank zum Bett, vom Bett zum Waschtisch, von dort zum Fenster zurück. Ein forscher, eiliger, zielbewußter

Schritt, aber ein völlig sinnloses Hin und Her. Was machte der Mann? Packte er, zog er sich an, rasierte er sich, oder wanderte er nur (Johnson kannte das aus eigener Erfahrung) im Zimmer umher und fragte sich, was er vergessen habe?

In Hemd und Unterhose setzte sich Johnson auf die Bettkante. (Die Unterhose war mit Pokerkarten und Würfeln bedruckt.) Er öffnete eine Flasche Sherry und trank. In dem heterogenen, sich ständig neu belebenden Strom der Gesichter, die uns umgeben, finden wir solche, die wie Münzen eines besonderen Reiches anmuten: Sie haben alle die gleiche Prägung und den gleichen Wert. Man war Johnson schon früher begegnet; man würde ihm wieder begegnen. Er hatte jenes längliche Gesicht, zu dem das Wort ‹Reife› in keiner Weise paßt. Die Zeit hatte ihm eine Reihe unerwarteter Verluste und derber Schläge zugefügt, aber im Halblicht und Querlicht blieben die Gefühlsnarben unsichtbar, und seine Züge wirkten ernst, schlicht und unergründlich. Manche von uns reisen dreimal um die Welt, lassen sich scheiden, heiraten wieder, lassen sich abermals scheiden, trennen sich von ihren Kindern, verdienen und vergeuden ein Vermögen, und wenn sie dann zu ihrem Ausgangspunkt zurückkehren, finden sie die gleichen Gesichter hinter den gleichen Fenstern, kaufen ihre Zigaretten und Zeitungen bei dem gleichen alten Mann, sagen zu dem gleichen Fahrstuhlführer guten Morgen, zu dem gleichen Hotelportier gute Nacht, zu all den Johnsons, die das Mißgeschick ins Leben getrieben hat wie Nägel in einen Fußboden.

Johnson war Reisender, vertraut mit dem Elend der Einsamkeit, mit der übermächtigen Gewalt ihrer Sexualität, mit den halbbewußten Bildern von Landstraßen und Autobahnen, diesen Projektionen eines verwirrten Geistes, mit jener hoffnungslosen geschlechtlichen Verlassenheit, die vor der Erfindung der Venus die Welt überflutet haben muß, jenseits von Gut und Böse, beherrscht vom Schmerz. Seinen Vater hatte er schon in frühester Kindheit verloren. Die Mutter und ihre Schwester hatten ihn großgezogen, eine Lehrerin und eine Näherin. Er war ein braver Junge gewesen, tüchtig und arbeitsam. Während die anderen Kinder straßauf, straßab hinter einem Ball herliefen, verkaufte er Senkfußeinlagen, Zeitschriftenabonnements, Tauchsieder, Weihnachtskarten und Zeitungen. Er sammelte seine Fünf- und Zehn-Cent-Stücke in leeren Konservendosen und brachte die Ersparnisse jede Woche auf die Bank. Zwei Jahre lang finanzierte er selbst sein Universitätsstudium, dann wurde er zur Infanterie eingezogen. Er hätte auf den Docks in Superior beim Verladen von Erzen einen Unabkömmlichkeitsposten bekommen und während des Krieges ein Vermögen verdienen können, aber davon erfuhr er erst, als es zu spät war.

Am vierten Tag der Invasion landete er in der Normandie. Sein stämmiger Sergeant schoß sich gleich nach der Landung in den Fuß, und sein blutrünstiger Kompaniechef brach nach dreistündigem Gefecht zusammen. Die bescheidenen und anständigen Menschen, solche wie Johnson, waren die wahrhaft tapferen. Am dritten Kampftag wurde er verwundet und nach England in ein Lazarett geflogen. Als er zu seiner Kompanie zurückkehrte, versetzte man ihn ins Hauptquartier, und dort blieb er bis zu seiner Entlassung. Vier verlorene Lebensjahre, vier Jahre, die ihn aus seiner beruflichen Laufbahn herausgerissen hatten. Zu Hause, in Superior, erfuhr er, daß seine Tante tot war und die Mutter im Sterben lag. Als er sie begraben hatte, stand er da mit Arztrechnungen in Höhe von dreitausend Dollar, einer Leichenbestatterrechnung über vierzehnhundert Dollar und einer Siebentausenddollarhypothek auf einem Haus, das niemand kaufen wollte. Damals war er siebenundzwanzig Jahre alt.

Johnson goß sich ein zweites Glas Sherry ein. «Ich hatte nie eine elektrische Eisenbahn», sagte er vor sich hin. «Ich hatte nie einen Hund.»

Er fand eine Stellung beim Bund ehemaliger Kriegsteilnehmer in Duluth, und er lernte eine neue Lektion. Die meisten Menschen kommen mit Schulden zur Welt, sind ihr Leben lang verschuldet und hinterlassen Schulden. Gewissenhaftigkeit und Fleiß reichen nicht aus, um die Schuldenlast zu beseitigen. Was not tut, ist ein Einfall, und als er eines Abends auf einer Anhöhe bei Superior stand, kam ihm der Einfall. In der Ferne waren die Lichter von Duluth zu sehen. Zu seinen Füßen lagen die flachen

Dächer einer Konservenfabrik. Der Abendwind aus Duluth wehte ihm Hundegebell zu. Und dies waren Johnsons Gedanken: Zweitausend Menschen wohnen hier auf der Anhöhe. Jeder von ihnen besitzt einen Hund. Jeder Hund frißt täglich mindestens eine Dose Hundefutter. Die Leute lieben ihre Hunde und sind bereit, sich das Futter etwas kosten zu lassen, aber wer weiß denn, was eine Dose Hundefutter enthält? Was fressen Hunde gern? Abfälle und Pferdeäpfel. Streunende Hunde haben immer ein schönes Fell und erfreuen sich bester Gesundheit. Er brauchte nichts weiter als einen zugkräftigen Namen für die Ware. HUNDEFUTTER AUS DEM ALTEN ENGLAND! Für die meisten Leute bedeutete England soviel wie Roastbeef. Mit so einem Etikett würde die Dose Hundefutter mindestens fünfundzwanzig Cent bringen. Der Lärm aus der Konservenfabrik schien diese Erwägung zu bestätigen, und Johnson ging glücklich zu Bett.

Er experimentierte mit Hunden aus der Nachbarschaft und entschied sich für ein Rezept, das neunzig Prozent Abfälle aus der Fleischkonservenfabrik und zehn Prozent Pferdemist aus dem Reitstall enthielt, dazu genügend Wasser, um die Mischung anzufeuchten. Er entwarf ein Etikett und ließ es drucken: ein Wappenschild und darunter in Schnörkelschrift «Hundefutter aus dem alten England». Die Konservenfabrik erklärte sich bereit, die Produktion zu übernehmen und für den Anfang tausend Dosen zu liefern. Er mietete einen Lastwagen und beförderte die Zutaten in Mülltonnen zur Fabrik. Als die Dosen etikettiert, in Kisten verpackt und in seiner Garage aufgestapelt waren, hatte er das Gefühl, etwas Wertvolles und Schönes zu besitzen. Er kaufte sich einen neuen Anzug und machte mit einer Musterdose auf den Märkten von Duluth die Runde.

Überall war es dieselbe Geschichte. Die Lebensmittelhändler kauften bei den Grossisten, und als er sich an die Grossisten wandte, erklärten sie, daß sie den Vertrieb seines Produktes nicht übernehmen könnten. Das Hundefutter, das sie verkauften, stammte aus Chicago und mußte zusammen mit den anderen Erzeugnissen der großen Fleischkonservenfirmen abgenommen werden, wodurch sich der Preis ermäßigte. Gegen Chicago kam Johnson nicht an. Er versuchte, sein Hundefutter in der Siedlung auf der Anhöhe loszuwerden, aber mit Hundefutter kann man nicht hausieren gehen.

Es wurde ihm eine bittere Lehre. Wer selbständig sein will, hat keine Chance. Duluth wimmelte von hungrigen Hunden, und er hatte tausend Dosen mit Futter in seiner Garage, aber für einen selbständigen Geschäftsmann war es unmöglich, die Hunde und das Futter einträglich zusammenzubringen.

Diese Erinnerung bewog ihn, ein drittes Glas Sherry zu trinken.

Inzwischen war es dunkel geworden, und er zog sich an, um zum Abendessen hinunterzugehen. Er war der einzige Gast im Speisesaal. Mabel Moulton brachte ihm einen Teller fettiger Suppe, in der ein abgebranntes Streichholz schwamm. Das Streichholz im Verein mit dem Nachttopf steigerte seinen Haß auf St. Botolphs ins Unversöhnliche. «Ach, entschuldigen Sie bitte», sagte Mabel, als er ihr das Corpus delicti zeigte. «Es tut mir schrecklich leid. Wissen Sie, mein Vater hat vorigen Monat einen Schlaganfall gehabt, und wir sind furchtbar knapp an Personal. Es läuft nicht alles so, wie wir's möchten. Die Zündflamme am Gasherd funktioniert nicht, und die Köchin muß das Gas mit Streichhölzern anzünden, und dadurch ist wohl eines in Ihre Suppe geraten. Schön, ich nehme die Suppe weg und bringe Ihnen das Schmorfleisch, und ich werde aufpassen, daß keine Streichhölzer drin sind. Wie Sie sehen, hebe ich den Teller mit der *linken* Hand hoch. Ich habe mir nämlich vorigen Winter die linke Hand verstaucht, und sie ist noch immer nicht ganz in Ordnung, aber ich gebrauche sie so oft wie möglich, weil ich denke, daß sie dann besser wird. Der Doktor sagt auch, ich soll immer fleißig üben. Natürlich ist es für mich einfacher, die rechte Hand zu nehmen, aber...» Seine unfreundliche Miene brachte sie zum Schweigen. Sie hatte Tausende von einsamen Männern bedient, und die meisten ließen sich gern von ihren Schmerzen und Verstauchungen erzählen. Als Gegenleistung bewunderte Mabel die Fotos von Frauen, Kindern, Häusern und Hunden ihrer Gäste. Es war eine schwächliche Brücke des Kontakts, aber besser als nichts. Außerdem verging dabei die Zeit.

Johnson aß sein Schmorfleisch und den Nachtisch und suchte dann die Bar auf. Sie war durch grell leuchtende Bierreklamen erhellt und roch wie eine Erdgrube. Die einzigen Gäste waren zwei Farmer. Er stellte sich an das andere Ende der Theke und trank noch ein Glas Sherry. Nachdem er eine Partie auf der Miniaturbowlingbahn gespielt hatte, trat er durch die Seitentür auf die Straße. Das Städtchen lag im Dunkeln, in sich zurückgezogen, unzugänglich für die Bedürfnisse der Reisenden, der Wanderer der großen, weiten Welt. Sämtliche Läden waren geschlossen. Er betrachtete die Unitarierkirche auf der anderen Seite des Marktplatzes, ein weißes Fachwerkgebäude mit Säulen und einem Glockenturm, der hoch in den Sternenhimmel ragte. Johnson fand es unglaublich, daß seine Artgenossen, die Erfinder gläserner Geschäftsfassaden, heller Beleuchtung und pausenloser Musikberieselung, jemals so rückständig gewesen sein sollten, Tempel im Stil der Alten Welt zu bauen. Er ging um den Platz herum und dann durch die Boat Street. In Honoras altem Haus waren ein paar Fenster erleuchtet, aber er sah niemanden. Er kehrte in die Bar zurück und setzte sich vor den Fernsehapparat.

Es wurde ein Boxkampf übertragen. Der Favorit war ein ältlicher Clubboxer namens Mercer, der Herausforderer ein Mann namens Santiago, ein Italiener oder Puertoricaner. Santiago war fleischig, muskulös und dumm. Die beiden ersten Runden gingen an Mercer. Er war ein schmächtiger blonder Mann, dessen gefurchtes Gesicht, wie Johnson dachte, auf häusliche Sorgen schließen ließ. Vor einer Stunde mochte er seiner Frau in der Küche einen Abschiedskuß gegeben haben, und nun kämpfte er, um die Raten für die Waschmaschine bezahlen zu können. Der flinke, intelligente, drahtige Mercer schien unbesiegbar zu sein, bis Santiago ihm zu Beginn der dritten Runde die rechte Braue aufschlug. Blut strömte über Mercers Gesicht und die Brust, und er rutschte auf dem blutigen Segeltuch aus. In der fünften Runde traf ihn Santiago an derselben Stelle, und wieder taumelte Mercer blind und hilflos im Ring herum. In der sechsten Runde wurde der Kampf abgebrochen. Damit war Mercer wohl endgültig erledigt. Seine Frau und die Kinder würden trauern, wenn man die Waschmaschine abholte. Johnson ging nach oben, zog einen Schlafanzug an, der mit Rennbahnbildern bedruckt war, und griff nach einem Buch.

Es war ein Roman, und er handelte von einer jungen Dollarmillionärin mit Häusern in Rom, Paris, New York, Honolulu. Im ersten Kapitel trieb sie es mit ihrem Mann in einer Skihütte. Im zweiten Kapitel trieb sie es mit einem Butler in der Wäschekammer. Im dritten Kapitel trieben es ihr Mann und der Butler im Swimmingpool. Dann trieb es die Heldin mit einer Kammerzofe. Ihr Mann ertappte sie dabei und beteiligte sich an dem Spaß. Dann trieb es die Köchin mit dem Postboten und die zwölfjährige Tochter der Köchin mit dem Reitknecht. So ging es sechshundert Seiten lang. Johnson konnte sich denken, wie es enden würde: Nachdem die Heldin alle Laster bis zur Neige ausgekostet hat, beschließt sie ihre Tage in einem Nonnenkloster, mit geschorenem Kopf und einem Bleigürtel. Das letzte, was man von dem verkommenen Gatten sieht, sind seine Füße in derben Mönchssandalen, als er sich durch einen Schneesturm kämpft, um einer kranken Hure in den Bergen ein Fläschchen mit Antibiotika zu bringen. Dürftige Kost für einen einsamen Mann, und Johnson spürte, wie die Einsamkeit all derer, die vor ihm hier gelegen und danach gelechzt hatten, nicht allein zu sein, aus der harten Matratze in ihn hineinströmte. Er löschte das Licht, schlief ein und träumte von Schwänen, von einem verlorengegangenen Koffer, von einem schneebedeckten Berg. Er sah seine Mutter, wie sie mit zitternden Händen den Schmuck vom Weihnachtsbaum nahm. Als er morgens erwachte, fühlte er sich frisch, lebendig und sogar voller Liebeslust, aber stets lauert am See der Fremdling mit verborgenem Gesicht, im Garten die Viper, im Westen die dunkle Wolke. Die Setzeier, die ihm Mabel zum Frühstück brachte, schwammen in Fett. Kaum hatte er das Hotel verlassen, da bellte ihn ein Hund an. Das Tier folgte ihm über den Marktplatz und schnappte nach seinen Fußknöcheln. Er rannte durch die Boat Street, und einige Kinder, die auf dem Weg zur Schule waren, lachten schallend über den angstvoll flüchtenden Mann. Als er Honoras Haus erreichte, war seine gute Laune verflogen.

Maggie öffnete die Tür und führte ihn in die Bibliothek, wo Honora am Fenster saß und ein Sortiment von Feuerwerkskörpern in einem Waschkorb begutachtete. Als sie Männerschritte hörte, nahm sie die Brille ab. Dadurch hoffte sie jünger zu wirken. Aber ohne Brille konnte sie nicht viel erkennen, und sie sah Johnsons Züge so undeutlich, daß sie sich einbildete, er sei ein junger Mann mit kräftigen Gelüsten, offenherzig und begeisterungsfähig. Ein Gefühl impulsiver Freundschaft für diese verschwommene Gestalt regte sich in ihr. «Guten Morgen», sagte sie. «Bitte, nehmen Sie Platz. Ich schaue mir gerade meine Feuerwerkskörper an. Wissen Sie, ich habe sie voriges Jahr gekauft, weil ich ein kleines Fest veranstalten wollte, aber der Juli war ja so trocken, es hatte sechs Wochen lang nicht geregnet, und da bat mich der Feuerwehrhauptmann, die Raketen nicht abzubrennen. Ich legte das Zeug in den Kleiderschrank und vergaß es vollständig – bis heute morgen. Ich liebe Feuerwerk», fügte sie hinzu. «Wissen Sie, ich lese so gern die Etiketten auf der Verpackung und male mir aus, wie das zischen, sprühen und funkeln wird. Ich *liebe* den Pulvergeruch.»

«Ich möchte mich nach Ihrem Onkel Lorenzo erkundigen», begann Johnson.

«Ach ja», sagte Honora. «Handelt es sich um die Gedenkplakette?»

«Nein», antwortete Johnson. Er öffnete seine Aktenmappe.

«Voriges Jahr war nämlich ein Herr bei mir und drängte mich, eine Gedenkplakette für Lorenzo anfertigen zu lassen», erklärte Honora. «Zuerst dachte ich, er käme von einem Komitee, aber dann stellte sich heraus, daß er nur ein Vertreter war. Sind Sie auch ein Vertreter?»

«Nein», erwiderte Johnson. «Ich komme von der Regierung.»

«Dann wissen Sie wohl, daß Lorenzo als Abgeordneter im Staatsparlament gesessen hat. Er war es, der das gesetzliche Verbot der Kinderarbeit beantragte. Wissen Sie, meine Eltern waren

Missionare. Man sieht es mir nicht an, nicht wahr, aber ich bin in Polynesien geboren. Meine Eltern schickten mich hierher zur Schule, und sie starben, bevor ich zu ihnen zurückkehren konnte. Lorenzo hat mich aufgezogen. Er war kein besonders freundlicher Mann.» Sie blickte nachdenklich vor sich hin. «Aber man könnte sagen, daß er mir Vater und Mutter war», schloß sie mit einem Seufzer, der alles andere als Zufriedenheit ausdrückte.

«War dies sein Haus?»

«Ja, gewiß.»

«Hat Ihnen Ihr Onkel sein Vermögen hinterlassen?»

«Ja, er hatte keine anderen Angehörigen.»

«Ich habe hier einige Schreiben der Appleton Bank and Trust Company. Das Vermögen Ihres Onkels soll zur Zeit seines Todes rund eine Million Dollar betragen haben. Nach Angaben der Bank beläuft sich Ihr jährliches Einkommen auf siebzigtausend bis hunderttausend Dollar.»

«Ich weiß es nicht», sagte Honora. «Ich gebe das meiste Geld weg.»

«Können Sie das nachweisen?»

«Ich führe keine Bücher», erwiderte Honora.

«Haben Sie jemals Einkommensteuer gezahlt, Miss Wapshot?»

Honora schüttelte den Kopf. «O nein. Ich mußte Lorenzo versprechen, dem Staat nichts von seinem Geld zu schenken. Keinen Cent.»

«Das ist eine böse Sache, Miss Wapshot.» Nun kam er sich groß und stark vor, überlegen und wichtig wie alle, die eine schlechte Nachricht bringen. «Man wird Anzeige gegen Sie erstatten.»

«Ach du meine Güte», sagte Honora.

Sie war erwischt worden. Erwischt wie ein tölpelhafter Dieb, der einen Bankkassierer mit einer Wasserpistole bedroht. Wenn sie auch von den Steuergesetzen nur sehr unklare Vorstellungen hatte, so wußte sie doch, daß es Gesetze ihres Landes und ihrer Zeit waren. Sie ging zum Kamin und zündete den Haufen Sägespäne, Papier und Holz an, den der Gärtner auf den Rost gelegt hatte. Das tat sie, weil es für sie nichts Tröstlicheres gab als ein Kaminfeuer. Sooft sie unzufrieden mit sich selbst war, nervös, beunruhigt oder gelangweilt, entzündete sie ein Feuer, das ihr Mißvergnügen verzehrte und ihren Kummer in Rauch aufgehen ließ. Wie ein Urmensch fühlte sie sich von dem Licht und der Wärme des Feuers angezogen. Die Späne und das Papier flammten auf, und in der Bibliothek breitete sich eine trockene, gasige Hitze aus. Honora warf dürres Apfelbaumholz nach, damit das Feuer hell aufloderte und ihre Furcht vor dem Armenhaus und dem Gefängnis einäscherte. Ein Holzscheit zerbarst, und ein Stückchen Glut landete in dem Korb mit den Feuerwerkskörpern. Im nächsten Augenblick explodierte eine Römische Sonne. «Du lieber Himmel!» rief Honora. Fast blind ohne Brille, griff sie nach einer Blumenvase, um die Römische Sonne zu löschen, aber sie verfehlte das Ziel und traf Johnson mitten ins Gesicht – mit einem Schwall Blumenwasser und einem Dutzend Hyazinthen. Inzwischen hatte die Römische Sonne begonnen, bunte Funken zu versprühen, und diese setzten nun einen Goldenen Vesuv in Brand. Eine Rakete flog zum Klavier. Dann ging mit einem Schlag auch der Rest hoch.

7

Die beiden Geschichten über Honora Wapshot, die in der Familie am häufigsten erzählt wurden, drehten sich um ihren Wecker und um ihre Handschrift. Das heißt, man erzählte diese Geschichten eigentlich nicht, sondern man führte sie auf: Jedes Familienmitglied übernahm eine Rolle, sang sozusagen eine Arie, und am großen Finale waren dann alle beteiligt. Der Vorfall mit dem Wecker hatte sich in der fernen Vergangenheit abgespielt, zu Lorenzos Lebzeiten. Lorenzo legte Wert darauf, fromm zu erscheinen, und fand sich immer schon um Viertel vor elf in der Christuskirche zum Morgengottesdienst ein. Honora, die aufrichtig fromm war, aber nichts davon hielt, diese Tatsache durch übertriebene Pünktlichkeit zu dokumentieren, konnte nie die Handschuhe oder den Hut finden und verspätete sich regelmäßig. Eines Sonntag morgens nahm der wütende Lorenzo seine Nichte bei der Hand, führte sie in den Drugstore und kaufte ihr einen Wecker. Dann gingen sie zur Kirche. Mr. Briam, Applegates Vorgänger, hielt eine endlose Predigt über den Apostel Paulus und seine Gefangennahme. Plötzlich klingelte der Wekker. Die meisten Gläubigen waren eingeschlummert und fuhren nun erschrocken hoch. Honora schüttelte die sorgsam verpackte Uhr. Als das nichts half, entfernte sie die Umhüllung, öffnete den Karton, und im gleichen Augenblick verstummte das Läuten. Kaum aber hatte sich Mr. Briam wieder den Ketten des Apostels zugewandt, da schrillte der Wecker von neuem. Diesmal tat Honora, als sei es gar nicht ihre Uhr. Heftig schwitzend saß sie neben diesem gottlosen Monstrum, während Mr. Briam weiter über die Ketten sprach. Es war ein historischer Sonntag. In der Geschichte über ihre Handschrift ging es darum, daß sie sich eines Morgens in einem Brief an den Kohlenhändler über die hohen Preise beschwerte und dann an Mr. Potter schrieb, um ihm ihr Beileid zu dem plötzlichen Hinscheiden seiner Gattin auszusprechen. Leider verwechselte sie die Umschläge, aber da Mr. Potter nichts weiter entziffern konnte als die Unterschrift, fand er Honoras Aufmerksamkeit rührend, und da Mr. Sumner, der Kohlenhändler, kein Wort des Kondolenzbriefes zu lesen vermochte, schickte er ihn an Honora zurück. Sie hatte die Spencer-Kalligraphie gelernt, aber irgend etwas Kraftvolles oder Derbes in ihrer Natur widersetzte sich dieser Schreibweise, und der Konflikt zwischen ihren Leidenschaften und den Regeln der Kalligraphie machte ihre Schrift unleserlich.

Ungefähr um diese Zeit erhielt Coverly einen Brief von Honora. Ein geduldiger, ausdauernder Mensch hätte jedes Wort des Briefes dechiffriert und die Einzelheiten zu einem Ganzen zusammengefügt, aber Coverly besaß weder Geduld noch Ausdauer. Immerhin gelang es ihm, einige Mitteilungen zu entziffern.

Eine Steineiche hinter dem Haus war vom Rostpilz befallen worden, und Coverly sollte nach St. Botolphs kommen, um die Schädlinge zu bekämpfen. Dann folgte ein unleserlicher Absatz über die Appleton Bank and Trust Company in Boston. Honora hatte dort Aktien für Coverly und seinen Bruder deponiert, und er nahm an, sie teile ihm irgend etwas darüber mit. Dank diesem Einkommen konnte Coverly viel behaglicher leben, als es das staatliche Gehalt ihm erlaubt hätte, und er hoffte, mit den Aktien sei alles in Ordnung. Es folgte ein klarer Satz, der besagte, der Leiter des Stützpunktes Talifer, Dr. Lemuel Cameron, habe vor Jahren ein von Lorenzo Wapshot gestiftetes Stipendium erhalten. Honora schloß mit den üblichen Bemerkungen über Regen, Wind und Gezeiten.

Coverly vermutete, der Hinweis auf die Steineiche bedeute etwas ganz anderes, aber er war nicht in der Stimmung, sich den Kopf über die Gedankengänge der alten Dame zu zerbrechen. Wenn bei der Bank etwas passiert war – der Vierteljahresscheck ließ diesmal auf sich warten –, so konnte er nichts daran ändern. Die Bemerkung über Dr. Cameron mochte zutreffen oder nicht; Honora übertrieb gern, wenn es um Lorenzos Freigebigkeit ging, außerdem fiel es ihr schwer, sich Namen zu merken. Der Brief kam zu einer Zeit an, als Coverly mancherlei Schwierigkeiten hatte, und er schickte ihn kurzerhand an seinen Bruder weiter.

Betsey hatte sich von dem Fiasko ihrer Cocktailparty noch nicht erholt. Sie haßte Talifer und warf Coverly vor, daß er sie zwinge, an einem solchen Ort zu leben. Aus Rache schlief sie allein und sprach kein Wort mehr mit ihrem Mann. In lauten Monologen beklagte sie sich über das Haus, über die Gegend, über die Küche, über das Wetter und über die Nachrichten in den Zeitungen. Sie beschimpfte das Kartoffelmus, verfluchte den Schmorbraten, wünschte die Töpfe und Pfannen zum Teufel und sagte schreckliche Dinge zu den tiefgefrorenen Apfeltörtchen, aber mit Coverly sprach sie nicht. Haushaltsgegenstände, Möbelstücke und der Körper ihres Mannes schienen rauhe Reibflächen an einem Stein zu sein, der ihr im Weg lag. Nichts war ihr recht. Das Sofa tat ihrem Rücken weh. In ihrem Bett fand sie keinen Schlaf. Die Lampen brannten so trübe, daß man nicht lesen konnte, die Messer waren so stumpf, daß sich die Butter nicht schneiden ließ, die Fernsehprogramme langweilten sie (was nicht ausschloß, daß sie stundenlang vor dem Apparat saß). Das schlimmste für Coverly war der Zusammenbruch der sexuellen Beziehungen. Sie waren der eigentliche Lebensquell ihrer Ehe gewesen, und ohne sie empfand er Betseys Nähe als quälend.

Coverly forschte nach der tieferen Ursache ihrer Depressionen und sah oder glaubte zu sehen, daß Betsey unbarmherzig von einer Vergangenheit niedergedrückt wurde, die er nicht kannte. Wir alle, überlegte er, müssen Tribut für das bezahlen, was einmal war, und in ihrem Fall ist die Summe vielleicht sehr hoch. Daher mochte die dunkle Seite ihres Wesens rühren, die ihm geheimnisvoller erschien als die dunkle Seite des Mondes. Gibt es Instrumente der Liebe und Geduld, mit denen man dieses Dunkel erforschen, die Quellen des Kummers aufdecken, alle Symptome registrieren und damit in den Bereich der Vernunft rücken kann? Oder ist es die Natur solcher Frauen, immer zur Hälfte in einem Dunkel zu stehen, das nicht einmal sie selbst zu ergründen vermögen? Betsey ähnelte keineswegs einer Mondgöttin, wie sie da vor dem Fernsehgerät saß, aber ihr Wesen mit all seinen unvereinbaren Gesichtern erinnerte an nichts so sehr wie an den Mond.

Eines Samstagmorgens, als Coverly sich rasierte, hörte er Betseys Stimme – scharf und schrill vor Zorn –, und er ging im Pyjama nach unten, um nachzusehen, was los sei. Betsey schalt die neue Putzfrau aus. «Ich weiß nicht, wohin das führen soll», zeterte sie. «Ich weiß es wirklich nicht. Denken Sie etwa, ich bezahle Sie, damit Sie hier vor meinem Fernsehapparat hocken, meine Zigaretten rauchen und sich einen guten Tag machen?» Betsey wandte sich an Coverly. «Sie kann kaum Englisch sprechen, und sie weiß nicht einmal, wie ein Staubsauger funktioniert. Nicht einmal das versteht sie. Und du – wie siehst du wieder aus? Es ist neun Uhr, und du läufst noch im Schlafanzug herum; wahrscheinlich wirst du den ganzen Tag hier verbummeln und mir im Weg sein. Ich habe es satt, ich habe es gründlich satt. Nimm sie mit nach oben und bring ihr bei, wie man staubsaugt. Verschwindet, ihr beide! Macht euch mal ausnahmsweise nützlich.»

Die Putzfrau hatte schwarzes Haar und olivenfarbene Haut. Ihre Augen schwammen in Tränen. Coverly holte den Staubsauger, trug ihn die Treppe hinauf und bewunderte dabei das üppige Hinterteil der Fremden. Zwischen ihnen entstand der spontane Kontakt unglücklicher Kinder. Coverly stöpselte den Stecker ein und stellte den Motor an, aber als er der Fremden zulächelte, nahmen die Dinge eine andere Wendung. «Jetzt stecken wir ihn hier hinein», hörte Betsey ihn sagen. «So ist es recht, so... Wir müssen in die äußersten Winkel kommen, in alle Winkel. Langsam, langsam, langsam. Vor und zurück, vor und zurück. Nicht zu schnell...» Unten dachte Betsey erbost, daß Coverly endlich eine nützliche Samstagsbeschäftigung habe und daß wenigstens ein Zimmer sauber sein würde. Sie ging ins Badezimmer, wo sie eine Vision hatte – nicht sosehr von der Emanzipation ihres Geschlechts wie von der Versklavung der Männer.

Der Zukunftsstaat, der Betsey vorschwebte, war ganz anders organisiert, als Frauenrechtlerinnen ihn für gewöhnlich erträumen. Es gab keine Präsidentin, keinen weiblichen Senat. Die Arbeit wurde nach wie vor von den Männern verrichtet, und zusätzlich mußten sich die Herren der Schöpfung um den Haushalt und das Einkaufen kümmern. Sie lächelte bei dem Gedanken an einen Mann, der sich über das Bügelbrett beugt, einen Mann, der Staub wischt, einen Mann, der den Braten begießt. In ihrer Vision wurden sämtliche Standbilder großer Männer umgestürzt und auf die Müllhalden geschafft. Berittene Generale, Priester im Talar, Gesetzgeber im Frack, Flieger, Forschungsreisende, Erfinder, Dichter und Philosophen – all diese Statuen ersetzte man durch solche von attraktiven Vertreterinnen des weiblichen Geschlechts. Den Frauen wurde restlose sexuelle Freizügigkeit zugebilligt, sie schliefen mit Fremden, so beiläufig, wie man eine

Handtasche kauft, und wenn sie abends nach Hause kamen, schilderten sie ihren deprimierten Ehemännern (die den Rinderbraten mit Adolphs Mürbemachpulver bestreuten) die Höhepunkte ihrer erotischen Abenteuer. Betsey ging nicht so weit, sich Gesetze auszudenken, die den Männern sämtliche Rechte absprachen, aber sie sah das ehemals starke Geschlecht eingeschüchtert, farblos und gedrückt vor sich, jeglicher Chancen beraubt, ernst genommen zu werden.

Zu der Zeit, über die ich schreibe, hatte Coverly die unselige Gewohnheit angenommen, wie ein chinesischer Wahrsager zu reden. «Die Zeit heilt alle Wunden», sagte er etwa, oder: «Lieber arm, aber ehrlich.» Mit den Fingerknöcheln hatte er schon immer geknackt; jetzt irritierte er seine Umgebung auch noch durch ein nervöses Räuspern. In regelmäßigen Abständen kamen aus seinem Kehlkopf nachdenkliche, verlegene, nörgelnde oder unschlüssige Geräusche. «Rrrhm», sagte er zu sich selbst, während er das Geschirr spülte. «Arrhm, arrhm, grmpf», sagte er, als wolle er mit diesen Lauten seinem Mißvergnügen subtilen Ausdruck geben. Er gehörte zu den Leuten, die bei den Propagandakongressen, an denen er zuweilen teilnahm, ihr Namensschild (Hallo! Ich bin Coverly Wapshot!) nicht am Rockaufschlag trugen, sondern es in den Papierkorb warfen, zusammen mit der weißen Nelke, die jeder Delegierte erhielt. Anscheinend hatte er das Gefühl, in einer Kleinstadt zu leben, wo alle ihn kannten. Das entsprach natürlich in keiner Weise der Wahrheit. Betsey war eine jener Frauen, die sich wie die Heldinnen in alten Legenden aus einer Hexe in eine Schönheit verwandeln können und dann so schnell wieder in eine Hexe, daß Coverly ständig in Atem gehalten wurde.

Coverly neigte dazu, die Tatsachen seiner Lebensgeschichte wie ein Despot nach Lust und Laune ins Gegenteil zu verkehren. Munter und hoffnungsfroh entschied er, das Geschehene sei nicht geschehen. Allerdings ging er nie so weit zu behaupten, das Nicht-Geschehene sei geschehen. Das Negieren der Fakten war in seinem Liebeslied ein Refrain, der ebenso häufig erklang wie jene lyrischen Strophen, die den Liebesrausch preisen. Betsey war also eine Nörglerin; oder sie war, wie Coverly es drehte, *keine* Nörglerin. Sie hatte sich in Remsen nicht wohl gefühlt und wäre gern nach Canaveral übergesiedelt, wo sie sich am weißen Strand sitzen, die wilden Wogen zählen und mit dem Bademeister liebäugeln sah. Wäre Betsey porträtiert worden, dann hätte der Maler sie vor den Hintergrund einer der Landschaften des nördlichen Georgia stellen müssen, wo sie ihre geheimnisumwitterte Kindheit verbracht hatte. Zu dieser Gegend gehörten schmalrückige, halbwilde Schweine, ein absterbender Seifenbaum, ein erneuerungsbedürftiges Fachwerkhaus und, so weit das Auge reichte, roter Lehmboden, der sich beim leichtesten Regen in eine glitschige Masse verwandelt. Mit der Humuserde, die es in diesem Teil des Staates Georgia gab, hätte man nicht einmal eine Köderdose füllen können. Coverly hatte die Landschaft flüchtig vom Zugfenster aus gesehen, und von Betseys Vergangenheit wußte er nur, daß sie eine Schwester hatte, die Caroline hieß. «Caroline hat mich sehr enttäuscht», sagte Betsey. «Sie ist meine einzige Schwester, und ich wollte ein gutes geschwisterliches Verhältnis zu ihr haben, aber sie hat mich schrecklich enttäuscht. Als ich in dem Einheitspreisladen angestellt war, gab ich ihr meinen ganzen Lohn für ihre Aussteuer, und nach der Hochzeit ist sie dann einfach aus Bambridge weggezogen. Stell dir vor, sie hat mir kein einziges Mal geschrieben, und ich weiß überhaupt nicht, wo sie steckt.» Eines Tages aber kam Nachricht von Caroline, und das bewirkte einen Umschwung in Betseys Gefühlen für die Schwester. Coverly freute sich darüber, da Betseys Einsamkeit in Talifer nach wie vor nur durch das Fernsehgerät gemildert wurde und es offenbar nicht in seiner Macht stand, ihr ein geselliges Leben zu bieten. Schließlich wurde Caroline, die sich inzwischen hatte scheiden lassen, nach Talifer eingeladen.

Was nicht geschehen war – oder was vielleicht geschehen, aber für Coverly nicht existent war –, begann mit Carolines Besuch. Sie traf an einem Donnerstag ein. Als Coverly abends nach Hause kam, waren sämtliche Fenster erleuchtet, und als er die Wohnung betrat, hörte er die Schwestern im Wohnzimmer lachen und schwatzen. Zum erstenmal seit Monaten machte Betsey einen frohen Eindruck und begrüßte ihn mit einem Kuß. Caroline blickte lächelnd zu ihm auf. Farbe und Schnitt ihrer Augen wurden von einer großen Sonnenbrille verborgen, in der sich das Zimmer spiegelte. Obgleich sie nicht dick war, saß sie da wie eine dicke Frau, mit gespreizten Beinen, zwischen denen sie die Arme ungraziös herabhängen ließ. Sie trug ein Reisekostüm, dessen enger blauer Rock faltig und zerknittert war wie eine welke Haut. Die blauen Pumps schienen sie zu drücken. Ihr Lächeln war hold und träge; sie stand auf und gab Coverly einen feuchten Kuß. «Ach, er sieht ja genau wie Harvey aus», sagte sie. «Harvey war ein Junge in Bambridge, und du bist ihm sehr ähnlich. Er war ein netter Kerl. Seine Familie hatte ein nettes Haus in der Spartacus Street.»

«Sie wohnten nicht in der Spartacus Street», warf Betsey ein. «Sie wohnten in der Thompson Avenue.»

«Sie wohnten in der Spartacus Street, bis sein Vater die Buick-Vertretung übernahm», beharrte Caroline. «Erst dann zogen sie in die Thompson Avenue.»

«Ich dachte, sie hätten immer in der Thompson Avenue gewohnt», sagte Betsey.

«In der Thompson Avenue wohnte der andere Junge», erklärte Caroline. «Der mit dem krausen Haar und den schiefen Zähnen.»

Auf dem Couchtisch stand eine Flasche Bourbon, und sie nahmen einen Drink. Als Betsey in die Küche ging, um das Abendessen anzurichten, blieb Caroline bei Coverly. Das war der Zeitpunkt, zu dem er beschloß, das Geschehene als nicht geschehen zu betrachten. Caroline sprach im Flüsterton. «Ich konnte es kaum erwarten, Betseys Mann kennenzulernen», sagte sie. «Kein Mensch in Bambridge hätte gedacht, daß Betsey je heiraten würde, sie ist doch so *merkwürdig*.»

Es dauerte nur eine Sekunde, bis Coverly angesichts der giftigen Bosheit in dieser Bemerkung entschied, hier sei nicht gesagt worden, was gesagt worden war. Zweifellos bedeutete ‹merkwürdig› in Georgia soviel wie charmant, originell und schön.

«Wie meinst du das?» fragte er.

«Na, sie ist eben merkwürdig», flüsterte Caroline. «Alle in Bambridge wußten darüber Bescheid. Ich glaube nicht, daß es an Betsey lag. Ich glaube, es lag daran, daß der Stiefvater so gemein zu ihr war. Er hat sie immer verprügelt, ohne jeden Anlaß. Schnallte einfach den Gürtel ab und verprügelte sie. Na, und da hat er ihr wohl den Verstand aus dem Leib geprügelt.»

«Davon wußte ich gar nichts», sagte Coverly (oder sagte es nicht).

«Betsey ist nicht der Mensch, der anderen was erzählt», wisperte Caroline. «Sie hat nun mal so eine merkwürdige Art.»

«Das Essen ist fertig», rief Betsey in ihrem süßesten und liebevollsten Ton. Dies wenigstens schien wirklich gesagt worden zu sein.

Bei Tisch brachte Caroline abermals die Rede auf Bambridge, und sie gab dem Gespräch einen seltsam morbiden Charakter. «Bessie Pluckette hat wieder ein mongoloides Kind bekommen», verkündete sie, nicht gerade freudig, aber mit deutlich spürbarer Begeisterung. «Leider ist es sonst kerngesund, und die arme Bessie muß damit rechnen, daß sie es ihr Leben lang zu versorgen hat. Armes Ding. Natürlich könnte sie es in die staatliche Anstalt geben, sie bringt es nur nicht übers Herz, weil man in diesen Anstalten die Kinder verhungern läßt. Ja, man läßt sie glatt verhungern. Auch Alma Pierson hatte ein mongoloides Baby, aber das ist Gott sei Dank gestorben. Betsey, erinnerst du dich an die kleine Braisie, die mit dem verkrüppelten rechten Arm?» Sie wandte sich an Coverly, um ihn aufzuklären. «Ihr rechter Arm geht nur bis zum Ellbogen und endet in einer winzig kleinen Hand. Und stell dir vor, sie hat Klavier spielen gelernt. Ist das nicht großartig? Ich meine, sie kann mit den winzigen Fingern natürlich nur einzelne Töne anschlagen, alles andere spielt sie mit der linken Hand. Ihre linke Hand ist normal. Sie hatte Klavierstunden, allerdings nur so lange, bis ihr Vater in der Baumwollfabrik in den Fahrstuhlschacht stürzte und sich beide Beine brach.» Ist das nun krankhaft, fragte sich Coverly, oder geht es in Georgia wirklich so zu?

Caroline blieb drei Tage und war (wenn man ihre Bemerkungen vor dem Essen vergaß) ein erträglicher Gast. Unerfreulich war nur, daß sie fast pausenlos von tragischen Menschenschicksalen erzählte und daß sie überall Lippenstiftspuren hinterließ. Sie hatte einen breiten Mund und schminkte ihn stark. Tassen und Gläser, Handtücher und Servietten wiesen purpurrote Lippenstiftflecke auf, die Aschenbecher waren mit roten Zigarettenstummeln gefüllt, und im Toilettenbecken lag immer ein rotgefärbtes Kleenextuch. In Coverlys Augen war das keine Schlamperei, sondern etwas ganz anderes – eine atavistische Art, diesem Haushalt, in dem sie nur kurze Zeit verbringen würde, ihren Stempel aufzudrücken. Die purpurroten Flecke schienen zu dokumentieren, daß sie eine einsame Frau war. Als Coverly am Tag ihrer Abreise zur Arbeit ging, schlief sie noch, und als er nach Hause kam, war sie fort. Sie hatte einen Lippenstiftfleck auf der Stirn seines Sohnes zurückgelassen. Wohin er auch blickte, überall sah er Lippenrot, als wollte sie sich auf diese Weise in Erinnerung bringen. Betsey saß vor dem Bildschirm und aß Süßigkeiten aus einer Schachtel, die Caroline ihr geschenkt hatte. Sie drehte sich nicht um, als er hereinkam, und wischte den Kuß weg, den er ihr auf die Wange gab. «Laß mich in Ruhe», sagte sie, «laß mich bloß in Ruhe...»

Nach Carolines Abreise schien sich Betseys Unzufriedenheit noch zu steigern. Dann kam ein Abend, an dem (dank Coverlys Gewohnheit, Fakten zu negieren) überhaupt nichts geschah. Coverly hatte länger als sonst gearbeitet und kam erst um halb acht nach Hause. Betsey saß in der Küche und weinte. «Was ist denn los, mein Zuckerpüppchen?» fragte er (oder fragte es nicht).

«Ach», schluchzte Betsey, «ich hatte mir Tee gemacht und ein Stück warmen Blätterteigkuchen, und ich wollte mich gerade gemütlich hinsetzen, da klingelte das Telefon. Es war diese Person mit den Zeitschriftenabonnements, und sie redete und redete, und als sie endlich aufhörte, war mein Tee kalt und der Kuchen auch.»

«Ist ja nicht so schlimm, Herzchen», sagte Coverly. «Mach dir einfach frischen Tee und wärme den Kuchen auf.»

«Es ist *doch* schlimm», rief Betsey. «Es ist sogar sehr schlimm. Ich hasse Talifer. Ich hasse es, hier zu leben. Ich hasse dich. Ich hasse feuchte Klositze. Ich lebe hier nur deshalb, weil es auf der ganzen Welt keinen anderen Ort gibt, wo ich hingehen könnte. Ich bin zu faul, mir Arbeit zu suchen, und so wie ich aussehe, werde ich nie einen neuen Mann finden.»

«Möchtest du verreisen, Herzchen, damit du mal ein bißchen Abwechslung hast?»

«Ich bin schon überall gewesen, und es ist überall dasselbe.»

«Komm zurück, Herzchen, komm bitte zurück», sagte er müde und doch unendlich liebevoll. «Mir ist, als liefe ich hinter dir her und flehte dich an zurückzukommen, und du drehst dich nicht einmal um. Ich weiß, wie die Straße aussieht, auf der ich dir folge, ich habe sie ja so oft gesehen. Es ist Nacht. An der Ecke kann man Zigaretten und Zeitungen kaufen. Und Schreibwaren. Ich sehe dich durch diese Straße gehen und renne dir nach und rufe dir zu, komm zurück, komm zurück, aber du drehst dich nicht einmal um.» Betsey brach von neuem in Tränen aus, und Coverly bildete sich ein, seine Worte hätten sie gerührt. Er legte den Arm um ihre Schultern, aber sie riß sich heftig los und kreischte: «Faß mich nicht an!» Wie das durchdringende, gräßliche Geräusch einer Autobremse schien dieser Aufschrei das Gefüge der Dinge zu sprengen.

«Aber Herzchen...»

«Du hast mich geschlagen!» rief sie. «Du hast deinen Gürtel abgeschnallt und hast mich geschlagen, geschlagen, geschlagen!»

«Nie habe ich dich geschlagen, Herzchen. Nie habe ich einen Menschen geschlagen außer Mr. Murphy, als er unseren Mülleimer gestohlen hatte.»

«Du hast mich geschlagen und geschlagen und geschlagen!» kreischte sie.

«Wann war das, Herzchen, wann habe ich dich geschlagen?»

«Am Dienstag, am Mittwoch, am Donnerstag, am Freitag. So oft, daß ich mich nicht an jedes einzelne Mal erinnern kann.» Sie flüchtete in ihr Zimmer und warf die Tür zu. Er war starr vor

Schrecken (oder wäre es gewesen, wenn sich das alles ereignet hätte), und es verging mindestens eine Minute, bevor er merkte, daß Binxey vor Angst weinte. Er nahm den kleinen Jungen auf. Hier waren Vernunft, Liebe, animalische Wärme. Er drückte Binxey fest an sich und trug ihn in die Küche. Dies war wohl nicht die rechte Zeit für Erwägungen oder Entschlüsse. Er briet sich ein Steak, und nach dem Essen erzählte er dem Kleinen eine alberne Geschichte über die Schicksale eines Raumschiffes, wie jeden Abend. Die Geschichten von sprechenden Kaninchen, die man ihm in seiner Kindheit aufgetischt hatte, waren nicht weniger albern, aber die sprechenden Kaninchen hatten immerhin den Charme der Unschuld. Er knipste das Licht aus, gab dem Kleinen einen Gutenachtkuß und ging zur Schlafzimmertür, um Betsey zu fragen, ob sie etwas essen wolle. «Laß mich in Ruhe», sagte sie. Er trank ein Bier, las eine alte Nummer von *Life*, trat dann ans Fenster und betrachtete die Straßenlaternen.

Hier erlebte er (oder hätte es erlebt, wenn er zur Anerkennung der Tatsachen bereit gewesen wäre) die Verlassenheit, die Qual eines beispiellosen Dilemmas. Der Dieb und der Mörder haben ihre Bruderschaft und ihre Propheten, er hingegen hatte nichts dergleichen. Psychiatrie, Psychiatrie – das Wort kam ihm in den Sinn, so wie man einen Fuß vor den anderen setzt, aber wenn er sich an einen Arzt wendete, würde er seine Stellung gefährden. Jede Beziehung zu geistig labilen Menschen machte einen für Talifer untragbar. An seiner Überzeugung, daß die verheerenden Schläge des Schicksals in einer vorausschaubaren Reihenfolge fielen, konnte er nur festhalten, wenn er behauptete, diese speziellen Schläge seien gar nicht gefallen. Er behauptete es also, machte sich auf der Couch ein Nachtlager zurecht und schlief ein.

Dieses merkwürdige Verfahren, zu behaupten, das Geschehene sei nicht geschehen und das, was soeben geschieht, geschehe nicht, wurde am nächsten Morgen fortgesetzt, als Coverly ein Hemd aus der Schublade holte und feststellte, daß Betsey von all seinen Hemden die Knöpfe abgeschnitten hatte. Das gab es einfach nicht. Er zog eines der Hemden an, hielt es mit

Hilfe der Krawatte zusammen, stopfte es in die Hose und fuhr zur Arbeit. Später aber, gegen Mittag, ging er in den Waschraum und schrieb Betsey einen Brief:

Liebe Betsey, ich gehe weg. Ich bin verzweifelt, und ich mag keine Verzweiflung. Meine Adresse kann ich Dir nicht angeben, weil ich sie selbst noch nicht weiß, aber das ist wohl auch nicht so wichtig. In all den Jahren, die wir zusammen waren, hast Du mir nicht mal eine Postkarte geschickt, und ich bezweifle, daß Du jetzt plötzlich anfangen wirst, mir Stöße von Briefen zu schreiben. Ich habe daran gedacht, Binxey mitzunehmen, aber das wäre natürlich gegen das Gesetz. Ich liebe ihn so sehr, wie ich noch nie in meinem Leben einen Menschen geliebt habe. Bitte, sei gut zu ihm. Du wirst vielleicht wissen wollen, warum ich weggehe und warum ich verzweifelt bin, obwohl ich mir eigentlich nicht vorstellen kann, daß Du Dir irgendwelche Gedanken über mein Verschwinden machst. Außer Caroline kenne ich keinen von Deiner Familie, und manchmal wünsche ich mir, Näheres über Deine Angehörigen zu erfahren, weil ich manchmal denke, Du verwechselst mich mit einem Menschen, der Dir vor langer Zeit weh getan hat. Ich weiß, daß ich einen sehr schwierigen Charakter habe, zu Hause sagten alle, Coverly sei doch recht wunderlich, und wenn es soweit mit uns gekommen ist, dann liegt das vielleicht zum großen Teil an mir. Ich trage nicht gern nach, ich bin nicht gern verbittert oder gereizt, und doch bin ich es oft. Frühmorgens, wenn der Wecker läutet, möchte ich Dich erst einmal in die Arme nehmen, aber ich weiß, wenn ich das tue, stößt Du mich zurück, und so beginnt der Tag, so endet er zumeist. Ich will nichts weiter hinzufügen. Wie ich zu Anfang sagte, ich mag keine Verzweiflung, besonders nicht die stille Verzweiflung, deshalb gehe ich weg.

Coverly gab den Brief zur Post, kaufte ein paar Hemden, nahm einen Teil seines Jahresurlaubs und fuhr noch an demselben Abend nach Denver, wo er in einem viertklassigen Hotel abstieg. Im Badezimmer lagen Zigarettenstummel auf dem Boden, und am Fußende des Bettes war aus fragwürdigen Gründen ein Pfeilerspiegel aufgestellt. Coverly genehmigte sich einige Drinks und ging ins Kino. Als er gegen Mitternacht zurückkam, fragte ihn der Fahrstuhlführer, ob er ein Mädchen, einen Knaben, pikante Fotos oder obszöne Hefte haben wolle. «Nein, danke», sagte er und legte sich schlafen. Am nächsten Morgen besuchte er ein Museum, dann wieder ein Kino, und gegen Abend, gerade als er in einer Bar einen Whisky trank, kniete er im Geist plötzlich nieder und blickte andächtig zu einer Vision auf: zu den abgeschabten und mit Glasperlen besetzten indianischen Mokassins, die Betsey im Hause trug. Er trank noch ein Glas, sah sich noch einen Film an. Als er ins Hotel kam, fragte der Fahrstuhlführer abermals, ob er ein Mädchen, einen Knaben, eine anregende Massage, pikante Bilder oder obszöne Hefte wolle. Er wollte Betsey.

Die Geheimnisse einer Ehe werden sorgsam gehütet. Mochte Coverly auch offen über seine Treubrüche sprechen, seine Leidenschaft für Treue verhehlte er. Es spielte keine Rolle, daß Betsey ihm unberechtigte Vorwürfe gemacht und die Knöpfe von seinen Hemden abgetrennt hatte. Es würde auch keine Rolle spielen, wenn sie ihm Löcher in seine Unterhosen brannte und ihm Arsen ins Essen tat. Wenn sie ihn aussperrte, würde er durchs Fenster klettern. Wenn sie sich im Schlafzimmer einschlösse, würde er die Tür aufbrechen. Es spielte keine Rolle, wie sie ihn empfing – mit zornigen Worten, einer Flut bitterer Tränen, einer Axt oder einem Hackmesser. Sie war sein Mühlstein, seine Sträflingskette, sein Engel, sein Schicksal, und sie hielt in ihren Händen das Rohmaterial seiner erhabensten Träume. Er rief sie also an und teilte ihr mit, er komme nach Hause. «Schon gut», sagte Betsey. «Schon gut.»

Auf der Heimfahrt wollte es mit den Anschlüssen nicht klappen, und so traf er erst am nächsten Abend um zehn Uhr in Talifer ein. Betsey lag im Bett und feilte sich die Nägel. «Hallo, Herzchen», begrüßte er sie und setzte sich ächzend aufs Bett. «Na schön», sagte Betsey, knallte aber die Nagelfeile auf den Nachttisch, um mit dieser Geste ihre Souveränität zu wahren. Sie ging ins Badezimmer, machte die Tür zu, und Coverly hörte die verschiedenen Geräusche fließenden Wassers, heiter plätschernd wie die Springbrunnen im Tivoli. Aber sie kam nicht zurück. Was war geschehen? Hatte sie sich verletzt? War sie aus dem Fenster geklettert? Er stürzte ins Badezimmer, und da saß sie nackt auf dem Rand der Wanne und las eine alte Nummer von *Newsweek*. «Was ist denn los, Herzchen?» fragte er.

«Nichts», antwortete Betsey. «Ich lese.»

«Das ist ja eine uralte Nummer», sagte Coverly. «Mindestens ein Jahr alt.»

«Aber sehr interessant», behauptete Betsey. «Ich finde sie sehr interessant.»

«Du interessierst dich doch gar nicht für Tagesereignisse», sagte Coverly. «Ich wette, du weißt nicht einmal, wie unser Vizepräsident heißt. Oder doch?»

«Das geht dich nichts an.»

«Na, wie heißt er denn, der Vizepräsident?»

«Das geht dich gar nichts an», beharrte Betsey.

«Ach Herzchen», stöhnte Coverly, von Liebe überwältigt, und trug sie in seinen Armen zum Bett. Dann füllte die grüne Vegetation der Wollust den Raum. Dichtes Laub. Murmelndes Wasser. Schwärme wilder Kanarienvögel. Sachte, sachte, einander an jeder Biegung stützend, begannen sie ihren mühelosen Anstieg die Felswand hinauf, durch den Kamin, durch die Klamm, über den langen Hang, immer höher und höher, bis hinter der letzten Kuppe die ganze weite Welt ausgebreitet lag und Coverly der glücklichste Mensch in ihr war. Und dabei war, ihm zufolge, nichts von alledem geschehen. Wie hätte es auch geschehen können?

8

Richter Beaselys Kanzleiräume befanden sich im ersten Stock des Trowbridge-Blocks. Enid Moulton, Mabels Schwester, führte Honora ins Arbeitszimmer, wo der Richter saß und die Akten durchsah – oder zumindest so tat. Honora erriet, daß er geschlafen hatte, und betrachtete ihn mißbilligend. Die Zeit, die so viele Dinge und Menschen in ihr Gegenteil verwandelt, hatte ihm die Züge eines Habichts aufgezwungen. Natürlich sah er nicht räuberisch aus, aber die Hagerkeit des Gesichts hatte aus der schon immer scharfen Nase einen Schnabel gemacht, und das schüttere graue Haar erweckte den Eindruck, er sei gerade in der Mauser. Er hockte auf seinem Stuhl wie ein schlafender Vogel. Seine Stimme klang brüchig – so hatte sie allerdings von jeher geklungen. Violette Flecke auf der Nase verrieten, daß sich die Haut an diesen Stellen geschält hatte. Er war ein Schürzenjäger gewesen – daran erinnerte sich Honora –, und noch mit achtzig Jahren schien er auf seine Eroberungen stolz zu sein. Über dem Schreibtisch hing ein großes, gefirnißtes Gemälde: ein Hirsch, der am Rande eines düsteren Waldes aus einem Teich trinkt. Der Rahmen war mit Engelshaar geschmückt. Honora warf einen Blick darauf. «Wie ich sehe, bereiten Sie sich auf Weihnachten vor», bemerkte sie boshaft.

«Hm», brummte er verständnislos.

Honora trug ihm ihr Problem vor und versuchte, aus der Betroffenheit, die sein hageres Gesicht widerspiegelte, auf die Schwere des Falles zu schließen. Sein Gedächtnis, sein Verstand schienen nicht geschwächt, aber in ihren Funktionen verlangsamt zu sein. Als Honora fertig war, legte er die Handflächen aneinander. «Das Bezirksgericht tritt erst in fünf Wochen wieder zusammen», sagte er, «also kann vorher kein Verfahren gegen Sie eingeleitet werden. Hat man Ihre Konten gesperrt?»

«Das glaube ich nicht», antwortete Honora.

«Nun, Honora, dann rate ich Ihnen, sofort eine namhafte Summe abzuheben und das Land zu verlassen. Auslieferungsverfahren sind kompliziert und langwierig, und die Steuerbehörden werden wohl nicht bis zum Äußersten gehen. Natürlich wird man Sie auffordern zurückzukehren, aber ich nehme nicht an, daß Sie ernste Unannehmlichkeiten zu befürchten haben.»

«Ich bin zu alt zum Reisen», sagte Honora.

«Sie sind zu alt fürs Armenhaus», versetzte er. Seine Augen blickten so teilnahmslos wie die eines Vogels, und er drehte wie ein Enterich den Kopf hin und her, um Honora in sein Gesichtsfeld zu bringen. Sie sagte kein Wort mehr und verließ die Kanzlei. Auf dem Heimweg kaufte sie eine Wäscheleine. Zu Hause stieg sie sogleich zum Dachboden hinauf.

Honora liebte den Regen und das kalte Morgenlicht, alle Winde, alle Geräusche fließenden Wassers, die ihr die Kette des Seins symbolisierten, das stürmisch bewegte Meer, besonders aber den Regen. Da ihr die Frische so sehr gefiel, kam sie sich wie eine Fremde vor, als sie den stickigen Dachboden betrat, in der Hand den Strick, mit dem sie sich aufhängen wollte. Die Luft war so dumpf, daß einem schwindlig wurde. Nur das Summen der Fliegen und Hornissen an dem einzigen Dachfenster zeugte von Leben. Neben dem Fenster standen Schrankkoffer und Hutschachteln, auf denen ein mit Perlmutt eingelegter Tropenhelm (ihr Eigentum), ein zerrissenes Großsegel und zwei Ruder lagen. Sie warf die Wäscheleine über einen Dachsparren, der die Aufschrift trug: «Perez Wapshots große Zirkusmenagerie». Rote Vorhänge hingen von dem Sparren herab und bezeichneten die Bühne, auf der sie als Kinder so oft Theater gespielt hatten, während der Regen diese kleine, kleine Welt streichelte. Rodney Townsend hatte sie, das Dornröschen, mit einem Kuß geweckt. Es war ihre Lieblingsrolle gewesen. Sie trat ans Fenster, blickte in die Dämmerung hinaus und fragte sich, warum das letzte Tageslicht sie immer zu Gleichnissen inspiriere und ihr Entschlüsse abverlange. Warum hatte sie seine Farben zeit ihres Lebens mit Äpfeln, vergilbten Seiten alter Bücher, erleuchteten Zelten, Saphiren und Asche verglichen? Warum hatte sie immer wieder das Abendlicht gesucht, als könnte sie Anstand und Mut von ihm lernen?

Der Tag war grau, er war es schon seit dem Morgen. Grau war es wohl auch auf dem Meer, grau an der Fährbrücke, wo die Menschen warteten, grau in den Städten, grau im Gefängnis und im Armenhaus. Es war ein häßliches Licht, hart wie ein Roßhaarpolster unter dem Damast des Jahres. Honora sprach auf jede Art von Licht an, im Dunkeln aber fühlte sie sich verloren und traurig. Der Lohn der Tugend, das wußte sie, ist kindisch, geruchlos und gering, doch immerhin ein Lohn, und sie fand in ihrem Verhalten nicht so viel Tugendhaftes, daß es der Rede wert gewesen wäre. Als Mrs. Potter im Sterben lag, hatte sie ihr Hühnerbrühe bringen wollen. Als Mrs. Potter gestorben war, hatte sie am Begräbnis teilnehmen wollen. Sie hatte den Rasen mit Asche düngen wollen. Sie hatte Mrs. Bretaigne das Buch *The Bitter Tea of General Yen* zurückgeben wollen. Sie hatte jeden Pfosten, jeden Balken, jede Bank, jede Lampe und jede Orgelpfeife in der Christuskirche gezählt, während Mr. Applegate Jahr um Jahr das Wort Gottes auslegte. Schutzherrin, Wohltäterin, Jungfrau und Heilige!

Sie war stolz gewesen auf ihr Haar, stolz auf ihre Fesseln, stolz auf ihre Hände, stolz auf ihre Macht über Männer und Frauen. Voller Stolz hatte sie die Armen zum Weihnachtsfest beschenkt. Voller Stolz hatte sie sich an der eigenen Großmut erfreut. Voller Stolz hatte sie einen wispernden Chorus der Bewunderung ersonnen. Glorreiche Honora, großherzige Honora, unvergleichliche Honora Wapshot. Sie war mit Energie ans Leben herangegangen, mit Tatkraft und Scharfblick, aber kann denn die Seele einer alten Frau auf den Flügeln des Regenwindes davonfliegen? Das Ungestüm war erloschen. Sie taugte zu nichts mehr.

Honora knüpfte eine Schlinge in die Wäscheleine und zerrte einen Koffer unter den Balken. Die Galgenfalle. Der Deckel des Koffers war nicht fest geschlossen, und sie sah, daß jemand den Inhalt durchwühlt hatte. Es waren Familienpapiere, private Aufzeichnungen. Wer hatte hier herumgeschnüffelt? Maggie? Vor ihr war nichts sicher, weder Honoras Schreibtisch noch Honoras Taschen. Sie nahm sogar die zerrissenen Briefe aus dem Kamin und setzte die Schnitzel zusammen. Warum? War es so etwas wie der Zauber, den ein leeres Haus auf ein Kind ausübt? Der König und die Königin sind tot. Das Kind holt Papas Manschettenknöpfe aus der Schachtel, legt sich Mamas Perlenkette um den Hals, kramt in sämtlichen Schubladen. Honora setzte die Brille auf und betrachtete die durcheinandergeworfenen Papiere. «Der Präsident und die Vorstandsmitglieder von Hutchins Blindeninstitut ersuchen...» Darunter ein Brief mit verblichener Tinte: «Liebe Honora, ich fahre nach Boston, will Sachen für Sommer und Herbst kaufen, bin donnerstag wider da. Ich glaube, Lorenzo hätte gern mein Land gekauft, als er da wahr. Ich möchte gern verkaufen. Ich weis, es ist von ihm kein guter Preiß zu erwarten, nach der Vergangenheit zu urtheilen. Seine Tacktik ist die Unehrlichkeit, aber wenn du mit ihm sprichst, kann das vieleicht was nützen...»

Als nächstes förderte Honora einen Stoß eng beschriebener Blätter zutage. Die Überschrift lautete: «Wer mich liest, wenn ich Asche bin, ist mein Wunschsohn.» Es war Leanders Handschrift, einige Seiten jener erbärmlichen Selbstbiographie, die ihn in den letzten Monaten seines Lebens beschäftigt hatte.

Kusine Honora Wapshot ist ein Geizkragen (hatte er geschrieben). Macht in Wohltätigkeit. Verteilt knochige Hühner und winzige Eier an die Armen. Betet laut in der Kirche für die Mühseligen und Beladenen, will aber einzigem Vetter nicht mal hundert Dollar leihen zwecks sicherer Anlage und garantierten Einkommens in hiesiger mit Wasserkraft betriebener Reißnägelfabrik. Keine Arbeit in St. Botolphs. Kein Geld. Der Ort stirbt oder ist bereits tot. Schreiber mit neunzehn Jahren durch Honoras Knauserigkeit gezwungen, im *Travertine Mansion House*, zwei Meilen flußabwärts, Stellung als Nachtportier anzunehmen.

Das *Travertine Mansion House* zählte zu den Weltwundern. In Werbeprospekten mit Monumenten in Karnak, Akropolis in Griechenland, Pantheon in Rom verglichen. Fachwerkbau. Geräumige, harzgetränkte Feuerfalle mit Säulengalerie, fürstlichen Gesellschaftsräumen, 80 Zimmern, 8 Badezimmern. Waschbekken und Nachttöpfe noch weitgehend in Gebrauch. Daher penetranter Geruch in den Korridoren. Gesellschaftsräume und einige Appartements gasbeleuchtet, in allen anderen Zimmern nur Petroleumlampen. Palmen in der Halle. Zu allen Mahlzeiten, mit Ausnahme des Frühstücks, Tafelmusik. Pro Tag von zwölf Dollar aufwärts. Schreiber arbeitete von 6 Uhr abends bis zum letzten Kanonenschuß, gewöhnlich um Mitternacht. Bekam siebzehn Dollar Lohn und freie Verpflegung. Trug Schwalbenschwanz und Blume im Knopfloch. Sprechröhren, aber kein Telefon. Klingelanlage mit Trockenbatterie. Von Galerie schöne Aussicht aufs Meer. Tennisplätze und Krockettrasen vorhanden. Reitpferde aus benachbartem Mietstall. Bootsfahrten. Abendliche Hauptunterhaltung: Vorträge. Glanz des alten Rom. Glanz des alten Venedig. Glanz des alten Athen. Auch philosophische und religiöse Themen.

Unter den Gästen eine Shakespeare-Schauspielerin. Lottie Beauchamp (sprich Beecham). Spielte Liebhaberinnen bei Farquarsons Shakespearean Company. Reiste mit eigener Bettwäsche, eigenem Silber, eigener Marmelade. Besagte Dame, dem Schreiber damals als Mlle Beauchamp bekannt, erschien eines späten Abends mit trauriger Geschichte in Portiersloge. Hatte Perlenkette am Strand liegengelassen. Wußte auch die Stelle, war aber abgeneigt, sich allein an finsteren Strand zu wagen. Schreiber begleitete sie. Milde Nacht. Mond, Sterne usw. Sanfte Brandung. Perlenkette lag auf Stein in geschützter Bucht. Bewunderten Szenerie, Wärme der Nachtluft, Mond am westlichen Himmel. Mlle Beauchamp atmete heftig. Folgte angenehme Stunde. Schreiber entschlummerte. Sah beim Erwachen berühmte Thespisjüngerin im Mondschein auf und nieder hüpfen, Brüste festhaltend, um Schaukeln zu verhindern. Mondsüchtig? Was machst du da? Na, ich soll doch wohl kein Kind kriegen, wie? sagt sie. Hüpft auf und nieder. Habe weder vorher noch nachher solches Verhalten erlebt. Schien aber wirksam zu sein.

Lottie Beauchamp maß 5 Fuß 6 Zoll. Wog 117 Pfund. Alter unbekannt. Teint wie Paines Dosensellerie. Hellbraunes Haar. Würde heutzutage blond genannt werden. Prachtvoll gebaut, obgleich nach modernen Begriffen stark oberlastig. Wunderbare Stimme. Konnte jeden Zuhörer in Wallung bringen, ihm aber auch Tränen entlocken. Britischer Akzent. Klang jedoch nicht fremdartig oder irgendwie unangenehm. Wählerisch, sehr anspruchsvoll. Reiste, wie oben erwähnt, mit eigener Bettwäsche. Treibhausblumen im Schlafzimmer. Stammte aber aus bescheidenen Verhältnissen. Tochter eines Fabrikarbeiters in Leeds. Mutter war Säuferin. Kälte, Hunger, Armut, Not usw. Eine Rose vom Misthaufen. Lebhaftes künstlerisches Temperament. Sehr launenhaft. Beklagte sich lautstark bei Direktion über Mangel an warmem Wasser und über klumpiges Federbett, war aber zu Personal stets liebenswürdig. Bereute manchmal, zur Bühne gegangen zu sein. Sprach von Mummenschanz, Lug und Trug. Brauchte Zärtlichkeit. Schreiber glücklich, ihr mit Gewünschtem dienen zu können. Nichts Schlimmes dabei, schien jedenfalls so.

Geschäftsgang Ende September äußerst flau. Nordwinde. Auch schönes Wetter. Heller Sonnenschein. Warme Luft. Leichte Brise, hätte keinen Schmetterling vom Großsegel geweht. Oft vor Dienstantritt mit Tragödin an Strand promeniert. Höchst erfreulich. In verschiedenen Buchten und Winkeln gerastet, auch an Bord von Dingi. Eigentum des Hotels. Fünfzehn Fuß lang. Marconitakelung. Bauchiger Kahn. Segelte wie ein Butterfaß. Kleine Kabine ohne Komfort. So vergingen die Tage.

Um diese Zeit bestand Mehrzahl der Gäste aus unverheirateten Damen. Teils liebe alte Damen, teils Schreckschrauben. ‹Verandakomitee› unter Vorsitz von Dr. Helen Archibald. Berühmte Diätspezialistin. Auch Hygienikerin. Leitete tägliche Gymnastikkurse im Musiksalon. Nur für Damen. Habe nie das Vorrecht genossen, den Übungen beizuwohnen, vermute aber, daß sie aus Kniebeugen bestanden. Phonograph lieferte musikalische Begleitung. Großer Apparat. Hieß «Regina». Musik durch flache Metallscheiben von zwei Fuß Durchmesser hervorgebracht. Riesenauswahl. Opern, Märsche, Liebeslieder.

Verandakomitee hatte es satt, Schaumkronen zu zählen. Bekam Wind von unserer Romanze. Berühmte Diätspezialistin interessierte sich plötzlich für Meermuscheln. Muscheln am Strand von Travertine nichts Besonderes. Sogenannte Sanddollars. Seesterne. Übliche Produktion kalter, nördlicher Gewässer. Einige Steine glitzerten, wenn naß, wie Juwelen. In trockenem Zustand farblos. Absicht der berühmten Diätspezialistin: spitzeln. Beschattete Lottie und mich, als wäre sie von der Sittenpolizei. Gab vor, Muscheln zu suchen. Opferte sich förmlich auf. Latschte stundenlang am Strand herum. Bekam Sand in die Schuhe. Ruinierte mehrere Kleider. Wachsamkeit wurde belohnt. Schreiber, in geschützter Bucht aus liegender Position sich erhebend, sah berühmte Diätspezialistin in vollem Besitz belastender Fakten zum *Mansion House* eilen. Schreiber außerstande, sie zu verfolgen, da im Adamskostüm. Lottie, sehr ruhig, plante Feldzug. Beschloß, allein ins Hotel zurückzukehren. Tapfer. Ohne Furcht vor Verandakomitee. Schreiber sollte querfeldein wandern und sich dem Hotel aus entgegengesetzter Richtung nähern. Gesagt, getan. Wanderte durch Kieferngehölz zum Dorf Travertine und von dort zur Küste. Wechselte Kleider und trat um 6 Uhr abends Dienst in Portiersloge an, mit frischer Blume im Knopfloch. Streichertrio in großem Speisesaal stimmte Instrumente. Hausdiener entzündete Gasbeleuchtung. (Schon dunkel um diese Zeit. Septembertage sind kurz.) Die Hölle brach los.

Verandakomitee unter Führung von selbsternanntem Feldmarschall und Sittlichkeitsapostel Dr. Helen Archibald trat an Hoteldirektor heran und stellte Ultimatum. Schreiber konnte in seiner Loge nichts hören, vermutete aber, daß sie gegen Lottie hetzten. Komitee begab sich sodann in den Speisesaal, nahm Platz, setzte Kneifer und sonstige Sehwerkzeuge auf, täuschte Speisekarten-Studium vor. (Zu jeder Mahlzeit eigens gedruckte Karten.) Andere Gäste kamen herein. Musik des Streichertrios konnte Spannung nicht mildern. Die Suppe wird serviert, als Lottie in lachs- oder korallenrotem Kleid die Treppe herunterkommt. Bildschön! Hotelbesitzer lauert ihr auf, bittet sie *sotto voce*, auf Kosten von Direktion in ihrem Zimmer zu speisen. Dummes Zeug. Lottie rauscht in die Löwenhöhle hinein. Beachtlicher Lärm. Suppenlöffel fallen klirrend auf Teller. Auch Sehwerkzeuge. Dann Stille. Gegnerischer Feldmarschall teilt ersten und einzigen Schlag aus. «Ich esse nicht aus denselben Schüsseln wie diese Hure», sagt sie. Da erhebt Portier in Schwalbenschwanz seine Stimme. «Entschuldigen Sie sich bei Miss Beauchamp, Doktor Archibald.» – «Sie sind entlassen», sagt der Direktor. «Seit wann?» sage ich. «Seit vorgestern», sagt er, und die Streitkräfte der Venus treten ungeordneten Rückzug an. Lottie fuhr nach Travertine und bestieg dort einen mit Preiselbeeren beladenen Güterzug nach Boston. Ich nahm meinen Strohkoffer und ging zu Fuß nach St. Botolphs. Übernachtete im *Viaduct House*, da in Kusine Honoras Haus kein Licht mehr brannte. War lediglich entrüstet über Rausschmiß. Ist mir in fünfundfünfzig Jahren beruflicher Tätigkeit weder vorher noch nachher passiert. Fuhr mit Mittagszug nach Boston. Traf Lottie wie verabredet in *Brown's Hotel.* Gräßliche Bude. Lottie rüstete für zweiwöchige Tournee mit Farquarson. Drängte Schreiber, sich der Truppe als Kleindarsteller, Komparse, Anreißer und Saaldiener anzuschließen. Theater damals freier und ungezwungener als heute. Größte Attraktion aller Zeiten war *Count Johannes.* Publikum kam bewaffnet mit überreifen Früchten. Noch vor Ende des ersten Aktes flogen die Wurfgeschosse. Für Rest der Vorstellung dienten Darsteller als lebende Zielscheiben. Brachten zuweilen Körbe und Netze mit, um Obst und Gemüse einzusammeln. Will damit nichts Abfälliges über die Großen der Bühne sagen. Julia Marlowe als Parthenia in *Ingomar*. Großartig! E. H. Sothern in *Romeo und Julia*. Basset D'Arcy als Lear. Damals wurde das Howard Athenaeum eröffnet. Ebenso Boston Museum, Old Boston Theatre und Hollis Street Theatre.

Akzeptierte Stellung bei Farquarson. Spielte als erste Rolle den Marcellus in *Hamlet*, mit Farquarson als Hamlet und Lottie als Ophelia. Spielte während zweiwöchiger Tournee zahlreiche Soldaten, Seeleute, vornehme Herren, Wachen und Nachtwächter. Im Anschluß daran zweite, größere Tournee: Providence (Rhode Island), Worcester, Springfield, Albany, Rochester, Buffalo, Syracuse, Jamestown, Ashtabula, Cleveland, Columbus und Zanesville. Argwöhnte in Jamestown, daß Lottie auf Abwege geraten. Fand in Ashtabula nackten Fremden im Kleiderschrank. In Cleveland war es soweit: Lottie auf frischer Tat ertappt. Verkaufte goldene Manschettenknöpfe und kehrte mit Dampfzug am 18. März nach Boston zurück. Kein Groll. Lache, und die Welt lacht mit dir. Weine, und du weinst allein.

9

MOSES REGTE SICH über Honoras Brief viel mehr auf als sein Bruder. Er hatte im Hinblick auf Honoras hohes Alter seine Aktien verpfändet und schrieb nun sogleich nach Boston. Die Appleton Bank and Trust Company antwortete nicht, und als er in Boston anrief, wurde ihm mitgeteilt, der für ihn zuständige Herr sei zur Zeit in Peru, wo er Ski laufe. Am Sonntagabend flog Moses nach Detroit, und von dort reiste er kreuz und quer durch das Land, verzweifelt bemüht, kraft seines Charmes fünfzigtausend Dollar aufzutreiben. Fünfzigtausend Dollar konnten seine Verpflichtungen mit knapper Not decken.

Am Montag, als Melissa mit ihrem kleinen Sohn und der Köchin allein im Hause war, hatte sie in der Nacht einen sentimentalen Traum. Sie wanderte durch eine romantische Landschaft. Es war Abend, und da nichts auf die Existenz mechanischer Dinge hindeutete – sie sah keine Reifenspuren, hörte keinen Flugzeuglärm –, schien es der Abend eines früheren Jahrhunderts zu sein. Die Sonne war untergegangen, aber ein strahlendes Abendrot erhellte den Himmel. An einem gewundenen Fluß wuchsen Erlen, und auf den Höhen des anderen Ufers standen Burgruinen. Melissa breitete ein weißes Tuch auf dem Gras aus, stellte langhalsige Weinflaschen darauf und einen frischen Brotlaib, dessen Duft und Wärme sie im Traum deutlich wahrnahm. In einer Bucht, etwas weiter stromaufwärts, schwamm ein nackter Mann umher. Er sprach Melissa an, auf französisch, und es gehörte zu der Leichtigkeit des Traumes, daß alles in einem anderen Land, einer anderen Zeit geschah. Während sie das

Abendessen auftischte, sah sie, wie der Mann die Böschung erklomm und sich mit einem Tuch abtrocknete.

Aus diesem Traum wurde sie durch Hundegebell geweckt. Es war drei Uhr morgens. Der Wind hatte sich gedreht und kam nun aus Nordwest. Gerade wollte sie wieder einschlafen, als sie die Haustür knarren hörte. In ihren Achselhöhlen brach der Schweiß aus, und ihr Herz krampfte sich zusammen, obwohl sie wußte, daß es nur der Wind war. Vor einiger Zeit war ein Dieb in ein benachbartes Haus eingestiegen. Im Garten hatte man hinter einem Fliederstrauch zahlreiche Zigarettenstummel gefunden, ein Zeichen, daß er dort stundenlang gewartet hatte, bis die Lichter im Hause erloschen. Er hatte mit einem Glaserdiamanten ein Loch in eine Fensterscheibe geschnitten, Bargeld und Schmuck aus einem Wandsafe geraubt und das Haus durch die Vordertür verlassen. In dem Bericht der Polizei wurde sein Weg in allen Einzelheiten beschrieben: Er hatte im Garten gewartet. Er war durch ein Hinterfenster eingedrungen. Er war durch die Küche ins Eßzimmer geschlichen. Aber wie sah er aus? War er groß oder klein, dick oder dünn? Was war in ihm vorgegangen? Hatte sein Herz in den finsteren Räumen vor Angst gehämmert, oder hatte er triumphiert, weil er, der Dieb, sich einer anmaßenden und vertrauensseligen Gesellschaft überlegen fühlte? Er hatte Spuren hinterlassen – Zigarettenstummel, Fußtapfen, Glasscherben und einen geplünderten Safe –, aber man fand ihn nicht, also blieb er ein Schemen, ohne Körper, ohne Gesicht.

Es ist der Wind, sagte sich Melissa. Kein Dieb hätte die Tür offengelassen. Jetzt spürte sie auch, wie die kalte Luft sich im Haus ausbreitete, über die Treppe nach oben drang und die Vorhänge im Flur bewegte. Sie stand auf, schlüpfte in ihren Morgenrock, machte im Flur Licht, ging die Treppe hinunter und fragte sich dabei, wovor sie eigentlich Angst hatte. Wie ein Primitiver oder ein Kind fürchtete sie die Dunkelheit, aber warum? Was ist denn daran so bedrohlich? Sie fürchtete die Dunkelheit, wie sie das Unbekannte fürchtete, und was ist das Unbekannte anderes als die Macht des Bösen, und warum sollte sie davor Angst haben? Unten schaltete sie sämtliche Lampen ein. Die Räume waren leer, der Wind strich ungehindert durch das Haus, spielte mit den Briefen auf dem Vorzimmertisch und lugte unter den Teppich. Melissa fröstelte in dem kalten Luftzug, als sie die Haustür zumachte und abschloß, aber jetzt hatte sie keine Angst mehr. Am nächsten Morgen war sie erkältet.

Der Arzt kam mehrmals im Laufe der Woche, und als sich ihr Zustand nicht besserte, riet er ihr, ins Krankenhaus zu gehen. Sie packte ihre Sachen. In den letzten Jahren war sie nur einmal im Krankenhaus gewesen, zur Entbindung, und da hatten die Wehen bewirkt, daß sie die Vorbereitungen gedankenlos erledigte. Diesmal trug sie kein neues Leben in sich, sondern eine Infektion. Als sie, allein in ihrem Schlafzimmer, ein Nachthemd und eine Haarbürste in das Köfferchen legte, schien ihr, sie sei ausersehen, eine geheimnisvolle Reise anzutreten. Sie war nicht sentimental, und es betrübte sie nicht, das hübsche Zimmer verlassen zu müssen, das sie mit ihrem Mann teilte. Sie fühlte sich matt, aber nicht krank, obwohl in ihrer Brust ein stechender Schmerz saß. Ein Fremder hätte sie wohl für verrückt gehalten. Warum warf sie die Nelken in den Papierkorb und spülte die Vase aus? Warum zählte sie ihre Strümpfe, schloß den Schmuckkasten zu und versteckte den Schlüssel, überprüfte ihr Bankkonto und staubte den Kaminsims ab? Warum blieb sie mitten im Zimmer stehen und blickte ins Leere, als lausche sie einer fernen Musik? Der törichte Impuls, den Kaminsims abzustauben, war unwiderstehlich gewesen, aber sie konnte ihn sich nicht erklären, und jedenfalls war es jetzt Zeit aufzubrechen.

Es war ein neues Krankenhaus. Man hatte sich alle Mühe gegeben, es freundlich zu gestalten, aber Melissas Liebreiz – besser gesagt, ihre Eleganz – stand so sehr im Widerspruch zu dieser straff organisierten Umgebung, daß sie erschreckend fehl am Platze wirkte. Man brachte ihr einen Rollstuhl, doch sie weigerte sich, ihn zu benutzen. Sie wußte, sie hätte kläglich und albern ausgesehen mit dem gebauschten Mantel und der Handtasche auf dem Schoß. Eine Krankenschwester führte sie nach oben in ein nett eingerichtetes Zimmer. Sie war noch beim Auskleiden, als ihr jemand auf einem Tablett das Mittagessen brachte. Es war zwar eine Bagatelle, aber sie fand es irritierend, daß man ihr ein Kotelett und Kompott servierte, während sie halbnackt war und bevor es zwölf Uhr geschlagen hatte. Trotzdem aß sie folgsam ihre Mahlzeit. Um zwei Uhr kam der Arzt, untersuchte sie und teilte ihr mit, sie müsse zehn bis vierzehn Tage im Krankenhaus bleiben. Er versprach, Moses anzurufen. Melissa schlief ein, und als sie gegen fünf Uhr aufwachte, fieberte sie.

Die Bilderwelt des Fiebers ähnelte jener der Liebe. Melissas Träumereien führten sie durch weite Bereiche; es war, als sei ihr die Offenbarung einer Wahrheit verheißen, die im Mittelpunkt der labyrinthischen und palastartigen Gebäude lag, in denen sie umherwanderte. Als das Fieber stieg, ließ der Schmerz in ihrer Brust nach, und das heftige Herzklopfen störte sie nicht mehr. Die Fieberträume schienen einem heilsamen Zweck zu dienen: Sie beschäftigten Melissas Einbildungskraft und lenkten von dem Kampf ab, der in ihrer Brust tobte. Sie stand am Fuße einer breiten Treppe mit roten Wänden. Viele Menschen stiegen die Stufen hinauf; ihre Haltung war die von Pilgern. Die Treppe war mühsam zu erklimmen, und es dauerte geraume Zeit, bis Melissa oben angelangt war und sich in einem Zitronenhain befand. Sie legte sich ins Gras, um auszuruhen. Als sie aus dem Traum erwachte, waren ihr Nachthemd und die Bettwäsche naß von Schweiß. Sie klingelte nach einer Schwester und wurde umgebettet.

Als das geschehen war, fühlte sie sich viel wohler. Ihr schien, sie sei durch eine Krise gegangen, habe sie überwunden und damit die Krankheit besiegt. Um neun Uhr gab ihr die Schwester eine Arznei und sagte gute Nacht. Bald darauf meldete sich wieder die Mattigkeit des Fiebers. Melissa klingelte, aber niemand ließ sich blicken. Je höher die Temperatur stieg, desto mehr verwirrten sich ihre Gedanken. Das Pochen des Herzens klang wie Trommelschläge und beschwor das Bild barbarischer Tänzer herauf, die sich im Rhythmus der Trommel bewegten. Der Tanz dauerte lange. Er steuerte auf einen Höhepunkt zu, und als der Höhepunkt erreicht war und sie glaubte, ihr Herz werde zerspringen, da wachte sie auf, von Schüttelfrost befallen und in

Schweiß gebadet. Endlich kam eine Schwester, die ihr ein anderes Hemd anzog und abermals das Bettzeug wechselte. Melissa genoß es, trocken und warm zu sein. Die beiden Fieberanfälle hatten sie geschwächt, und doch empfand sie ein Gefühl kindlicher Zufriedenheit. Da sie nicht schläfrig war, stand sie auf und ging, die Möbel als Stütze benutzend, zum Fenster, um die Nacht zu betrachten.

Während sie hinausblickte, schoben sich Wolken vor den Mond. Es mußte spät sein, denn die meisten Fenster waren dunkel. Dann flammte in einem Zimmer des gegenüberliegenden Flügels das Licht auf. Eine Krankenschwester führte eine junge Frau und ihren Mann in einen Raum, der jenem glich, in dem Melissa im Dunkeln saß. Die junge Frau war schwanger, schien aber noch keine Wehen zu haben. Sie zog sich im Badezimmer aus und ging dann ins Bett, während der Ehemann ihren Koffer auspackte. Das Fenster war, wie alle anderen, mit einer Jalousie versehen, aber niemand hatte daran gedacht, sie herunterzulassen. Als der Mann mit dem Auspacken fertig war, kniete er neben dem Bett nieder, öffnete das Nachthemd seiner Frau und legte den Kopf auf ihre Brüste. So verharrte er mehrere Minuten, ohne sich zu rühren. Dann erhob er sich rasch – er hatte wohl die Schwester kommen hören – und deckte seine Frau zu. Die Schwester trat ein und ließ die Jalousie herunter.

Draußen schrie ein Nachtvogel, und Melissa hätte gern gewußt, was für ein Vogel es war, wie er aussah, was er vorhatte, was für eine Beute er jagte. Plötzlich ertönte dumpfes Donnergrollen. Es klang anheimelnd, als werde im Himmel eine Kommode gerückt. Dann zuckte ein Blitz auf, fern und fahl, und im nächsten Augenblick tränkte ein Regenguß die Erde. Das Prasseln des Regens erinnerte Melissa, in deren Brust noch immer jener stechende Schmerz saß, an die leidenschaftlichen Zärtlichkeiten eines Liebhabers. Die Tropfen fielen auf die flachen Dächer des Krankenhauses, auf den Rasen und das Laub der Bäume. Der Schmerz in der Brust schien sich in dem Maße auszubreiten und zu verschlimmern, wie ihre Liebe zur Nacht wuchs, und zum erstenmal in ihrem Leben widerstrebte es ihr, die Welt zu verlassen. Sie empfand eine ebenso sinnlose und übermächtige Angst wie damals, als sie hinunterging, um die Haustür zu schließen. Todesangst.

10

Es war das Jahr, in dem die Eichhörnchen zur Landplage wurden und alle Leute besorgt über Krebs und Homosexualität sprachen. Die Eichhörnchen warfen Mülleimer um, bissen Lieferanten und drangen in die Häuser ein. Krebs war etwas Alltägliches; den Männern und Frauen, die ihm ausgeliefert waren, sagte man, ihre Schmerzen würden durch eine geringfügige Komplikation hervorgerufen, während hinter ihrem Rücken die Brüder, die Schwestern, die Gatten, die Gattinnen flüsterten: «Wir können nur hoffen, daß es schnell zu Ende geht.» Diese grausame Heuchelei bewirkte, daß zuletzt niemand mehr wußte, woran er war: Kündigten die Schmerzen im Leib das Nahen des Todes an, oder handelte es sich nur um harmlose Blähungen? Die meisten Leiden haben ihre Mythologie, ihre Szenerie und ihre makabren Scherze. Die Schwarze Pest brachte Masken, Gassenhauer und Straßentänze mit sich. Die Tuberkulose war in ihrer Blütezeit so etwas wie ein besonderer Kulturkreis, dessen Bewohner – gut aussehende, kluge, zum Tode verurteilte Männer und Frauen – Walzer tanzten, Vorrechte für ihre Krankheit ersannen und sich ineinander verliebten. Beim Krebs aber wird die zupackende Hand des Todes durch eine soziale Verschwörung jeglicher Realität beraubt. «Ach, wir bringen Sie im Nu wieder auf die Beine», sagt die Krankenschwester zu dem Sterbenden. «Sie wollen doch auf der Hochzeit Ihrer Tochter tanzen, nicht wahr? Na also. Aber wenn es uns besser gehen soll, dann müssen wir auch vergnügt und zuversichtlich sein.» Sie betupft den Arm des Patienten mit Alkohol und macht die Spritze zurecht. «Ihre Frau hat mir erzählt, daß Sie ein begeisterter Bergsteiger sind, aber wenn Sie gesund werden und wieder Klettertouren unternehmen wollen, dann müssen Sie vergnügt und zuversichtlich sein. Sie wollen doch wieder auf die Berge steigen, nicht wahr?» Der Inhalt der Spritze fließt in seine Vene. «Ich selbst bin noch nie auf einen Berg geklettert», sagt die Schwester, «aber bestimmt ist es sehr aufregend, wenn man oben auf dem Gipfel ankommt. Der Aufstieg, nein, das wäre wohl nichts für mich, aber den Blick vom Gipfel stelle ich mir herrlich vor. Man hat mir erzählt, in den Alpen wachsen Rosen im Schnee, und wenn Sie das alles noch einmal sehen wollen, müssen Sie vergnügt und zuversichtlich sein.» Nun ist er schläfrig, und sie erhebt die Stimme. «Ja, wir bringen Sie im Nu wieder auf die Beine», ruft sie, schließt leise, ganz leise die Tür hinter sich und sagt zu seiner auf dem Korridor versammelten Familie: «Er schläft jetzt, und wir können nur hoffen und beten, daß er nicht mehr aufwacht.» Melissa gehörte zu den Unglücklichen, die in den beruhigenden Versicherungen der Ärzte nur barmherzige Lügen sehen und sich für Todeskandidaten halten.

Als Moses von ihrer Erkrankung erfuhr, brach er seine Reise sofort ab. Immerhin hatte er sich so viel Geld verschafft, daß er wenigstens den Eindruck der Zahlungsfähigkeit erweckte. Melissa war noch recht schwach, und diese Tatsache könnte als Erklärung dafür dienen, daß er ihr nichts von seinen finanziellen Schwierigkeiten erzählte. In Wirklichkeit lagen die Dinge anders. Moses hätte es nie und nimmer fertiggebracht, von seinen Verlusten zu sprechen, ebensowenig wie Coverly zugegeben hätte, daß er dem Geist seines Vaters begegnet war. Hätte Moses in Parthenia gewohnt, dann hätte er ohne weiteres ein Schild ZU VERKAUFEN ins Wohnzimmerfenster und ein zweites an die Windschutzscheibe seines Kabrioletts gehängt, aber so etwas in Proxmire Manor zu tun, wäre umstürzlerisch gewesen. Seine Sorgen äußerten sich nicht in Reizbarkeit, sondern in einer Neigung zu derben Scherzen. Melissa war dieser gezwungenen Heiterkeit ebenso wehrlos preisgegeben wie der absurden Überzeugung, sie habe Krebs. Sie konnte einfach nicht glauben, daß sie gesund sei. Der Arzt hatte es ihr zwar gesagt, aber sie traute ihm nicht. Schließlich rief sie im Krankenhaus an und verlangte die Schwester zu sprechen. Ob sie sich wohl zu einem Drink treffen könnten, fragte sie. «Warum nicht?» meinte die Schwester. «Das wäre wirklich nett.» Um vier Uhr war ihr Dienst zu Ende, und Melissa wollte sie um Viertel nach vier an der Verkehrsampel neben dem Krankenhaus erwarten.

Sie gingen in eine nahegelegene Bar. Die Schwester bestellte einen doppelten Martini. «Ich bin müde», erklärte sie. «Völlig ausgepumpt. Gestern abend rief meine verheiratete Schwester an und fragte, ob ich auf das Baby aufpassen könnte, weil sie und ihr Mann zu einer Cocktailparty gehen wollten. Na schön, ich sagte, wenn's nur für ein, zwei Stunden wäre, würde ich ihr gern den Gefallen tun. Ich ging um sechs hin, und wissen Sie, wann sie nach Hause kamen? Um Mitternacht! Das Baby hatte kein Auge zugemacht, immerzu nur geschrien. Die liebe Schwester, das bin ich!»

«Ich wollte...» begann Melissa zögernd. «Es ist wegen meiner Röntgenaufnahme. Sie haben sie doch gesehen, und ich dachte...»

«Wovor haben Sie Angst?» fragte die Schwester. «Krebs?»

«Ja.»

«Davor haben sie alle Angst.»

«Und... ist es bei mir Krebs?»

«Nicht daß ich wüßte.» Sie beobachtete, wie der Wind welkes Laub am Fenster vorbeitrieb. «Blätter», sagte sie, «Blätter, Blätter, schauen Sie sich das an. Ich habe eine kleine Wohnung mit einem Gärtchen, und ich muß dauernd das Laub zusammenharken. Meine ganze Freizeit verbringe ich damit. Kaum bin ich fertig, da kommt schon der nächste Schwung. Und wenn das vorbei ist, fängt es an zu schneien.»

«Möchten Sie noch etwas trinken?» fragte Melissa.

«Danke, nein. Wissen Sie, ich habe hin und her überlegt, warum Sie sich mit mir treffen wollten, aber auf Krebs bin ich nicht verfallen. Wissen Sie, woran ich dachte?»

«Nein.»

«An Heroin.»

«Wie meinen Sie das?»

«Ich dachte, vielleicht würden Sie mich bitten, ein bißchen Heroin aus dem Krankenhaus zu schmuggeln. Sie glauben gar nicht, wie viele Leute sich einbilden, ich könnte ihnen Rauschgift verschaffen. Es sind ein paar hohe Tiere dabei. Ach, wenn ich Namen nennen wollte... Gehen wir?»

Eines späten Nachmittags stand Melissa am Fenster und betrachtete den goldenen Lichtkranz, der zu dieser Jahres- und Tageszeit die Hügel im Osten krönte. Er lag auf dem Rasen der Babcocks, auf dem Haus der Filmores, auf den Steinmauern der Kirche, auf dem Schornstein der Thompsons – gelb und klar wie flüssiger Honig. Ja, es war ein Lichtkranz: Melissa sah am Fuß der Hügel ganz deutlich eine Trennungslinie zwischen dem gelben Licht und der zunehmenden Dunkelheit, und sie beobachtete, wie das leuchtende Band von dem Rasen der Babcocks, dem Haus der Filmores, den Steinmauern der Kirche und dem Schornstein der Thompsons emporstieg und sich verflüchtigte. Die Straße war leer oder fast leer. Jedermann in Proxmire Manor besaß zwei Autos, und niemand ging zu Fuß, ausgenommen der alte Mr. Cosden. Er gehörte jener Generation an, die aus Gesundheitsgründen spazierengeht. Jetzt kam er die Straße entlang, die blauen Augen auf den Kirchturm gerichtet, den ein letzter Sonnenstrahl mit goldenem Glanz übergoß, und es war, als riefe er im stillen aus: «Wie herrlich, wie herrlich!» Er ging am Haus vorbei, und dann erregte eine recht sonderbare Erscheinung Melissas Aufmerksamkeit: ein hochgewachsener Mann mit ungewöhnlich langen Armen. Der gehört bestimmt nicht hierher, dachte sie, vermutlich wohnt er in den Slums von Parthenia. In der rechten Hand trug er einen Regenschirm, seine Füße steckten in Gummischuhen. Da sein Rücken stark gekrümmt war, mußte er den Hals wie eine Schlange nach vorn und nach oben recken, um sehen zu können, wo er hinsteuerte. Diese Verkrümmung hatte er sich nicht an einem Schleifstein oder einer Werkbank, unter dem Gewicht einer Ziegeltrage oder bei einer anderen ehrbaren Tätigkeit geholt. Es war die Haltung des Schwachsinns, des Verzichts und der Verwirrung. Nie hatte er Gelegenheit gehabt, selbstbewußt den Rücken zu straffen. Als Kind durch Schüchternheit geduckt, als junger Mann durch Einsamkeit geduckt, später durch eine unsichtbare Bürde sozialer Mißachtung geduckt, ging er jetzt so gebeugt, daß seine Arme fast bis zu den Knien reichten. Der breite, schmale Mund war zu einem halben Grinsen verzogen. Als er sich dem Hause näherte, schien Melissas Herz im Takt seiner Schritte zu schlagen, der stechende Schmerz in der Brust meldete sich wieder, und abermals überkam sie die Angst vor der Dunkelheit, dem Bösen, dem Tod. Mit Regenschirm und Galoschen ausgerüstet, obwohl keine Wolke am Himmel stand, schlurfte er weiter, bis er Melissas Blicken entschwand.

Ein paar Tage später war Melissa in Parthenia und fuhr gegen Abend im Wagen nach Proxmire Manor zurück. Die Straße wurde unregelmäßig von dem Lichtschein erhellt, der aus den wenigen Geschäften am Ortsrand von Parthenia fiel – Gemischtwarenläden, in denen es nach altbackenem Brot und bitteren Orangen roch und wo die Leute, die zu faul, zu müde oder zu gebrechlich waren, in die großen Supermärkte zu gehen, ihre Kekse, ihr Bier, ihre Buletten kauften. Die dunkle Straße war mit matten Lichtflächen durchsetzt, und Melissa sah den großen Mann eine dieser Flächen überqueren. Er warf einen langen, krummen Schatten. In jedem Arm trug er eine Tüte mit Waren. Er ging nicht gebückter als bei der ersten Begegnung – die Krümmung des Rückgrats war wohl unveränderlich –, aber die Tüten schienen schwer zu sein, und er tat ihr leid. Trotzdem hielt sie nicht an. Sich selbst verteidigend, dachte sie an die soziale und menschliche Kluft zwischen ihr und diesem Mann und an die Möglichkeit, daß er ihre Aufforderung, in den Wagen zu steigen, falsch deuten würde. Aber dann kamen ihr diese Rechtfertigungsversuche so oberflächlich, so egoistisch vor, daß sie kehrtmachte und in Richtung Parthenia zurückfuhr. Es drängte sie, ihm zu helfen, und warum sollte sie sich das versagen? Inzwischen mußte er schon die erleuchteten Läden hinter sich gelassen haben. Sie fuhr langsam, und ihre Blicke suchten die leere Straße nach der gebeugten Gestalt ab. Als sie ihn erspähte, wendete sie und hielt. «Kann ich Sie ein Stück mitnehmen?» fragte sie. «Ich bin Ihnen gern behilflich. Sie haben so viel zu tragen.» Er musterte die schöne Fremde, noch immer mit diesem halben Grinsen. Vielleicht, dachte sie, ist er nicht nur schwachsinnig, sondern auch taubstumm. Dann bekam das Grinsen etwas Mißtrauisches. Melissa erriet, was in ihm vorging. Sie stammte aus der Welt, die ihn übertölpelt, ihn mit Schneebällen beworfen, seine Frühstücksdose geplündert hatte. Seine Mutter hatte ihn immer ermahnt, sich vor Fremden zu hüten, und möglicherweise war diese schöne Fremde die allergefährlichste. «Nein!» stieß er hervor. «Nein, nein!» Sie fuhr weiter und überlegte, was hinter ihrem Impuls gesteckt haben mochte. Und schließlich fragte sie sich, warum sie denn eine einfache Regung der Freundlichkeit so genau analysieren müsse.

Am Donnerstag hatte das Mädchen frei, und Melissa war mit ihrem Sohn allein. Nach dem Mittagessen schlief er. Um vier Uhr weckte sie ihn, hob ihn aus seinem Bettchen und ließ die Decken achtlos fallen. Im Haus war es still. Sie trug den Kleinen in die Küche, setzte ihn in seinen hohen Stuhl und öffnete eine Dose Feigen. Verschlafen, artig und blaß saß er da, folgte ihr mit den Augen und lächelte, sooft ihre Blicke sich trafen. Sein Hemd war fleckig und feucht. Melissa trug einen Morgenrock. Sie setzte sich zu ihm an den Tisch – ihr Gesicht war dem seinen ganz nah –, und sie aßen die Feigen aus der Dose. Ab und zu schauderte er, anscheinend vor Entzücken. Das stille Haus, die stille Küche, der blasse und fügsame kleine Junge in seinem fleckigen Hemd, ihre runden weißen Arme auf dem Tisch, die behagliche Schlamperei, aus der Dose zu essen, das alles schuf eine starke und doch ruhige Intimität, und ihr war, als seien sie und das Kind untrennbar miteinander verbunden... Aber nun war es Zeit, den Kleinen umzuziehen, Zeit, sich selber anzukleiden, Zeit, die andere Seite ihres Lebens fröhlich in Angriff zu nehmen. Als sie mit dem Kind durch das Wohnzimmer ging, sah sie draußen die gebeugte Gestalt mit den Galoschen und dem Regenschirm.

Es war windig. Der Mann schlurfte gleichgültig durch den

Wirbel welker Blätter, reckte wie eine Natter den Kopf, den Rücken gebeugt unter seiner unsichtbaren Last. Instinktiv drückte Melissa den Kleinen an ihre Brust, als wollte sie seine Augen vor einem ansteckenden Übel schützen. Sie wandte sich vom Fenster ab, und gleich darauf wurde laut an der Hintertür geklopft. Wie hatte er herausgefunden, wo sie wohnte, und was wollte er von ihr? Vielleicht hatte er ihr Auto vor dem Haus wiedererkannt, vielleicht hatte er sich nach ihr erkundigt – der Ort war klein. Bestimmt war er nicht gekommen, um sich für ihren guten Willen zu bedanken. Nein, dieser Schwachsinnige war gekommen, um sie wegen irgend etwas anzuklagen. War er gefährlich? Gab es denn noch Gefahren in Proxmire Manor? Sie setzte den Kleinen ab, rief ihre Selbstachtung zu Hilfe und ging zur Hintertür. Draußen stand Narobis hübscher Botenjunge. Auf einmal kam sie sich albern vor mit ihren Befürchtungen. Der Junge trat lächelnd ein. Er strahlte so viel Frohsinn aus, daß sie die Fessel absurder Ängste von sich abfallen fühlte.

«Sind Sie neu?» fragte sie.

«Ja.»

«Wie heißen Sie denn?»

«Emile. Ein komischer Name, nicht wahr? Mein Vater war Franzose.»

«Aus Frankreich?»

«O nein. Aus Quebec. Ein Frankokanadier.»

«Und was macht er?»

«Als Kind habe ich immer gesagt: ‹Er spielt Harfe.› Er ist tot. Schon lange. Als er starb, war ich noch klein. Meine Mutter arbeitete in Barnums Blumengeschäft in der Green Street. Vielleicht kennen Sie sie?»

«Ich glaube nicht. Möchten Sie ein Bier?»

«Gern. Warum nicht? Sie sind heute meine letzte Kundin.»

Sie fragte, ob er auch etwas essen wolle, und brachte ihm Crackers und Käse. «Ich bin immer hungrig», sagte er.

Sie holte den Kleinen in die Küche, und sie saßen zu dritt am Tisch, während der junge Mann aß und trank. Als sie sah, wie er sich den Mund mit Käse vollstopfte, kam er ihr wie ein Kind vor.

Sein Blick war klar und entwaffnend. Wenn er sie anschaute, geriet ihr Blut in Wallung. War das Verworfenheit? War sie schlimmer als Mrs. Lockhart? Würde sie – bildlich gesprochen – an einen Karren gebunden und aus Proxmire Manor hinausgeschleift werden? Es war ihr gleich.

«Zu einem Bier hat mich noch nie jemand eingeladen», sagte er. «Manchmal kriege ich Coca-Cola. Wahrscheinlich denken die Leute, ich könnte noch kein Bier vertragen. Aber ich trinke auch stärkere Sachen. Martini, Whisky, alles.»

«Wie alt sind Sie denn?»

«Neunzehn. Jetzt muß ich gehen.»

«Bitte, bleiben Sie noch», sagte Melissa.

Er lehnte am Tisch und blickte sie unverwandt an.

Sie fragte sich, was geschehen würde, wenn sie ihn anfaßte. Würde er fortlaufen? Würde er rufen «Hände weg!»? Er schien reif zu sein, reif zum Pflücken, und doch war noch etwas anderes in seinen Augen zu lesen – Zurückhaltung, Vorsicht. Vielleicht schwebte ihm etwas Besseres vor; wenn ja, dann würde sie ihm gewiß nicht im Wege stehen. Geh und liebe das Mädchen von nebenan.

«Ich würde gern noch bleiben», erwiderte er. «Es ist hübsch hier. Aber heute ist Donnerstag, und da muß ich mit meiner Mutter einkaufen gehen. Vielen Dank.»

Von nun an kam er jede Woche drei- oder viermal ins Haus. Melissa war am späten Nachmittag meistens allein, und er wählte diese Zeit für seine Besuche. Noch nie war er so aufmerksam behandelt worden. Sie schien sich für alles zu interessieren, was ihn betraf – daß sein Vater Landvermesser gewesen war, daß er einen gebrauchten Buick fuhr, daß er in der Schule gut gelernt hatte. Gewöhnlich setzte sie ihm Bier vor und leistete ihm Gesellschaft, während er trank. Ihre Nähe erregte ihn. Er hatte das Gefühl, Melissa könne sein Leben entscheidend beeinflussen. Etwas von ihrer Weltgewandtheit, etwas von ihrer Eleganz würde auf ihn abfärben und ihm einen märchenhaften Aufstieg ermöglichen. Eines Nachmittags sagte sie unvermittelt: «Emile, Sie sind göttlich.»

Er fragte sich, ob sie noch alle Tassen im Schrank habe. Frauen schnappten ja manchmal über. Hatte er seine Zeit vergeudet? Mit einer übergeschnappten Frau wollte er sich nicht abgeben. Er wußte, daß er nicht göttlich war, denn sonst hätte es ihm schon früher jemand gesagt. Und wenn er göttlich gewesen wäre und auch davon überzeugt, dann hätte er es verheimlicht – nicht aus Bescheidenheit, sondern aus Selbsterhaltungstrieb. «Manchmal denke ich, daß ich ganz gut aussehe», sagte er ernst, um ihren Überschwang zu dämpfen. Er leerte sein Glas. «Jetzt muß ich wieder ins Geschäft.»

II

EIN PAAR TAGE SPÄTER wollte Melissa nach New York fahren, um Einkäufe zu machen. Sie stand mit ihrer Nachbarin, Gertrude Bender, auf dem Bahnsteig und wartete auf den Vormittagszug. Als sich der Zug näherte, schob der Stationsvorsteher auf einem Wagen eine jener gelben Holzkisten herbei, die zur Beförderung von Särgen verwendet werden. Dieser Anblick zerstörte jäh Melissas gute Laune. «Das muß Gertrude Lockhart sein», flüsterte die Nachbarin. «Sie wird nach Indiana überführt.»

«Ich wußte nicht, daß sie tot ist», sagte Melissa.

«Sie hat sich in der Garage erhängt», berichtete Mrs. Bender, noch immer im Flüsterton, und dann stiegen sie in den Zug ein.

Es stimmte nicht, daß in Proxmire Manor nichts geschah. In Wirklichkeit ereigneten sich in dieser Gemeinde viele Dinge, die sonderbar und daher schwer verständlich waren. Es lag nicht an der allgemeinen Diskretion, daß Melissa nichts von Gertrude Lockharts Schicksal wußte; es lag daran, daß man diese Geschichte leichter vergessen als begreifen konnte. Mrs. Lockhart war trotz ihres schlechten Rufs eine außergewöhnlich charmante Frau gewesen, zartknochig, behende, ein wenig nervös. Ihre Haut war sehr weiß, von einer natürlichen Blässe. Das Haar war aschblond, hatte aber seinen Glanz verloren. Die Augen, klein, dunkel und leuchtend, standen dicht beieinander. Die Ohren waren zu groß, ein Umstand, der Gertrude irgendwie unsolide erscheinen ließ. In dem viert- oder fünftklassigen Internat, in dem sie erzogen worden war, hatten ihre Mitschülerinnen sie «Schmutzfink» genannt. Sie war recht glücklich verheiratet mit Pete Lockhart und hatte drei kleine Kinder. Ihr moralischer Verfall begann nicht mit heißem Sehnen, sondern mit einem ungewöhnlich strengen Winter, in dem die Leitung zwischen dem Haus und der Sickergrube einfror. Was in den Toiletten weggespült wurde, stieg in den Badewannen und Ausgüssen hoch. Nichts floß ab. Ihr Mann ging zur Arbeit, die Kinder fuhren mit dem Schulbus fort. Um halb neun saß sie allein in einem Haus, das gewissermaßen nicht mehr funktionierte. Sie fand es unzumutbar, ihre Notdurft auf einem Eimer zu verrichten. Von einer Wohnung wie dieser, die nicht gerade luxuriös, aber immerhin zivilisiert war, hätte man etwas Besseres erwarten dürfen. Um neun Uhr trank Gertrude einen Whisky und rief dann der Reihe nach sämtliche Klempner in Parthenia an. Es gab sieben, und alle waren beschäftigt. Sie betonte immer wieder, daß ihr Fall dringend sei. Schließlich fand sich eine Firma bereit, einen Klempner im Ruhestand aufzustöbern, und nach einer Weile kam ein alter Mann in einem alten Auto angefahren. Er betrachtete mißmutig die Schmutzerei in den Badewannen und Ausgüssen und erklärte, er sei Rohrleger, aber kein Erdarbeiter, und sie müsse jemanden besorgen, der das Abflußrohr freilege. Erst dann könne er den Schaden beheben. Sie trank noch einen Whisky, legte Lippenrot auf und fuhr nach Parthenia.

Zuerst ging sie ins Arbeitsamt, wo achtzehn bis zwanzig stellungssuchende Männer saßen. Keiner von ihnen war jedoch gewillt, einen Graben auszuheben, und Gertrude nahm es als ein Zeichen der Zeit, daß die Selbstachtung der Leute ihre Fähigkeit beeinträchtigte, ein Loch zu graben. Sie ging in den Spirituosenladen, um Whisky zu kaufen, und schilderte dem Verkäufer ihr

Problem. Vielleicht könnte er jemanden auftreiben, meinte er und führte ein Telefongespräch. «Ja, es klappt», sagte er. «Der Mann ist nicht so schlimm, wie er aussieht. Geben Sie ihm zwei Dollar die Stunde und viel Whisky. Sein Chef hat ihn vor zwei Wochen rausgeworfen, und jetzt sitzt er auf dem trockenen, aber er ist ein netter Kerl.» Sie fuhr nach Hause und genehmigte sich noch einen Drink. Kurze Zeit darauf läutete es an der Tür. Sie hatte einen Tattergreis erwartet, sah aber einen Mann in den Dreißigern vor sich. In enganliegenden Jeans und einem schwarzen Pullover stand er da, die Hände in die hinteren Hosentaschen geschoben, die Brust vorgewölbt – eine Haltung, die ebensogut Stolz wie Selbstvertrauen oder gar Vertraulichkeit ausdrücken konnte. Seine Haut war dunkel, um den Mund tief eingekerbt, und er hatte braune Augen. Er betrachtete Gertrude mit einem ausgesprochen verliebten Lächeln. Es war sein einziges, aber das wußte sie nicht. Genauso verliebt würde er den Spaten anlächeln, genauso verliebt ins Whiskyglas schauen, genauso verliebt die Grube ansehen, die er gegraben hatte, und wenn es dann Zeit war, nach Hause zu fahren, würde er auch der Zündung seines Autos dieses verliebte Lächeln schenken. Sie bot ihm Whisky an, aber er meinte, er wolle lieber noch warten. Sie zeigte ihm, wo die Geräte lagen, und er begann zu graben.

Er arbeitete zwei Stunden lang, legte das Abflußrohr frei und säuberte es provisorisch. Nun konnte sie die Badewanne und die Ausgüsse scheuern. Als er das Werkzeug zurückbrachte, bat sie ihn zu einem Whisky ins Haus. Sie selbst war schon ziemlich betrunken. Er goß sich ein Wasserglas voll und leerte es auf einen Zug. «Eigentlich hätte ich eine Dusche nötig», sagte er. «Ich wohne möbliert. Da muß man sich im Bad an die festgesetzten Zeiten halten.» Sie erlaubte ihm zu duschen und wußte genau, was sich anbahnte. Er trank noch ein Glas Whisky, dann führte sie ihn nach oben. «Ich will bloß mal schnell diese Sachen ausziehen», sagte er im Schlafzimmer, schlüpfte aus dem Pullover und streifte die Hose ab.

Sie lagen noch im Bett, als die Kinder nach Hause kamen. Gertrude öffnete die Tür und rief mit zärtlicher Stimme: «Mammi ruht sich aus. Auf dem Kühlschrank steht Kuchen für euch. Vergeßt nicht, eure Vitaminpillen zu nehmen, bevor ihr spielen geht.» Sobald die Kinder aus dem Haus waren, gab sie ihm zehn Dollar und einen Abschiedskuß und schob ihn zur Hintertür hinaus. Sie sah ihn nie wieder.

Der alte Klempner brachte das Abflußrohr in Ordnung, und am Wochenende schaufelte Pete den Graben zu. Das Wetter blieb bitterkalt. Eines Morgens, eine Woche oder zehn Tage später, wurde sie durch gewisse Annäherungsversuche ihres Mannes geweckt. «Nicht jetzt, Liebling», sagte sie, zog rasch einen Morgenrock an und lief hinunter. In der Küche versuchte sie, ein Paket Speck zu öffnen. Laut Aufschrift versprach die Zellophanhülle, den Rauchgeschmack des Specks zu bewahren, aber leider war es unmöglich, sie zu öffnen. Gertrude brach sich einen Fingernagel ab. Die durchsichtige Hülle, die den Speck umschloß, erschien ihr wie ein Symbol: Auch in ihrem Leben gab es so ein Hindernis, eine durchsichtige, aber unüberwindbare Barriere zwischen ihr und dem, was ihr zustand. Pete kam herunter, während sie noch mit dem Speck rang, und ging von neuem zum Angriff über. Fast war er am Ziel seiner Wünsche – er hatte sie gegen den Gasherd gedrängt –, da hörten sie die Kinder durch den Korridor trappeln. Mit gemischten Gefühlen fuhr der stürmische Pete zur Bahn. Sie machte den Kindern das Frühstück und sah ihnen beim Essen zu: eine Familie, die an einem dunklen Wintermorgen in der Geborgenheit ihres Heims um den Küchentisch versammelt ist. Als die Kinder zum Schulbus gelaufen waren, stellte sie den Thermostat höher. Im nächsten Augenblick gab es im Kesselraum eine Explosion. Fette Rauchwolken quollen aus der Kellertür. Sie trank einen Whisky, um ihre Nerven zu festigen, und öffnete die Tür. Der Keller war voller Rauch, aber es brannte nicht. Sie rief den Monteur an, der für sie arbeitete. «Charlie ist nicht da», sagte seine Frau munter. «Er ist mit seinem Bowlingclub nach Utica gefahren, zu den Ausscheidungsspielen. Zehn Tage wird er wohl dort bleiben.» Gertrude rief sämtliche Heizungsmonteure an, die im Telefonbuch standen. Keiner hatte Zeit. «Aber es *muß* jemand kommen», schrie sie eine der Frauen an, mit denen sie telefonierte. «Draußen ist es eiskalt, und wir sitzen hier ohne Heizung. Alles wird einfrieren.» – «Tut mir leid, vor Donnerstag habe ich keinen Mann frei», sagte die Frau. «Kaufen Sie sich doch einen elektrischen Heizofen. Damit können Sie die Temperatur halten.» Gertrude trank noch einen Whisky, legte Lippenrot auf und fuhr zu der Eisenwarenhandlung in Parthenia, wo sie einen großen elektrischen Heizofen kaufte. Sie trug ihn in die Küche, schloß ihn an und drehte den Schalter. Sämtliche Lampen im Haus erloschen. Sie schenkte sich Whisky ein und brach in Tränen aus.

Sie weinte über ihre Mißgeschicke, über deren Banalität, darüber, daß eine durchsichtige Packung Speck und ein Ölbrenner das Beste in ihr so geheimnisvoll verwunden konnten. Sie weinte über eine Welt, die ohne Gesetz und Propheten zu sein schien. Und während sie weinte, trank sie unaufhörlich. Schließlich kamen ein paar Mechaniker und brachten die Sache in Ordnung, aber als die Kinder aus der Schule zurückkehrten, lag Gertrude bewußtlos auf dem Sofa. Sie schluckten ihre Vitaminpillen und gingen spielen. In der folgenden Woche wurde die Waschmaschine defekt, und es gab eine Überschwemmung in der Küche. Der erste Mechaniker, den Gertrude anrief, hatte Urlaub und war nach Miami gefahren. Der zweite konnte erst in einer Woche kommen, der dritte nahm gerade an einer Beerdigung teil. Sie wischte den Küchenfußboden auf, aber es dauerte zwei Wochen, bis sich ein Mechaniker um die Waschmaschine kümmerte. In der Zwischenzeit ging der Gasherd kaputt, und sie mußte sich mit einer elektrischen Kochplatte behelfen. Sie war einfach nicht fähig, die Haushaltsgeräte instand zu halten und im Notfall selbst zu reparieren, und sie kam sich genauso veraltet vor, wie ihr jene Arbeitslosen in Parthenia erschienen waren, die Arbeit und Geld brauchten, aber keinen Graben ausheben konnten. Es war dieses Gefühl, hoffnungslos veraltet zu sein, das sie zu Trunksucht und Zügellosigkeit trieb.

Eines Nachmittags, als sie schwer betrunken war, fiel sie dem Milchmann um den Hals. Er stieß sie grob zurück. «Vorsicht, meine Dame», sagte er, «unsereins ist schließlich nicht aus

Holz.» Er nutzte die Situation zu seinem Vorteil aus, indem er den Kühlschrank mit Eiern, Milch, Orangensaft, Käse, Gemüsesalat und Eiskrem vollstopfte. Sie nahm eine Flasche Whisky ins Schlafzimmer mit. Um vier Uhr setzte der Ölbrenner aus. Wieder telefonierte sie reihum. In den nächsten drei bis vier Tagen konnte niemand kommen. Draußen war es sehr kalt, und mit dem Grauen eines Urwaldmenschen sah sie die Winternacht herannahen. Sie fühlte, wie sich die Kälte in den Räumen ausbreitete. Als es dunkel wurde, ging sie in die Garage und erhängte sich.

Im Leichenbestattungsinstitut von Parthenia wurde eine kleine Trauerfeier abgehalten. Der matt erhellte Raum, in dem Gertrudes monumentaler Sarg stand, war wie eine Cocktailbar eingerichtet, und die Musik der elektrischen Orgel hätte ebensogut in einer Hotelbar irgendwo in Cleveland ertönen können. Wie sich herausstellte, hatte Gertrude in Proxmire Manor keine Freunde gehabt. Als einzige Trauergäste hatten sich ein paar flüchtige Bekannte eingefunden, denen die Lockharts auf verschiedenen Schiffsreisen begegnet waren. Die Eheleute hatten jeden Winter eine zweiwöchige Kreuzfahrt durch das Karibische Meer unternommen, und zu der Trauerfeier erschienen die Robinsons von der *Homeric*, die Howards von der *United States*, die Gravelys von der *Gripsholm* und die Leonards von der *Bergensfjord*. Ein Geistlicher sprach einige kurze, knappe Worte. (Die Heizungsmechaniker, Elektriker und Rohrleger, die ihren Tod verschuldet hatten, waren nicht anwesend.) Während der Rede des Pfarrers begann Mrs. Robinson (Dampfer *Homeric*) mit einer Heftigkeit, einer Verzweiflung zu weinen, die nichts mit dem Ort oder dem Anlaß zu tun hatten. Sie stöhnte laut, sie bäumte sich in ihrem Sessel, sie schluchzte herzzerreißend. Mrs. Howard, Mrs. Gravely, Mrs. Leonard und dann auch die Männer stimmten in diese Klagen ein. Sie weinten nicht um die Tote; sie hatten sie kaum gekannt. Sie weinten, weil sie spürten, wie bitter enttäuschend das Leben dieser Frau gewesen war. Von alldem wußte Melissa natürlich nichts, als sie an jenem Morgen in den Zug stieg, der Mrs. Lockharts sterbliche Reste über die erste Teilstrecke des Weges nach Indiana trug.

Gertrude Bender, die neben Melissa saß, hatte ihr silbergetöntes Haar mit solcher Geschicklichkeit zu einem Chignon aufgesteckt, daß Melissa sich fragte, wie sie das wohl bewerkstelligt habe. Sie trug einen zur Haarfarbe passenden silbrigen Pelz, und an ihren Handgelenken klirrten sechs goldene Armbänder. Diese hübsche, oberflächliche Person verfügte über die unbestreitbare Macht großen Reichtums und hatte eine schrille Stimme. Sie sprach über ihre Tochter Betty. «Das Kind macht sich Sorgen wegen der Schularbeiten, aber ich sage ihr immer – ‹Betty›, sage ich ihr, ‹mach dir keine Sorgen wegen der Schularbeiten. Glaubst du etwa, mich hätte das, was ich in der Schule gelernt habe, dahin gebracht, wo ich heute bin? Sieh zu, daß du eine gute Figur bekommst und den Braten nicht mit der Gabel vom Fischbesteck ißt. Alles andere spielt keine Rolle.›»

Auf dem Platz vor Melissa saß eine alte Dame, deren Kopf von der Last eines mit Stoffrosen garnierten Hutes niedergedrückt wurde. Die Plätze schräg gegenüber, auf der anderen Seite des Mittelganges, waren von einer Familie besetzt, einer Mutter mit drei Kindern. Arme Leute. Ihre Kleidung war billig und fadenscheinig, die Frau sah elend und verhärmt aus. Eines der Kinder, ein Junge, war krank; er lag auf dem Schoß der Mutter und lutschte am Daumen. Er mochte zwei oder drei Jahre zählen – sein Alter ließ sich schwer schätzen, weil er so blaß und mager war. Seine Stirn und die dünnen Beine waren mit Ausschlag bedeckt. Die tiefen Falten in den Mundwinkeln hätten eher zu dem Gesicht eines Erwachsenen gepaßt. Er machte einen kranken und jämmerlichen, zugleich aber halsstarrigen und zähen Eindruck, als hielte er in seiner kleinen Faust ein Versprechen, daß etwas Verblüffendes und Festliches geschehen werde, ein Versprechen, auf das er der Krankheit und der fremden Umgebung zum Trotz nicht zu verzichten gedachte. Er lutschte geräuschvoll am Daumen und behauptete hartnäckig seinen Platz in der Mitte des Lebens. Die Mutter beugte sich über ihn wie zu der Zeit, da sie ihn nährte, und sang ihm ein Wiegenlied vor, während der Zug an Parthenia, Gatesbridge, Tuxon Valley und Tokinsville vorbeifuhr.

Gertrude Bender sagte: «Ich verstehe die Frauen nicht, die ihr Aussehen vernachlässigen, obwohl sie genügend Geld haben, sich zu pflegen. Ich meine, was hat es für einen Sinn, wie ein alter Wäschesack herumzulaufen? Zum Beispiel Molly Singleton. Samstag abends erscheint sie mit diesen dicken Brillengläsern und einem scheußlichen Kleid im Club und wundert sich, daß sie sich nicht amüsiert. Es ist doch sinnlos, zu Parties zu gehen, wenn man auf die anderen deprimierend wirkt. Ich bin kein junges Mädchen mehr, das weiß ich genau, aber ich kriege noch immer alle Partner, die ich mir wünsche, und es macht mir Spaß, die Männer aufzuputschen. Ich sehe gern, wenn sie so in Erregung geraten. Es ist erstaunlich, wie weit man sie bringen kann. Denken Sie nur, einer der Botenjungen aus dem Lebensmittelgeschäft hat mir einen Liebesbrief geschrieben. Mein Mann darf es natürlich nicht erfahren, und auch sonst erzähle ich's niemandem, der arme Kerl könnte ja seine Stellung verlieren. Ich sage mir immer, was hat das Leben für einen Sinn, wenn man nicht ab und zu ein bißchen Wirbel macht.»

Melissa war eifersüchtig. Die Gefühle, die sie bewegten, waren lächerlich, aber deswegen nicht weniger quälend. Ohne es recht zu wissen, hatte sie sich eingeredet, Emile vergöttere sie, und die Möglichkeit, daß er auch andere vergötterte und daß sie selbst auf seiner Liste an letzter Stelle stand, war ein Schock für sie. Wie absurd, und doch wie wahr. Anscheinend hatte sie sich so völlig auf ihn konzentriert, daß sie unmerklich dahin gekommen war, auf seine Bewunderung angewiesen zu sein. Die Tatsache, daß ihr überhaupt etwas an diesem Jungen lag, war schmerzlich demütigend. Aber sie konnte nichts daran ändern.

Am frühen Nachmittag verließ sie New York, und als sie nach Hause kam, rief sie sofort bei Narobi an. Sie bestellte einen Laib Brot, Knoblauchsalz, Endivien – Dinge, die sie gar nicht brauchte. Fünfzehn oder zwanzig Minuten später war er zur Stelle.

«Emile?» sagte sie.

«Ja?»

«Haben Sie Mrs. Bender einen Brief geschrieben?»

«Wem bitte?»

«Mrs. Bender.»

«Ich habe seit Weihnachten keinen Brief geschrieben. Mein Onkel schickte mir zum Fest zehn Dollar, und da habe ich ihm geschrieben, um mich zu bedanken.»

«Emile, Sie müssen doch wissen, wer Mrs. Bender ist.»

«Nein, keine Ahnung. Wahrscheinlich kauft sie nicht bei uns.»

«Stimmt das, Emile?»

«Freilich.»

«Ach, ich mache mich lächerlich», rief sie verzweifelt.

«Nicht traurig sein», sagte Emile. «Bitte nicht. Ich mag Sie so gern, ich finde Sie faszinierend, und ich möchte nicht, daß Sie meinetwegen traurig sind.»

«Emile, am Samstag fliege ich nach Nantucket, um in unserem Haus nach dem Rechten zu sehen. Hätten Sie Lust mitzukommen?»

«Oh... aber das... das kann ich doch nicht, Mrs. Wapshot», stammelte er. «Ich meine... ich weiß nicht...» Beim Hinausgehen warf er einen Stuhl um.

Melissa hatte Mrs. Cranmer nie gesehen. Sie konnte sich kein Bild von ihr machen. So stieg sie denn ins Auto und fuhr zu dem Blumenladen in der Green Street. An der Tür war eine Glocke, drinnen roch es nach Blumen. Mrs. Cranmer kam aus dem Hinterzimmer, zog einen Bleistift aus dem wasserstoffblonden Haar und lächelte wie ein Kind.

Emiles Mutter war eine jener Witwen, die sich ständig für einen Besuch, eine Einladung bereithalten, für ein Rendezvous, das nie stattfinden wird, weil der geliebte Mann tot ist. Man begegnet ihnen in den Seitenstraßen der Kleinstädte, wo sie am Taxistand das Telefon bedienen, das Haar frisch gebleicht, die Nägel lackiert, in hochhackigen Schuhen, bereit zum Tanz mit einem Mann, der nicht kommen kann. Sie verkaufen Nachthemden, Blumen, Briefpapier oder Süßwaren, und manche sitzen an der Kasse eines Kinos. Immer sind sie in voller Bereitschaft. Sie alle haben die Liebe eines braven Mannes erfahren, und im Gedenken an ihn stapfen sie nun mit hohen Absätzen durch Schnee und Matsch. Mrs. Cranmers Gesicht war stark geschminkt, sie trug ein seidenes Kleid, ihre Pumps waren mit Schleifen verziert. Die kleine, rundliche Frau mit der erbarmungslos geschnürten Taille erinnerte an ein Kissen, das in der Mitte mit einer Schnur umwunden ist. Sie sah aus wie eine komische Serienfigur, obgleich sie nichts Komisches an sich hatte.

Melissa verlangte ein paar Rosen. Mrs. Cranmer gab die Bestellung an irgend jemanden im Hintergrund weiter und sagte: «Einen Augenblick bitte, gleich sind sie fertig.» Die Türglocke läutete, und ein neuer Kunde kam herein, ein breitgesichtiger Mann. Im rechten Ohr trug er einen weißen Plastikknopf, der durch eine Leitungsschnur mit der Weste verbunden war. Seine Stimme klang dumpf. «Ich möchte was für eine Verstorbene», sagte er. Mrs. Cranmer ging diplomatisch vor. Sie bemühte sich, auf indirektem Wege herauszufinden, in welchem Verhältnis er zu der Toten gestanden hatte. Wünschte der Herr ein Blumenarrangement zu etwa vierzig Dollar, oder sollte es etwas Einfacheres sein? Er gab bereitwillig Auskunft, aber nur auf direkte Fragen. Die Tote war seine Schwester. Ihre Kinder waren in alle Winde zerstreut. «Ich bin wohl ihr nächster Angehöriger», murmelte er verwirrt, und Melissa, die auf ihre Rosen wartete, spürte eine Vorahnung des Todes. Auch sie mußte sterben, mußte Gegenstand eines ähnlichen Gesprächs in einem Blumenladen werden, mußte für immer eine Welt verlassen, deren Schönheit sie beunruhigte. Ein abgedroschenes, aber treffendes Gleichnis kam ihr in den Sinn: Das Leben ist wie ein fröhliches Fest, von dem die Geheimpolizei der Vernichtung uns gerade dann abholt, wenn Tanz und Musik am schönsten sind. Ich will nicht sterben, dachte sie. Ich will niemals sterben. Mrs. Cranmer brachte ihr die Rosen, und sie fuhr nach Hause.

12

Das Moonlite Drive-In bestand aus drei pompösen Teilen: dem Golfplatz, der Rollschuhbahn und dem riesigen Amphitheater, wo sich im Dunkel der Nacht Tausende von Autos fächerförmig staffelten. In den dumpfen Donner der Rollschuhbahn und die Geräusche des Films mischte sich – dem Meeresrauschen so ähnlich, daß ein Blinder getäuscht worden wäre – der Verkehrslärm auf dem Northern Expressway, der großen Autostraße, die südwärts von Montreal bis zum Shenandoah verläuft und mit ihren Kleeblattschleifen und kunstvoll angelegten Zufahrten die grünen Spielplätze, die Rosengärten, Scheunen, Farmen, Wiesen, Forellenbäche, Wälder, Villen und Kirchen einer goldenen Vergangenheit umschlingt und erstickt. Für die Bevölkerung dieser Autostraße stehen zahlreiche Restaurants zur Verfügung, die einander aufs Haar gleichen, sogar was die Wandmalereien, Pissoirs, Speisekarten und Verkaufsautomaten für geweihte Medaillen betrifft. Es war rührend zu sehen, wie in dieser Herbstnacht viele Reisende angesichts der Tücken des Northern Expressway um den besonderen Schutz des mildherzigen St. Christophorus und den Segen der Jungfrau Maria baten.

Die Ausfahrt 307 führte im Bogen von der Straße zum *Moonlite*, und dort gab es alles, was das Herz begehrte: Reisebedarf, Lebensmittel, Gelegenheit zu sportlicher Betätigung (Rollschuhbahn und Golfplatz), und in den dunklen Autos des Amphitheaters konnte man die Riten des Frühlings – oder in diesem Fall die Riten des Herbstes – vollziehen. Es war eine Herbstnacht, und die Luft roch nach Pollen und Verfall. Emile saß hinten neben Louise Mecker, Charlie Putney, sein bester Freund, vorn neben Doris Pierce. Alle vier tranken Whisky aus Pappbechern, alle vier waren mehr oder weniger entkleidet. Auf der Leinwand rief eine Frau aus: «Ich will mich in Unschuld hüllen wie in ein schönes, neues Gewand. Ich will mich wieder sauber fühlen!» Dann knallte sie eine Tür zu.

Emile war stolz auf seine Haut, aber das Wort ‹sauber› erfüllte ihn mit Zweifeln und bösen Ahnungen. Er wurde rot. Diese Ausflüge waren für seine Generation eine Selbstverständlichkeit, und hätte er nicht mitgemacht, dann wäre er in den Ruf eines Zimperlings oder eines Schwulen gekommen. In seiner Klasse waren vier Jungen festgenommen worden, weil sie pornographische Schriften und Heroin verkauft hatten. Sie waren auch an ihn herangetreten, aber der Gedanke, sich mit Rauschgift und obszönen Bildern aufzustacheln, war ihm widerwärtig. Wenn er hier halbnackt in einem Auto saß, so vielleicht deswegen, weil die Musik, zu der er tanzte, und die Filme, die er sich ansah, sehr wenig mit dem Herzen, um so mehr aber mit offenkundiger Sexualität zu tun hatten. Es war, als wollten sich die unter der Autostraße begrabenen Rosengärten und Spielplätze für ihre Vernichtung rächen. Woran denkt der Bahnwärter in der Herbstsonne? Warum hat der Postmeister einen so verträumten Blick? Warum wirkt der Vorsitzende des Gerichtshofs so nervös? Warum seufzt der Taxichauffeur und runzelt die Stirn? Über was denkt der Schuhputzer nach, wenn er in den Regen starrt? Was verdüstert den Sinn des Fernfahrers auf dem Expressway und peinigt sein Fleisch? Was für Gedanken bewegen den alten Gärtner, der die Rosen besprengt, den Mechaniker, der unter dem Chevrolet auf dem Rücken liegt, den faulenzenden Anwalt, den Matrosen, der darauf wartet, daß der Nebel sich hebe, den Trunkenbold, den Soldaten? Die Zeit stand im Zeichen der Venus, und Emile war ein Kind seiner Zeit.

Louise Mecker war ein Flittchen, aber ihre Liederlichkeit schien nur die eine Seite einer heiteren Veranlagung zu sein. Sie tat, was man von ihr erwartete, und diese Exkursionen gehörten dazu. Trotzdem hatte Emile den Eindruck, daß sie mit ihrer Bereitwilligkeit seine vagen, zarten Gefühle entwürdigte und lächerlich machte. Im Frühling, wenn der Flieder unter seinem Schlafzimmerfenster blühte und er, im Bett liegend, den süßen Duft roch, überkam ihn zuweilen eine Empfindung, so stark wie der Ehrgeiz, aber ohne Namen. Ach, ich will… ich will mich bewähren, dachte er, als er nackt im *Moonlite* saß. Aber was wollte er denn? Eine Düsenmaschine fliegen? Einen Wasserfall in Afrika entdecken? Einen Supermarkt leiten? Was es auch sein mochte, er wollte irgend etwas tun, was seine Auffassung bestätigte, das Leben sei etwas Imposantes. Irgend etwas, was sein Gefühl bestätigte, die Männer und Frauen auf dem Gehsteig vor Narobis Geschäft und die über ihnen dahinziehenden Wolken seien ein majestätischer Anblick.

Er dachte an Melissa, die ihm Bier angeboten und damit seine Aufmerksamkeit erregt hatte. In den letzten sechs oder acht Monaten hatte ihn das Interesse verwirrt, das ihm Männer und Frauen plötzlich entgegenbrachten. Sie schienen etwas von ihm zu verlangen, es sehnsüchtig zu verlangen, und obwohl er weder naiv noch dumm war, wußte er nicht recht, *was* sie von ihm verlangten. Seine eigenen Begierden waren heftig. Wenn er sich morgens rasierte, packte ihn manchmal die sexuelle Not wie ein Schmerz, so daß er laut stöhnte. «Hast du dich geschnitten, Liebling?» fragte die Mutter. Jetzt dachte er an Melissa. Er sah sie – seltsam genug – als eine tragische Gestalt, zerbrechlich, einsam und unverstanden. Ihren Mann kannte er nicht, aber er stellte ihn sich beschränkt, dumm und plump vor. Waren nicht alle Ehemänner so? Sie war eine schöne Gefangene in einem Turm.

Der Film lief noch, als sie sich anzogen und mit geöffneter Auspuffklappe und *«Take it easy, Greasy»* plärrendem Radio davonbrausten, das eigene Leben und das Leben aller Autofahrer gefährdend, denen sie begegneten. Aber der sanftmütige heilige Christophorus oder die Huld der Jungfrau Maria beschützte sie, und Emile wurde unversehrt vor seiner Wohnung abgesetzt. Er stieg die Treppe hinauf, gab seiner Mutter einen Gutenachtkuß – sie las gerade in *Reader's Digest* einen Artikel über die Bauchspeicheldrüse – und ging zu Bett. Als er im Bett lag, entschied er in aller Unschuld, daß er die Flittchen, die Filme und die Pappbecher satt habe und daß er nach Nantucket fahren werde.

13

Melissa hatte die Flugscheine besorgt und alle nötigen Vorbereitungen getroffen. Sie bat Emile, im Flugzeug nicht mit ihr zu sprechen. Er trug neue Schuhe und eine neue Hose und ging mit federndem Schritt, um die Dicke der Sohlen zu spüren und das Spiel der Muskeln in den Beinen und hinauf bis in die Schultern zu genießen. Er war noch nie geflogen und stellte enttäuscht fest, daß die Maschine nicht so schnittig aussah wie die in den Zeitungsanzeigen und daß der Rumpf verbeult und rußgeschwärzt war. Er erwischte einen Fensterplatz und beobachtete das Leben und Treiben auf dem Rollfeld. Ihm schien, ein neues Leben voller Bewegung, Behagen und Freiheit werde für ihn beginnen, sobald sich die Maschine vom Boden löste. Hatte er nicht schon immer davon geträumt, hierhin und dorthin zu reisen, überall Freunde zu gewinnen und ohne weiteres als starker, intelligenter Mann akzeptiert zu werden, statt ein Laufbursche ohne Zukunft und Schicksal zu sein? Und hatte er je daran gezweifelt, daß sich diese Träume verwirklichen würden? Melissa ging als letzte an Bord. Sie trug einen dunklen Pelzmantel und wirkte auf Emile wie eine Besucherin aus einem anderen Erdteil, wo alles schön, geordnet und luxuriös ist. Sie sah nicht zu ihm hin. Ein betrunkener Matrose setzte sich neben ihn und schlief sofort ein. Emile war enttäuscht. Er hatte immer angenommen, daß Flugzeuge nur von seriösen, gutsituierten Leuten benutzt würden.

Wenige Minuten später stieg die Maschine auf. Das war ein Erlebnis! Aus einer Höhe von einigen hundert Fuß wirkten all die wirren und mißlungenen Werke von Menschenhand wohlgeraten. Mit breitem Lächeln blickte Emile auf die Erde und ihre Bevölkerung hinab. Das Gefühl, in der Luft zu *schweben*, auf das er sich gefreut hatte, wollte sich allerdings nicht einstellen; ihm war vielmehr, als hätten die Motoren gegen die Schwerkraft zu kämpfen und könnten das Flugzeug nur mühsam zwischen den dünnen Wolken vorantreiben. Das Meer, das sie überflogen, war dunkel und farblos, und als sie das Land aus den Augen verloren, fühlte er sich irgendwie entwurzelt: Das Band zwischen ihm und seiner grünen Vergangenheit schien zerschnitten worden zu sein. Dann erblickte er tief unter sich die Insel mit ihrer Schaumkrause am nordöstlichen Rand, und sie sah so klein, so flach aus, daß er sich fragte, warum überhaupt jemand dorthin reise. Als er das Flugzeug verließ, erwartete Melissa ihn an der Treppe. Vor dem Flughafen stiegen sie in ein Taxi. Sie sagte zu dem Chauffeur: «Zuerst möchte ich im Ort einiges besorgen, und dann fahren wir nach Madamquid.»

«Was wollen Sie denn in Madamquid?» fragte der Chauffeur. «Da ist doch jetzt gar nichts los.»

«Ich habe dort ein Haus», erwiderte sie.

Sie fuhren durch eine öde Landschaft, die aber für Melissa so eng mit ihrer Jugend und ihrem Glück verknüpft war, daß sie die Öde nicht empfand. Im Ort hielten sie vor dem Geschäft, in dem Melissa von jeher ihre Lebensmittel kaufte, und sie bat Emile, draußen zu warten. Als sie ihre Einkäufe erledigt hatte, trug ein junger Mann mit weißer Schürze und in der gleichen devoten Haltung, wie auch Emile sie im Dienst hatte, die Waren zum Taxi. Sie gab ihm ein Trinkgeld und sah sich nach Emile um. Er stand mit einigen jungen Leuten vor dem Drugstore.

Plötzlich verließ sie der Mut. Die Gesellschaft der Gelangweilten und Enttäuschten, der sie hatte entfliehen wollen, erschien ihr jetzt glanzvoll und unerbittlich abweisend – eine von Mauern und Zinnen umgebene Welt, die ihr verschlossen war. Sie hatte gehofft, die Frische einer Reise in ihr Leben zu bringen, und nichts war ihr zuteil geworden als der Gallegeschmack moralischer Schäbigkeit. «Soll ich Ihren Freund holen?» fragte der Taxichauffeur.

«Er ist nicht mein Freund», sagte Melissa. «Ich habe ihn mitgenommen, weil ich Hilfe beim Umräumen brauche.»

Inzwischen hatte Emile sie erspäht. Er überquerte die Straße, und sie fuhren in Richtung Madamquid weiter. Melissa war so verzweifelt, daß sie seine Hand nahm. Sie erwartete nicht, daß er sie stützen werde, aber er blickte sie mit einer solchen Hingabe an, mit einem so kraftvollen und zärtlichen Lächeln, daß sie das Blut in ihr Herz zurückströmen fühlte. Sie näherten sich der Stelle, wo nichts mehr zu sehen war als die cremefarbenen Dünen mit ihren Haarbüscheln aus Schilfgras und der dunkle, herbstliche Ozean. Emile staunte. In seiner Welt gab es mehrere Bezirke, und einer wurde von jenen Privilegierten bewohnt, die im Sommer verreisen können – die im Juni ihr Haus abschließen und bis zum September keine Einkäufe mehr bei Narobi machen –, und da ihm selbst solche Vorrechte nicht vergönnt waren, hatte er sich ein eigenes Bild von den Gegenden gemacht, die sie aufsuchten: goldener Sandstrand, tiefblaues Meer, palastartige Häuser, rosa verputzt, mit Patios und Swimmingpools, wie die Häuser im Film. Hier sah er nichts dergleichen, und er konnte sich nicht vorstellen, daß diese Gegend an den langen, heißen Sommertagen den Charakter einer Wildnis verlor. Gab es dann Segelboote, Liegestühle und Strandschirme? Jetzt war weit und breit keine Spur von solchem Ferienzubehör zu entdecken. Melissa zeigte auf ihr Haus: ein großes, mit Schindeln bedecktes Gebäude auf einem Steilufer. Gewiß, es war groß – sogar sehr groß –, aber wenn man schon ein Sommerhaus baut, warum dann nicht eines, das hübsch anzuschauen ist und mit dem sich Staat machen läßt? Oder war das eine falsche Einstellung? Vielleicht konnte er hier etwas lernen. Melissa schien so entzückt über den Anblick des alten Kastens zu sein, daß er bereit war, sein Urteil aufzuschieben. Sie bezahlte den Chauffeur und versuchte dann, die Haustür zu öffnen. Das Schloß war in der Salzluft eingerostet, und Emile mußte helfen. Schließlich brachte er die Tür auf, und Melissa trat ein. Er folgte ihr mit den Koffern und den Lebensmitteln.

Sie wußte sehr gut, daß es ein schlichtes Haus war – es sollte nichts anderes sein –, aber in dem Zitronengeruch der getäfelten Wände wurde für sie alles lebendig, was sich hier in längst vergangenen Sommern abgespielt hatte. Die alten Notenhefte ihrer Schwester, das deutsche Lesebuch des Bruders, das Aquarell einer Distel, das die Tante gemalt hatte, erschienen ihr als die Essenz des familiären Lebens. Obwohl sie sich mit ihren Geschwistern überworfen hatte und nichts mehr von ihnen hörte, waren jetzt alle Erinnerungen freundlich und gut. «Hier bin ich immer glücklich gewesen», sagte sie. «Sehr, sehr glücklich. Deshalb wollte ich hierher zurück. Jetzt ist es natürlich kalt, aber wir können ja Feuer machen.»

Nun sah sie die Bleistiftstriche an der Wand zur Linken, wo ihr Onkel sie an jedem Vierten Juli gegen die Täfelung gestellt hatte, um ihr Wachstum zu vermerken. Aus Angst, Emile könnte diesen belastenden Hinweis auf ihr Alter entdecken, sagte sie hastig: «Wir wollen die Sachen in den Eiskasten legen.»

Er lachte. «Ein komisches Wort: Eiskasten. Das habe ich noch nie gehört. Komischer Ausdruck für einen Kühlschrank. Aber Sie sprechen eben anders – Leute wie Sie, meine ich. Zum Beispiel sagen Sie göttlich – Sie bezeichnen alles mögliche als göttlich, aber meine Mutter, wissen Sie, gebraucht dieses Wort nie oder jedenfalls nur, wenn sie von Gott spricht.»

Melissa überlegte, ob es außer den verräterischen Bleistiftzeichen noch andere Indizien im Haus gebe, und erinnerte sich an die Galerie der Familienfotos im oberen Flur. Da gab es Bilder von ihr in der Schuluniform, und viele zeigten sie beim Segeln oder mit ihrem Sohn am Strand. Während Emile die Lebensmittel verstaute, lief sie nach oben und warf die Fotos in einen Schrank. Dann gingen sie zum Strand hinunter.

Es war für die Jahreszeit erstaunlich warm. Der Wind wehte von Süden. In der Nacht wird er wahrscheinlich nach Südwest umspringen und Regen bringen, dachte Melissa. Von Portugal her kamen die Wellen in langen Reihen angerollt. Eine gewaltige Detonation, das Getöse schäumenden Wassers, und dann strömte die glitzernde Ladung über den Sand, verrann und versickerte. An der Hochwassermarke sah Melissa eine Flasche liegen, versiegelt, mit einem Zettel darin. Sie lief hin. Was erwartete sie? Den Lageplan des Spada-Schatzes oder den Heiratsantrag eines französischen Matrosen? Sie gab Emile die Flasche, und er zerschlug sie an einem Stein. Auf dem Zettel stand mit Bleistift geschrieben: «Wer immer in der großen, weiten Welt dies lesen mag: Ich bin ein achtzehnjähriger Student und sitze am 8. September am Strand von Madamquid...» Der Einfall des jungen Mannes, seine Botschaft den Gezeiten anzuvertrauen, hatte zweifellos etwas Romantisches, aber die Flasche mußte, bald nachdem er weggegangen war, wieder an Land gespült worden sein. Emile fragte, ob er baden dürfe, und bückte sich dann, um die neuen Schuhe aufzuschnüren. Einer der Senkel verknotete sich, und sein Gesicht wurde rot. Sie kniete sich hin und half ihm. Er streifte rasch die Kleider ab, um ihr seine jugendliche Muskelkraft vorzuführen, erkundigte sich aber besorgt, ob es sie störe, wenn er die Unterhose auszöge. Während er sich dieser letzten Hülle entledigte, kehrte er ihr den Rücken zu. Dann watete er ins Meer hinaus. Es war kälter, als er erwartet hatte. Seine Hinterbacken verkrampften sich, und er hob fröstelnd die Schultern. Wie er da stand, wirkte er jämmerlich klein und unbedeutend – ein Junge, der auf der Suche nach Vergnügen und Abenteuern ist. Er tauchte in eine Welle und taumelte dann zum Strand zurück. Seine Zähne klapperten. Melissa warf ihm ihren Mantel über, und sie gingen eilig ins Haus.

Sie behielt recht: Der Wind sprang um. Gegen Mitternacht kam er aus Südwest und brachte Regen mit. Wie sie es schon in ihrer Kindheit getan hatte, stand sie auf, um die Fenster zu schließen. Emile erwachte und hörte ihre bloßen Füße über die Dielen tappen. Im Dunkeln konnte er Melissa nicht sehen, aber als sie zum Bett zurückkehrte, klang ihr Schritt schwer und alt.

Morgens regnete es noch immer. Sie machten einen Spaziergang am Strand, und dann kochte Melissa ein Huhn. Als sie sich nach Wein umsah, fand sie eine Flasche Mosel, langhalsig und grün wie die Weinflaschen in ihrem Traum von dem Picknick an der Burgruine. Emile aß den größten Teil des Huhns auf. Um vier Uhr fuhren sie im Taxi zum Flughafen und flogen nach New York zurück. Im Zug nach Proxmire Manor saß er einige Reihen vor Melissa und las Zeitung.

Moses wartete am Bahnhof und war froh, seine Frau wieder bei sich zu haben. Der Kleine war noch wach; Melissa setzte sich an sein Bett und sang: «Schlaf, Kindchen, schlaf, dein Vater hüt die Schaf...» Sie sang, bis das Kind und auch Moses einschliefen.

14

Inzwischen stand es mit den Wapshots in Talifer nicht zum besten. Aus Boston kamen weder Schecks noch irgendeine Erklärung, und Betsey beklagte sich. An einem Sonntagnachmittag, nachdem Coverly das Essen zubereitet und das Geschirr abgewaschen hatte, setzte sich Betsey wieder vor das Fernsehgerät. Binxey weinte – er hatte schon vor dem Mittagessen damit angefangen. Coverly fragte, was mit ihm los sei, aber er weinte einfach weiter. Ob er spazierengehen wolle? Wie wäre es denn mit einem Bonbon? Sollte Coverly ihm aus Klötzen ein Haus bauen? «Ach, laß ihn in Ruhe», sagte Betsey und drehte den Apparat auf volle Lautstärke. «Er kann mit mir fernsehen.» Der Junge lief, noch immer schluchzend, zu seiner Mutter. Coverly zog die Jacke an und verließ das Haus. Er fuhr mit einem Bus zum Computerzentrum und ging von dort über die Felder. Es war Spätherbst, purpurrote Astern blühten am Wegrand, und die Luft war so schwer von Pollen, daß er ein nicht unangenehmes Kitzeln in der Nase spürte. Die Welt sah aus wie ein abgetretener bunter Teppich, und sie roch auch so. Das Laub der Ahornbäume und Buchen hatte sich verfärbt, und das flirrende Nachmittagslicht zwischen den Bäumen ließ den Weg vor ihm wie eine Flucht von gelben und goldenen Gängen, Hallen und Gemächern erscheinen. Trotz dieser Lichtflut glaubte Coverly noch immer die Musik des Fernsehspiels zu vernehmen, Betseys verkniffenen Mund zu sehen, seinen Sohn weinen zu hören. Er hatte versagt. Er hatte in allem versagt. Der arme Coverly wird es nie zu etwas bringen. Das hatte er seine Tanten oft genug sagen hören, wenn er an der Salontür lauschte. Der arme Coverly wird ein knochiges Frauenzimmer heiraten und ein kränkelndes Kind zeugen. Nie wird er Erfolg haben. Nie wird er seine Schulden bezahlen. Er bückte sich, um einen Schuhriemen fester zu binden, und genau in diesem Augenblick schwirrte ein Jagdpfeil über ihn hinweg und bohrte sich in einen Baumstamm zu seiner Rechten.

«He!» schrie Coverly. «Sie hätten mich beinahe umgebracht!» Es kam keine Antwort. Der Bogenschütze wurde von gelbbelaubten Büschen verdeckt, und warum sollte er sich zu seiner nahezu mörderischen Tat bekennen? «Wo stecken Sie?» rief Coverly. «Zum Teufel, wo stecken Sie?» Er rannte in das Buschwerk neben dem Pfad und sah in einiger Entfernung einen ganz in Rot gekleideten Bogenschützen über die Steinmauer klettern. Man hätte ihn für den Teufel halten können. «He, Sie da!» brüllte Coverly ihm nach. Keine Antwort, kein Echo. Er mußte einsehen, daß der Kerl ihm entwischt war. Zwei aufgescheuchte Krähen flogen in Richtung der Abschußrampen davon. Plötzlich wurde ihm klar, daß er jetzt tot daliegen würde, wenn er sich nicht gebückt hätte, um den Schuhriemen zu binden. Sein Herz klopfte wild, die Zunge quoll ihm im Mund. Aber er lebte, er war dem Tod an diesem Wendepunkt genauso entgangen wie an tausend anderen, und plötzlich schienen Farbe, Duft und Konturen des Tages eine große Kraft und Klarheit auszuströmen.

Er sah nichts Überirdisches, hörte keine Stimmen, die Erkenntnis wurde ihm durch eine einzige Tatsache – den tödlichen Pfeil – vermittelt, und doch schien es ihm der ausgeprägteste und vulkanischste Wendepunkt seines Lebens zu sein. Er wurde sich seiner selbst, seiner Einzigartigkeit bewußt, er empfand ein nie gekanntes Entzücken. Die Worte der Lästerzungen hinter der Salontür – und er hatte sie in all den Jahren seines Lebens ernst genommen – kamen ihm jetzt nur noch boshaft und neidisch vor: die Worte von Menschen, die ihn zwar liebten, deren Glück aber am besten gedient wäre, wenn er sich selbst niemals entdeckte. Wer konnte ihm seinen Platz in dem Herbstnachmittag und in der Welt streitig machen, wie konnte ihn etwas entmutigen, solange ihn eine solche Spannkraft erfüllte? Es war kein Gefühl der Unverletzlichkeit, es war kühne Zuversicht. Hätte der Pfeil ihn getroffen, so wäre er mit dem Glanz dieses Tages im Blick gefallen. Er war nicht das Opfer einer emotionalen oder einer genetischen Tragödie. Mit den Vorrechten eines Wechselbalgs ausgestattet, würde er aus seinem Leben etwas Hervorragendes machen. Er betrachtete den Pfeil und versuchte ihn aus dem Baumstamm zu ziehen, aber der scharlachrot gefiederte Schaft brach ab. Coverly dachte, es werde Binxey vielleicht trösten, wenn er ihm den zerbrochenen Pfeil schenkte. Und wirklich – als der Junge die roten Federn sah, hörte er auf zu weinen.

Coverlys Entschluß, etwas Hervorragendes zu leisten, brachte den Plan hervor, den Wortschatz des Dichters John Keats zu bestimmen, ein Projekt, das wiederum von einem Freund namens Griza abhing. Die meisten Angestellten aßen mittags in der unterirdischen Kantine. Coverly aber fuhr gewöhnlich mit dem Aufzug nach oben und verzehrte sein Sandwich im Sonnenschein. Diese Vorliebe war ausgefallen genug, um als Grundlage einer Freundschaft zu dienen. Einer der Techniker aus dem Computersaal verzehrte ebenfalls sein Sandwich im Sonnenschein. Dies und der Umstand, daß sie beide aus Massachusetts stammten, machte sie rasch zu Freunden. Im Frühling übten sie Baseballwürfe, im Herbst kickten sie einen Fußball hin und her, kurzum, sie erfreuten sich an schlichteren Dingen, als es die Rampen am Horizont waren. Griza, der Sohn eines polnischen Einwanderers, war in Lowell aufgewachsen und mit der Enkelin eines Yankee-Farmers verheiratet. Er gehörte zu den Technikern, die das große Elektronengehirn bedienten, und man sah ihm an, wo er arbeitete. Es gab zwar im Computerzentrum keine Bekleidungsvorschriften und auch keine festgegründete Hierarchie, aber im Laufe der Monate hatten sich die Umrisse einer Klassengesellschaft und eine Reihe von Aufwandgesetzen herausgebildet, die wohl Ausdruck eines eingewurzelten Kastengeistes waren. Die Physiker trugen Kaschmirpullover. Die Programmierer trugen Tweedhosen und bunte Hemden. Die Subprogrammierer, also auch Coverly, trugen Straßenanzüge, und die Techniker schienen sich auf eine Tracht geeinigt zu haben, bei der weißes Hemd und dunkle Krawatte vorgeschrieben waren. Sie hatten den anderen Mitarbeitern des Zentrums nicht nur das Privileg voraus, das Speicherwerk ‹füttern› zu dürfen, sondern auch das größere Privileg technischen Wissens und begrenzter Verantwortung. Wenn ein Programm mehrmals danebenging, konnten sie sicher sein, daß die Schuld nicht bei ihnen lag, und das gab ihnen jene unbeschwerte Forschheit, die man zuweilen bei dem Deckpersonal eines Fährbootes beobachtet. Griza war nie zur See gefahren, aber er hatte einen ausgesprochenen Seemannsgang und erweckte irgendwie den Eindruck, daß er in einer Koje schlafe, Wache halte und seine Wäsche selbst wasche. Er war schmächtig und hatte nicht die Spur eines Bauchs – diese Körpergegend war bei ihm eher konkav. Für sein Haar benutzte er ein Fixativ, und er kämmte die Strähnen im Nacken sorgfältig über Kreuz, eine Frisur, die zehn Jahre zuvor bei den Straßenjungen beliebt gewesen war. So schien er mit einem Fuß in der unmittelbaren Vergangenheit zu stehen. Coverly erwartete, daß sich Griza früher oder später zu irgendeinem exzentrischen Hobby bekennen werde. Baute er in seinem Keller ein Floß für eine Fahrt den Mississippi hinab? Arbeitete er an einer Maschine zum Einstampfen leerer Bierdosen? An einem idealen Verhütungsmittel? An einem chemischen Lösungsmittel für Herbstlaub? Ein Projekt dieser Art schien erforderlich, um das Bild seines Charakters abzurunden. Aber Coverly irrte sich. Griza hatte keinen anderen Ehrgeiz, als bis zum Pensionierungsalter auf dem Stützpunkt zu arbeiten und dann seine Erparnisse in einen Parkplatz in Florida oder Kalifornien zu investieren.

Dank seiner Position am Computer war Griza recht gut über die Vorgänge im Betrieb informiert. Man konnte ihn zwar nicht als Klatschmaul bezeichnen, aber nach jeder Mittagspause im Sonnenschein war Coverly um eine Fülle von Informationen reicher. Die Empfangsdame im Sicherheitszentrum erwartete ein Kind. Cameron, der Leiter des Stützpunktes, würde keine sechs Wochen mehr bleiben, denn zwischen ihm und den ‹Oberen› gab es heftige Meinungsverschiedenheiten. Man zankte sich, ob man zusammenhängende Funkzeichen von den Sternen Tau Ceti und Epsilon Eridani empfangen habe oder nicht, man konnte sich nicht einigen, ob im Sonnensystem noch andere Zivilisationen existierten und ob Delphine wirklich intelligent seien. Griza sprach immer nur beiläufig über derartige Neuigkeiten, aber er wußte eine Menge zu erzählen. Coverly pflegte diese Freundschaft, weil er hoffte, Griza werde ihm helfen und das Keats-

Programm durch den Computer jagen. Griza schien unschlüssig, lud aber Coverly eines Tages ein, bei ihm zu essen.

Nach Dienstschluß fuhren sie im Bus bis zur Endhaltestelle und gingen dann zu Fuß weiter. In dieser Gegend des Stützpunktes war Coverly noch nie gewesen. «Hier sind die behelfsmäßigen Unterkünfte», erkärte Griza. Es war ein Wohnwagenlager, obwohl die meisten Behausungen auf Zementsockeln standen. Manche waren sogar massiv gebaut und hatten zwei Etagen. Es gab Straßenlaternen, Gärten, Zäune und das unvermeidliche Paar Wagenräder, Talisman der ländlichen und mythischen Vergangenheit. Coverly fragte sich, ob diese Räder wohl von der Farm in der Nähe des Computerzentrums stammten. Griza blieb vor einem der einfacheren Wohnwagen stehen, öffnete die Tür und ließ Coverly eintreten.

Der ziemlich lange Raum schien vielerlei Zwecken zu dienen. Grizas Mutter stand am Kochherd. Seine Frau legte das Töchterchen trocken. Die alte Mrs. Griza war eine derbknochige, grauhaarige Frau, die einen Christbaumstern an ihrem Kleid trug. Weihnachten lag weit zurück, und dieser Schmuck weckte die Erinnerung an die Bauernhäuser im Norden, an denen man beim Skilaufen vorbeikam: Dort brennen die bunten Weihnachtsbaumlichter noch lange nach dem Dreikönigstag, und oft werden sie erst weggeräumt, wenn der Schnee schmilzt, als hätte man das Weihnachtsfest unbewußt über den ganzen Winter ausgedehnt. Das Gesicht der alten Frau war breit und freundlich. Ihre Schwiegertochter trug ein zerrissenes Männerhemd und eine schottischkarierte Hose, die ihr ein bißchen zu eng war. Sie hatte ein großes Gesicht und langes, hübsches Haar, das ihr wirr um den Kopf hing. Ihre Augen waren schön, wenn sie die Lider hob, was sie an diesem Abend selten tat. Augen und Mund hatten einen Zug nach unten, der auf Verdrossenheit hindeutete, und es war diese von der Helle der Autorität ihres Lächelns so rasch widerrufene Verdrossenheit, die ihr Gesicht interessant machte. Griza öffnete zwei Dosen Bier und ließ sich mit Coverly am Ende des Raumes nieder, so weit wie möglich vom Kochherd entfernt.

«Wir haben's ein bißchen eng hier», sagte die alte Dame. «Ach, Sie hätten unser Haus in Lowell sehen sollen. Zwölf Zimmer. Ein entzückendes Haus, bis auf die Ratten. Ach, diese Ratten! Einmal ging ich in den Keller, um Brennholz zu holen, und da sprang mich doch eine dicke Ratte an, wollte mir direkt ins Gesicht springen. Gott sei Dank verfehlte sie mich und sauste über meine Schulter weg, aber von da an hatte ich Angst vor ihnen. Ich meine, als ich sah, wie furchtlos sie waren. Wir hatten einen hübschen Tafelaufsatz im Eßzimmer, wissen Sie, für Obst oder Wachsblumen, und eines Morgens komme ich hinunter, und da war alles angenagt. Ratten. Mir blieb das Herz stehen. Ich meine, ich hatte das Gefühl, daß es nichts mehr gab, was ich mein eigen nennen könnte. Mäuse hatten wir auch. Viele Mäuse. Sie kamen in die Speisekammer. Einmal hatte ich eine Menge Marmelade eingekocht und die Gläser mit Wachs versiegelt. Die Mäuse fraßen sich durch das Wachs und verdarben mir die ganze Marmelade. Aber die Termiten waren ja noch viel schlimmer als die Mäuse. Ich wunderte mich immer, daß der Fußboden im Wohnzimmer so elastisch war, und eines Morgens, als ich Staub saugte, plumpste auf einmal ein Stück des Fußbodens in den Keller. Termiten. Termiten und Holzameisen. Sie teilten sich in die Arbeit. Die Termiten fraßen die Fundamente, die Holzameisen die Veranda. Aber das allerschlimmste waren die Wanzen. Als mein Vetter Harry starb, hinterließ er mir sein breites Bett. Nachts, wissen Sie, war mir immer irgendwie komisch zumute, aber ich dachte mir nichts dabei, weil ich noch nie im Leben eine Wanze gesehen hatte. Schön, eines Nachts machte ich Licht, und was soll ich Ihnen sagen – da waren sie. Da waren sie! Inzwischen hatten sie sich übers ganze Haus verbreitet. Wir mußten alles ausräuchern lassen, mein Gott, hat das gestunken! Und dann die Flöhe. Wir hatten einen alten Hund namens Spotty, und der hatte Flöhe. Die Flöhe sprangen von ihm runter und setzten sich in den Teppichen fest, und das Haus war feucht, die Flöhe vermehrten sich in den Teppichen. Wissen Sie, einen Teppich hatten wir, wenn man auf den trat, stieg eine Wolke von Flöhen hoch, dick wie Rauch, überall Flöhe. So, das Essen ist fertig.»

Sie aßen tiefgekühltes Fleisch, tiefgekühlte Bratkartoffeln und tiefgekühlte Erbsen. Mit verbundenen Augen hätte man die Erbsen nicht identifizieren können, und die Kartoffeln schmeckten nach Seife. Es war die eintönige Kost der Belagerten, überall in Talifer wurde sie an diesem Abend aufgetischt – aber wo waren die Wälle, die Sturmböcke, wo war der Feind, dem man diesen faden Brei zur Last legen konnte? Coverly fühlte sich wohl. Bei Tisch plauderten sie über New England. Dann, während die Frauen das Geschirr spülten, besprachen Coverly und Griza den Plan, das Keats-Programm durch den Computer zu jagen. Grizas Einladung zum Abendessen war offenbar eine Geste des Vertrauens oder der Zustimmung gewesen, denn er erklärte sich bereit, das Vokabular in den Computer zu geben, sobald Coverly es programmiert hatte.

Am nächsten Abend nahm Coverly seine neue Aufgabe in Angriff. Um fünf Uhr verließ er das Computerzentrum, bereitete das Abendessen zu, badete seinen Sohn und brachte ihn zu Bett. Dann kehrte er mit seiner ledergebundenen Keats-Ausgabe ins Computerzentrum zurück und machte sich daran, die Gedichte auf dem Locher in den Binärcode zu übersetzen. «*I stood tip-toe upon a little hill*», begann er, «*the air was cooling, and so very still*...» Er brauchte drei Wochen, um alles zu programmieren, einschließlich *King Stephen*.

15

GRIZA SAGTE, falls alles glatt ginge, wolle er das Band an einem Samstag nachmittag durchlaufen lassen. Am Freitagabend rief er Coverly an und bat ihn, um vier Uhr zu kommen. Das Band lag in Coverlys Büro, und um vier Uhr brachte er es nach oben. Er war sehr aufgeregt. Griza und er schienen ganz allein im Computerzentrum zu sein. Irgendwo klingelte ein Telefon, aber niemand nahm den Anruf entgegen. Coverlys Anweisungen im Binärcode befahlen der Maschine, die Wörter zu zählen, das Vokabular zu sichten und dann die meistgebrauchten Wörter in der Reihenfolge ihrer Häufigkeit zu registrieren. Griza legte das Magnetband ein, gab die Daten in die Maschine und betätigte einige Schalter. In dieser Umgebung war er ganz er selbst. Er stolzierte hin und her wie ein Decksmatrose. Coverly schwitzte vor Aufregung. Um ein wenig Konversation zu machen, erkundigte er sich, wie es Grizas Mutter und seiner Frau ginge, aber Griza, durch die Gegenwart des Automaten geadelt, würdigte ihn keiner Antwort. Der Schnelldrucker begann laut zu klappern, und Coverly drehte sich um. Als die Maschine verstummte, riß Griza das Papier aus dem Wagen und reichte es Coverly. Die Anzahl der Wörter in den Gedichten belief sich auf fünfzehntausenddreihundertundsiebenundfünfzig. Der Wortschatz umfaßte achttausendfünfhundertunddrei Wörter, und die meistgebrauchten Wörter lauteten in der Reihenfolge ihrer Häufigkeit: *«Silence blendeth grif's awakened fall / the golden realms of death take all / love's bitterness exceeds its grace / that bestial scare on the angelic face / marks heaven with gall.»*

«Mein Gott», rief Coverly. «Es reimt sich, es ist ein Gedicht!»

Griza erwiderte nichts. Er knipste eine Lampe nach der anderen aus.

«Es ist ein Gedicht, Griza!» wiederholte Coverly. «Ist das nicht großartig? Ich meine, die Gedichte enthalten ein Gedicht.»

Grizas Gleichgültigkeit war durch nichts zu erschüttern. «Mhm», sagte er. «Wir wollen lieber gehen, sonst erwischt man uns.»

«Griza, Sie verstehen doch, daß in Keats' Dichtung wiederum Dichtung enthalten ist, nicht wahr?» beschwor ihn Coverly. Es war vorstellbar, daß der Zusammensetzung des Weltalls eine Zahlenharmonie zugrunde liegt, aber daß diese Harmonie auch die Dichtung umfassen sollte, war eine verwirrende Möglichkeit. Coverly fühlte sich als Bürger jener Welt, die da auftauchte, als ein Teil von ihr. Das Leben war neu, alles war neu! «Ich muß es wohl jemandem mitteilen», meinte er. «Es ist eine Entdeckung, wissen Sie.»

«Immer mit der Ruhe», sagte Griza. «Wenn Sie es weitererzählen, kommt heraus, daß ich den Computer für private Zwecke benutzt habe, und dann kriege ich eine Abreibung.» Er hatte alle Lampen ausgeschaltet, und sie traten auf den Korridor hinaus. Gleich darauf öffnete sich am anderen Ende des Korridors eine Tür. Dr. Lemuel Cameron, der Leiter des Stützpunktes, kam auf sie zu.

Cameron war ein kleiner Mann mit rundem Rücken. Seine Unbarmherzigkeit und sein Scharfsinn waren legendär. Griza und Coverly erschraken. Camerons glanzloses Haar war so lang, daß ihm eine Strähne in die Stirn hing. Er hatte einen bräunlich fahlen Teint, nur die Wangen waren von einer leichten Röte überhaucht. Seine Augen blickten traurig, aber es waren die Brauen, die seiner Erscheinung das Distinguierte und Furchteinflößende gaben. Einen Zoll dick, graugesprenkelt und buschig wie ein Tierfell, glichen sie Balken, die an dieser Stelle eingebaut waren, um das Gewicht seines Wissens und seiner Autorität zu tragen. Jedermann weiß, daß dichte Brauen gar nichts tragen, nicht einmal dünne Luft, daß sie auch nichts mit dem Verstand oder dem Herzen zu tun haben, und doch waren es diese Brauen, die Griza und Coverly einschüchterten.

«Wie heißen Sie?» wandte er sich an Coverly.

«Wapshot.»

Falls Cameron jemals von Lorenzos Freigebigkeit profitiert hatte, so ließ er es sich nicht anmerken.

«Was machen Sie hier?» fragte er.

«Wir haben den Wortschatz von John Keats bestimmt», antwortete Coverly mit ernster Miene.

«Aha», sagte Cameron. «Ich habe viel für Lyrik übrig, obwohl das nicht allgemein bekannt ist.» Er hob den Kopf, beehrte die beiden mit einem Lächeln, das entweder eitel oder unaufrichtig war, und rezitierte ausdrucksvoll einige Verse des Dichters.

Coverly schwieg. Cameron blickte ihn forschend an. «Habe ich Sie schon mal gesehen?» fragte er.

«Ja, Sir.»

«Wo?»

«In den Bergen.»

«Kommen Sie am Montag in mein Büro. Wie spät ist es?»

«Viertel vor sieben», antwortete Coverly.

«Habe ich schon gegessen?»

«Das weiß ich nicht, Sir», sagte Coverly.

«Kann mich nicht erinnern», murmelte Cameron. «Kann mich nicht erinnern...» Er fuhr allein mit dem Fahrstuhl nach oben.

16

Coverly meldete sich am Montagmorgen in Camerons Büro. Er entsann sich noch genau seiner ersten Begegnung mit dem alten Genie. Es war in den Bergen gewesen, dreihundert Meilen nördlich von Talifer, wo Coverly mit einigen Kollegen ein Wochenende verbrachte, um Ski zu laufen. Sie kamen am späten Nachmittag an und hatten vor Einbruch der Dunkelheit gerade noch Zeit für eine Abfahrt. Sie warteten auf den Sessellift, als jemand sie bat, beiseite zu treten. Es war Cameron.

In seiner Gesellschaft befanden sich zwei Generale und ein Colonel, alle drei viel kräftiger und jünger als er. Seine Ankunft erregte einiges Aufsehen – schließlich war er ein legendärer Skifahrer. Sein Beitrag zur Wärmelehre gründete sich auf Beobachtungen der Molekularstruktur an der Unterseite seiner Skier. Er trug einen eleganten Skianzug und über den berühmten Brauen ein rotes Stirnband. An diesem Nachmittag funkelten seine Augen, und er näherte sich dem Lift mit der gemessenen Grazie (wie Coverly dachte) eines Menschen, der unbestrittene Autorität genießt. Er fuhr als erster zum Gipfel hinauf, seine Begleiter folgten, und dann war der Weg für die anderen frei. Oben gab es eine Unterkunftshütte, in der sie eine Zigarettenpause machten. Es war sehr kalt. Als Coverly seine Bindung befestigt hatte, fand er sich mit Cameron allein. Die anderen waren schon abgefahren. Coverly fühlte sich unbehaglich in Camerons Gegenwart. Ohne zu sprechen, ohne sich zu bewegen, schien dieser Mann etwas auszustrahlen, was spürbar war wie ein elektromagnetisches Feld. Es war spät, bald würde es dunkel werden, aber noch standen die schneebedeckten Berggipfel im schrägen Licht des Tages wie die Buchten und Klüfte einer uralten Meereslandschaft. Was Coverly an dem Anblick bewegte, war die Lebensfülle. Hier offenbarten sich die ungeheueren Energien des Planeten, hier im scheidenden Licht spürte man etwas von seiner gewaltigen Geschichte. Coverly war klug genug, diese Gedanken für sich zu behalten. Cameron aber sprach. Seine Stimme klang barsch und jugendlich. «Ist es nicht bemerkenswert», sagte er, «daß noch vor zwei Jahren allgemein angenommen wurde, die Heterosphäre sei in zwei Regionen geteilt?»

«Ja», sagte Coverly.

«Zuerst haben wir natürlich die Homosphäre», erklärte Cameron mit jener gezwungenen Höflichkeit, die manchen Professoren eigen ist. «Innerhalb der Homosphäre sind die Hauptbestandteile der Luft im normalen Verhältnis gemischt: sechsundsiebzig Prozent Stickstoff, dreiundzwanzig Prozent Sauerstoff und ein Prozent Argon, abgesehen vom Wasserdampf.» Coverly sah ihn an. Das Gesicht des Doktors war von der scharfen Kälte gestrafft. Sein Atem dampfte. Die Gewohnheit zu dozieren, machte ihn offenbar unempfindlich für die Majestät der Bergwelt. Coverly hatte jedenfalls das Gefühl, Cameron nehme das Licht und die Gipfel ringsum kaum wahr. «Innerhalb der Homosphäre», fuhr er fort, «haben wir die Troposphäre, die Stratosphäre und die Mesosphäre mit Sauerstoff und Salpetersäure, die – jenseits der Mesopause – durch die Lyman-Beta-Komponente ionisiert sind, und darüber gibt es noch Sauerstoff und ein wenig Stickstoffoxyd, durch ultraviolette Strahlung ionisiert. Die Elektronendichte beträgt oberhalb der Mesopause einhunderttausend je Kubikzentimeter. Noch weiter oben steigt sie auf zweihunderttausend und dann auf eine Million an. Danach wird die Dichte der Atome so gering, daß auch die Elektronendichte abnimmt...»

«Ich glaube, wir sollten aufbrechen», sagte Coverly. «Es wird dunkel. Möchten Sie vorausfahren?»

Cameron lehnte ab und wünschte ihm viel Glück. Coverly nahm die erste Kurve und auch die zweite, aber in der dritten stürzte er, denn es war nun schon dunkel. Als er sich aufrappelte, blickte er zufällig nach oben und sah Cameron gemächlich im Sessellift zu Tal fahren.

An der Liftstation traf Coverly seine Freunde. Sie gingen in ein Gasthaus und bestellten etwas zu trinken. Wenig später erschien Cameron mit seinem Gefolge und setzte sich an einen Ecktisch. Was er sagte, war mühelos zu verstehen – anscheinend unterschätzte er die Tragweite seiner Stimme. Er schilderte seine Abfahrt in allen Einzelheiten: die Haarnadelkurven, die lange ‹Waschbrettstrecke›, die Schußfahrten über vereiste Hänge, die Schneewehen. Hier saß ein Mann, der gewissermaßen für die Sicherheit des Landes verantwortlich war und bei dem man sich nicht darauf verlassen konnte, daß er in puncto Skilaufen die Wahrheit sagte. Er war berühmt und berüchtigt dafür, daß er nur beweisbare Wahrheiten anerkannte, und doch zeigte er sich hier als ein ausgemachter Lügner. Coverly war fasziniert. Hatte Cameron angesichts der Bergwelt einen neuen, subtileren Wahrheitsbegriff gefunden? Hatte er bei der Auffahrt erkannt, daß die Piste für ihn zu steil und zu schnell war? Befürchtete er, sich vor seinen Begleitern zu blamieren, wenn er zugab, daß er kluge Vorsicht hatte walten lassen? Verriet sich in seiner Mißachtung der landläufigen Wahrheit eine höhere Konzeption der Wahrheit? Coverly wußte nicht, ob Cameron ihn vom Sessellift aus gesehen hatte oder nicht.

An diesem Montagmorgen wurde Coverly von einer Sekretärin in Camerons Büro geführt. «Ihr Interesse an der Dichtkunst», begann der alte Mann sofort, «ist der Hauptgrund, weshalb ich Sie zu mir gebeten habe, denn was könnte poetischer sein als die Milliarden von Sonnen, die das funkelnde Geschmeide unserer Milchstraße bilden? Diese ungeheuerlichen Kräfte übersteigen unser Begriffsvermögen. Es scheint sicher, daß wir Licht von Milliarden und aber Milliarden Sonnen empfangen. Vorsichtig geschätzt, ist *ein* Stern unter tausend ein Planet, der irgendeine Form des Lebens beherbergen könnte. Selbst wenn diese Schätzung sich als millionenfach zu hoch erweisen sollte, würde es immer noch hundert Milliarden solcher Planeten in dem uns bekannten Weltall geben... Möchten Sie für mich arbeiten?» fragte er unvermittelt.

«Ich glaube, Sie sind falsch informiert, Doktor Cameron», erwiderte Coverly. «Sehen Sie, ich bin nur als Taper und Subprogrammierer ausgebildet. Als ich aus Remsen versetzt wurde, machte die Maschine einen Schnitzer, und deswegen landete ich in der Public-Relations-Abteilung. Ich fürchte, Sie verstehen nicht...»

«Erzählen Sie mir nicht, was ich verstehe und was ich nicht verstehe», fuhr Cameron ihn an. «Wenn Sie mich darauf hinweisen wollen, daß Ihre Ignoranz unbestreitbar und abgrundtief ist, dann sagen Sie mir nichts Neues. Sie sind ein Schafskopf. Das weiß ich, und gerade deshalb will ich Sie bei mir haben. Schafsköpfe sind heutzutage schwer aufzutreiben. Wenn Sie nachher gehen, sagen Sie Miss Knowland, sie soll veranlassen, daß Sie in meine Abteilung versetzt werden. Schreiben Sie mir eine zwanzig Minuten lange Begrüßungsansprache über das Thema, das ich eben umrissen habe, und richten Sie sich darauf ein, mich nächste Woche nach Atlantic City zu begleiten. Wie spät ist es?»

«Viertel vor zehn», sagte Coverly.

«Hören Sie den Vogel?» fragte Cameron.

«Ja», antwortete Coverly.

«Was ruft er?» fragte Cameron.

«Ich kann es nicht genau verstehen.»

«Er ruft meinen Namen», sagte Cameron etwas ärgerlich. «Hören Sie das nicht? Er ruft meinen Namen. Cameron, Cameron, Cameron.»

«Es klingt so», gab Coverly zu.

«Kennen Sie das Sternbild Pernacia?»

«Ja», sagte Coverly.

«Haben Sie schon einmal bemerkt, daß es meine Initialen bildet?»

«So habe ich's noch nie betrachtet», sagte Coverly. «Aber ja... ja, natürlich... Sie haben recht.»

«Wie lange können Sie den Atem anhalten?» fragte Cameron.

«Das weiß ich nicht», erwiderte Coverly.

«Na los, versuchen Sie's mal.» Coverly holte tief Luft, und Cameron sah auf seine Armbanduhr. «Nicht schlecht», sagte er, als Coverly nach einer Minute und acht Sekunden ausatmete. «So, und jetzt raus mit Ihnen.»

17

WIR WERDEN zwischen zwei Bewußtseinsstadien geboren, wir verbringen unser Leben zwischen der Finsternis und dem Licht, und wenn wir die Berge eines fremden Landes besteigen, unsere Gedanken in einer fremden Sprache formulieren oder die Farbe eines fremden Himmels bewundern, so zieht uns das nur tiefer in das Geheimnis unseres Zustands hinein. Das Reisen ist kein Privileg mehr und auch kein Luxus. Wir haben es nicht mehr mit Mitternachts-Parties auf Ozeandampfern, mit zwölftägigen Überfahrten, mit Kabinenkoffern und den glitzernden Vestibülen der Grand Hotels zu tun. Die Passagiere, die in Orly an Bord der Düsenmaschine gehen, haben Tragetüten und schlafende Babies bei sich und sehen aus, als kehrten sie von schwerer Tagesarbeit in der Fabrik nach Hause zurück. Wir können in Paris zu Abend essen und, so Gott will, im eigenen Heim frühstücken, und das bedeutet eine Neuschöpfung der Selbsterkenntnis. Die meisten von uns reisen, um sich selbst besser kennenzulernen.

Aber das alles galt nicht für Honora Wapshot. Sie fuhr als Flüchtling nach Europa.

Mit den Jahren war sie zu der Überzeugung gelangt, St. Botophs sei das Schönste, was Gott je geschaffen habe. Oh, das Städtchen war nicht gerade prachtvoll, das wußte sie gut, gar nicht zu vergleichen mit den Ansichten von Karnak und Athen auf den Karten, die Onkel Lorenzo ihr geschickt hatte, als sie ein Kind war. Aber auf Pracht legte sie keinen Wert. Wo in der Welt gab es solche Fliederbüsche wie in St. Botolphs, solche schmeichelnden Winde und leuchtenden Himmel, so herrlich frische Fische? Hier hatte sie fast ihr ganzes Leben verbracht, und jeder Schritt war die Variante eines anderen Schrittes, jedes Gefühl war mit einem ähnlichen Gefühl verknüpft – eine Kette, die durch die Jahre ihres langen Lebens zurückreichte bis in die Zeit, da sie ein blondes, störrisches Kind gewesen war, das seine Schlittschuhe am Ufer des Pfarrersteiches abschnallte, lange nach Einbruch der Dunkelheit, wenn alle anderen Schlittschuhläufer nach Hause gegangen waren und das Gebell von Peter Howlands Collies bedrohlich und klar ertönte, weil die bittere Kälte dem finsteren Himmel die Akustik einer Muschel verlieh.

Der duftende Rauch ihres Kaminfeuers mischte sich mit dem Rauch aller Feuer ihres Lebens. Einige der Rosenstöcke, die sie beschnitt, waren vor ihrer Geburt gepflanzt worden. Der liebe Onkel Lorenzo hatte ihr Vorträge gehalten über die Bande, die ihre Welt mit dem Europa der Renaissance verknüpften, aber sie hatte ihm nie geglaubt. Wer wird sich denn um die Wasserspiele der Könige kümmern, wenn er die Katarakte in den Bergen von New Hampshire gesehen hat? Wer wird sich für den schmutzigen Golf von Neapel begeistern, wenn er die frische Salzluft des Nordatlantik gerochen hat? Freiwillig hätte Honora niemals ihr Heim verlassen und sich in ein Element begeben, wo ihre Gefühle wurzellos sein würden, wo die Rosen und der Rauchgeruch sie nur daran erinnern würden, wie weit, wie entsetzlich weit sie von ihrem eigenen Garten entfernt war.

Sie fuhr mit der Bahn nach New York, schlief unruhig in einem Hotelzimmer und ging eines Morgens an Bord eines Überseedampfers. In ihrer Kabine entdeckte sie, daß der alte Richter Beasely ihr eine Orchidee geschickt hatte. Sie haßte Orchideen, sie haßte Geldverschwendung, und so war sie zweifach empört über diese aufwendige Blume. Ihr erster Impuls war, sie durchs Bullauge zu werfen, aber es ließ sich nicht öffnen. Dann, bei näherer Überlegung, sagte sie sich, eine Blume sei vielleicht ein unerläßlicher Bestandteil des Reisekostüms, ein Zeichen des Abschieds, ein Beweis, daß man Freunde zurückließ. Sie hörte fröhliches Stimmengewirr, lautes Gelächter, Gläsergeklirr, und ihr schien, daß sie als einzige auf diesem Schiff allein sei.

Ihr unbeobachtetes Tun mochte ein wenig töricht wirken: Sie verbrachte geraume Zeit damit, ein Versteck für den leinenen Geldbeutel zu finden, in dem sie ihr Bargeld und ihre Papiere verwahrte. Unter dem Sofa? Hinter dem Bild? In der leeren Blumenvase oder im Medizinschränkchen? Eine Ecke des Bodenbelags hatte sich gelockert, und darunter schob sie schließlich den Beutel. Dann verließ sie ihre Kabine, ohne die Orchidee angesteckt zu haben. Sie war schwarz gekleidet, trug eine Art Dreispitz und sah aus, wie George Washington ausgesehen hätte, wenn er so alt geworden wäre.

Die Festlichkeiten in den überfüllten Kabinen hatten auf den Korridor übergegriffen. Männer und Frauen standen dort trinkend und schwatzend herum. Honora konnte nicht leugnen, daß es erfreulicher gewesen wäre, wenn ein paar Freunde sich eingefunden hätten, um ihrer Abreise den gesellschaftlichen Segen zu erteilen. Wie konnten diese fremden Menschen ahnen, daß sie, Honora Wapshot, bei sich zu Hause hochangesehen war, bekannt und berühmt für ihre guten Werke? Mußte nicht jeder, der ihr im Vorbeigehen einen Blick gönnte, sie für eines der nutzlosen alten Weiber halten, die über die Erde schweifen, um jene bittere Einsamkeit zu vertuschen oder zu mildern, die der gebührende Lohn für Selbstsucht und Widerborstigkeit ist? Sie fühlte sich aller Macht beraubt und schien nur noch recht dürftige Beweise ihrer Identität zu besitzen. Was sie jetzt brauchte, war ein Gesellschaftsraum, wo sie sich niederlassen und ein wenig Umschau halten konnte.

Sie fand einen Gesellschaftsraum, aber alle Plätze waren besetzt. Die Leute tranken und redeten, lachten und weinten, und in einer Ecke verabschiedete sich ein hochgewachsener Mann von einem kleinen Mädchen. Sein Gesicht war naß von Tränen. Nie hatte Honora einen so fürchterlichen Tumult erlebt. Ein Signal forderte die Besucher zum Verlassen des Schiffs auf, und wenn auch manches Lebewohl heiter und unbeschwert war, so doch nicht jedes. Der Anblick eines Mannes, der sich von seiner kleinen Tochter verabschiedete – kein Zweifel, es war seine Tochter, und sie wurde durch irgendeinen Schicksalsschlag von ihm getrennt –, erschütterte Honora zutiefst. Plötzlich kniete der Mann nieder und nahm das Mädchen in die Arme. Er verbarg das Gesicht an ihrer mageren Schulter, aber man sah, daß sein Rücken vor Schluchzen bebte, während die Lautsprecher immer wieder verkündeten, die Stunde, der Augenblick des Abschieds sei gekommen. Honora fühlte, wie ihr die Tränen in die Augen stiegen. Sie hätte die Kleine gern aufgeheitert, aber ihr fiel nichts anderes ein, als ihr die Orchidee zu schenken, und inzwischen waren die Korridore so voller Menschen, daß sie nicht in ihre Kabine gelangen konnte. So trat sie denn über die hohe Messingschwelle an Deck.

Auf den Gangways drängten sich die Besucher, die das Schiff verließen. Das Menschengewühl war beängstigend. In der Tiefe sah Honora einen Streifen schmutzigen Hafenwassers, über ihrem Kopf kreisten Möwen. Leute riefen einander über die geringe Entfernung, diese noch immer überbrückte Kluft, ein letztes Lebewohl zu. Nun waren alle Laufplanken bis auf eine eingeholt, und die Bordkapelle begann zu spielen – in Honoras Ohren klang es wie Zirkusmusik. Auf das Loswerfen der gigantischen Hanftaue folgte das schrille Geheul einer Sirene, so laut, daß es die Engel im Himmel erschrecken mußte. Jeder schrie, jeder winkte – nur sie nicht. Von all den Menschen, die an Deck standen, war sie die einzige, die niemanden zurückließ und deren Abreise unbeachtet blieb. Einfach aus Stolz holte sie ein Taschentuch hervor und winkte den Gesichtern zu, die so schnell ihre Konturen verloren. «Lebewohl, mein lieber, lieber

Freund!» rief sie einem imaginären Partner zu. «Vielen Dank... Dank für alles... Auf Wiedersehen und vielen Dank... Vielen Dank und auf Wiedersehen!»

Um sieben Uhr zog sie ihr bestes Kleid an und ging zum Essen hinauf. Sie saß mit einem Ehepaar aus Rochester zusammen. Mr. und Mrs. Sheffield reisten zum zweitenmal nach Europa und waren mit Orlon-Kleidung ausgerüstet. Beim Essen erzählten sie Honora von ihrer ersten Reise. Zuerst waren sie nach Paris gefahren, wo sie gutes Wetter hatten – das heißt gutes Trockenwetter. Jeden Abend wuschen sie ihre Sachen in der Badewanne und hängten sie zum Trocknen auf. Als sie die Loire hinabfuhren, gerieten sie in einen Dauerregen und konnten fast eine Woche lang nicht waschen, aber am Meer schien die Sonne, und sie wuschen alles. An einem strahlendschönen Tag flogen sie nach München und veranstalteten im Hotel *Regina* ein großes Waschfest. Leider kam mitten in der Nacht ein Gewitter, und die auf dem Balkon hängende Kleidung wurde klatschnaß. Für die Fahrt nach Innsbruck mußten sie die Sachen feucht einpacken, aber sie trafen dort in einer sternklaren Nacht ein und hängten sogleich alles zum Trocknen auf. In den Morgenstunden gab es wieder ein Gewitter, und sie mußten einen Tag im Hotelzimmer verbringen und warten, bis die Sachen trocken waren. Venedig war ein wunderbarer Ort fürs Waschen. Überhaupt erwies sich Italien in dieser Beziehung als ideal, und während der Audienz beim Papst konnte Mrs. Sheffield feststellen, daß die Gewänder des Heiligen Vaters aus Orlon waren. Genua blieb ihnen wegen seines regnerischen Wetters unvergeßlich, und London war eine schwere Enttäuschung. Sie hatten Theaterkarten, aber nichts wollte trocknen, und sie mußten zwei Tage im Zimmer sitzen. In Edinburgh war es noch schlimmer, doch auf Skye brach die Sonne durch die Wolken, und als sie in Prestwick den Rückflug antraten, waren alle ihre Sachen sauber und trocken. Die Summe ihrer Erfahrungen: Honora möge sich hüten, in Bayern, Österreich, der Schweiz und auf den Britischen Inseln allzuviel zu waschen.

Gegen Ende des Berichts wurde Honoras Gesicht dunkelrot,

und plötzlich beugte sie sich über den Tisch und sagte: «Warum bleiben Sie nicht zu Hause und waschen Ihre Sachen dort? Warum reisen Sie um die halbe Welt und machen sich zum Gespött der Kellner und Stubenmädchen in Österreich und Frankreich? Ich habe nie ein Kleidungsstück aus Orlon – oder wie das Zeug heißt – besessen, aber ich nehme an, daß es in Europa Wäschereien und chemische Reinigungen gibt, genau wie zu Hause. Was habe ich denn von einer Reise, wenn ich die ganze Zeit nichts anderes tue als Wäscheleinen spannen?»

Die Sheffields waren schockiert und verlegen. Honora hatte so laut gesprochen, daß die Gäste an den Nebentischen sie neugierig anstarrten. Sie suchte sich aus der Affäre zu ziehen, indem sie einen Kellner heranwinkte. «Die Rechnung!» rief sie ihm zu. «Bringen Sie mir bitte die Rechnung.»

«Hier gibt es keine Rechnung, gnädige Frau», erklärte der Kellner.

«Ach ja», murmelte sie und hinkte aus dem Saal.

Ihre Wut auf die Sheffields war so groß, daß sie keine Reue empfand, aber sie mußte sich wieder einmal eingestehen, daß der Jähzorn eine ihrer schlimmsten Eigenschaften war. Sie spazierte über die Decks, um sich abzukühlen, bewunderte die gelblichen Wandlichter und dachte, daß sie wie eine zweite Garnitur Sterne aussähen. Als sie auf dem Achterdeck stand und das Kielwasser betrachtete, gesellte sich ein junger Mann in einem Nadelstreifenanzug zu ihr. Sie unterhielten sich sehr nett über die Sterne. Dann ging Honora zu Bett und schlief ausgezeichnet.

Am nächsten Morgen verzehrte sie ein herzhaftes Frühstück, suchte sich einen Liegestuhl auf der windgeschützten Seite aus und machte es sich mit einem Roman *(Middlemarch)* bequem, um in aller Ruhe die gesunde Seeluft zu genießen. Neun stille Tage würden ihrer Erholung dienen und vielleicht sogar ihr Leben verlängern. Es war das erste Mal, daß sie den Wunsch verspürte, gründlich auszuspannen. Manchmal hatte sie an einem heißen Tag nach dem Mittagessen ein Nickerchen gemacht, aber nie länger als fünf Minuten. In den Berghotels, die sie zwecks Luftveränderung aufsuchte, war sie immer schon früh auf den

Beinen gewesen, hatte den Schaukelstuhl in ständiger Bewegung gehalten und unermüdlich Bridge gespielt. Bisher war sie stets beschäftigt gewesen, stets in Anspruch genommen, jetzt aber war das alte Herz müde, und sie sehnte sich nach Ruhe. Sie lehnte sich behaglich zurück und breitete die Decke über die Beine. So hatte sie es in Tausenden von Reiseprospekten gesehen: Leute ihres Alters, in Liegestühlen ausgestreckt und das Meer betrachtend. Sie hatte sich oft gefragt, was für angenehmen Träumereien diese Menschen wohl nachhingen. Nun wartete sie darauf, daß diese beneidenswerte Ruhe auch sie überkäme. Sie schloß die Augen, kniff sie fest zu, sie trommelte mit den Fingern auf der hölzernen Armlehne, sie zappelte mit den Füßen, während sie sich immer wieder ermahnte zu warten, zu warten, zu warten, bis Gelassenheit sie durchströme. Nach etwa zehn Minuten richtete sie sich ungeduldig und ärgerlich auf. Sie hatte das Stillsitzen nie gelernt, und jetzt würde sie es wohl, wie so vieles andere, nicht mehr lernen.

Bewegung und Durcheinander – das war es, was sie zum Leben brauchte, und wenn sie auch oft heftige Stiche im Herzen verspürte, so blieb ihr doch nichts anderes übrig, als sich zu bewegen. Sie konnte einfach nicht in einem Liegestuhl faulenzen, weil sie sich dann unnütz, unmoralisch und wertlos vorkam und sich – das war das Schrecklichste von allem – wie ein Gespenst fühlte, weder lebendig noch tot. Auf den Decks umherzuwandern mochte ermüdend sein, aber wie ein Leichnam unter einer Decke zu liegen war hundertmal schlimmer. Das Leben erschien ihr wie eine Kette glitzernder Reflexe auf dem Wasser, die vielleicht gar keinen Zusammenhang mit der Bewegung des Wassers haben, aber in ihrer Farbigkeit, ihrem Glanz einfach überwältigend sind. Würde ihre Liebe zu den Dingen sie das Leben kosten? Waren die Kräfte des Lichts und des Todes identisch? Würde das Entzücken, an einem schönen Morgen aufzustehen, früher oder später ihre Herzgefäße zerreißen? Der Drang, sich zu bewegen, zu reden, Freunde und Feinde zu gewinnen, beteiligt zu sein, dieser Drang war unwiderstehlich. Sie bemühte sich, auf die Beine zu kommen, aber ihre Lahmheit, ihr Gewicht, ihr Alter und die Konstruktion des Liegestuhls machten das unmöglich. Sie saß fest. Sie umklammerte die Armlehnen, versuchte sich hochzustemmen, fiel jedoch hilflos zurück. Wieder strengte sie sich an, wieder ohne Erfolg. Plötzlich spürte sie einen Stich im Herzen, und das Blut schoß ihr ins Gesicht. Ich sterbe, dachte sie – ich sterbe an meinem ersten Tag auf See. In eine amerikanische Flagge eingenäht, wird mein Leichnam in den Fluten versinken, und meine Seele wird zur Hölle fahren.

Warum sollte sie in die Hölle kommen? Sie wußte es nur zu gut. Weil sie ihr Leben lang Eßsachen gestohlen hatte. Als Kind hatte sie auf der Lauer gelegen und gewartet, bis die Küche leer war, hatte dann die schwere Eisschranktür geöffnet, einen Schenkel des kalten Huhns stibitzt und die Finger in die gelierte Sauce gesteckt. Wenn sie allein im Hause war, stellte sie eine Fußbank auf einen Stuhl und holte sich den Würfelzucker, der auf dem obersten Speisekammerbord in einer silbernen Schale aufbewahrt wurde. Aus dem Büfett im Wohnzimmer stahl sie das Sonntagskonfekt. Hinter dem Rücken der Köchin riß sie ein Stück Haut vom Erntedankfesttruthahn, bevor noch das Tischgebet gesprochen war. Sie nahm kalte Bratkartoffeln, zum Abkühlen hingestellte Pfannkuchen, Rinderknochen, Hummerscheren und Tortenschnitten. Die Jahre hatten sie nicht von diesem Laster kuriert: Wenn sie als junge Frau die Altargilde zum Tee einlud, aß sie die Hälfte der Sandwiches auf, bevor die Gäste erschienen. Sogar im Alter war sie des öfteren mitten in der Nacht, auf ihren Stock gestützt, in die Speisekammer hinuntergestiegen und hatte sich mit Käse und Äpfeln vollgestopft. Nun war es soweit: Sie mußte für ihre Naschsucht büßen. Verzweifelt wandte sie sich an den Mann im Liegestuhl zu ihrer Linken. «Verzeihung», sagte sie, «würden Sie vielleicht...» Er schien zu schlafen. Der Liegestuhl rechts von ihr war leer. Sie schloß die Augen und rief die Engel an. Kaum waren ihre Gebete aufgestiegen, da trat ein junger Offizier an sie heran, um ihr einen guten Morgen zu wünschen und sie im Namen des Kapitäns zu einer Besichtigung der Kommandobrücke einzuladen. Er zog sie aus dem Stuhl hoch.

Auf der Brücke maß sie mit einem Handsextanten die Sonnenhöhe und schwelgte in Erinnerungen. «Als ich neun Jahre alt war, kaufte mir mein Onkel Lorenzo eine zwölf Fuß lange Jolle, und in den nächsten drei Jahren gab es in Travertine keinen Fischer, den ich beim Segeln nicht überholt hätte.» Der Kapitän bat sie für den Nachmittag zu einer Cocktailparty. Beim Essen setzte der Steward sie zu einem zwölfjährigen Jungen, einem Italiener, der kein Englisch sprach. Sie verständigten sich durch Zeichen und lächelten einander zu. Nach Tisch spielte sie Karten, bis es Zeit war, sich für die Cocktailparty des Kapitäns zurechtzumachen. Sie holte aus ihrem Koffer eine verrostete Brennschere, die ihr fünfunddreißig Jahre oder noch länger treu gedient hatte, und schloß sie im Badezimmer an einen Kontakt an. Sämtliche Lampen in der Kabine erloschen. Sie riß den Stekker heraus.

Gleich darauf ertönten im Korridor eilige Schritte und erregte Ausrufe auf englisch und italienisch. Honora versteckte die Brennschere auf dem Boden ihres Koffers und trank ein Glas Portwein. Sie war ein ehrlicher Mensch, aber in diesem Augenblick brachte sie einfach nicht die Kraft auf, dem Kapitän zu gestehen, daß sie den Kurzschluß verursacht hatte.

Sie schien noch viel mehr angerichtet zu haben. Als sie die Tür ihrer Kabine öffnete, war der Korridor dunkel. Ein Steward lief mit einer Laterne vorbei. Sie machte die Tür zu und sah zum Bullauge hinaus. Das Schiff verlangsamte immer mehr seine Fahrt. Der hohe, weiße Schaumkamm sank allmählich in sich zusammen.

In den Gängen und auf den Decks waren abermals Rufe und Getrappel zu hören. Verzagt setzte sich Honora auf den Rand des Bettes. Durch ihre Ungeschicklichkeit, ihre Dummheit hatte sie dieses große Schiff auf seiner Fahrt über den Ozean zum Stillstand gebracht. Was würden sie jetzt tun? In die Boote gehen und zu irgendeiner öden Insel rudern, den Zwieback und das Wasser rationieren? Es war ihre Schuld. Die armen Kinder, dachte sie und beschloß, den Kleinen ihre Wasserration zu geben und den Zwieback mit ihnen zu teilen. Nur zu einem fühlte sie sich nicht fähig: ein offenes Geständnis abzulegen. Sie hatte Angst, man werde sie dann einsperren oder über Bord werfen.

Die See war ruhig. Das Schiff trieb mit der Dünung dahin und schlingerte ein wenig. Die Stimmen von Männern, Frauen und Kindern hallten durch die Gänge und über das Wasser. «Es liegt an den Generatoren», hörte Honora jemanden sagen. «Beide Generatoren sind kurzgeschlossen.» Sie fing an zu weinen.

Nach einer Weile trocknete sie ihre Tränen und stellte sich ans Fenster, um den Sonnenuntergang zu betrachten. Sie hörte das Orchester im Tanzsaal spielen. Ob die Leute im Dunkeln tanzten? Tief unter ihr, im Mannschaftslogis, hatte jemand eine Angelleine ausgeworfen. Wahrscheinlich um Kabeljau zu fangen. Auch sie hätte gern eine Angelleine gehabt, aber sie wagte nicht, darum zu bitten, weil dann vielleicht herausgekommen wäre, daß sie das Schiff gestoppt hatte.

Wenige Minuten vor Einbruch der Dunkelheit war der Schaden behoben. Die Lichter flammten auf, an Deck wurde Hurra geschrien, die Maschinen arbeiteten wieder. Honora beobachtete, wie der weiße Kamm am Bug sich formte und wuchs, während sie abermals Kurs auf Europa nahmen. Da sie nicht den Mut hatte, in den Speisesaal zu gehen, begnügte sie sich mit Salzstangen und Portwein. Später machte sie einen Rundgang über die Decks. Der junge Mann im Nadelstreifenanzug tauchte neben ihr auf und fragte, ob er sie begleiten dürfe. Sie war froh, Gesellschaft zu haben und sich auf seinen Arm stützen zu können. Er sagte, er fahre nach Europa, um einmal alles hinter sich zu lassen, und sie hielt ihn für einen erfolgreichen jungen Geschäftsmann, der sich verständlicherweise die Welt ansehen wollte, bevor er seßhaft wurde und eine Familie gründete. Flüchtig wünschte sie sich, eine Tochter zu haben, die er heiraten könnte. Dann würde sie ihm in St. Botolphs eine gute Stellung verschaffen, das junge Paar könnte in einem der neuen Häuser im östlichen Teil des Ortes wohnen und sie sonntags mit den Kindern besuchen. Als sie müde wurde, merkte sie, daß sie ganz lahm war. Er half ihr in die Kabine hinunter und sagte gute Nacht. Seine Manieren waren tadellos.

Am nächsten Tag sah sie sich im Speisesaal nach ihm um, konnte ihn aber nirgends entdecken. Reiste er vielleicht in einer anderen Klasse? Oder gehörte er zu dem Kreis flotter junger Leute, die zum Mittagessen nicht herunterkamen und statt dessen in der Bar belegte Brote aßen? Abends, als sie vor dem Dinner noch einmal an Deck ging, gesellte er sich zu ihr.

«Ich sehe Sie nie im Speisesaal», sagte sie.

«Ich halte mich meistens in meiner Kabine auf», erwiderte er.

«Sie sollten sich nicht so abkapseln», meinte Honora. «Für einen netten jungen Mann wie Sie dürfte es doch nicht schwer sein, Freunde zu finden.»

«Wenn Sie die Wahrheit wüßten, würden Sie nicht so gut von mir denken.»

Honora blickte ihn erstaunt an. «Was reden Sie denn da? Sollten Sie etwa der arbeitenden Klasse angehören, dann würde mir das gar nichts ausmachen. Wissen Sie, vorigen Sommer war ich in Jaffrey, um mich ein bißchen auszuruhen, und dort lernte ich eine reizende Dame kennen, mit der ich mich sofort anfreundete. Und auch sie sagte zu mir: ‹Wenn Sie wüßten, wer ich bin, würden Sie nicht mit mir verkehren.› Ich fragte natürlich, warum und wieso, und sie erzählte mir, sie sei Köchin. Aber sie war wirklich sehr nett, und ich spielte weiterhin Karten mit ihr. Es machte mir überhaupt nichts aus, daß sie Köchin war. Ich bin nicht hochnäsig. Mr. Haworth, der Müllkutscher, ist einer meiner besten Freunde und trinkt oft eine Tasse Tee bei mir.»

«Ich reise als blinder Passagier», gestand der junge Mann.

Honora atmete tief ein. Das war ein Schlag. Ach, warum birgt das Leben nichts als Enttäuschungen? Sie hatte ihn für tüchtig und erfolgreich gehalten, und nun entpuppte er sich als Betrüger. «Wo schlafen Sie?» fragte sie. «Und wo essen Sie?»

«Meistens schlafe ich in einer der Toiletten», erwiderte er. «Gegessen habe ich seit zwei Tagen nicht mehr.»

«Sie müssen doch essen!»

«Ich weiß», sagte er versonnen. «Ich weiß. Sehen Sie, ich

habe mir gedacht, ich wollte mich jemandem anvertrauen – einem Passagier –, und wenn er freundlich wäre, könnte er sich das Essen in seiner Kabine servieren lassen und mich einladen.»

Eine Sekunde lang zögerte Honora. Sie fand ihn aufdringlich. Hätte er nicht warten können, bis sie…? Plötzlich begann sein Magen laut zu knurren, und der Gedanke an die Hungerqualen, die er litt, verscheuchte ihr Mißtrauen. «Wie heißen Sie?» fragte sie.

«Gus.»

«Ich habe Kabine Nummer zwölf auf dem B-Deck. Kommen Sie in ein paar Minuten zu mir, ich werde Ihnen etwas zu essen besorgen.»

Von ihrer Kabine aus klingelte sie dem Steward und bestellte eine Mahlzeit mit sechs Gängen. Der junge Mann erschien und verbarg sich im Badezimmer. Als die zugedeckten Schüsseln auf dem Tisch standen, kam er aus seinem Versteck hervor. Ihn essen zu sehen tat Honoras Herzen wohl.

Als er satt war, zog er ein Päckchen Zigaretten aus der Tasche und bot es ihr an, als wäre sie nicht eine alte Dame, sondern eine liebe Freundin. Ob etwa ihr Aussehen unter dem wohltätigen Einfluß der Seeluft jugendlicher geworden war? Sie nahm eine Zigarette und blies bei dem Versuch, sie anzuzünden, vier Streichhölzer aus. Der Rauch kratzte sie im Hals wie ein rostiges Rasiermesser. Sie bekam einen Hustenanfall und verstreute Asche auf ihr Kleid. Zum Glück schien er es nicht zu bemerken – er erzählte gerade seine Lebensgeschichte –, und sie hielt die Zigarette elegant zwischen den Fingern, bis das Feuer erlosch. Mit der Zigarette in der Hand fühlte sie sich entschieden jünger. Sie erfuhr, daß er verheiratet war und zwei Kinder hatte – Heidi und Peter. Aber seine Frau war mit einem Matrosen nach Kanada durchgebrannt und hatte die Kinder mitgenommen. Er wußte nicht, wo sie sich aufhielten. Er war Angestellter einer Versicherungsgesellschaft gewesen, bis er eines Tages das einsame und leere Leben nicht mehr ertragen konnte. Kurz entschlossen war er in der Mittagspause an Bord des Schiffes gegangen, um als blinder Passagier mitzufahren. Was hatte er schon zu verlieren?

Wenigstens würde er etwas von der Welt sehen, auch wenn sie ihn als Gefangenen zurücktransportierten. «Die Kinder fehlen mir», sagte er. «Das ist das schlimmste. Wissen Sie, was ich voriges Jahr zu Weihnachten gemacht habe? Ich kaufte einen dieser kleinen Bäume, die es in den Einheitspreisgeschäften gibt, und schmückte ihn in meinem Zimmer. Ich kaufte auch Geschenke für die Kleinen, und dann, am Weihnachtstag, habe ich so getan, als kämen sie mich besuchen. Natürlich machte ich mir selbst etwas vor, aber ich zündete die Kerzen an und packte die Geschenke aus, genauso als wären sie bei mir.»

Später brachte ihm Honora das Puffspiel bei. Er begriff sehr schnell, und sie fand, er sei ein bemerkenswert intelligenter junger Mann. Wie jammerschade, daß er seine Jugend und seine Intelligenz in Einsamkeit, Sorge und Langeweile vergeuden mußte. Hübsch war er eigentlich nicht, er hatte einen so unsteten Blick, und sein Lächeln wirkte ein bißchen töricht. Aber er war eben noch ein Junge. Erfahrung und gute Einflüsse würden mit der Zeit sein Gesicht verändern. Sie spielten bis gegen elf Uhr Puff, und um die Wahrheit zu sagen, Honora hatte sich seit Beginn der Reise nicht so glücklich oder zumindest so wohl gefühlt. Als sie einander gute Nacht wünschten, zögerte er an der Tür, und sein törichtes Lächeln – oder war es schlau? – schien anzudeuten, daß sie ihn eigentlich in der zweiten Koje in ihrer Kabine übernachten lassen könnte. Genug des Guten – sie machte ihm die Tür vor der Nase zu.

Am nächsten Tag ließ er sich nicht blicken. In welchem Winkel dieses großen Schiffes mochte er sich versteckt halten, hungrig und einsam? Die Bouillon und die Sandwiches, die auf dem Promenadendeck gereicht wurden, erinnerten Honora an die schreckliche Ungerechtigkeit des Lebens, und das Mittagessen schmeckte ihr nicht. Den größten Teil des Nachmittags brachte sie in ihrer Kabine zu, für den Fall, daß er ihre Hilfe brauchte. Kurz bevor der Dinnergong ertönte, klopfte es leise an der Tür, und er kam herein. Nach dem Essen holte sie das Puffbrett hervor, aber er war nicht bei der Sache, und sie gewann jedes Spiel. Sie machte ihn darauf aufmerksam, daß er einen Haarschnitt nötig habe, und als er sagte, er sei völlig abgebrannt, gab sie ihm fünf Dollar. Um zehn Uhr wünschte er gute Nacht, und sie lud ihn für den nächsten Abend wieder zum Essen ein.

Er kam nicht. Um sieben Uhr bestellte sie das Essen, damit er alles bereit fände, aber er kam nicht. Nun war sie sicher, daß man ihn erwischt und eingesperrt hatte. Sie dachte daran, als Fürsprecherin des jungen Mannes zum Kapitän zu gehen und ihm die Einsamkeit und die Leere seines Lebens zu schildern. Dann beschloß sie jedoch, den Morgen abzuwarten und legte sich schlafen. Am nächsten Vormittag, als sie das Meer bewunderte, sah sie ihn auf dem Hauptdeck mit Mrs. Sheffield lachen und schwatzen.

Sie war entrüstet. Sie war eifersüchtig, obgleich sie ihre Empfindungen als die verständliche Furcht zu deuten suchte, daß Mrs. Sheffield ihn verraten werde, wenn er sich ihr offenbarte. Als sein Blick auf Honora fiel, winkte er ihr zu, fuhr aber fort, vergnügt mit Mrs. Sheffield zu plaudern. Honora fühlte sich beleidigt. Mehr noch, es tat ihr weh, so plötzlich des Gefühls der Ruhe und des Behagens beraubt zu sein, das sie beim Puffspiel in der Kabine genossen hatte. Auch das stolze Gefühl ihrer Unentbehrlichkeit war mit einem Schlag verflogen. Sie ging zur Leeseite des Schiffes, um die Wellen von dort aus zu bewundern. Verstört, wie sie war, erschienen ihr die achatfarbenen, weißgeäderten Wogen höher und mächtiger als zuvor. Sie hörte Schritte auf dem Deck. Wer mochte es sein? War er endlich gekommen, um sich für seine Treulosigkeit zu entschuldigen und ihr für ihre Großmut zu danken? Eines wußte sie genau: Mrs. Sheffield würde keinen blinden Passagier in ihre Kabine mitnehmen und ihm zu essen geben. Die Schritte gingen vorbei, andere ebenfalls, aber die gespannte Erwartung wollte nicht weichen. Wenn er doch endlich käme! Dann blieb jemand hinter ihr stehen und sagte: «Guten Morgen, Schatz.»

Sie fuhr herum. «Nennen Sie mich nicht Schatz.»

«Für mich sind Sie ein Schatz.»

«Warum haben Sie sich die Haare nicht schneiden lassen?»

«Ich habe das Geld beim Pferderennen verloren.»

«Wo waren Sie gestern abend?»

«Ein netter Mann in der Bar hat mir Sandwiches und Drinks spendiert.»

«Was haben Sie Mrs. Sheffield erzählt?»

«Ich? Gar nichts. Aber sie hat mir von ihrer Orlon-Garderobe erzählt und mich eingeladen, mit ihr und ihrem Mann vor dem Mittagessen einen Whisky zu trinken.»

«Schön, dann kann Mrs. Sheffield Sie auch zum Essen einladen.»

«Aber sie weiß ja nicht, daß ich als blinder Passagier reise, Schatz. Das wissen nur Sie, der einzige Mensch, dem ich vertraue.»

«Wenn Sie etwas zu essen haben wollen», sagte Honora, «dann finden Sie mich vielleicht um zwölf in meiner Kabine.»

«Sagen wir lieber halb zwei oder zwei. Ich weiß nicht, wann ich mich von den Sheffiels losmachen kann», erwiderte er und ging.

Gegen halb eins begab sie sich in die Kabine, um auf ihn zu warten. Wie viele alte Menschen stellte sie ihre Uhren immer fünfzehn bis zwanzig Minuten vor und kam zu allen Verabredungen eine halbe Stunde zu früh. Dann saß sie untätig in Warteräumen, Hotelhallen und Korridoren herum und spürte, wie ihre Zeit ablief. Kurz nach zwei kam er herein. Diesmal wollte er sich nicht im Badezimmer verstecken. «Soll ich zum Kapitän gehen und ihm mitteilen, daß er einen blinden Passagier an Bord hat?» fragte Honora kühl. «Wenn Sie Wert darauf legen – bitte sehr. Es ist sowieso besser, er erfährt es von mir als auf dem Umweg über die Küche. Der Steward wird nämlich bestimmt nicht den Mund halten.» Schließlich zog er sich ins Badezimmer zurück, und sie bestellte das Essen. Nach Tisch legte er sich aufs Sofa und schlief ein. Sie setzte sich in einen Sessel, betrachtete ihn, klopfte mit dem Fuß auf den Teppich und trommelte mit den Fingernägeln auf der Armlehne des Sessels. Er schnarchte. Er murmelte im Schlaf.

Jetzt sah sie, daß er nicht mehr jung war. Das Gesicht war faltig und fahl, das Haar angegraut. Sie erkannte, daß sein jugendliches Gehabe eine List war, ein Schwindel, mit dem er dumme alte Weiber ihres Schlages köderte. Sie war zweifellos nicht die einzige, die er hereingelegt hatte. Im Schlaf wirkte er alt, lasterhaft und durchtrieben, und sie spürte, daß die Geschichte von den beiden Kindern und dem einsamen Weihnachtsfest erlogen war. Das einzig Unschuldige an ihm war die Naivität, mit der er die Einsamen prellte. Ein Betrüger, ein schäbiger Betrüger – und doch war sie nicht imstande, ihn anzuzeigen. Sie brachte es nicht einmal fertig, ihn aufzuwecken. Er schlief bis gegen vier, erwachte, verscheuchte all ihre Skepsis mit seinem jugendlichsten und bezauberndsten Lächeln, sagte, es sei spät geworden, und ging. Als sie ihn wiedersah, war es drei Uhr morgens, und er angelte gerade ihren Geldbeutel unter dem Bodenbelag hervor.

Er war irgendwo angestoßen, und das Geräusch hatte sie geweckt. Sie erschrak – nicht vor ihm, sondern vor den Möglichkeiten des Bösen auf dieser Welt, vor der Einsicht, daß ihr Sinn für das Wirkliche und Vernünftige nicht unverletzlicher war als die Türen und Fenster, die sie schützten. Sie war viel zu wütend, um sich vor ihm zu fürchten.

Sie hatte den Lichtschalter am Bett angeknipst. Eine Glühbirne an der Decke verbreitete ein mattes, trübseliges Licht, das diese nächtliche Szene der Räuberei und des Verrats inmitten der Unermeßlichkeit des Ozeans als Phantasiegebilde eines Seekranken erscheinen ließ. Er sah sie mit seinem gerissensten Lächeln an, mit dem Blick des liebevollen verlorenen Sohnes. «Tut mir leid, daß ich Sie geweckt habe, Schatz.»

«Legen Sie das Geld zurück.»

«Na, na, Schatz ...» sagte er.

«Legen Sie sofort das Geld zurück.»

«Na, na, Schatz, regen Sie sich nicht auf.»

«Es ist mein Geld», erklärte sie energisch, «und Sie werden es dorthin zurücklegen, wo Sie es gefunden haben.» Sie schlüpfte in ihren Morgenrock und setzte die Füße auf den Boden.

«Vorsicht, Schatz», sagte er, «bleiben Sie, wo Sie sind. Ich möchte Ihnen nicht weh tun.»

«Ach, wirklich nicht?» Sie griff nach einer Messinglampe und knallte sie ihm mit voller Wucht auf den Schädel.

Seine Augen verdrehten sich, sein Lächeln erlosch. Er

schwankte nach links und nach rechts und brach dann zusammen. Sein Kopf stieß gegen die Sessellehne. Sie nahm die Geldbörse an sich und redete auf ihn ein. Sie rüttelte ihn an den Schultern. Sie fühlte ihm den Puls. Sein Herz schien nicht mehr zu schlagen. «Er ist tot», murmelte sie vor sich hin. Sie kannte seinen Nachnamen nicht, und da sie nicht glaubte, was er ihr erzählt hatte, wußte sie nichts über den Menschen, den sie getötet hatte. Er stand nicht auf der Passagierliste, offiziell existierte er überhaupt nicht. Sogar die Rolle, die er in ihrem Leben gespielt hatte, war Lüge und Betrug gewesen. Wenn sie den Toten durch das Bullauge schob – wer würde es je erfahren? Aber nein, das durfte sie nicht tun. Das einzig Richtige war, einen Arzt zu holen und die Folgen auf sich zu nehmen. Sie kleidete sich hastig im Badezimmer an und trat dann auf den leeren Korridor hinaus. Die Büros des Zahlmeisters und des Arztes waren verschlossen und dunkel. Sie stieg die Treppe zum Hauptdeck hinauf, aber auch im Tanzsaal, in der Bar und den Gesellschaftsräumen war kein Mensch mehr. Unversehens tauchte ein alter Mann im Schlafanzug aus der Finsternis auf. «Auch ich finde keinen Schlaf, Schwester», sagte er. «Gin flickt der Sorge aufgetrennten Ärmel. Wissen Sie, wie alt ich bin? Ich bin sieben Tage jünger als Herbert Hoover und einhundertfünf Tage älter als Winston Churchill. Junge Leute mag ich nicht, sie machen mir zuviel Lärm. Ich habe drei Enkelkinder und kann sie nicht länger als zehn Minuten ertragen. Keine Sekunde länger. Meine Tochter hat einen Fürsten geheiratet. Voriges Jahr habe ich ihnen fünfzehntausend Dollar geschenkt. In diesem Jahr will er fünfundzwanzigtausend haben. Die Art, wie er um Geld bittet, macht mich rasend. ‹Es ist sehr peinlich, sehr demütigend, aber ich muß Sie um fünfundzwanzigtausend Dollar bitten›, sagt er. Meine kleinen Enkelkinder können kein Englisch. Sie nennen mich ‹Nonno›... Gönnen Sie Ihren Füßen Ruhe, Schwester. Setzen Sie sich, lassen Sie uns plaudern, damit die Zeit vergeht.»

«Ich suche den Arzt», sagte Honora.

«Ich habe die leidige Gewohnheit, Shakespeare zu zitieren», sprach der alte Mann weiter, «aber ich werde Sie schonen. Ich kann auch vieles von Milton auswendig. Und Grays *Elegie* und Arnolds *The Scholar Gypsy*. Wie fern erscheinen mir jene Bäche und Wiesen! Mein Gewissen ist unruhig. Ich habe fünf Menschen umgebracht.»

«Ach?» sagte Honora.

«Ja. Ich hatte eine Heizölfirma in Albany, meiner Heimatstadt. Das Geschäft ging gut, mindestens zwei Millionen Umsatz im Jahr. Eines Abends rief ein Mann an und sagte, aus seinem Brenner kämen so merkwürdige Geräusche. Ich erwiderte, vor dem Morgen sei nichts zu machen. Natürlich hätte ich einen Mechaniker alarmieren oder selber hingehen können, aber ich saß mit Freunden zusammen und trank. Warum sollte ich in Kälte und Finsternis hinaus? Eine halbe Stunde später brannte das Haus ab, aus ungeklärten Gründen... Der Mann, seine Frau und drei kleine Kinder – alles in allem fünf Särge. Ich denke oft an sie.»

Plötzlich fiel Honora ein, daß sie die Tür ihrer Kabine offengelassen hatte. Jeder, der vorbeikam, konnte den Toten sehen. «Setzen Sie sich, Schwester, setzen Sie sich», sagte der alte Mann, aber sie winkte ab und humpelte eilig die Treppe hinunter. Die Kabinentür stand offen, die Leiche war verschwunden. Was war geschehen? Hatte jemand den Toten weggeschleppt? Suchte man bereits das Schiff nach ihr ab? Sie lauschte, aber es war nichts zu hören – nichts außer dem titanischen Atemgeräusch des Meeres und dem Klappen einer Tür, als das Schiff krängte. Honora schloß ihre Tür von innen ab und goß sich einen Schluck Portwein ein. Für den Fall, daß man kam und sie holte, wollte sie angekleidet bleiben. Schlafen konnte sie ohnehin nicht mehr.

Sie saß in ihrer Kabine, bis mittags das Telefon läutete und der Zahlmeister sie in sein Büro bat. Er wollte nur wissen, ob ihr Gepäck von Neapel nach Rom geschickt werden sollte. Da sie sich auf ein ganz anderes Gespräch vorbereitet hatte, machte sie einen recht geistesabwesenden Eindruck. Was war denn bloß passiert? Hatte sie einen Komplizen an Bord, der die Leiche des blinden Passagiers durch das Bullauge hinausbefördert hatte?

Fast alle lächelten ihr zu – aber wieviel wußten sie? Hatte er sich aufgerappelt und saß nun irgendwo, um seine Wunden zu pflegen? In Anbetracht der Größe des Schiffes und seiner ungezählten Türen war eine systematische Suchaktion unmöglich. Sie blickte in die Bar und den Tanzsaal, sie inspizierte die Besenkammer am Ende des Korridors. Als sie an einer offenen Kabinentür vorbeikam, glaubte sie ihn lachen zu hören. Sie blieb stehen, aber da verstummte das Lachen, und jemand machte die Tür zu. Nun untersuchte sie die Rettungsboote – die traditionelle Zuflucht blinder Passagiere –, doch alle Persenninge waren festgezurrt. Ihr wäre weniger elend zumute gewesen, wenn sie irgendeine vertraute Arbeit hätte verrichten können, zum Beispiel Laub zusammenharken und verbrennen. Sie spielte sogar mit dem Gedanken, die Stewardess zu fragen, ob sie nicht den Korridor ausfegen dürfe, erkannte dann aber das Unpassende eines solchen Verhaltens.

Den blinden Passagier sah sie erst kurz vor der Ankunft in Neapel wieder. Der Himmel war verhangen, das Meer grau, die Luft drückend und feucht. Einer jener zeitlosen Tage, die in nichts den betörend schönen Frühlings- und Herbsttagen gleichen, einer jener düsteren Tage, aus denen letztlich das Jahr geschmiedet ist. Am späten Nachmittag kam der Vermißte übers Deck geschlendert, eine Frau am Arm. Die Frau war nicht mehr jung und hatte einen schlechten Teint, aber die beiden blickten einander verliebt in die Augen und lachten. Als er an Honora vorbeiging, neigte er den Kopf und murmelte: «Verzeihung.»

Noch zuletzt diese billige Frechheit! Wütend kehrte Honora in ihre Kabine zurück. Alles war schon eingepackt – das Buch, die Handarbeit –, und sie hatte nichts, womit sie sich ablenken konnte. Was sie nun tat, ist schwer zu erklären. Sie war keine zerstreute oder unbesonnene Frau, aber da sie bei Gasbeleuchtung und Kerzenlicht aufgewachsen war, hatte sie sich nie mit elektrischen Geräten anfreunden können. Sie behandelte diese Apparate, die ihr mysteriös und zuweilen launenhaft erschienen, ohne die geringste Sachkenntnis, so daß sie oft kaputtgingen, Funken sprühten oder gar explodierten. Für Honora war es unvorstellbar, daß sie an diesen Pannen schuld sein sollte; sie hatte vielmehr den Eindruck, zwischen ihr und der technischen Welt befinde sich ein undurchsichtiger Vorhang. Diese unbekümmerte Art, mit elektrischen Geräten umzugehen, zusammen mit ihrer Neigung zu spontanen Entschlüssen und ihrem Ärger über den blinden Passagier, mag als Erklärung für das dienen, was sie nun tat. Sie blickte in den Spiegel, fand ihr Aussehen unbefriedigend, kramte die alte Brennschere aus dem Koffer und stöpselte sie in die Steckdose.

Ohne Licht drifteten sie in den Golf von Neapel, trieben hilflos mit dem Heck voran im Ebbstrom. Zwei Schlepper mußten den Ozeanriesen in den Hafen bugsieren, und ein transportabler Generator am Pier wurde mit dem Leitungsnetz des Schiffes verbunden, damit man wenigstens Licht hatte, um die Passagiere auszuschiffen. Honora war unter den ersten, die an Land gingen. Der Lärm neapolitanischer Stimmen klang ihr wie Dschungelgeräusche in den Ohren, und als sie die Alte Welt betrat, fühlte sie die gleiche freudige Erregung, wie ihre Vorfahren sie vor wer weiß wie vielen Jahrhunderten verspürt hatten, als sie auf einem anderen Kontinent landeten, um dort eine neue Nation zu gründen.

Zweiter Teil

18

Die Rollenbesetzung in der Kernrevolution wechselt so schnell, daß heute nichts mehr an Dr. Cameron erinnert, abgesehen von einigen Verwirrungen, die er stiftete. An der Wand hinter seinem Schreibtisch hing ein Kruzifix. Die Christusfigur war aus Silber oder Blei. Touristen gabeln so etwas in den Seitenstraßen von Rom auf und lassen es im Vatikan vom Papst segnen. Das Kruzifix war nicht wertvoll und auch nicht schön, es bezeugte lediglich, daß Dr. Cameron ein Konvertit war, ein sündiger übrigens, denn er glaubte weder an die göttliche noch an die wissenschaftliche Ökologie der Natur. Sein Seelsorger hatte aber bei den Unterweisungen die Barmherzigkeit unseres Herrgotts betont, und Cameron glaubte inbrünstig an die Heiligkeit der natürlichen Ordnung, obwohl er sich, was das betraf, zahlreicher und augenfälliger Verstöße schuldig machte. So erklärte er öffentlich, daß er die Ehe nicht für ein geeignetes Mittel genetischer Auslese halte, und er hatte im Auftrag der Luftwaffe durch Experimente mit Chromosomenstrukturen versucht, das zu erzeugen, was wir Tapferkeit nennen. Er trat für Spermabanken ein und war ganz sicher, daß es in nächster Zukunft gelingen werde, die Persönlichkeit durch biochemische Prozesse zu beeinflussen. Den Glauben an das Heilige, seine Wissenschaft und seine eigene unruhige Natur brachte er notdürftig unter einen Hut, indem er sich als den Pionier einer Zukunft betrachtete, in der er selbst zu den Fossilien gehören würde. Er war ein Feinschmecker und wußte, wie töricht es ist, sich mit Schnecken, Filetsteaks, Saucen und Weinen vollzustopfen, aber er klassifizierte seine Leidenschaft für gutes Essen als Zeichen, daß er veraltet sei. Als ebenso veraltet klassifizierte er seinen Geschlechtstrieb, diese nagende Unruhe in seiner Mitte. Seine Frau war seit zwanzig Jahren tot, und er hatte eine Reihe von Geliebten und Haushälterinnen verbraucht. Aber je älter und mächtiger er wurde, desto mehr Diskretion wurde von ihm verlangt, so daß er sich in den Vereinigten Staaten keine Frauengeschichten mehr leisten konnte.

Er gehörte zu jenen untadeligen alten Männern, die in der Lüsternheit das beste Mittel sehen, sich ans Leben zu klammern. Beim Liebesakt schlug sein Herz einen Wirbel wie die Galgentrommel auf der Straße, aber die Wollust, die ihm Vergessen schenkte, war für ihn die beste Methode, mit dem unseligen Zeitgeschehen fertig zu werden. Je mehr sich der alternde Mann vor Tod und Verfall fürchtete, desto unwiderstehlicher wurden seine Begierden. Als er einmal mit seiner Geliebten Luciana im Bett lag, kam eine Fliege durchs Fenster geflogen und schwirrte um ihre weißen Schultern herum. Die Fliege erschien ihm als ein Symbol der Verwesung; er war splitternackt aus dem Bett gesprungen und hatte mit einem zusammengerollten Exemplar des *Corriere della Sera* erfolglos versucht, die Pest zu vernichten. Als er ins Bett zurückkehrte, war die Fliege schon wieder da und umkreiste surrend Lucianas Brüste.

In den Armen der Geliebten fühlte er die Todeskälte aus den Gebeinen weichen, in den Armen der Geliebten fühlte er sich unüberwindlich. Sie wohnte in Rom, und er besuchte sie dort ungefähr einmal im Monat. Diese Reisen hatten eine legitime Seite – der Vatikan verlangte eine Rakete – und auch eine andere, die noch geheimer war als die erotische Kurzweil: In Rom traf er jene Scheiche und Maharadschas, die eigene Raketen haben wollten. Die Befehle, die von einem Körperteil zum anderen gingen, begannen mit einem leisen Kitzel, der nach ein oder zwei Tagen übermächtig wurde. Dann bestieg er ein Düsenflugzeug nach Italien und kam einige Tage später entspannt und in großmütiger Stimmung zurück. Eines Nachmittags flog er wieder einmal von Talifer nach New York und übernachtete im *Plaza*. Sein Bedürfnis nach Luciana wuchs von Stunde zu Stunde wie ein simples Hungergefühl, und als er in seinem Hotelbett lag, gestattete er sich den Luxus, sie zusammenzusetzen – Lippen,

Brüste, Arme und Beine. Ach, Regen und Wind und in den Armen ein williges Lieb! Er litt, wie er es zu formulieren pflegte, an einer ganz gewöhnlichen Entzündung.

Morgens herrschte Nebel, und als er das Hotel verließ, lauschte er auf Flugzeuggeräusche, um festzustellen, ob überhaupt Maschinen verkehrten, aber in dem tosenden Verkehrslärm konnte man nichts hören. Er fuhr im Taxi nach Idlewild und holte am Schalter seinen Flugschein ab. Durch ein Versehen hatte man ihn für die Touristenklasse gebucht. «Tauschen Sie mir das bitte in einen Platz erster Klasse um», sagte er.

Das Mädchen schüttelte den Kopf. «Bedaure, Sir, in der ersten Klasse ist alles besetzt.» Sie sah ihn nicht an und blätterte in ihren Papieren.

«Im letzten Jahr bin ich dreiunddreißigmal mit dieser Linie geflogen», sagte Dr. Cameron, «und ich glaube, ich darf eine kleine Vorzugsbehandlung erwarten.»

«Bei uns wird niemand bevorzugt», erwiderte das Mädchen. «Es ist gesetzlich verboten.» Offenbar hatte sie ihn noch nie im Fernsehen erlebt, und seine berühmten Brauen beeindruckten sie nicht im geringsten.

«Passen Sie mal auf, junge Dame...» Seine Stimme klang schneidend, stieg an, machte alle Leute in Hörweite zu seinen Feinden. «Ich bin Doktor Lemuel Cameron. Ich reise im Auftrag der Regierung. Wenn ich Ihr Verhalten Ihren Vorgesetzten melde...»

«Es tut mir sehr leid, Sir», sagte sie, «aber durch den Nebel sind wir in Bedrängnis geraten. Einen Platz erster Klasse haben wir nur für den Abendflug am kommenden Donnerstag frei, falls Sie so lange warten wollen.»

Ihre Unzugänglichkeit, ihre gleichgültige, wenn nicht gar feindselige Art regten ihn auf, und er entsann sich all der anderen, die ihn mit Skepsis oder Abneigung betrachtet hatten, als wäre seine glänzende Laufbahn nichts als eine alberne Selbsttäuschung. Diese Mädchen in Uniform mit Käppis, gefärbtem Haar und engen Röcken waren ihm so fremd, als kämen sie von einem anderen Stern. Wohin gingen sie, wenn ihr Dienst beendet war?

Sie schienen einen Rolladen zwischen sich und ihm herunterrasseln zu lassen, sie schienen aus einem anderen Stoff gemacht als die Männer und Frauen seiner Zeit, sie schienen der Weisheit und Autorität seiner Persönlichkeit völlig indifferent gegenüberzustehen.

«Ich muß Sie darauf aufmerksam machen», sagte er sanft, «daß ich absoluten Vorrang habe und im Notfall einen Platz *verlangen* kann.»

«Sie erreichen Ihre Maschine über Flugsteig acht», sagte sie. «Wenn Sie bis Donnerstag warten wollen, kann ich Ihnen einen Platz in der ersten Klasse geben.»

Er schritt durch einen langen Korridor und schloß sich den ärmlich aussehenden Männern und Frauen an, die darauf warteten, an Bord zu gehen. Die meisten waren Italiener – Arbeiter, Kellner und Hausgehilfinnen, die für einen Monat in die Heimat flogen, um *mamma* zu besuchen und ihre Konfektionskleider vorzuführen. Er streckte gern in der ersten Klasse die Beine von sich, trank gern den Erster-Klasse-Wein, blickte gern durch ein Erster-Klasse-Fenster, um die Höhlen des Himmels zu bewundern, während das Flugzeug mit Kurs auf Rom rasch dahinflog, aber die Touristenklasse war ganz anders, als er es gewohnt war, und erinnerte ihn an die Anfänge der Luftfahrt. Nachdem er seinen Platz gefunden hatte, winkte er der Stewardess. Auch sie war eine jener unzugänglichen jungen Damen mit strahlendem Lächeln, engem Rock und silberblond getöntem Haar. «Man hat mir für den Fall einer Abbestellung einen Platz in der ersten Klasse versprochen», sagte er – teils, um sie ins Bild zu setzen, teils, um seinen Mitreisenden, dieser buntscheckigen Schar, klarzumachen, daß er nicht zu ihnen gehörte. «Es tut mir sehr leid, Sir», erwiderte sie mit einem ebenso lieblichen wie unaufrichtigen Lächeln, «in der ersten Klasse ist nichts frei geworden.» Dann geleitete sie fürsorglich einen krank aussehenden Italienerjungen mit seiner Mutter, die ein Baby auf dem Arm hatte, zu den Plätzen neben ihm. Er lächelte ihnen flüchtig zu und fragte, ob sie nach Rom flögen. *«Sì»*, antwortete die Frau müde, *«ma non* sprechen Englisch.» Sie kramte aus einer braunen Tüte ein

Arzneifläschchen hervor und hielt es ihrem Sohn hin. Der Junge wollte keine Medizin. Er preßte die Hände auf den Mund und wandte sich Cameron zu. «*Si deve, si deve*», sagte die Mutter. Der Junge bettelte: «*No, mamma, no, mamma*», aber sie zwang ihn zu trinken. Er vergoß etwas von der Medizin, die abscheulich nach Schwefel roch. Die Stewardess schloß die Kabinentür, und der Flugkapitän verkündete in italienischer und dann in englischer Sprache, die Sicht sei gleich Null und der Start noch nicht freigegeben, man erwarte jedoch, daß sich der Nebel, *la nebbia*, in Kürze lichten werde.

Cameron hatte keinen Platz, die Beine auszustrecken. Um sich abzulenken, dachte er an Luciana, zählte ihre Vorzüge auf, als schilderte er sie einem Bekannten. Er erklärte, sie sei zwar Toskanerin, aber trotzdem nicht dick, nicht einmal am Hinterteil, und wäre nicht ihr Gang, dieser wunderbare römische Gang, so könnte man sie für eine Pariserin halten. Mit Nachdruck betonte er, daß alles an ihr schmal und zart sei, wie man es selten bei italienischen Schönheiten finde: schmale Gelenke, schmale Hände, zarte und doch runde Arme. Ach, Regen und Wind und in den Armen ein williges Lieb... Jene Spannung, die von den Lenden aufs Gehirn übergreift, hatte ihren Weg zurückgelegt, und wieder litt er an einer schmerzhaften Entzündung. Er vergegenwärtigte sich in allen Einzelheiten die erotischen Possen, die er bei seinem letzten Besuch getrieben hatte. In dem Maße, wie sich die Entzündung verschlimmerte, nahm der Ekel zu, den er vor sich selbst empfand – verbissenes Anstandsgefühl und wildes Verlangen hielten einander die Waage. Er wußte nur zu gut, daß sein Körper töricht war, und es gab dafür keinen besseren Beweis als die Tatsache, daß er in einem öffentlichen Flugzeug, mit einem kränklichen Jungen und dessen Mutter neben sich, nach unverzüglicher Befriedigung gierte. Noch törichter aber kam ihm sein Gewissen vor, das sich an strenge Moralbegriffe klammerte. Plötzlich erbrach der kleine Italiener die Medizin, die seine Mutter ihm aufgezwungen hatte. Das Erbrochene roch bitter, bitter wie Blumenwasser.

Durch diese häßliche Lebensäußerung wurde Cameron aus

seiner Träumerei gerissen. Der Vorfall kühlte seine sinnlichen Gelüste sogleich ab. Er half der Stewardess, die Schmutzerei mit Papiertüchern aufzuwischen, und akzeptierte höflich die Entschuldigungen der Mutter. Er war wieder er selbst, umsichtig, souverän, vernünftig. Dann teilte der Flugkapitän in zwei Sprachen mit, das Flugzeug werde in einem Hangar die Starterlaubnis abwarten. Die Sicht sei noch immer gleich Null, aber binnen einer Stunde werde vermutlich der Wind umschlagen und der Himmel sich aufhellen.

Sie rollten in einen Hangar, in dem es nichts zu sehen gab. Einige Fluggäste vertraten sich im Mittelgang die Beine. Es wurden keine Klagen laut, höchstens lachende Seufzer; die meisten Passagiere sprachen italienisch. Cameron schloß die Augen und versuchte, sich zu entspannen, aber Luciana störte seine Ruhe. Er forderte sie auf zu verschwinden, ihn in Frieden zu lassen, doch sie lachte nur und zog sich aus. Er öffnete die Augen, um sich mit einem Blick in die Welt von Luciana zu befreien. Das Baby weinte, und die Stewardess brachte ihm eine Flasche. Der Kapitän verkündete, jetzt sei der Nebel noch dichter geworden. In ein paar Minuten werde man die Passagiere in ein New Yorker Hotel transportieren und sie dort auf Kosten der Fluggesellschaft bewirten. Der Abflug nach Rom sei auf vier Uhr nachmittags festgesetzt.

Cameron stöhnte. Warum man sie nicht im *International* unterbringe, fragte er die Stewardess. Sie antwortete, sämtliche Maschinen hätten Startverbot und die Flughafenhotels seien überfüllt. Ein Bus kam in den Hangar gefahren, sie stiegen gehorsam ein und kehrten in die Stadt zurück, wo sie vor einem entschieden drittklassigen Hotel abgesetzt wurden. Es war fast Mittag. Cameron ging in die Bar und bestellte einen Drink und etwas zu essen. «Gehören Sie zum Flug Nummer sieben?» fragte die Kellnerin. Er bejahte. «Bedaure sehr», sagte sie, «die Passagiere des Fluges Nummer sieben müssen im Speisesaal essen und bekommen dort das Tagesgericht.»

«Ich bezahle mein Essen», erwiderte Cameron. «Und bitte, bringen Sie mir einen Whisky.»

«Alkoholische Getränke sind für Reisende der Touristenklasse nicht vorgesehen», erklärte die Kellnerin.

«Ich bezahle den Drink, und ich bezahle mein Essen», sagte Cameron.

«Das ist nicht nötig, wenn Sie sich in den Speisesaal begeben.»

«Sehe ich so aus, als ob ich mein Essen nicht bezahlen könnte?» fragte Cameron.

«Ich versuche ja nur, Ihnen begreiflich zu machen, daß die Fluggesellschaft für Ihre Mahlzeit aufkommt.»

«Das ist mir klar», entgegnete Cameron. «Und jetzt bringen Sie mir bitte, was ich bestellt habe.»

Nach dem Essen sah er sich in seinem Hotelzimmer ein Fernsehspiel an. Um vier Uhr klingelte er und verlangte eine Flasche Whisky. Um sechs Uhr ließ die Fluggesellschaft mitteilen, der Start sei für Mitternacht vorgesehen, und die Reisenden hätten sich um acht Uhr vor dem Hotel einzufinden. Er aß in einem nahegelegenen Restaurant zu Abend und schloß sich dann den übrigen Passagieren an, die ihm immer unsympathischer wurden. Um halb zwölf gingen sie an Bord und starteten planmäßig, aber die Maschine war eine alte Klapperkiste und flog so niedrig, daß Cameron deutlich die Lichter von Nantucket sehen konnte, als sie über der Insel waren. Er hatte die Whiskyflasche bei sich und trank von Zeit zu Zeit einen Schluck, bis er einschlief und die gräßlichsten Dinge von Luciana träumte. Als er aufwachte, dämmerte der Morgen, und sie setzten zur Landung an, aber nicht in Rom, sondern in Shannon. Ein Motor war ausgefallen und mußte repariert werden. Cameron gab ein Telegramm an Luciana auf. Es wurde fünf Uhr, bevor sie weiterfliegen konnten, und Rom erreichten sie erst im Morgengrauen des nächsten Tages.

Bar und Restaurants des Flughafens waren geschlossen. Er rief Luciana an. Natürlich schlief sie noch und war ärgerlich, daß sie geweckt wurde. Das Telegramm hatte sie nicht erhalten. Vor dem Abend konnte sie ihn nicht treffen. Um acht Uhr bei *Quintella*. Er fragte, ob es nicht schon früher ginge – ob er nicht sofort zu ihr kommen dürfe. «Bitte, Liebling, bitte», beschwor er sie.

Luciana legte auf. Er fuhr mit einem Taxi in die Stadt und nahm ein Zimmer im *Eden*. Es war noch früh. Die Leute in den Straßen trugen Arbeitskleidung und hatten es eilig – das gleiche Bild wie überall auf der Welt, wo Leute an einem heißen Morgen zur Arbeit eilen. Cameron duschte und legte sich aufs Bett, um auszuruhen. Er lechzte nach Luciana und verfluchte sie, aber der Zorn konnte sein Verlangen nicht dämpfen, und die Roheit seiner Gedanken kam ihm geradezu teuflisch vor. Ach, Regen und Wind und in den Armen ein williges Lieb...

Nun mußte er die Zeit bis zum Abend totschlagen. Er war noch nie in der Sixtinischen Kapelle gewesen, kannte auch keine der anderen Sehenswürdigkeiten von Rom, und das wollte er jetzt nachholen. Vielleicht würde er davon einen klaren Kopf bekommen. Er zog sich an, verließ das Hotel und ging durch die Straßen, auf der Suche nach einem jener berühmten Museen oder einer der Kirchen, über die man soviel hört. Bald gelangte er zu einem Platz, an dem drei Kirchen standen, die alt aussahen. Die erste und die zweite waren geschlossen, aber das Portal der dritten stand offen, und er betrat einen dunklen Raum, in dem es stark nach Gewürzen roch. In einer der vorderen Bänke knieten vier Frauen, und ein Priester in schmutzigen Spitzengewändern zelebrierte die Messe. Cameron sah sich um, denn er war ja der Kunstschätze wegen gekommen. Das Dach der Seitenkapelle zu seiner Rechten schien schadhaft zu sein, und die Wand mit den zweifellos schönen und wertvollen Fresken war rissig und voller Wasserflecke wie die Wand irgendeines möblierten Zimmers. Die nächste Kapelle war mit nackten, Trompete blasenden Männern geschmückt, und in der dritten war es so finster, daß Cameron nichts sehen konnte. Ein Schild in englischer Sprache besagte, man könne die Beleuchtung durch Einwurf von zehn Lire einschalten. Er tat es, und nun wurde das große Wandbild sichtbar: ein blutüberströmter Mann, mit den Füßen nach oben ans Kreuz geschlagen, der sich in Todesqualen wand. Cameron ließ sich nicht gern an die Schmerzempfindlichkeit seines Fleisches erinnern. Er machte schleunigst kehrt, trat in das grelle Licht und die Hitze des Platzes hinaus, setzte sich unter das Sonnendach eines Cafés und bestellte einen Campari. Eine junge Frau, die den Fahrdamm überquerte, erinnerte ihn an Luciana, aber mochte sie auch eine Hure sein, er begehrte nicht sie, sondern wollte Luciana haben. Luciana war *seine* Hure, und bei aller Derbheit hatten seine Gelüste etwas rührend Romantisches. Ihm kam der Gedanke, daß Luciana zu den Frauen gehöre, die der simplen Geste, in ihre Pumps zu schlüfen, ein Gewicht verleihen können, als hätten sie mit Vorbedacht eine Tür zugeknallt.

Ach, Regen und Wind und in den Armen ein williges Lieb! Warum quälte ihn das Leben so unbarmherzig, warum erschien ihm das einzig Reale obszön? Er dachte an die Quantentheorie, an die Mittledorf-Konstante, an die Entdeckung des Heliums in der Tetrasphäre, aber das alles stand in keinem Zusammenhang mit seinem Leiden. Sind wir alle erbarmungslos in die Zeit eingebettet, unempfindlich, kurzsichtig, eitel, taub für die Stimme der Liebe und der Vernunft, unfähig der Überlegung und Selbsterkenntnis? War seine Zeit gekommen? Er hatte erlebt, wie hochbegabte Kollegen in Torheit und Eitelkeit verfielen, sich mit Entdeckungen rühmten, die sie nicht gemacht hatten, brauchbare Leute entließen und statt dessen Speichellecker einstellten, für den Kongreß kandidierten, Petitionen in Umlauf setzten und imaginäre Agenten entlarvten. Sauberkeit und Anstand waren ihm nicht weniger wichtig als früher, aber er schien nicht mehr so gut gerüstet, ihnen Genüge zu tun. Sein Denken hatte die abstoßende Grobheit der Pornographie. Er meinte, ein Abbild seiner selbst zu sehen, eine isolierte und ferne Gestalt, die in den regennassen Seitenstraßen einer fremden Stadt irgendeinem selbstzerstörerischen Geschäft nachging. Wo waren seine Güte, seine Vortrefflichkeit, sein gesunder Menschenverstand geblieben? Ich war einmal ein guter Mann, dachte er traurig. Von Schmerz überwältigt, schloß er die Augen, und in dem Film, der endlos über die zarte Haut seiner Lider lief, sah er sich unter altmodischen Straßenlaternen über nasse Pflastersteine stolpern, sah sich fallen, fallen, fallen, aus der Nützlichkeit in die Torheit, aus der Hochstimmung in die Niederungen der Vulgarität. Dann marterte ihn jene idiotisch tönende Walze in Kopf und Seele, jener musikalische Abladeplatz für alte Hymnen und Schlager, jene Stätte, wo Lagerfeuerlieder, Reklameverse, Märsche und Foxtrotts sich sammeln, sich festsetzen und nach Belieben auftauchen mit ihren unversehrt erhaltenen kindischen Reimen und läppischen Melodien. *Got those racetrack blues*, sang seine Gehirnkammer. Es war ein Schlager, den er vor vierzig Jahren aus einem Kurbelgrammophon gehört hatte und der sich ihm jetzt gewaltsam aufdrängte.

Got those racetrack blues,
I'm feelin' blue all the time.
Got those racetrack blues,
With all my dough on the line.

Er verließ das Café und schlug den Weg zum Hotel ein, aber das Singen in seinem Kopf wollte nicht verstummen.

But the track is muddy, and I don't mean maybe,
And I'll never get the money to buy shoes for baby.

Er erklomm die Via Sistina, und das Lied tönte weiter:

I've got those racetrack blues,
I'm feelin' blue all the time …

Ein junger Mann erwartete ihn in der Hotelhalle, einer jener geschniegelten Jünglinge, die sich auf dem Pincio herumtreiben. Er stellte sich als Lucianas Bruder vor und erklärte, sie müsse ihrer Schneiderin das Kostüm bezahlen, das sie am Abend tragen wolle. Dann zog er einen Umschlag aus der Tasche und überreichte Cameron ein paar Zeilen von Luciana sowie eine Rechnung über hunderttausend Lire. Cameron gab ihm die Rechnung zurück und sagte, er werde sie abends begleichen. «Schwester kommt nicht, wenn nicht zahlen», protestierte der Jüngling. «Sie soll mich anrufen», fertigte Cameron ihn ab. Er fuhr mit dem Fahrstuhl nach oben, und als er sein Zimmer betrat, läutete das Telefon. Es war Luciana. Im Geiste sah er, wie sie die Schnur in den Fingern zwirbelte. «Du bezahlen die Rechnung», sagte sie, «oder wir uns nicht sehen. Gib ihm das Geld.» Eine Sekunde lang spielte er mit dem Gedanken, einfach aufzulegen. Schluß mit Luciana zu machen, aber der Lärm des römischen Verkehrs auf den römischen Straßen erinnerte ihn daran, wie weit er von zu Hause entfernt war, ja, daß er eigentlich kein Heim, keine Freunde hatte und daß ein Ozean zwischen ihm und seiner Nützlichkeit lag. Es gab kein Zurück für ihn, kein Zurück. Man wird durchs Leben geschleudert, und die Hündin Reue schnappt nach den Fersen. Keine Macht der Vernunft, der Gerechtigkeit oder der Tugend konnte ihn mehr zur Besinnung bringen.

Es wurde leise an die Tür geklopft, und Lucianas sanftäugiger Bote erschien. Cameron befahl ihm zu warten, doch dann gaben die Geräusche vom Fenster den Ausschlag. Nach einer Stunde mit ihr würde er wieder er selbst sein, hochherzig und edelmütig, aber um das zu erreichen, mußte er sich beschwindeln, demütigen und ausbeuten lassen. Sie hatte ihn in eine Lage hineinmanövriert, in der er hilflos war. «Gut, kommen Sie mit», sagte er. Sie wanderten durch die Hitze zum Banco di Santo Spirito; er löste einen Scheck über dreihunderttausend Lire ein und gab dem Burschen sein Geld. Dann – und das war die einzige Geste der Verachtung oder der Selbstbehauptung, die ihm geblieben war – ließ er den Jüngling stehen und entfernte sich.

Die Stunden schlichen dahin. Um sieben Uhr duschte er und ging auf die Via Veneto, um einen Campari zu trinken. Luciana kam immer zu spät, wie alle Frauen, und wahrscheinlich würde sie nicht vor neun Uhr bei *Quinterella* aufkreuzen. Oder doch? Vielleicht hatte sie endlich begriffen, daß seine Geduld nicht grenzenlos war und daß auch er einen Willen hatte. Aber stimmte das? Angenommen, sie forderte ihn auf, niederzuknien und wie ein Hund zu bellen – würde er es wagen, sich zu weigern? Gegen acht Uhr verließ er das Café und schlenderte bergab. Er fühlte sich lüstern und melancholisch, und es bedrückte ihn, daß der Gedanke an Luciana solche Regungen bewirken konnte. Er überquerte die Piazza del Popolo. Irgendwo läutete eine Kirchenglocke. Er hatte sich stets über Roms mißtönende Glocken geärgert, die gemeinsam mit ihren Zeitgenossen, den Fontänen, einen aussichtslosen Kampf gegen den Verkehrslärm führen. Dann kam von den Hügeln her ein Donnerschlag. In der Explosion schienen die Erregungen seiner Jugend mitzuschwingen, und was war er doch für ein starker, prächtiger Bursche gewesen! Im nächsten Augenblick war die Luft von einem dichten, grauen Regen erfüllt, der mit boshafter Vehemenz auf das Pflaster prasselte.

Cameron mußte am Springbrunnen in der Mitte des Platzes warten, bis der Übergang frei war. Endlich konnte er losrennen, durchnäßt, als wäre er in den Brunnen gefallen. Er flüchtete unter ein Kirchenportal, wo sich schon so viele Römer drängten, daß er die Ellbogen gebrauchen mußte, um sich Platz zu verschaffen. Die Art, wie die Leute einander anrempelten, entbehrte jeglichen Zartgefühls, aber Cameron benahm sich so rücksichtsvoll, wie er nur konnte. Als der Regen nachließ – und er ließ ebenso plötzlich nach, wie er eingesetzt hatte –, trat er auf die Piazza hinaus und musterte seine Kleidung. Das Hemd klebte ihm am Leibe, der Schlips hatte die Form verloren, die Bügelfalten waren verschwunden, und als er sich bemühte, die Falten in seiner Jacke glattzustreichen, entdeckte er, daß man ihm die Brieftasche gestohlen hatte.

Das war ein Schlag. Er blieb wie erstarrt stehen. Was er empfand, war nicht Wut oder Entrüstung, sondern ein viel stärkeres Gefühl: die unermeßliche Traurigkeit, die einen überfällt, wenn man etwas Lebenswichtiges eingebüßt hat – ein Stück Darm, die Gallenblase oder einige Backenzähne. Die Brieftasche ließ sich ersetzen, auch das Geld konnte er verschmerzen, im Augenblick aber erschien ihm der Verlust unersetzlich, und er fühlte sich schuldig. Weder durch Unachtsamkeit noch durch Trunkenheit oder irgendeinen anderen Fehler hatte er dem Dieb das Handwerk erleichtert, und doch kam er sich über die Maßen einfältig vor: ein alter Idiot, der seine Gedanken nicht mehr zusammenhalten kann, der alle möglichen Sachen verlegt, Fahrkarten und Geld verliert und der Welt zur Last fällt. Irgendwo schlug eine

Uhr die halbe Stunde, und der harte Erzton erinnerte ihn an Luciana, an die herrliche Brutalität des Liebesaktes. Der Gedanke an Luciana verdrängte das Gefühl des Verlustes. Trotz der durchnäßten Kleidung straffte er die Schultern. Ach, Regen und Wind und in den Armen ein williges Lieb! Er trat in einen großen Haufen Hundekot.

Er brauchte fast fünf Minuten, um seinen Schuh zu säubern, und das hatte – wie im Flugzeug das Erbrechen des kleinen Jungen – eine tonische Wirkung auf seine Empfindungen, weckte unversehens böse Ahnungen. War es nicht denkbar, daß die Summe all der Hindernisse – der verzögerte Flug, das kranke Kind, das Gewitter – seine Glut abkühlen würde? Aber das Restaurant lag ja nur ein paar Schritte entfernt, und in wenigen Minuten würde er Luciana wiedersehen und sich von ihr, seinem Schwan, in ein grün und golden schillerndes Paradies entführen lassen. Er ging auf die Tür des Restaurants zu. Sie war verschlossen. Warum waren die Fenster dunkel? Warum hörte man kein Stimmengewirr? Dann sah er an der Tür ein Foto Enrico Quinterellas, umrahmt von einem Buchsbaumkranz mit einer Schleife. An diesem Nachmittag hatte der Gastwirt irgendwo in Rom, umgeben von seiner Frau und den Kindern, die Letzte Ölung empfangen und das Zeitliche gesegnet.

Der Tod hatte das Lokal geschlossen, die Lichter gelöscht. Signor Quinterella war tot. Plötzlich wurde Cameron von einem erhebenden Gefühl der Befreiung durchströmt. Es war eine Rückkehr zu sich selbst. Seine Seele füllte sich mit allem, was edel und gut war. Luciana war eine Nutte, ihr Bett ein Pfuhl, und er war frei, frei für ein sinnvolles Leben. Ihn überkam ein Gefühl der Reinheit, das er nicht zu verdrängen suchte, und fromm dankte er für all die Zufälle, die ihn erlöst hatten. Wie ein neuer Mensch kehrte er ins *Eden* zurück, schlief tief und spürte in den Tiefen des Schlafes, daß ihm eine Gnade zuteil geworden war. Am Morgen nahm er ein Flugzeug nach New York, und am Nachmittag war er wieder in Talifer, überzeugt, daß in der Natur der Dinge etwas Heiliges sei.

19

Ohne zu ahnen, wozu er gebraucht wurde, fuhr Coverly eines Abends mit Cameron und seinen Mitarbeitern nach Atlantic City. Er fühlte sich überflüssig, und das machte ihn verlegen. Einer der neuen Kollegen erwähnte, daß Cameron auf einer Konferenz bedeutender Wissenschaftler über einen Sprengstoff sprechen werde, der die millionenfache Kraft eines irdischen Blitzes besitze und billig herzustellen sei. Cameron saß abseits von den anderen und las ein Taschenbuch. Coverly reckte den Hals und entzifferte den Titel: *Cimarron – Rose of the South West*. Er war zum erstenmal mit Männern dieser Rangstufe zusammen und natürlich voller Wißbegierde, aber er konnte ihren Gedankengängen nicht folgen, ja, er verstand nicht einmal ihre Sprache. Er hörte Wörter wie Mikrolaser, Resonator, Tolopter, Strabometer, Podule. Das war eine fremde Sprache, noch dazu eine, die nicht organisch entstanden war. Mit ihrer Hilfe konnte man nicht den Veränderungen nachspüren, die eine Bergkette, ein großer Strom oder die Nähe des Meeres bewirken. Coverly nahm an, daß auch der blasseste dieser Männer fähig war, einen Berg zu zertrümmern, doch sie waren die letzten, denen man den Besitz weltzerstörerischer Waffen zugetraut hätte. Sie unterhielten sich in ihrer synthetischen Sprache, aber mit Menschenstimmen, die hin und wieder etwas nervös klangen, von Hüsteln oder Lachen begleitet wurden und sich durch leichte Dialektfärbungen voneinander unterschieden. Einer von ihnen war ein aggressiver Päderast, und Coverly fragte sich, ob dieser sexuelle Zynismus etwas mit seiner Haltung als Wissenschaftler zu tun habe. Ein anderer trug ein Jackett, das sich an den Schultern bauschte. Die Krawatte eines Mannes namens Brunner war mit einem gemalten Hufeisen verziert. Einer hatte den nervösen Tick, an den Brauen zu zupfen, und alle waren starke Raucher. Sie waren vom Weibe geboren und sämtlichen Launen des Fleisches preisgegeben. Sie konnten mit geringen Kosten große Städte zerstören, aber hatten sie irgendwie dazu beigetragen, das Problem des

Konflikts zwischen Nacht und Tag, zwischen Kopf und Lenden zu lösen? Waren die Einflüsterungen der Wollust, des Zorns und des Schmerzes bei ihnen schwächer? Blieben ihnen Zahnweh, quälende Erektionen und Müdigkeit erspart?

Sie stiegen im Hotel *Haddon Hall* ab, und Coverly bekam ein Einzelzimmer. Brunner, ein freundlicher Mann, fragte, ob Coverly vielleicht einige der öffentlichen Vorträge besuchen wolle, und so ging er denn hin. Als erster sprach ein Chinese über die Rechtsprobleme im Weltraum. Er bediente sich des Französischen, und die Simultanübersetzungen wurden durch Transistorgeräte übertragen. Die juristischen Ausdrücke waren Coverly vertraut, aber es fiel ihm schwer, sie auf den Kosmos zu beziehen. Kann man denn Begriffe wie nationale Souveränität auf den Mond anwenden? Der nächste Vortrag handelte von dem Experiment, einen Menschen in einem mit Flüssigkeit gefüllten Sack in den Weltraum zu schicken. Die Schwierigkeit lag darin, daß der in Flüssigkeit getauchte Mensch einen schwerwiegenden, möglicherweise sogar unheilbaren Gedächtnisschwund erleidet. Coverly versuchte mit größter Ernsthaftigkeit – und bar jeden Humors –, sich die Szene vorzustellen, aber wie sollte er das Bild des Menschen im Sack mit dem Städtchen St. Botolphs in Einklang bringen, in dem er aufgewachsen war und wo sich sein Charakter geformt hatte? Die ihn umgebende Welt schien sich in diesem Stadium der Kernrevolution mit unbegreiflicher Geschwindigkeit zu verändern, aber wenn diese Veränderungen ebenfalls unbegreiflich waren, wie sollte er, Coverly, sich dann verhalten, welchen Rat sollte er seinem Sohn geben? War seine Methode, wahr von falsch zu unterscheiden, inzwischen veraltet? Beim Verlassen des Hörsaals stieß er auf Brunner und lud ihn zum Mittagessen ein. Sein Beweggrund war Neugier. Im Vergleich zu Brunners wissenschaftlicher Lauterkeit kam ihm die eigene Natur launisch und sentimental vor. Er fragte sich sogar, ob seine Freude an der unwissenschaftlichen Szenerie der Strandpromenade von Atlantic City etwa auch nicht mehr zeitgemäß sei. Rechts waren die rauschenden Wogen, links bot sich dem Auge das bunte Bild jener geheimnisvollen Kultur, die an den Meeresküsten blüht und mit ihrer offenkundigen Bevorzugung alles Mysteriösen – Wahrsager, Chiromanten, Astrologen, Hellseher, Glücksspiele – wie ein Produkt der donnernden Zwiesprache zwischen dem Ozean und dem Kontinent wirkt. Wahrsager scheinen in der Salzluft zu gedeihen. Was Brunner wohl von diesem Schauspiel halten mochte? Regte der Schweinebratengeruch sein Gedächtnis an – sein *playback*, wie er es nannte? Eröffneten ihm die Seufzer der Wellen romantische Ausblicke auf die Möglichkeiten eines Abenteuers? Coverly wandte sich seinem Begleiter zu, aber Brunner betrachtete die Szenerie so teilnahmslos, daß Coverly seine Frage für sich behielt. Vermutlich sah Brunner das, was zu sehen war – Salzwasser, Planken, einige Läden –, und falls er wider Erwarten über den Augenblick hinausginge, würde er sehen, daß die Läden abgerissen und durch öffentliche Spielplätze oder Parkanlagen ersetzt worden seien. Wer aber hatte unrecht? Der Gedanke, daß er unrecht haben könnte, war Coverly äußerst unangenehm.

Da Brunner noch nie Hummer gegessen hatte, gingen sie in den ‹Hummerpalast›, einen alten Bretterschuppen an der Strandpromenade. Coverly bestellte einen Bourbon. Brunner trank Bier und stieß einen lauten Pfiff aus, als er die Preise sah. Er hatte einen mächtigen Kopf und starken, aber nicht allzu dunklen Bartwuchs. Zweifellos hatte er sich am Morgen rasiert, aber vielleicht nicht sehr sorgsam, denn die Umrisse des braunen Bartes waren jetzt, zur Mittagszeit, schon deutlich zu erkennen. Er war blaß, und die Blässe wurde durch die Größe und die Röte seiner Ohren noch unterstrichen. Dort, wo die Ohren am Kopf saßen, hörte die Röte unvermittelt auf. Alles andere war Blässe, aber keine durch Krankheit oder Ausschweifungen bedingte Blässe, auch keine levantinische oder mediterrane Blässe, sondern eine, die entweder auf Vererbung oder auf falscher Ernährung beruhte. Immerhin war es eine männliche Blässe, beleuchtet von den flammenden Ohren. Sein Charme – wie auch der seiner Kollegen – gründete sich nach Coverlys Meinung darauf, daß es für sie alle keine unüberwindbaren Hindernisse gab, daß sie schon mit einem Fuß in der Zukunft standen und die Möglichkeit hatten, ihren natürlichen Drang nach Fortschritt und Veränderung in die Tat umzusetzen. Er trank sein Bier, als fürchtete er, es werde ihm die Besinnung rauben, und das war abermals ein Unterschied. Mit einer einzigen Ausnahme lebten sie alle sehr maßvoll. Coverly war kein Nüchternheitsapostel; seine Lust am Trinken ließ ihn am besten die Fülle des Lebens spüren.

«Wohnen Sie in Talifer?» fragte Coverly. Er wußte es.

«Ja, ich habe eine kleine Bude im Westen. Ich wohne allein. Ich war verheiratet, aber es hat nicht geklappt.»

«Das tut mir leid», sagte Coverly.

«Es braucht Ihnen nicht leid zu tun. Die Sache hat eben nicht funktioniert. Wir konnten keinen optimalen Wert erreichen.» Er machte sich über den Salat her.

«Und jetzt leben Sie allein?»

«Ja», antwortete Brunner mit vollem Mund.

«Wie verbringen Sie Ihre Abende?» fragte Coverly. «Ich meine, gehen Sie ins Kino?»

Brunner lachte gutmütig. «Nein, ich gehe nicht ins Kino. Einige meiner Kollegen haben außerberufliche Interessen, aber von mir kann ich das nicht behaupten.»

«Ja, was machen Sie denn abends, wenn Sie keine außerberuflichen Interessen haben?»

«Ich arbeite. Ich schlafe. Manchmal gehe ich in ein Restaurant an der Autostraße Siebenundzwanzig, wo man für zwei-fünfzig so viel Brathuhn essen kann, wie man Lust hat. Ich bin auf Brathuhn versessen, und wenn ich meinen Appetit erst mal auf Touren gebracht habe, kann ich eine ganz schöne Ladung verdrükken.»

«Gehen Sie mit Freunden aus?»

«Nein», sagte Brunner mit Würde. «Allein.»

«Haben Sie Kinder?»

«Nein. Das ist einer der Gründe, warum es mit meiner Frau und mir nicht geklappt hat. Sie wollte Kinder, ich nicht. Ich habe eine scheußliche Jugend gehabt, und so etwas wollte ich niemandem einbrocken.»

«Wie meinen Sie das?»

«Als ich zwei Jahre alt war, starb meine Mutter. Papa und Oma haben mich aufgezogen. Papa war freiberuflicher Ingenieur, konnte es aber nie lange in einer Stellung aushalten. Er war ein schrecklicher Säufer. Sehen Sie, deshalb hatte ich das Gefühl – viel stärker als andere junge Leute, glaube ich –, daß ich von alldem weg müsse. Niemand verstand mich. Mein Name war nichts als der Name eines alten Säufers. Ich wollte aber, daß mein Name etwas bedeute. Als die Blitzgeschichte aufkam, wurde mir wohler. Ich fing an, mich besser zu fühlen. Heute bedeutet mein Name etwas, jedenfalls für einige Leute.»

Da war also der Blitz, die pure Energie, geädert, wenn man ihn in den Wolken erblickt, wie alles auf der Welt geädert ist – das Blatt und die Welle –, und hier war ein einsamer Mann, vertraut mit Hühneraugen und Verdauungsstörungen, dessen bescheidenes Motiv, eine Sprengkraft zu finden, die den Erdball zerstören könnte, das gleiche war wie das eines Kinderstars, eines exzentrischen Erfinders, eines Kleinstadtpolitikers: «Ich wollte, daß mein Name etwas bedeute...» Er war wohl mehr als die meisten gezwungen gewesen, die Einäscherung des Planeten in das Geheimnis des Todes einzubeziehen. Durch einen Donnerschlag aus dem Schlaf geweckt, mußte er sich eindringlicher als die meisten gefragt haben, ob dies etwa das Ende sei, auf irgendeine Weise beschleunigt durch seinen Wunsch, sich einen Namen zu machen.

Die Kellnerin brachte den Hummer, und Coverly beendete das Verhör.

Im Hotel fand er ein paar Zeilen von Cameron vor. Er sollte den Doktor um fünf Uhr vor einem Konferenzzimmer im dritten Stock erwarten und ihn zum Flughafen fahren. Anscheinend war er also Camerons Stab als Chauffeur zugeteilt worden. Er verbachte den Nachmittag im Swimmingpool des Hotels und begab sich um fünf Uhr in den dritten Stock. Die Tür des Konferenzzimmers war verschlossen und versiegelt. Zwei Beamte des Geheimdienstes hielten im Korridor Wache. Als die Sitzung zu Ende war, wurde ihnen das telefonisch mitgeteilt. Sie entfernten die Siegel und schlossen die Tür auf. In dem Raum herrschte eine bizarre Unordnung. Türen und Fenster waren aus Sicherheitsgründen mit Decken verhangen gewesen. Atomwissenschaftler standen auf Tischen und Stühlen, um die Decken zu entfernen. Die Luft war blau von Rauch. Erst nach einer Weile fiel es Coverly auf, daß niemand sprach. Es war wie der Abschluß einer besonders schaurigen Beerdigung. Brunner, dem Coverly einen Gruß zurief, reagierte nicht. Sein Gesicht war grün, der Mund zu einem Ausdruck der Bitterkeit und des Abscheus verzogen. Ließ sich dieses Schweigen mit der Tragik und dem Grauen dessen erklären, was Cameron ihnen berichtet hatte? Waren das die Gesichter von Menschen, denen man die Tatsachen des Tausendjährigen Reiches offenbart hatte? Oder, so fragte sich Coverly, war ihnen mitgeteilt worden, daß der Planet unbewohnbar sei? Wenn sie das erfahren hatten, woran sollten sie sich klammern in diesem Hotelkorridor mit seinen Reminiszenzen an Callgirls, Hochzeitsreisende und alte Ehepaare, die hier ein langes Wochenende verbracht hatten, um die Seeluft zu genießen? Verwirrt ließ Coverly seine Blicke von diesen bleichen, diesen sichtlich entsetzten Gesichtern zu den dunklen Rosen wandern, die auf dem Teppich blühten. Cameron ging an ihm vorbei, wortlos wie die anderen, und Coverly folgte ihm gehorsam zum Wagen. Unterwegs sprach Cameron kein Wort, er sagte auch nicht ‹Auf Wiedersehen›, als sie am Flughafen hielten. Er stieg in eine kleine Beechcraft ein – sein Ziel war Washington –, und erst nach dem Start der Maschine entdeckte Coverly, daß Camerons Aktentasche im Wagen liegengeblieben war.

Die Verantwortung, die dieser simple Gegenstand ihm auferlegte, war erschreckend. Die Mappe mußte die Quintessenz dessen enthalten, was Cameron an diesem Nachmittag gesagt hatte, und nach den Mienen der Zuhörer zu urteilen, war es dabei um das Ende der Welt gegangen. Coverly beschloß, sogleich ins Hotel zurückzukehren und die Mappe einem der Mitarbeiter des Doktors aufzuhalsen. Während der Fahrt in die Stadt lag sie auf seinem Schoß. Er fragte den Portier nach Brunner und erfuhr, Brunner sei abgereist. Auch die anderen waren schon alle weg. Er betrachtete die zweifelhaften oder zumindest fremdartigen

Gestalten in der Halle und fragte sich, ob unter ihnen wohl ausländische Agenten seien. Auf jeden Fall war es das beste, sich unauffällig zu benehmen. Er ging in den Speisesaal. Beim Essen behielt er die Aktentasche auf dem Schoß. Gegen Ende der Mahlzeit ertönten draußen mehrere kräftige Explosionen, und Coverly dachte schon, jetzt sei es soweit, aber die Kellnerin erklärte, daß zur Belustigung eines Kongresses von Souvenirladenbesitzern ein Feuerwerk abgebrannt werde.

Die Mappe fest unter dem Arm, trat er auf die Straße hinaus, um sich das Feuerwerk anzuschauen. Er fand es sehr angemessen, daß eine Konferenz, bei der es um Sprengstoffe ging, mit einem so verschwenderischen, reizvollen und völlig harmlosen Schauspiel ihren Abschluß fand. Die Raketen wurden am Strand abgeschossen, wo man eine Reihe von Mörsern aufgestellt hatte. Coverly hörte das Zischen eines aufsteigenden Geschosses und verfolgte seine Bahn, als es mit leuchtendem Funkenschwanz am Abendstern vorbeiflog. Weißes Licht flammte auf – der Schall erreichte die Schaulustigen erst etwas später –, und dann gab es einen Wirrwarr goldener Bänder, gekrümmt wie Stengel, die in lautlosen, bunten Feuerbällen endeten. Das alles spiegelte sich in den Fensterscheiben der Hotels. Die Gesichter der Souvenirladenbesitzer, emporgewandt, um dieses unschuldige Schauspiel zu bewundern, hatten einen Ausdruck schlichter Würde. Hier und dort wurde Beifall geklatscht, der gleiche höflich begeisterte Applaus, den man zu hören bekommt, wenn die Tanzmusik verstummt. Der schwarze Rauch, der aufs Meer hinaustrieb, war im Zwielicht deutlich zu sehen. Coverly setzte sich, um das Vergnügen auszukosten, um immer wieder die Hülsen der Mörsergeschosse klirren zu hören, um der Flugbahn der Funken mit dem Blick zu folgen, um sich an dem Sternenregen, den leuchtenden Farben, den Seufzern der Menge und dem sittsamen Beifall zu erfreuen. Das Schauspiel endete mit einem Trommelfeuer, einer sanften Verhöhnung des Krieges. Ohrenbetäubendes Knattern ertönte, und tausend Hotelfenster sprühten weißes Feuer. Eine letzte harmlose Explosion ließ die Planken der Promenade erzittern. Noch ein prasselnder Tanzschulapplaus, und Coverly kehrte ins Hotel zurück. Als er sein Zimmer betrat, hatte er den Eindruck, es sei durchsucht worden. Sämtliche Schubladen standen offen, und Kleidungsstücke waren über die Stühle verstreut. Allerdings ließ sich dieses Chaos ebensogut der Tatsache zuschreiben, daß er ein unordentlicher Reisender war. Er schlief mit der Mappe in seinen Armen.

Am nächsten Tag flog Coverly, die Mappe an die Brust gedrückt, wie Schulmädchen ihre Bücher tragen, von Atlantic City zum International Airport, um dort eine Maschine nach dem Westen zu nehmen. Was für ein Gegensatz: irgendwo in New England der Bahnhof von St. Botolphs mit seiner üppigen Aura von Ankunft und Abfahrt, mit seinen Gerüchen nach Petroleum, Bohnerwachs und Toiletten und mit dem finsteren Wartesaal, wo irgendeine vergrößernde Kraft auf die Reisenden einzuwirken schien – und hier dieser hochragende Palast, dessen Glaswände den bewölkten Himmel einließen, ein geräumiges, nützliches, nach Kunstleder riechendes Bauwerk, das die Reisenden nicht vergrößerte, sondern verkleinerte.

Coverlys Maschine sollte um zwei Uhr starten, aber um Viertel vor drei war sie noch immer nicht eingetroffen. Einige Fluggäste murrten, zwei oder drei hatten eine Nachmittagszeitung bei sich, die den Absturz einer Düsenmaschine in Colorado meldete. Dreiundsiebzig Menschen hatten den Tod gefunden. Handelte es sich um die Maschine, auf die sie warteten? War ihnen, die hier im matten Sonnenlicht standen, eine besondere Gnade zuteil geworden? Waren sie noch einmal davongekommen? Coverly ging zum Informationsschalter, um sich nach seinem Flug zu erkundigen. Die Frage war zweifellos berechtigt, aber der Angestellte reagierte so sauer, als sei der Besitzer eines Flugscheins verpflichtet, demütig im Schatten zu wandeln. «Irgendeine Verzögerung», sagte er mürrisch. «Vielleicht ein Motorschaden, oder man mußte auf den Anschlußflug aus Europa warten. Vor halb vier werden Sie nicht an Bord gehen.» Coverly dankte ihm für die gütige Auskunft und stieg ein paar Stufen zu einer Bar hinauf. Rechts von der Tür stand auf einer vergoldeten Staffelei das Foto einer hübschen Sängerin im Abendkleid, stellvertretend für all die Tausende, die uns von den Schwellen der Bars und der Hotelspeisesäle entgegenlächeln. Aber sie trat erst um neun Uhr auf und schlief jetzt vermutlich oder wusch ihre Wäsche.

Drinnen quoll Musik aus dem Lautsprecher, und der Mixer trug eine militärisch geschnittene Jacke. Coverly schwang sich auf einen Hocker und bestellte Bier. Der Mann neben ihm schaukelte gemütlich auf seinem Barstuhl. «Wo wollen Sie hin?» fragte er.

«Nach Denver.»

«Ich auch», rief der Fremde und schlug Coverly auf den Rükken. «Seit drei Tagen will ich nach Denver.»

«Das stimmt», sagte der Mixer. «Er hat jetzt schon acht Flüge versäumt. Waren es nicht acht?»

«Acht», bestätigte der Fremde. «Weil ich meine Frau liebe. Meine Frau ist in Denver, und ich liebe sie so heiß, daß ich nicht an Bord gehen kann.»

«Gut fürs Geschäft», sagte der Mixer.

In dem Halbdunkel am anderen Ende der Theke saßen zwei Männer mit blondgefärbtem Haar, zweifellos Homosexuelle. Sie tranken Rum. An einem Tisch aß eine Familie zu Mittag und vergnügte sich damit, die Unterhaltung in Reklameslogans zu führen.

«Oh», rief die Mutter, «probieren Sie Idaho-Truthahn, weißes Fleisch, mundgerecht geschnitten, mit Riboflavin vollendet gewürzt!»

«Ich mag die knusprigen, knackfrischen Kartoffel-Chips», verkündete der Junge. «Goldbraun geröstet in gesundheitsfördernden Infrarotöfen und mit Importsalz bestreut.»

«Besuchen Sie unsere makellosen Wasch- und Ruheräume», sagte das Mädchen, «betreut von geprüften Krankenschwestern, hygienisch einwandfrei. Hier finden Sie den Komfort, den Sie sich wünschen.»

«Winstons schmecken gut», piepste das Jüngste auf seinem Kinderstuhl. «Es liegt am Tabak. Winstons haben *Aroma.*»

Die dunkle Bar hatte die Originalität einer Schöpfung, aber diese Schöpfung war unabhängig von der Ikonographie des Universums entstanden. Mit Ausnahme der Flaschenetiketts gab es an diesem Ort nichts Vertrautes. Die Lampen brannten trübe wie in einer Höhle, die Wände waren dunkle Spiegel. Nicht einmal ein zurechtgeschnitztes Stück Treibholz oder ein Untersatz in Blattform erinnerte an die Außenwelt. Hier fehlte jene schöne Einheit, die den Stern und die Muschel, das Meer und die Wolken als das Werk ein und derselben Hand erscheinen läßt.

Die Musik verstummte, und Coverlys Flug wurde aufgerufen. Er bezahlte sein Bier, griff nach der Aktentasche, suchte die Herrentoilette auf, wo jemand etwas überaus Menschliches an die Wand gekritzelt hatte, und ging dann, den erleuchteten Ziffern folgend, durch den langen Korridor zu seinem Flugsteig. Von der Maschine war immer noch nichts zu sehen, aber keiner der Passagiere hatte sich durch die Verzögerung oder die Nachricht von dem Absturz bewegen lassen, seine Pläne zu ändern. Alle warteten ergeben, als hätte der mürrische Angestellte ihnen mit den Flugscheinen tatsächlich eine Portion Demut verkauft. Die meisten Reisenden kamen, ihrer Kleidung nach zu urteilen, aus Gegenden, wo es entweder wärmer oder kälter war als hier. Aus einem Schacht unmittelbar über ihnen rieselte pausenlos sanfte Musik. «Es wird alles gutgehen», flüsterte eine alte Frau neben Coverly einer noch älteren Begleiterin zu. «Es ist nicht gefährlich. Es ist nicht gefährlicher als die Eisenbahn. Jedes Jahr werden Millionen von Passagieren befördert. Es wird alles gutgehen.» Mit Fingern, die so knorrig waren wie Treibholz, fuhr sich die ältere Frau über die Wangen, und in ihren Augen stand Todesangst. Für sie bedeutete dies alles den Tod – die munteren Mechaniker in ihren weißen Overalls, die numerierten Rollbahnen, der Lärm einer landenden 707. Ein Baby schrie. Ein Mann kämmte sich. Die Gegenstände und Geräusche rings um Coverly schienen sich zu einem unabänderlichen Sachverhalt zu gruppieren. Dies waren die Fakten: die Lautsprechermusik, die Todesangst der fremden alten Frau, die flache Weite des Flugfelds und in der Ferne einige Hausdächer.

Das Flugzeug landete. Sie gingen an Bord, und die Stewardess setzte Coverly zwischen eine alte Dame und einen Mann, dessen

Atem nach Whisky roch. Die Stewardess trug hochhackige Schuhe, einen Regenmantel und eine Sonnenbrille. Unter dem Regenmantel schaute der Saum eines roten Seidenkleides hervor. Sobald sie die Kabinentür geschlossen hatte, ging sie in die Toilette und kam in ihrer Berufskleidung – grauer Rock und weiße Seidenbluse – wieder zum Vorschein. Als sie die Brille abnahm, bemerkte Coverly, daß ihre Augen einen verstörten, schmerzlichen Ausdruck hatten. «Ich heiße Joe Burner», sagte Coverlys Nachbar zur Rechten. Coverly gab ihm die Hand und stellte sich vor. «Angenehm, Cove», sagte der Fremde. «Ich möchte Ihnen gern ein kleines Präsent überreichen.» Er zog ein Schächtelchen aus der Tasche, und als Coverly es öffnete, fand er darin eine vergoldete Krawattennadel. «Ich reise viel», erklärte der Mann, «und überall verschenke ich diese Nadeln. Ich lasse sie in Providence herstellen. Das ist die Schmuckstadt der Vereinigten Staaten. Alljährlich verschenke ich zwei- bis dreitausend Stück. Es ist eine hübsche Art, Freunde zu gewinnen. Eine Krawattennadel kann jeder brauchen.»

«Haben Sie vielen Dank», sagte Coverly.

«Ich stricke Socken für Astronauten», ließ sich die alte Dame zu seiner Linken vernehmen. «Ach, ich weiß, es ist dumm von mir, aber ich liebe diese Jungen, und ich kann den Gedanken nicht ertragen, daß sie an den Füßen frieren. In den letzten sechs Wochen habe ich ihnen zehn Paar Socken nach Canaveral geschickt. Bedankt haben sie sich zwar nicht dafür, aber sie haben sie mir auch nicht zurückgeschickt, deshalb hoffe ich, daß sie die Socken tragen.»

«Ich habe mir ein paar Tage frei genommen, um einen alten Freund zu besuchen, der an Krebs leidet», sagte Joe Burner. «Zur Zeit habe ich siebenundzwanzig Freunde, die an Krebs leiden. Einige wissen es. Andere wissen es nicht. Aber keiner von ihnen hat länger als ein Jahr zu leben.»

Nun wurden sie in eine Konvulsion von Geräuschen eingehüllt und von der Schwerkraft hart gegen ihre Sitze gepreßt, während das Flugzeug über die Rollbahn raste und seinen Aufstieg begann. Aus der Decke löste sich ein großes Stück der Täfelung und fiel krachend in den Mittelgang; in der Pantry klirrten Gläser und Flaschen. Als sie über den Wolken waren, schnallten die Passagiere ihre Sitzgürtel auf und kehrten zu ihrem Leben, ihren Gewohnheiten zurück. «Guten Tag», sagte der Lautsprecher. «Captain MacPherson begrüßt Sie zum Flug Dreiundsiebzig ohne Zwischenlandung nach Denver. Es wird eine leichte Gewitterstörung über den Bergen gemeldet, aber wir hoffen, planmäßig zu landen. Wir bedauern die Verzögerung und möchten Ihnen bei dieser Gelegenheit dafür danken, daß Sie geduldig gewartet und keinen Einspruch nicht erhoben haben.» Der Sprecher schaltete ab.

Coverly konnte nicht feststellen, ob außer ihm noch jemand verdutzt war. Irrte er sich, wenn er annahm, daß von einem Flugzeugführer nicht nur navigatorische Kenntnisse verlangt werden, sondern auch die Fähigkeit, sich grammatisch einwandfrei auszudrücken? Joe Burner war dabei, Coverly seine Lebensgeschichte zu erzählen – fast im Stil eines Barden. Er schilderte zuerst die Charaktere seiner Eltern und seine Geburtsstätte. Dann berichtete er von seinen beiden älteren Brüdern, seinem Interesse für Baseball, seinen diversen Berufen, den Schulen, die er besucht hatte, den herrlichen Buttermilchpfannkuchen, die seine Mutter zu backen pflegte, und den Freunden, die er gewonnen und verloren hatte. Er nannte Coverly sein jährliches Bruttoeinkommen und die Zahl seiner Angestellten, er beschrieb ausführlich seine drei Operationen und die guten Eigenschaften seiner Frau, er erwähnte auch die Summe, die es ihn gekostet hatte, sein Haus auf Long Island (sieben Zimmer, zwei Bäder) durch Gartenanlagen zu verschönern. «Ich besitze etwas ganz Eigenartiges», sagte er, «nämlich einen Leuchtturm im Vorgarten. Vor vier oder fünf Jahren wurde der große Besitz auf Sands Point wegen Steuerschulden zwangsversteigert, und ich ging mit Mutter hin, um zu sehen, ob wir irgendwas brauchen könnten. Die hatten da einen kleinen See mit einem Leuchtturm drin – natürlich nur so als Zierat –, und als der Leuchtturm an die Reihe kam, wurde sehr zögernd geboten. Na schön, aus Jux biete ich fünfunddreißig Dollar, und was soll ich Ihnen sagen? Der

Leuchtturm gehörte mir. Einer meiner Freunde ist Spediteur – man muß eben die richtigen Leute kennen –, er fuhr hin und holte den Leuchtturm aus dem See. Wie er das angestellt hat, weiß ich bis heute noch nicht. Ein anderer Freund, der in der Elektrizitätsbranche ist, legte mir die Leitungen, und jetzt steht der Leuchtturm auf meinem Rasenplatz. Sieht wirklich hübsch aus. Ein paar Nachbarn haben sich natürlich beschwert – manche Leute müssen ja dauernd meckern –, deshalb schalte ich ihn nicht jeden Abend ein, aber wenn wir Gäste zum Bridge oder zum Fernsehen haben, dann schalte ich ihn ein, und es sieht wunderschön aus.»

Der Himmel hatte jetzt das dunkle Blau großer Höhen, und in der Kabine war es gemütlich wie in einer Kneipe. Die weiße Bluse der Stewardess rutschte jedesmal aus dem Rock, wenn sie sich bückte, um einen Cocktail zu servieren, und jedesmal, wenn sie sich aufrichtete, stopfte sie sie wieder hinein. Die Rücklehnen waren so hoch wie die eines alten Kirchenstuhls und begrenzten die Sicht, so daß sich die Passagiere bis zu einem gewissen Grad ungestört fühlen konnten. Nach einer Weile wurde die Tür zum Cockpit geöffnet, und der Pilot kam durch den Mittelgang. Er sah schlecht aus, seine Augen blickten ebenso verstört wie die der Stewardess. Vielleicht war er mit dem Piloten und der Besatzung befreundet gewesen, die ein paar Stunden zuvor in Colorado abgestürzt waren. Hatte er, hatte überhaupt jemand die Seelenstärke, diese Katastrophe gelassen hinzunehmen? Er nickte der Stewardess zu, und sie folgte ihm nach hinten in die Pantry. Keiner von beiden sagte ein Wort. Die Stewardess tat etwas Eis in einen Pappbecher und goß Whisky ein. Der Pilot ging mit dem Drink nach vorn und schloß die Tür hinter sich. Die alte Dame schlummerte. Joe Burner, der mit seiner Autobiographie zu Ende war, packte jetzt seinen Vorrat an Witzen aus. Plötzlich sackte die Maschine ab, etwa zweitausend Fuß tief.

Es gab ein schreckliches Durcheinander. Getränke spritzten an die Decke, Männer und Frauen wurden in den Mittelgang geschleudert. Kinder schrien. «Achtung, Achtung!» sagte der Lautsprecher. «Bitte herhören.»

«O mein Gott…», murmelte die Stewardess, ging nach hinten und schnallte sich an. «Achtung, Achtung!» wiederholte die Lautsprecherstimme, und Coverly fragte sich, ob das vielleicht die letzte Stimme sei, die er zu hören bekam. Einmal, als er für eine schwere Operation vorbereitet wurde, hatte er durch das Krankenhausfenster über die Straße hinweg in das Fenster eines Mietshauses geblickt, wo eine dicke Frau einen Konzertflügel abstaubte. Man hatte ihm bereits Pentothal gegeben, und sein Bewußtsein schwand rasch dahin, aber er war immerhin noch fähig, sich darüber zu ärgern, daß vielleicht das letzte, was er von der geliebten Welt sah, eine dicke Frau sein würde, die einen Flügel abstaubt.

«Achtung, Achtung!» sagte die Stimme. Das Flugzeug befand sich wieder im Gleichgewicht, mitten in einer schwarzen Wolke. «Hier spricht nicht Ihr Pilot. Ihr Pilot liegt gefesselt im Bug. Bitte, rühren Sie sich nicht, bitte, bleiben Sie sitzen, sonst sperre ich die Sauerstoffzufuhr. Wir fliegen mit einer Stundengeschwindigkeit von fünfhundert Meilen in einer Höhe von zweiundvierzigtausend Fuß. Wenn Sie meine Anordnungen nicht befolgen, vergrößern Sie nur die Gefahr. Ich habe nahezu eine Million Flugmeilen hinter mir und bin einzig und allein aus politischen Gründen als Pilot disqualifiziert worden. Es handelt sich hier um einen Raubüberfall. In wenigen Minuten wird mein Komplize die Fahrgastkabine betreten, und Sie werden ihm Ihre Brieftaschen, Geldbörsen, Schmuckstücke und sonstigen Wertsachen aushändigen. Leisten Sie keinen Widerstand. Sie sind hilflos. Ich wiederhole: Sie sind hilflos.»

«Sprechen Sie mit mir, sprechen Sie mit mir», flehte die alte Dame. «Bitte, sagen Sie doch etwas, irgend etwas.»

Coverly nickte ihr zu, aber er brachte keinen Laut heraus, denn seine trockene Zunge schien vor Angst angeschwollen zu sein. Er bewegte sie verzweifelt im Mund hin und her, um den Speichelfluß anzuregen. Die übrigen Passagiere verhielten sich still, und so flogen sie durch die Finsternis – fünfundsechzig bis siebzig Menschen, Auge in Auge mit dem Tod. In welcher Gestalt würde er kommen? Feuer? Sollten sie wie die Märtyrer die

Flammen einatmen, um die Qual zu verkürzen? Würde man sie zerstückeln, köpfen, verstümmeln? Würden sie in die Dunkelheit hinausgeschleudert werden, ohne während des fürchterlichen Sturzes das Bewußtsein zu verlieren? Würden sie ertrinken und noch im letzten Augenblick ihre Unmenschlichkeit beweisen, indem sie einander in der überfluteten Kabine zertrampelten? Am quälendsten war für Coverly die Dunkelheit. Sie schien mit dem ganzen Gewicht des Unheils auf seiner Seele zu lasten. Er hatte nur noch einen Wunsch: Licht sehen, ein Stück blauen Himmels. Eine Frau, die weiter vorn saß, begann zu singen: «Näher, mein Gott, zu dir...» Es war der übliche Kirchensopran, hell und ungeschult, wie er beim sonntäglichen Gottesdienst erklingt. «Ist's auch ein Kreuz, das mich erhebt», sang sie, «mein Lied allein für dich nur lebt, näher, mein Gott, zu dir...»

Ein Mann auf der anderen Seite des Mittelganges stimmte in das Lied ein, mehrere andere folgten seinem Beispiel, und auch Coverly sang mit.

«Doch wie den Wanderer,
müd und allein,
überkommt mich das Dunkel,
mein Kissen ein Stein...»

Joe Burner und die alte Dame sangen ebenfalls, und wer den Text nicht kannte, der fiel kräftig in den Refrain ein. Die Tür zum Cockpit öffnete sich, und der Räuber stand vor ihnen. Er trug einen Filzhut und hatte sich ein schwarzes Tuch mit Schlitzen für die Augen vor das Gesicht gebunden. Abgesehen von dem Filzhut war es die uralte Maske des Henkers. Seine Hände steckten in schwarzen Gummihandschuhen, und in der Rechten hielt er einen Papierkorb aus Plastik. Coverly sang aus vollem Halse.

«Schritte zum Himmelstor,
das sei mein Pfad.
Alles, was du mir schickst
In deiner Gnad...»

Sie sangen mehr aus rebellischem Trotz als aus Frömmigkeit, sie sangen, weil sie auf diese Weise etwas zu tun hatten. Und dadurch, daß sie etwas taten, entkräfteten sie die Behauptung, sie seien hilflos. Sie hatten zu sich selbst gefunden, und das erklärte die außerordentliche Kraft ihrer Stimmen. Coverly streifte seine Armbanduhr ab und warf sie mitsamt der Brieftasche in den Papierkorb. Dann griff die schwarzbehandschuhte Hand des Räubers nach der Mappe auf seinem Schoß. Ein Stöhnen entrang sich Coverlys Brust. Er war drauf und dran, die Mappe festzuhalten, aber die alte Dame und Burner starrten ihn so entsetzt an, daß er in seinen Sitz zurücksank. Nachdem der Räuber auch die letzten Passagiere ausgeplündert hatte, kehrte er zum Cockpit zurück, leicht schwankend in der schlingernden Maschine – ein Handikap, das seine Gestalt vertraut und harmlos erscheinen ließ. Sie sangen:

«Dann, die Gedanken wach,
von der Lobpreisung klar,
baue aus Tränen ich
dir den Altar...»

«Besten Dank», sagte der Lautsprecher. «Wir setzen jetzt zu einer nicht im Flugplan vorgesehenen Landung in West Franklin an und bitten Sie, sich anzuschnallen und das Rauchverbot zu beachten.»

Die Wolken vor den Fenstern begannen sich zu lichten. Grau wurde zu Weiß, und dann umfing sie der blaue Himmel des späten Nachmittags. Die alte Dame trocknete ihre Tränen und lächelte. Um seine qualvolle Verwirrung zu lindern, redete sich Coverly ein, die Mappe enthalte nur eine elektrische Zahnbürste und einen seidenen Schlafanzug. Joe Burner bekreuzigte sich.

Die Maschine verlor schnell an Höhe, und nun waren schon die Dächer einer Stadt zu erkennen. Sie sah aus wie das Werk wunderbar bescheidener Menschen, die nützliche Arbeit verrichten und ihren Kindern ein leuchtendes Vorbild sind.

Mit einem leisen Plumps setzte die Maschine auf, und durch die Fenster war jene internationale Wildnis zu sehen, die fast alle Flugplätze umgibt. Unkraut und Gräser fristeten ein kümmerliches Dasein im dem sandigen Boden, der die Ufer eines öligen Flüßchens bildete. Jemand rief: «Da laufen sie!» Zwei Fluggäste öffneten die Tür zur Kanzel. Man hörte erregte Stimmen, und als einer der Passagiere um Auskunft bat, war die Kompliziertheit menschlicher Beziehungen im Nu wiederhergestellt: Jene, die wußten, was vorging, weigerten sich stolz, die Unwissenden aufzuklären. Der Mann, der die Kanzel als erster betreten hatte, sagte herablassend: «Wenn Sie sich eine Minute ruhig verhalten können, werde ich Ihnen mitteilen, was wir wissen. Wir haben die Besatzung und den Piloten befreit. Die Polizei ist durch Funk benachrichtigt worden. Die Diebe sind entwischt. Mehr kann ich vorläufig nicht sagen.»

Nun ertönte Sirenengeheul, anfangs leise, in weiter Ferne, dann immer lauter. Zuerst traf die Feuerwehr ein. Die Männer brachten eine Leiter und öffneten die Kabinentür. Gleich darauf erschien die Polizei und verkündete, daß alle Fluggäste verhaftet seien. «Sie werden die Maschine in Gruppen zu zehn verlassen und müssen sich einem Verhör unterziehen», sagte einer der Polizisten. Er sprach in barschem Ton, aber die Reisenden waren großmütig. Sie lebten, und keine Unhöflichkeit konnte ihnen etwas anhaben.

Die Zehnergruppen wurden abgezählt. Der einzige Weg, auf dem man das Flugzeug verlassen konnte, war die Feuerwehrleiter. Die älteren Fluggäste stiegen ächzend und mit verkrampften Gesichtern hinab. Diejenigen, die noch warten mußten, schienen in Passivität versunken, schienen Urteilsvermögen und Verantwortungsgefühl eingebüßt zu haben – ein Phänomen, das man auch bei Soldaten beobachten kann. Coverly war Nummer sieben in der letzten Gruppe. Als er die Leiter hinunterstieg, zerrte ein böiger, staubiger Wind an seinem Mantel. Ein Polizeibeamter nahm ihn beim Arm, eine Berührung, die ihn derart erbitterte, daß er nur mühsam dem Impuls widerstand, sich loszureißen. Man schob ihn und die anderen seiner Gruppe in einen Wagen mit vergitterten Fenstern.

Beim Aussteigen packte ihn abermals ein Beamter beim Arm, und wieder hatte er Mühe, sich zu beherrschen. Was bedeutete diese Empfindlichkeit? Warum sträubte sich sein Fleisch gegen die Berührung dieses Fremden? Vor ihm ragte das Polizeipräsidium auf – ein gelbes Backsteingebäude mit zaghaften architektonischen Schnörkeln und einigen mit Kreide an die Mauern geschriebenen Liebeserklärungen. Der Wind wehte ihm Staub und Papierfetzen um die Beine. Drinnen empfing ihn die beruhigende und triste Atmosphäre der Missetat. Es war der Eintritt in eine Welt, in die er bisher nur flüchtige Blicke geworfen hatte – jenes Reich der Gewalt, das seine Augen erspähten, wenn er Zeitungen auf der Veranda ausbreitete, bevor er die Fliegenfenster neu strich... Ehemann erschießt Frau und fünf Kinder... Ermordetes Kind im Heizofen gefunden... Alle, die einmal hier gewesen waren, hatten in der Luft den Geruch ihrer Angst und Verwirrung, ihrer Unschuldsbeteuerungen hinterlassen. Er wurde zu einem Aufzug geführt und in den sechsten Stock befördert. Der Polizist schwieg. Er atmete keuchend.

«Leiden Sie an Asthma?» fragte Coverly.

«Die Fragen stellen wir, nicht Sie», knurrte der Mann.

Er führte Coverly durch einen Gang, der an den Korridor eines deprimierenden Schulhauses erinnerte, und ließ ihn in einen Raum eintreten, der nicht viel größer war als eine Besenkammer. Es gab dort einen Holztisch, einen Stuhl, ein Glas Wasser und einen Fragebogen. Der Polizist machte die Tür von außen zu. Coverly setzte sich und betrachtete die Fragen.

Sind Sie Haushaltsvorstand? wollte man von ihm wissen. Geschieden? Verwitwet? Getrennt lebend? Wie viele Fernsehgeräte besitzen Sie? Wie viele Autos? Haben Sie einen gültigen Paß? Wie oft baden Sie? Haben Sie ein College besucht? Eine höhere Schule? Eine Volksschule? Wissen Sie, was die Wörter «Marsupialia», «subversiv», «reziprok», «dialektischer Materialismus» bedeuten? Heizen Sie mit Öl? Mit Gas? Mit Kohle? Wie viele Zimmer hat Ihr Haus? Wenn Sie gezwungen wären, entweder die amerikanische Flagge oder die Bibel zu schänden, wie würden Sie sich entscheiden? Sind Sie für die Bundeseinkommensteuer? Glauben Sie an die internationale Verschwörung des Kommunismus? Lieben Sie Ihre Mutter? Fürchten Sie sich vor Gewittern? Sind Sie für die Fortsetzung der atmosphärischen Versuche? Haben Sie ein Sparkonto? Ein Postscheckkonto? Wie hoch ist Ihre Gesamtverschuldung? Sind Sie Hypothekengläubiger? Hypothekenschuldner? Falls Sie männlichen Geschlechts sind: Würden Sie Ihr Geschlechtsorgan als Größe 1, 2, 3 oder 4 klassifizieren? Welcher Religionsgemeinschaft gehören Sie an? Glauben Sie, daß John Foster Dulles im Himmel ist? In der Hölle? Im Fegefeuer? Haben Sie oft Gäste? Werden Sie oft eingeladen? Halten Sie sich für beliebt? Für sehr beliebt? Für populär? Welche der folgenden Personen sind noch am Leben: John Maynard Keynes. Norman Vincent Peale. Karl Marx. Oscar Wilde. Jack Dempsey. Beten Sie jeden Abend? ...

Mit dem Eifer eines schuldbewußten Sünders machte sich Coverly an die Beantwortung der Fragen – es waren Tausende. Da er dem Räuber seine Uhr ausgehändigt hatte, wußte er nicht, wie lange er brauchte, um den Fragebogen auszufüllen. Als er es geschafft hatte, rief er: «Hallo! Ich bin fertig. Laßt mich raus!» Er versuchte die Tür zu öffnen. Sie war nicht verschlossen, kein Polizist stand davor. Ein Blick durch das Fenster am Ende des Korridors zeigte ihm, daß inzwischen die Nacht gekommen war. Er ging mit dem Fragebogen zum Fahrstuhl, drückte auf den Knopf, stieg ein und fuhr hinunter. Im Erdgeschoß saß ein Polizist an einem Schreibtisch.

«Ich habe etwas sehr Wertvolles eingebüßt», sagte Coverly.

«Das behaupten sie alle», erwiderte der Beamte.

«Was mache ich jetzt?» fragte Coverly, «Ich habe sämtliche Fragen beantwortet. Was mache ich jetzt?»

«Gehen Sie nach Hause», sagte der Beamte. «Brauchen Sie Geld?»

«Allerdings», antwortete Coverly.

«Die Versicherungsgesellschaft zahlt jedem von Ihnen hundert Dollar. Wenn Sie mehr verloren haben, können Sie später Ihre Ansprüche geltend machen.» Er blätterte zehn Zehn-Dollar-Scheine hin und sah auf die Uhr. «Der Zug nach Chicago kommt in zwanzig Minuten. An der Ecke befindet sich ein Taxistand. Ich nehme an, Sie haben fürs erste genug vom Fliegen. Wie die anderen.»

«Sind schon alle fertig?» fragte Coverly.

«Ein paar behalten wir hier», sagte der Mann.

«Na, dann also guten Abend und schönen Dank.» Coverly trat auf die finstere Straße hinaus. In dem Staub, der Hitze und dem fernen Lärm der kleinen Stadt West Franklin, in der Anonymität ihrer bunten Lichter spürte er die Essenz seiner Einsamkeit. An der Ecke war ein Zeitungskiosk, und daneben stand ein Taxi. Er kaufte sich eine Zeitung. «Disqualifizierter Pilot plündert Düsenmaschine während des Fluges», las er. «Heute nachmittag um 4 Uhr 16 fand über den Rockies ein großer Flugzeugüberfall statt...» Er stieg in das Taxi und sagte: «Stellen Sie sich vor, ich habe diesen Flugzeugüberfall miterlebt.»

«Sie sind der sechste, der mir das erzählt», brummte der Fahrer. «Wohin?»

«Zum Bahnhof», antwortete Coverly.

20

ERST SPÄT am nächsten Nachmittag traf Coverly, von Chicago kommend, in Talifer ein. Er begab sich sofort in Camerons Büro, mußte aber fast eine Stunde im Vorzimmer warten. Von Zeit zu Zeit hörte er die zornig erhobene Stimme des Doktors durch die Tür. «Nie werdet ihr einen beschissenen Mann auf den beschissenen Mond befördern!» schrie er. Als Coverly endlich vorgelassen wurde, war Cameron allein. «Man hat mir Ihre Aktentasche gestohlen», sagte Coverly.

«Ach?» Cameron lächelte. Dann waren es also nur Zahnbürste und Pyjama, dachte Coverly. Nicht der Rede wert!

«Das Flugzeug nach Westen ist nämlich überfallen worden», fügte Coverly erläuternd hinzu.

«Wovon reden Sie eigentlich?» Cameron lächelte noch immer.

«Hier können Sie es lesen», sagte Coverly und reichte ihm die Zeitung, die er in West Franklin gekauft hatte. «Alles ist gestohlen worden. Unsere Uhren, unsere Brieftaschen. Und Ihre Mappe.»

«Wer hat sie gestohlen?» fragte Cameron. Sein Lächeln schien noch strahlender zu werden.

«Die Diebe, die Räuber. Man könnte sie wohl als Piraten bezeichnen.»

«Wo hat man sie Ihnen weggenommen?»

«Das weiß ich nicht, Sir. Irgendwo in der Luft.»

Cameron verließ seinen Platz am Schreibtisch und stellte sich ans Fenster, mit dem Rücken zu Coverly. Lachte er? Coverly nahm es an. Er hatte den Feind überlistet. Die Mappe war leer gewesen! Doch dann sah Coverly, daß Cameron keineswegs lachte. Sein Rücken zuckte nicht vor Heiterkeit, sondern vor jammervoller Verzweiflung. Aber warum weinte er? Machte er sich Vorwürfe wegen seiner Vergeßlichkeit? Bangte er um seinen Ruf, um seine Stellung? Beklagte er die Welt, die er draußen vor dem Fenster sah – die zerfallene Farm und die Abschußrampen? Coverly hatte keine Möglicheit, ihn zu trösten. Stumm und verzweifelt stand er da und betrachtete Cameron, der ihm jetzt klein und alt vorkam und der von heftigem Schluchzen geschüttelt wurde. «Es tut mir leid, Sir», sagte er schließlich. «Scheren Sie sich zum Teufel», murmelte Cameron, und Coverly ging.

Um diese Zeit schlossen die Büros, und der Bus, mit dem er nach Hause fuhr, war überfüllt. Er versuchte, sein Verhalten nach traditionellen Richtlinien zu beurteilen. Mit der Weigerung, die Mappe herzugeben, hätte er vielleicht den Absturz des

Flugzeugs und den Tod sämtlicher Passagiere verschuldet. Aber wäre das nicht die beste Lösung gewesen? Womit mußte er rechnen? Worauf konnte er gelassen zurückblicken? Wenn er morgen zur Arbeit ging – in welchem Büro sollte er sich melden? Was hatte Cameron überhaupt von ihm gewollt? Wie sollte er aus dem alten Mann schlau werden, der schluchzend am Fenster stand? Würde Betsey, wenn er nach Hause kam, vor dem Bildschirm sitzen? Würde er seinen kleinen Sohn in Tränen aufgelöst finden? Würde es etwas zu essen geben? Er sah St. Botolphs im Licht eines Sommerabends vor sich. Es war die Stunde, da die Hausfrauen ihre spielenden Kinder zum Essen rufen, indem sie eine jener kleinen Glocken schwingen, die man früher benutzte, um bei Tisch dem Dienstmädchen zu läuten. Ob aus Silber oder nicht, alle hatten einen silbernen Ton, und Coverly erinnerte sich an das melodische Geklingel, das aus den Hintertüren der Boat Street und der River Street drang und die Kinder vom Flußufer herbeirief.

Sein Haus war hell erleuchtet. Als er eintrat, kam ihm Betsey entgegengelaufen und umarmte ihn stürmisch. «Liebling», rief sie, «ich habe gehofft und gebetet, daß du zum Abendessen zurück bist, und jetzt sind meine Gebete erhört worden. Stell dir vor, wir sind zum Essen eingeladen!» Coverly konnte diese Mitteilung nicht sogleich in die Ereignisse der letzten vierundzwanzig Stunden einordnen und begnügte sich mit einer Art gefühlsmäßiger und gedanklicher Improvisation. Er war müde, aber Betsey freute sich so sehr über ihre erste und einzige Einladung, daß es grausam gewesen wäre, sie zu enttäuschen. Er küßte seinen Sohn, warf ihn ein paarmal in die Luft und mischte sich einen kräftigen Drink. «Eine sehr nette Frau», sprudelte Betsey hervor. «Sie heißt Winifred Brinkley, und sie kam Geld sammeln, eine Kollekte, weißt du, und ich erzählte ihr, daß ich Talifer für den einsamsten Ort auf der Welt halte. Ich mußte einfach mit irgendwem darüber reden. Und da sagte sie, ihr ginge es genauso und ob wir nicht heute abend zu ihr kommen wollten – zu einer kleinen Gesellschaft. Ich antwortete, du wärst in Atlantic City und ich wüßte nicht, wann du zurückkommst, aber ich habe gebetet und gebetet, daß du rechtzeitig kommst, und jetzt bist du da!»

Coverly badete und zog sich um, während Betsey losfuhr und einen älteren Schüler abholte, der bei Binxey bleiben sollte. Die Brinkleys wohnten ganz in der Nähe, und sie gingen zu Fuß hin, Arm in Arm. Ab und zu beugte sich Coverly zu Betsey und gab ihr einen Kuß.

Mrs. Brinkley war eine dünne, lebhafte Frau, stark geschminkt und mit Perlen behängt. Ihr Lieblingswort schien ‹Quatsch› zu sein. Mr. Brinkley hatte eine ungewöhnlich flache Stirn – ein Schönheitsfehler, der noch dadurch unterstrichen wurde, daß das graue, lockige Haar wellenförmig wie die Stores in einem Salon über diese fliehende Stirn drapiert war. Er kämpfte tapfer gegen sein farbloses und unbedeutendes Aussehen an, indem er eine goldene Kragennadel trug, einen goldenen Krawattenclip, einen Ring mit einem großen grünen Stein und dazu Manschettenknöpfe aus blauem Email, die wie Signale blinkten, wenn er den Sherry eingoß. Ja, sie tranken Sherry, aber sie tranken ihn wie Wasser. Außer den Wapshots waren noch zwei Gäste anwesend: Mr. und Mrs. Cranston aus dem Nachbarort Waterford. «Ich mußte einfach jemand von außerhalb einladen», erklärte Mrs. Brinkley, «damit wir mal etwas anderes hören als diesen Quatsch über Talifer.»

«Eines weiß ich», sagte Mr. Cranston, «eines habe ich gelernt. Nämlich daß man immer am Ball bleiben muß. Das ist das wichtigste. Immer am Ball bleiben.» Er trug ein karmesinrotes Sporthemd, hatte blonde Locken und ein Gesicht, das engelhaft und zugleich drohend wirkte. Seine grauhaarige Frau schien ihm an Alter und Intelligenz überlegen zu sein, und eher als beim munteren Liebesakt konnte man sich Mr. Cranston in einer verwirrten, desperaten Verfassung vorstellen, während seine Frau ihm über die Locken strich und tröstend sagte: «Du wirst wieder Arbeit finden, mein Schatz. Sei unbesorgt. Bestimmt bietet sich sogar etwas Besseres.» Mrs. Brinkleys Jüngster war soeben aus dem Krankenhaus entlassen worden, wo man ihm die Rachenmandeln herausgenommen hatte, und beim Sherry unterhielten sie sich alle über ihre Mandeln und Polypen. Betsey strahlte vor Glück. Coverly hatte nie mit Mandeln oder Polypen zu tun gehabt und kam sich ein wenig deplaziert vor, bis es ihm gelang, die Rede auf Blinddarmentzündung zu bringen. Bei Tisch sprachen sie über ihre diversen Zahnbeschwerden. Das Essen war das übliche, und dazu wurde roter Schaumwein getrunken. Beim Kaffee erzählte Mr. Cranston einen unanständigen Witz. Dann stand das Ehepaar auf, um sich zu verabschieden. «Wir würden ja gern noch bleiben», sagte Mrs. Cranston, «aber wir brauchen anderthalb Stunden für die Rückfahrt, und ich muß morgen früh zur Arbeit.»

«Anderthalb Stunden? Das ist doch nicht möglich», meinte Mr. Brinkley. «Wie fahren Sie denn?»

«Über die Autobahn.»

«Wenn Sie nicht durch Talifer fahren, sondern schon vorher abbiegen, sparen Sie ungefähr fünfzehn Minuten. Vielleicht sogar zwanzig. Ganz einfache Sache: am Einkaufszentrum vorbei und dann an der zweiten Verkehrsampel nach rechts.»

«Nein, ich würde es anders machen», sagte Mrs. Brinkley. «Ich würde am Computerzentrum vorbeifahren. Dann kommen Sie kurz vor dem Sperrgebiet auf das Autobahn-Kleeblatt.»

«Ach du lieber Himmel!» rief Mr. Brinkley. «Auf diese Art fährt man ja in all die Baustellen rein. Machen Sie's lieber so, wie ich gesagt habe. Zurück zum Einkaufszentrum und an der zweiten Ampel nach rechts.»

«Dann bleiben Sie in dem Verkehrsgewühl am Fermi Circle stecken», widersprach Mrs. Brinkley. «Wenn Sie nicht am Computerzentrum vorbei wollen, können Sie auch direkt auf die Rampen zufahren und an der Straßensperre nach rechts abbiegen.»

«Zum Donnerwetter noch mal», fauchte Mr. Brinkley, «willst du jetzt endlich deine verdammte Klappe halten.»

«Quatsch», murrte Mrs. Brinkley.

Die Cranstons waren schon an der Tür. «Vielen Dank für den netten Abend», sagte Mr. Cranston. «Ich glaube, wir fahren wie immer über die Autobahn.» Und fort waren sie.

«Jetzt hast du sie ganz durcheinandergebracht», sagte Mr. Brinkley. «Ich weiß nicht, warum du dir einbildest, daß du die besten und kürzesten Wege kennst. Du findest dich ja nicht mal im Haus zurecht.»

«Wenn sie so gefahren wären, wie ich es zu Anfang gesagt habe», rief Mrs. Brinkley hitzig, «dann hätten sie keinerlei Schwierigkeiten gehabt. Am Sperrgebiet wird nämlich nicht gebaut. Das hast du dir ausgedacht.»

«Natürlich wird dort gebaut», beharrte Mr. Brinkley. «Ich war am Donnerstag draußen. Das ganze Gelände ist aufgerissen.»

«Am Donnerstag hast du mit einem Schnupfen im Bett gelegen und dich wie ein Pascha bedienen lassen.»

«Ich fürchte, wir müssen jetzt gehen!» warf Coverly ein. «Herzlichen Dank, es war furchtbar nett.»

«Wenn du nur lernen wolltest, den Mund zu halten», schrie Mr. Brinkley seine Frau an. «Man sollte dir nicht erlauben, einen Wagen zu fahren, geschweige denn, anderen Leuten zu sagen, wie sie fahren müssen.»

«Vielen Dank», murmelte Betsey, bevor sie und Coverly das Zimmer verließen.

«Wer hat voriges Jahr den Wagen kaputtgefahren?» kreischte Mrs. Brinkley. «Wer ist es gewesen, he? Willst du mir das gefälligst verraten?»

Sie gingen zu Fuß nach Hause, blieben ab und zu stehen, um sich zu küssen, und dieser Ausflug endete wie jeder andere auch.

21

Coverly sah Cameron nicht wieder. Ein paar Tage lang saß er an seinem Schreibtisch und schlug die Zeit damit tot, daß er die Begrüßungsansprache über den Juwelenschmuck des Himmels redigierte. Eines Morgens wurde er zum Sicherheitsdienst befohlen. Wahrscheinlich geht es um die Aktentasche, dachte er und fragte sich, ob man ihn wohl verhaften würde. Coverly gehörte zu den Leuten, die stets ein schlechtes Gewissen haben. Er trug sein Schuldgefühl wie eine riesige, unter der Kleidung verborgene Beule schmerzlos mit sich herum, solange es nicht berührt wurde. Legte aber jemand den Finger darauf, so wuchs der Schmerz ins Unermeßliche. Er war ein Muster provinzieller Tugenden – aufrichtig, pünktlich, sauber und mutig –, doch wenn ihn ein mächtiger Repräsentant der Gesellschaft einer Missetat beschuldigte, verlor er jegliches Selbstbewußtsein. Ja, ja, er war ein Sünder. Ja, er hatte den Botschafter abgeschlachtet, den Schmuck versetzt, die Blaupausen an den Feind verkauft. Angstvoll und bedrückt machte er sich auf den Weg zum Büro des Sicherheitsdienstes. In einem langen, dottergelb gestrichenen Korridor warteten schon acht oder zehn Männer und Frauen. Er kam sich vor wie im Warteraum eines Arztes oder eines Zahnarztes, wie im Vorzimmer eines Konsulats, wie in einem Gerichtsflur oder auf dem Arbeitsamt. Die Welt schien zu einem erstaunlich großen Teil aus solchen Warteräumen zu bestehen. Einer nach dem anderen wurden die Männer und Frauen namentlich aufgerufen und durch eine Tür am Ende des gelben Korridors eingelassen. Keiner kam zurück, also mußte es einen zweiten Ausgang geben. Trotzdem fand Coverly ihr Verschwinden besorgniserregend. Endlich wurde sein Name aufgerufen, und eine hübsche Sekretärin, deren Miene tiefe Mißbilligung ausdrückte, führte ihn in einen großen Büroraum, eine Art Gerichtssaal. Auf einem Podium stand ein Tisch, hinter dem ein Colonel und zwei Zivilisten thronten. Unterhalb des Podiums saß ein Protokollführer. Links sah man in einem Ständer die amerikanische Flagge. Sie war aus schwerer Seide mit goldenen Fransen und würde diesen Raum nie verlassen, nicht einmal zu einer schönen Parade bei herrlichem Wetter.

«Coverly Wapshot?» fragte der Colonel.

«Ja, Sir.»

«Darf ich um Ihren Dienstausweis bitten?»

«Ja, Sir.» Coverly reichte ihm die Karte.

«Kennen Sie eine Miss Honora Wapshot, wohnhaft in St. Botolphs, Boag Street?»

«Boat Street, Sir.»

«Kennen Sie die Dame?»

«Ja, Sir, sehr gut sogar. Sie ist meine Tante.»

«Warum haben Sie uns nicht mitgeteilt, daß gegen Miss Wapshot eine Strafanzeige vorliegt?»

«Eine Strafanzeige?» Was mochte sie angestellt haben? Brandstiftung? Ladendiebstahl in einem Einheitspreisgeschäft? Hatte sie ein Auto gekauft und war in eine Menschenmenge gerast? «Davon ist mir nichts bekannt», erwiderte Coverly. «Sie hat mir etwas über eine Steineiche in ihrem Garten geschrieben, die vom Rostpilz befallen ist und gespritzt werden soll. Mehr weiß ich nicht über sie. Könnten Sie mir sagen, was man ihr vorwirft?»

«Nein. Ich kann Ihnen nur sagen, daß Ihr Dienstausweis konfisziert ist.»

«Verzeihung, Colonel, aber das ist mir unbegreiflich. Meine Tante ist eine alte Dame, und man kann doch nicht mich für das verantwortlich machen, was sie tut. Gibt es eine Möglichkeit, Berufung einzulegen?»

«Ja, über Camerons Büro.»

«Aber ohne Dienstausweis kann ich ja nirgends hingehen, Sir, nicht mal auf die Herrentoilette.»

Der Protokollführer füllte ein Formular aus und reichte es Coverly: Es war ein provisorischer Dienstausweis, die Gültigkeit auf zehn Tage begrenzt. Coverly bedankte sich und verließ den Raum durch eine Seitentür, während der nächste Verdächtige hereingeführt wurde.

In Camerons Büro erfuhr Coverly von der Empfangsdame, daß der Doktor verreist sei und frühestens in zwei Wochen zurückkommen werde. Daraufhin verlangte er Brunner zu sprechen, den Wissenschaftler, mit dem er in Atlantic City gegessen hatte, und die junge Dame verschaffte ihm Zutritt zu Brunners Büro. Der Physiker trug den Kaschmirpullover seiner Kaste und saß vor einer Schreibtafel, die mit Gleichungen bedeckt war und am Rand eine Notiz aufwies: «Pantoffeln kaufen.» Auf dem Schreibtisch stand eine Vase mit einer Wachsrose. Coverly trug sein Problem vor, und Brunner hörte teilnahmsvoll zu. «Sie sind doch kein Geheimnisträger, nicht wahr?» fragte er. «Diese Übertreibungen bringen den Alten immer in Wut. Voriges Jahr wurde ein Pförtner im Computerzentrum rausgesetzt, weil seine Mutter im Zweiten Weltkrieg kurze Zeit als Prostituierte gearbeitet hatte.» Er enschuldigte sich, ging hinaus und kehrte mit einem anderen Mitglied des Teams zurück. Cameron war in Washington und wollte von dort nach Neu-Delhi fliegen. Die beiden Wissenschaftler schlugen Coverly vor, nach Washington zu reisen und dort mit dem Doktor zu sprechen. «Er scheint Sie zu mögen», sagte Brunner, «und wenn Sie ihm die Sache erklären, könnte er Ihren provisorischen Ausweis wenigstens bis zu seiner Rückkehr verlängern. Morgen früh um zehn soll er vor einem parlamentarischen Ausschuß zur Vernehmung erscheinen. Zimmer 763.» Brunner schrieb die Zahl auf und gab Coverly den Zettel. «Gehen Sie zeitig hin, dann können Sie vielleicht mit ihm sprechen, bevor er drankommt. Ich glaube nicht, daß viele Zuhörer dasein werden. Es ist schon das siebzehnte Mal in diesem Jahr, daß man ihn durch den Wolf dreht, und die Leute finden das allmählich uninteressant.»

22

Coverly bezweifelte sehr, daß sich Cameron nach ihrer letzten Unterredung bereit finden würde, mit ihm zu sprechen. Aber es war seine einzige Chance, und er beschloß, sie wahrzunehmen, vor allem aus Empörung über die Sicherheitsbeamten, die in Honoras exzentrischen Streichen eine Gefährdung der nationalen Sicherheit zu sehen vermeinten. Er flog also am Abend nach Washington und begab sich am nächsten Morgen zum

Zimmer 763. Sein provisorischer Ausweis genügte, er wurde ohne weiteres eingelassen. Es waren nur wenige Zuhörer da. Um Viertel nach zehn betrat Cameron den Raum durch eine andere Tür und ging geradewegs zum Zeugenstand. Er hatte etwas bei sich, was wie ein Geigenkasten aussah. Der Vorsitzende begann mit dem Verhör, und Coverly bewunderte Camerons Gelassenheit und die Dichte seiner Augenbrauen.

«Doktor Cameron.»

«Ja, Sir?» Seine Stimme war klangvoll, dominierend, männlich.

«Ist Ihnen der Name Bracciani bekannt?»

«Diese Frage habe ich schon einmal beantwortet. Ich verweise auf das Protokoll.»

«Die Protokolle früherer Vernehmungen liegen uns heute nicht vor. Ich habe diese Protokolle angefordert, aber sie wurden mir von meinen Kollegen verweigert. Ist Ihnen der Name Bracciani bekannt?»

«Ich sehe nicht ein, warum ich immer wieder dieselben Fragen beantworten soll.»

«Der Name Bracciani ist Ihnen bekannt?»

«Ja.»

«In welchem Zusammenhang?»

«Ich hieß früher Bracciani. Mein Name wurde neunzehnhundertunddreißig in Cleveland, Ohio, von Richter Southerland in Cameron umgeändert.»

«Ihr Vater hieß also Bracciani?»

«Ja.»

«War Ihr Vater eingewandert?»

«Das alles ist Ihnen bekannt.»

«Wie ich bereits sagte, Doktor Cameron, haben mir meine Kollegen die Protokolle früherer Vernehmungen vorenthalten.»

«Mein Vater war eingewandert.»

«Gab es irgend etwas in seiner Vergangenheit, was Sie veranlaßte, seinen Namen zu verleugnen?»

«Mein Vater war ein ehrenwerter Mann.»

«Wenn es in der Vergangenheit Ihres Vaters nichts Anstößiges, Illoyales oder Umstürzlerisches gab, warum fühlten Sie sich dann genötigt, Ihren Namen zu ändern?»

«Ich habe meinen Namen aus mehreren Gründen geändert», erwiderte Cameron. «Es war schwierig, ihn zu buchstabieren, schwierig, ihn auszusprechen, und schwierig, mich mit ihm zu identifizieren. Ich habe meinen Namen auch deshalb geändert, weil es in diesem Land in gewissen Gegenden Leute gibt, denen alles Ausländische suspekt ist. Ich habe meinen Namen gewechselt, wie man sein Geld wechselt, wenn man aus einem Land in ein anderes reist.»

Ein zweiter Senator, ein jüngerer Mann, meldete sich zu Wort. «Trifft es zu, Doktor Cameron», fragte er, «daß Sie alle Forschungen ablehnen, die über den Bereich unseres Sonnensystems hinausgehen, und daß Sie jedem, der Ihre Ansichten nicht teilt, Geld, Zusammenarbeit und technische Hilfe verweigert haben?»

«Ich interessiere mich nicht für interstellare Flüge, falls Ihre Frage darauf abzielen sollte», sagte Cameron ruhig. «Der Gedanke ist absurd, und meine Auffassung stützt sich auf fundamentale Gegebenheiten wie Zeit, Beschleunigung, Masse und Energie. Ich möchte jedoch betonen, daß ich nicht annehme, unsere Welt sei als einzige im Universum von intelligenten Lebewesen bevölkert.» Über seine Züge glitt jenes flüchtige Lächeln, das auf erzwungene und unaufrichtige Geduld hindeutet, und er beugte sich ein wenig vor. «Meiner Meinung nach haben sich Leben und Intelligenz überall dort, wo die geeigneten Bedingungen und die erforderliche Zeit vorhanden waren, in ungefähr dem gleichen Tempo entwickelt wie auf der Erde. Die vorliegenden Forschungsergebnisse – es sind nur wenige – lassen darauf schließen, daß sich auf den Planeten von etwa sechs Prozent aller Sterne Leben entwickelt hat. Das Lichtspektrum, das die dunklen Flecke des Mars reflektieren, zeigt Eigentümlichkeiten, die meines Erachtens das Vorhandensein pflanzlichen Lebens beweisen. Wie gesagt, ich halte die Möglichkeit interstellarer Flüge für absurd – interstellarer Informationsaustausch aber ist etwas ganz anderes.

Die Anzahl der Zivilisationen, mit denen wir uns eventuell in Verbindung setzen könnten, hängt von sechs Faktoren ab. Erstens: von der Häufigkeit, mit der Sterne wie unsere Sonne entstehen. Zweitens: von dem Bruchteil solcher Sterne, die Planeten haben. Drittens: von dem Bruchteil solcher Planeten, auf denen Leben möglich ist. Viertens: von dem Bruchteil solcher Planeten, auf denen tatsächlich Leben entstanden ist. Fünftens: von dem Bruchteil dieser belebten Planeten, die Wesen mit einer für interstellare Verbindung geeigneten Technologie hervorgebracht haben. Sechstens: von der Lebensdauer dieser hochentwickelten Technologie. Ungefähr bei einem Stern unter drei Millionen besteht die Wahrscheinlichkeit, daß ihn eine Zivilisation umkreist. Immerhin könnte das allein innerhalb unserer Milchstraße Millionen von Zivilisationen bedeuten, und es gibt, wie Sie, meine Herren, wissen, Milliarden von Milchstraßen.» Wieder glitt das heuchlerische Lächeln über sein Gesicht. Blauer Dunst? fragte sich Coverly. «Ich halte es für unwahrscheinlich», fuhr Cameron fort, «daß sich auf einem mit Wasser bedeckten Planeten eine Technologie entwickeln kann. Einige meiner Kollegen sind von der Intelligenz des Delphins begeistert. Was mich betrifft, so glaube ich nicht, daß der Delphin jemals ein Interesse für den Weltraum entwickeln wird.» Er wartete, bis das zögernde, hier und dort aufklingende Lachen verstummt war. «Das Einundzwanzigzentimeterband – das sind eintausendvierhundertzwanzig Megahertz –, das von schwingenden Wasserstoffatomen in den Weltraum ausgestrahlt wird, hat einige interessante Signale hervorgebracht, besonders von Tau Ceti, aber hinsichtlich ihres Zusammenhangs bin ich recht skeptisch. Nach meiner Überzeugung werden Wissenschaftler in jeder fortgeschrittenen Zivilisation entdeckt haben, daß der Energieinhalt jeder Strahlung, mögen es Licht- oder Radiowellen sein, gleich ist dem Produkt aus der Strahlungsfrequenz und einer Konstante, die uns und vielleicht auch Ihnen als Plancksche Konstante bekannt ist.

Optische Maser scheinen unsere aussichtsreichsten Hilfsmittel für die Aufnahme interstellarer Verbindungen zu sein.» Jetzt war er ins Dozieren geraten, und er würde erst innehalten, wenn er seinen Zuhörern all die Langeweile, die Erregung und die Qual eines Kollegs aufgezwungen hatte. «Die optische Version dieser Maser kann einen Lichtstrahl hervorbringen, der so intensiv und schmal ist, daß er, von der Erde ausgesandt, ein kleines Stück des Mondes erhellen würde.» Wieder das flüchtige, süßliche Lächeln. «Da alle anderen Wellenklängen eliminiert wurden, ist dieser Lichtstrahl, im Gegensatz zu den meisten anderen, so rein, daß man ihn für stimmliche Übertragungen modulieren kann. Wenn Maserstrahlen von einem zehn Lichtjahre entfernten Sonnensystem ausgesandt würden, könnten wir sie mit unserer gegenwärtigen Technologie entdecken. Wir müssen prüfen, ob die Lichtspektren naher Sterne etwa Emissionslinien von besonderer Schärfe und Kraft enthalten. Ihr Vorhandensein würde eindeutig beweisen, daß Masersendungen von einem Planeten ausgehen, der diesen Stern umkreist. Die Lichtsignale dürften kunstvoll verschlüsselt sein. Im Falle eines tausend Lichtjahre entfernten Systems würde es zweitausend Jahre dauern, eine Frage zu stellen und eine Antwort zu erhalten. Eine überlegene Zivilisation wird ihren Signalstrahl mit sehr vielen und wesentlichen Informationen beladen. Eine hochentwickelte Zivilisation, die den Hunger, die Krankheiten und den Krieg besiegt hat, wird ihre Energien natürlich für die Suche nach anderen Welten einsetzen. Allerdings könnte eine hochentwickelte Zivilisation auch eine andere Richtung einschlagen.» Hier ließen Tadelsucht und Vorwurf die Stimme Camerons so scharf werden, daß zwei Senatoren aus dem Schlummer fuhren. «Eine hochentwickelte Zivilisation könnte sich ohne weiteres selbst zugrunde richten – mit Luxus, Alkoholismus, sexueller Zügellosigkeit, Faulheit, Habgier und Korruption. Ich habe das Gefühl, daß auch unsere Zivilisation durch biologische und geistige Degeneration ernstlich bedroht ist.

Aber kehren wir zu unserem Ausgangspunkt zurück.» Diesmal sollte sein Lächeln einen Szenenwechsel andeuten; man befand sich nun in einem anderen Teil des Waldes. «Der Einfluß des Erde-Mond-Systems erstreckt sich ziemlich weit in den Weltraum. Schwerkraft, Magnetismus und von der Erde reflektierte Strahlung wirken sich nicht sonderlich aus. Auf dem Höhepunkt des Sonnenfleckenzyklus finden Eruptionen statt: Die Sonne schleudert Gaswolken in den Raum. Ein bis zwei Tage später brechen gewöhnlich auf der Erde magnetische Stürme von großer Heftigkeit los. Die Beschaffenheit des interplanetaren Raums ist jedoch völlig unbekannt. Wir wissen nichts über Gestalt, Zusammensetzung und magnetische Eigenschaften der Wolken, die von der Sonne ausgehen. Wir wissen nicht einmal, ob sie sich geradlinig oder spiralförmig bewegen. Eine Karte des Sonnensystems anzufertigen ist so gut wie unmöglich, da wir die genauen Entfernungen zwischen den Planeten und der Sonne nicht kennen.»

«Doktor Cameron.» Ein dritter Senator ergriff das Wort.

«Ja?»

«Uns liegen eidesstattliche Aussagen vor, bei denen es um das geht, was einige Ihrer Kollegen als zügelloses Temperament bezeichnen. Doktor Pewters zufolge haben Sie am vierzehnten August während einer Diskussion über die Durchführbarkeit von Mondflügen die Jalousie in seinem Büro heruntergerissen und mit Füßen getreten.» Cameron lächelte nachsichtig. «Hugh Tompkins, Fahrer beim Wagenpark, behauptet, Sie hätten ihn, als er ohne eigenes Verschulden zu spät kam, mehrmals geohrfeigt, ihm die Knöpfe von der Uniform gerissen und unanständige Wörter gebraucht. Laut Aussage von Miss Helen Eckert, Stewardess bei den Pan-American Airlines, haben Sie, als Ihr Flugzeug aus Europa gezwungen war, statt in New York in Chicago zu landen, einen solchen Wirbel veranstaltet, daß Sie die Sicherheit des Fluges ernstlich gefährdeten. Doktor Winslow Turner erklärt, Sie hätten ihm während eines Symposiums über interstellaren Verkehr einen schweren gläsernen Aschenbecher an den Kopf geworfen, so daß er im Gesicht verletzt wurde. Die Zeugenaussage des Arztes, der die Wunde genäht hat, liegt ebenfalls vor.»

Cameron lächelte charmant. «Ich bekenne mich all dieser Vergehen schuldig.»

«Doktor Cameron», sagte ein anderer Senator.

«Ja?»

«Kritiker ihrer Verwaltungsmethoden in Talifer behaupten, Sie hätten Experimente, die ergebnislos zu sein scheinen und bisher sechshundert Millionen Dollar gekostet haben, weder zu Ende geführt noch unterbrochen, noch eingeschränkt. Angeblich sind insgesamt vierhundertsiebzehn Millionen für unbrauchbare Raketen und weitere sechshundertfünfzig Millionen für mißlungene Versuche ausgegeben worden. Man behauptet, unter Ihrer Verwaltung hätten Fehlgriffe, Vergeudung von Regierungsgeldern und Doppelgleisigkeit überhand genommen.»

«Ich weiß nicht, was Sie in diesem Fall mit ergebnislos, mißlungen und unbrauchbar meinen, Senator», erwiderte Cameron. «Talifer ist eine Versuchsstation, und unsere Arbeit läßt sich nicht auf lineare Mathematik reduzieren. Alle meine Entscheidungen, im Licht sämtlicher Faktoren gesehen, scheinen mir zu ihrer Zeit richtig gewesen zu sein, und ich übernehme für sie die volle Verantwortung.»

«Doktor Cameron.» Der nächste Senator, der das Wort ergriff, war ein beleibter Mann und wirkte für einen Politiker merkwürdig schüchtern.

«Ja?»

«Meine Frage gehört vielleicht nicht zur Sache, aber ich stelle sie um meiner Wähler willen, deren Gesundheit, deren Wohlbefinden mir am Herzen liegt. Wie Sie wissen, haben die Mikroben, die sich im Raketentreibstoff vermehren, in der Umgebung von Talifer epidemieartige Erkrankungen der Luftwege hervorgerufen.»

«Verzeihen Sie, daß ich Ihnen widerspreche, Senator, aber es gibt keinen wissenschaftlichen Beweis für den Zusammenhang zwischen diesen Mikroben und den Erkrankungen der Luftwege. Keinerlei wissenschaftlichen Beweis. Es ist bekannt, daß im Treibstoff bestimmte Mikroben gedeihen – ein Pilz der Gattung Loremendrum mit fliegenden Sporen und besonderen Mutationen. Sie sind nicht bedeutsamer als die Mikroben, die in Benzin, Petroleum und Düsentreibstoff gedeihen. Bei derart großen Mengen kann die Dichte der Verunreinigungen sehr schnell beträchtliche Rückstände ergeben.»

«Doktor Cameron.» Diesmal war es ein alter Mann, schmächtig und mit der extremen Blässe eines ungewöhnlich langen Lebens. Er sah eigentlich mehr tot als lebendig aus. Seine zitternden Hände waren so knochig, daß sie wie die eines Skeletts wirkten. Er trug einen gutgeschnittenen Anzug mit einer paspelierten Weste und hatte die selbstbewußte Haltung eines Stutzers. Auf seiner riesigen, bläulichroten Nase saß ein Kneifer, den eine lange schwarze Schnur mit der Weste verband. Seine Stimme klang nicht schwach, aber sie verriet, daß er, wie viele sehr alte Leute, jeder Emotion wehrlos ausgeliefert war. Ab und zu wischte er mit einem großen Leinentaschentuch ein wenig Speichel von seinem Kinn.

«Ja?» sagte Cameron.

«Ich bin in einer Kleinstadt zur Welt gekommen, Doktor Cameron», begann der alte Mann. «Zwischen der lärmenden, turbulenten Welt, in der wir heute leben, und der Welt, an die ich mich erinnere, besteht ein großer Unterschied, ein sehr großer Unterschied.» Eine quälende Pause trat ein, während er darauf zu warten schien, daß sein Herz neues Blut ins Gehirn pumpte. «Ich weiß, daß Menschen meines Alters dazu neigen, die Vergangenheit in einem sentimentalen Licht zu sehen, aber selbst wenn ich diese gefühlvollen Reminiszenzen beseite schiebe, finde ich in der Vergangenheit doch vieles, was rühmlich und lobenswert ist. Andererseits...» Wieder schien er vergessen zu haben, worauf er hinaus wollte, wieder schien er auf neue Blutzufuhr zu warten. «Andererseits habe ich fünf Kriege miterlebt, die alle mörderisch, verheerend, kostspielig, ungerecht und meiner Meinung nach unvermeidlich waren. Aber trotz dieses Beweises, daß der Mensch außerstande ist, friedlich mit seinesgleichen zusammenzuleben, hoffe ich sehr, daß die Welt mit all ihren offensichtlichen Unvollkommenheiten erhalten bleibt.» Er trocknete sich mit dem Taschentuch die Wangen. «Sie sind, wie ich höre, ein sehr berühmter, sehr bedeutender Mann, Sie werden allgemein geachtet und geehrt. Ich respektiere Ihre Verdienste uneingeschränkt, und doch entdecke ich in Ihrer Denkweise eine bedauerliche Abneigung, die schlichten Bande anzuerkennen, die uns miteinander und mit den Gärten der Erde verknüpfen.» Wieder trocknete er seine Tränen, und ein Schluchzen schüttelte ihn. «Wir besitzen promethische Kräfte, aber fehlt uns nicht die Ehrfurcht, mit der sich der primitive Mensch demütig der heiligen Flamme näherte? Wären nicht gerade jetzt ungewöhnliche Ehrfurcht und äußerste Demut angebracht? Wenn ich ein letztes Wort sagen sollte – und es wird bald so weit sein, denn mein Leben neigt sich dem Ende zu –, dann wäre es so etwas wie ein Dank für wackere Freunde, liebenswerte Frauen, blaue Himmel, das Brot und den Wein des Lebens. Bitte, zerstören Sie nicht die Erde, Doktor Cameron», stieß er unter Schluchzen hervor. «Bitte, bitte, zerstören Sie nicht die Erde.»

Cameron sah über diesen Ausbruch höflich hinweg, und das Verhör ging weiter.

«Ist es wahr, Doktor Cameron, daß Sie den Wasserstoffbombenkrieg für unvermeidlich halten?»

«Ja.»

«Auf wie hoch schätzen Sie die Zahl der Überlebenden?»

«Dazu kann ich mich leider nicht äußern. Es wären nur gröbste Mutmaßungen. Immerhin glaube ich, daß es eine erhebliche Anzahl von Überlebenden geben wird.»

«Und wenn es anders käme, Doktor Cameron, wären Sie dann dafür, den Planeten zu zerstören?»

«Ja», antwortete er. «Ja, ich wäre dafür. Wenn wir nicht überleben können, sind wir berechtigt, den Planeten zu zerstören.»

«Wer würde entscheiden, ob wir den Schlußpunkt erreicht haben?»

«Das weiß ich nicht.»

Der alte Mann hatte seine Tränen getrocknet und stand wieder auf. «Doktor Cameron», fragte er, «glauben Sie nicht, Doktor Cameron, daß es zwischen den Völkern der Erde ein Band der Herzlichkeit gibt, dessen Bedeutung unterschätzt wird?»

«Ein was?» Camerons Stimme klang trocken, aber nicht unhöflich.

«Ein Band menschlicher Herzlichkeit», wiederholte der alte Mann.

«Die Menschen», sagte Cameron, «sind chemische Gebilde, leicht zu analysieren, leicht zu verändern, indem man chromosomale Strukturen künstlich vermehrt oder ausschaltet. Sie lassen sich weit besser umformen als manches pflanzliche Leben und sind im allgemeinen weit weniger interessant.»

«Ist es wahr, Doktor Cameron», fuhr der alte Mann fort, «daß sich Ihre Lektüre auf Wildwestgeschichten beschränkt?»

«Ich glaube, ich lese ebensoviel wie die meisten Angehörigen meiner Generation», erwiderte Cameron. «Manchmal gehe ich ins Kino. Und ich sehe fern.»

«Aber ist es nicht wahr, Doktor Cameron», fragte der alte Mann, «daß Sie keine humanistische Bildung genossen haben?»

«Sie sprechen mit einem Musiker», sagte Cameron.

«Habe ich recht verstanden? Sie sind Musiker?»

«Ja, Senator. Ich bin Geiger. Sie scheinen zu glauben, daß die Kaltblütigkeit, mit der ich den Untergang des Planeten in Betracht ziehe, von meiner mangelnden Vertrautheit mit den Humaniora herrührt. Das trifft nicht zu. Ich liebe die Musik, und die Musik ist sicherlich eine der erhabensten Künste.»

«Habe ich recht verstanden? Sie spielen Geige?»

«Ja, Senator, ich spiele Geige.»

Er öffnete den Behälter, nahm eine Violine heraus, stimmte sie, rieb den Bogen mit Kolophonium ein und spielte ein Air von Bach. Es war ein einfaches Stück, und er spielte es schülerhaft, nicht besser als ein Kind, aber er wurde mit Applaus belohnt. Er legte das Instrument in den Kasten zurück.

«Besten Dank, Doktor Cameron, besten Dank.» Wieder hatte der alte Mann sich erhoben. «Ihre Musik war reizend und erinnerte mich an eine Träumerei, der ich mich oft überlasse. Ein Mann von einem anderen Planeten, der unsere Erde kennt, sagt zu seinen Freunden: ‹Kommt, kommt, laßt uns die Erde besuchen. Sie ist wie ein Ei geformt, mit fruchtbaren Meeren und

Kontinenten bedeckt, von der Sonne erwärmt und erhellt. Es gibt dort Kirchen von unbeschreiblicher Schönheit, die gesehenen Göttern geweiht sind; es gibt Städte, deren ferne Dächer und Schornsteine einem das Herz höher schlagen lassen, Säle, in denen herrliche und bedeutende Musik erklingt, und Tausende von Museen, wo der Drang des Menschen, das Leben zu preisen, in Meisterwerken verkörpert ist. Oh, folgt mir in diese Welt! Ihre Bewohner haben Musikinstrumente erfunden, um die zartesten Sehnsüchte zu wecken. Sie haben Spiele erfunden, um die Herzen der jungen Menschen zu fesseln. Sie haben Zeremonien erfunden, um die Liebe zwischen Mann und Frau zu erhöhen. Oh, beeilen wir uns, diese Welt zu sehen!›» Er setzte sich.

«Doktor Cameron.» Das war die Stimme eines Senators, der soeben eingetreten war. «Sie haben einen Sohn?»

«Ich hatte einen Sohn», antwortete der Doktor. Seine Stimme war von prachtvoller Schärfe.

«Wollen Sie damit sagen, daß Ihr Sohn tot ist?»

«Mein Sohn befindet sich in einem Hospital. Er ist unheilbar krank.»

«Welcher Art ist seine Krankheit?»

«Er leidet an einer Drüseninsuffizienz.»

«Wie heißt das Hospital?»

«Ich kann mich nicht erinnern.»

«Ist es die staatliche Irrenanstalt in Pennsylvania?»

Cameron wurde rot. Er war sichtlich betroffen und sah sich in die Defensive gedrängt. Aber schon im nächsten Augenblick hatte er sich gefaßt.

«Ich kann mich nicht erinnern.»

«Ist bei Diskussionen über die Krankheit Ihres Sohnes jemals von der Behandlung die Rede gewesen, die Sie ihm zuteil werden ließen?»

«Leider sind alle Diskussionen über die Krankheit meines Sohnes von Psychiatern geführt worden», sagte Cameron mit Nachdruck. «Von solchen Gesprächen halte ich nichts, weil die Psychiatrie in meinen Augen keine Wissenschaft ist. Mein Sohn leidet an einer Drüseninsuffizienz, und keine müßige Untersuchung seines Vorlebens wird an dieser Tatsache etwas ändern.»

«Erinnern Sie sich, was geschah, als Ihr Sohn vier Jahre alt war und Sie ihn mit einem Spazierstock züchtigten?»

«Ich erinnere mich an kein besonderes Vorkommnis. Aber ich werde den Jungen wohl irgendwann einmal verprügelt haben.»

«Das geben Sie zu?»

«Freilich. Mein Leben ist streng diszipliniert. Ungehorsam oder Unzuverlässigkeit dulde ich weder bei den Menschen meiner Umgebung noch bei mir selbst. Mein Leben, mein Werk, das die Sicherheit des Planeten einschließt, wäre unmöglich gewesen, wenn ich in diesem Punkt nachgegeben hätte.»

«Haben Sie den Jungen damals mit einem Spazierstock so grausam geschlagen, daß er zwei Wochen im Krankenhaus verbringen mußte?»

«Wie ich schon sagte, mein Leben ist streng diszipliniert. Falls ich gegen die Disziplin verstieße, würde ich erwarten, bestraft zu werden. Die Menschen meiner Umgebung behandle ich ebenso.» Er sprach mit Würde, aber der Schaden war angerichtet.

«Doktor Cameron», sagte der Vorsitzende.

«Ja, Sir?»

«Haben Sie jemals eine Haushälterin namens Mildred Henning beschäftigt?»

«Das ist eine schwierige Frage.» Er legte die Hand an die Stirn. «Es kann sein, daß sie bei mir tätig war.»

«Mrs. Henning, wollen Sie bitte hereinkommen.»

Eine weißhaarige alte Frau in Trauerkleidung betrat den Saal. Nach der Vernehmung zur Person begab sie sich in den Zeugenstand. Ihre Stimme war brüchig und schwach. «Ich habe in Kalifornien sechs Jahre für ihn gearbeitet, und zuletzt blieb ich nur noch, um den kleinen Philip zu schützen. Er war immer hinter ihm her. Manchmal hätte man meinen können, er wollte ihn umbringen.»

«Mrs. Henning, würden Sie uns bitte den Vorfall schildern, den Sie schon früher erwähnten.»

«Ja. Ich habe mir alles notiert, weil ich doch das Gesundheitsamt benachrichtigen mußte. Ich habe die Angaben hier. Es war der neunzehnte Mai. Er, der Doktor, ließ ein paar Silbermünzen auf seinem Schreibtisch liegen, und der Junge nahm sich ein Fünfundzwanzig-Cent-Stück. Man konnte es ihm nicht verdenken. Er bekam niemals Taschengeld, keinen Penny. Als der Doktor abends nach Hause kam, zählte er sein Geld – er war darin sehr genau – und merkte, daß etwas fehlte. Er fragte den Kleinen, ob er es genommen hätte. Philip war ein braver, ehrlicher Junge, und er gab es sofort zu. Da brachte ihn der Doktor in sein Zimmer – der Junge hatte ein Zimmer im rückwärtigen Teil des Hauses, wissen Sie –, und dort war ein eingebauter Schrank, und er befahl Philip, sich in den Schrank zu stellen. Dann ging er ins Badezimmer, holte ein Glas Wasser, gab es dem Jungen und schloß die Schranktür zu. Das war so gegen Viertel vor sieben. Ich sagte nichts, weil ich dem Jungen helfen wollte, und ich wußte, wenn ich mich einmischte, würde es die Sache nur verschlimmern. Ich trug also das Essen für den Doktor auf, ohne eine Miene zu verziehen, und dann horchte ich und lauerte, aber ich traute mich nicht an den Schrank heran, wo der arme Junge im Dunkeln eingeschlossen war. Zuletzt schlich ich dann doch auf Strümpfen hin und flüsterte ihm etwas zu, aber er weinte so jämmerlich, daß er vor Schluchzen kein Wort herausbrachte, und ich sagte, er sollte keine Angst haben, ich würde mich vor dem Schrank auf den Fußboden legen und die ganze Nacht dableiben, und das habe ich auch getan. Als es hell wurde, verabschiedete ich mich flüsternd von ihm und ging hinunter, um das Frühstück zu machen. Der Doktor fuhr um acht ins Büro, und ich versuchte, die Schranktür zu öffnen, aber es war ein sehr solides Schloß, und kein Schlüssel im Haus paßte. Der arme Junge weinte immer noch zum Gotterbarmen, er hatte das Wasser ausgetrunken und hatte nichts zu essen, und es war ja nicht möglich, ihm Wasser oder Essen zu geben. Als ich mit der Hausarbeit fertig war, setzte ich mich vor die Schranktür und sprach mit ihm, bis der Doktor um halb sieben nach Hause kam, und ich dachte, jetzt würde er den Jungen herauslassen, aber er ging gar nicht nach hinten, sondern aß sein Abendbrot, als ob nichts geschehen wäre. Na, ich wartete noch so lange, bis er sich zum Schlafengehen fertig machte, und dann rief ich die Polizei an. Er sagte, ich sollte mich wegscheren, ich wäre entlassen, und als die Polizisten kamen, verlangte er, sie sollten mich rauswerfen, aber ich brachte sie dazu, daß sie die Schranktür öffneten und den armen kleinen Buben herausholten – ach, ihm war so übel. Ich mußte dann aus dem Haus, obwohl es mir bitter weh tat, ihn allein zu lassen, und ich habe den Doktor bis zum heutigen Tage nicht wiedergesehen.»

«Erinnern Sie sich an diesen Vorfall, Doktor Cameron?»

«Glauben Sie, ich könnte es mir in meiner verantwortungsvollen Stellung leisten, mich an Belanglosigkeiten zu erinnern?»

«Sie erinnern sich nicht, daß Sie den Jungen bestraft haben?»

«Wenn ich ihn bestraft habe, dann nur, damit er Recht und Unrecht unterscheiden lernte.» Seine Stimme klang noch immer scharf, noch immer autoritativ, aber jetzt imponierte er niemandem mehr.

«Sie erinnern sich nicht, daß Sie Ihren Sohn länger als vierundzwanzig Stunden in einen Schrank eingesperrt haben, ohne ihm etwas zu essen oder zu trinken zu geben?»

«Er hat Wasser bekommen.»

«Dann erinnern Sie sich also an den Vorfall.»

«Ich wollte ihn nur lehren, Recht und Unrecht zu unterscheiden.»

«Besuchen Sie Ihren Sohn?»

«Von Zeit zu Zeit.» Irgend etwas hielt ihn aufrecht, irgendeine Energie. Er lächelte.

«Wann haben Sie ihn zuletzt besucht?»

«Das weiß ich nicht mehr.»

«Könnte es vor zehn Jahren gewesen sein?»

«Ich weiß es wirklich nicht mehr.»

«Würden Sie Ihren Sohn wiedererkennen?»

«Selbstverständlich.»

«Papa, Papa!»

Der Mann, der in der Tür stand, sah älter aus als sein Vater.

Sein Haar war weiß, das Gesicht aufgedunsen. Schluchzend ging er auf Cameron zu, kniete vor ihm nieder, unbeholfen, denn er war ja kein Kind mehr, und legte den Kopf auf die Knie seines Vaters. «Papa», jammerte er. «O Papa – es regnet.»

«Ja, mein Lieber.» Es war das Beredteste, was er bisher gesagt hatte. Er sah nicht mehr den Vernehmungsraum oder seine Verfolger; er schien versunken in Liebe und Furcht, als seien diese Empfindungen ein Wirbelsturm mit einer Peripherie und einem Zentrum und er sitze in der Stille des Zentrums. «Es regnet, Papa», sagte der Mann. «Bleib bei mir. Geh nicht in den Regen hinaus. Bleib doch ein einziges Mal bei mir. Man sagt, du hast mir weh getan, aber das glaube ich nicht. Ich habe dich lieb, Papa. Ich werde dich immer liebhaben, Papa. Ich schreibe dir immerzu, Papa, aber du antwortest mir nie. Warum antwortest du nicht auf meine Briefe, Papa? Warum antwortest du nie?»

«Ich antworte nicht, weil ich mich deiner Briefe schäme», sagte Cameron heiser und in einem Ton, als spräche er nicht zu einem Geisteskranken, sondern zu einem Gleichgestellten, seinem Sohn. «Ich schicke dir alles, was du brauchst. Ich habe dir auch hübsches Briefpapier geschickt, aber du schreibst mir auf Packpapier, du schreibst mir auf Wäschelisten, du schreibst mir sogar auf Toilettenpapier.» Seine laute, ärgerliche Stimme hallte von den Marmorwänden wider. «Wie kannst du erwarten, daß ich deine Briefe beantworte, wenn du sie auf Toilettenpapier schreibst? Ich schäme mich, sie zu empfangen, ich schäme mich, sie zu sehen. Sie erinnern mich an alles, was ich in diesem Leben verabscheue.»

«Papa, Papa», wimmerte der Mann.

«Jetzt gehen wir, Philip. Wir müssen gehen.» Der Pfleger, der mit ihm gekommen war, nahm ihn beim Arm.

«Nein, ich will bei Papa bleiben. Es regnet, und ich will bei Papa bleiben.»

«Kommen Sie, Philip.»

«Papa, Papa!» rief er unaufhörlich, während er hinausgeführt wurde, und als sich die Tür hinter ihm schloß, hörte man ihn noch immer rufen, so wie ihn Mrs. Henning vor vielen Jahren durch die Schranktür gehört haben mußte.

«Ich beantrage», sagte der alte Mann, «daß wir, sofern es in unserer Macht steht, die Einziehung von Doktor Camerons Dienstausweis vorschlagen.» Offenbar stand es in ihrer Macht. Der Antrag wurde angenommen, und damit war die Sitzung zu Ende. Cameron blieb im Zeugenstand sitzen. Coverly verließ zusammen mit den anderen den Saal.

23

EMILE UND MELISSA hatten vor, sich in Boston zu treffen. Melissa sagte ihrem Mann, sie müsse nach dem Norden, um ihre Tante zu besuchen. Die Tante wohnte in Florida, aber Moses gab sich mit der Erklärung zufrieden.

Sie flogen nicht in derselben Maschine. Emile kam eine Stunde später an als Melissa und suchte sie in ihrem Zimmer auf, wo sie den Nachmittag verbrachten. Später gingen sie spazieren. Es war sehr kalt. Als Melissa die Fassaden und Glockentürme am Copley Square sah, dachte sie mit leiser Rührung daran, daß Boston sich einmal als die Schwesterstadt von Florenz, diesem Tal der Blumen, betrachtet hatte. Der Wind stach ihr förmlich ins Gesicht. Emile blieb stehen, um einen Ring im Schaufenster eines Juweliers anzuschauen. Es war ein goldener Männerring mit einem Sternsaphir. Der Ring interessierte Melissa nicht, aber Emile starrte ihn wie gebannt an. Sie zitterte vor Kälte, während er den Stein bewunderte.

«Ich möchte wissen, was er kostet», sagte Emile. «Ich gehe mal rein und frage.»

«Komm doch weiter», drängte sie. «Ich friere. Außerdem ist so etwas immer sehr teuer.»

«Ich will nur fragen. Es dauert keine Minute.»

Sie wartete im Schutz der Tür. «Achthundert Dollar!» rief er, als er herauskam. «Stell dir das vor! Achthundert Dollar.»

«Ich habe dir ja gesagt, er wird teuer sein.»

«Achthundert Dollar. Aber hübsch ist er, nicht wahr? Und wenn man Geld braucht, kann man ihn jederzeit verkaufen, nehme ich an. Solche Schmuckstücke haben doch bestimmt ihren festen Preis, meinst du nicht? Es wäre eine Art Kapitalanlage. Weißt du, wenn ich achthundert Dollar hätte, würde ich mir vielleicht so einen Ring kaufen. Vielleicht. Ein goldener Ring – daran sehen die Leute doch, daß man achthundert Dollar wert ist. Die Kellner und so weiter. Ich meine, man wird akzeptiert, wenn man so einen Ring trägt.»

Sie hatte den Eindruck, er wolle mit seinem Gerede erreichen, daß sie sich so weit erniedrigte, ihm den Ring zu kaufen. Aber sie irrte sich. Dieser Gedanke war ihm gar nicht gekommen.

«Soll ich dir den Ring kaufen, Emile?»

«O nein. So habe ich das nicht gemeint. Er fiel mir nur auf. Weil er so hübsch ist, weißt du.»

«Ich kaufe ihn dir.»

«Nein, nein, reden wir nicht mehr darüber.»

Sie aßen in einem Restaurant zu Abend und gingen dann ins Kino. Auf dem Rückweg kaufte er eine Zeitung, die er in Melissas Zimmer las, während sie sich auszog und ihr Haar bürstete. «Ich habe Hunger», sagte er plötzlich in klagendem Ton. «Zu Hause bekomme ich vor dem Schlafengehen immer eine Schüssel Cornflakes oder ein Butterbrot.» Er stand auf und preßte die Hände gegen den Magen. «Ich sterbe vor Hunger. In diesen Restaurants geben sie einem nie genug zu essen. Schließlich bin ich noch im Wachstum. Ich brauche drei kräftige Mahlzeiten am Tag und manchmal auch was zwischendurch.»

«Na, dann geh doch hinunter und laß dir etwas geben.»

«Schön.»

«Brauchst du Geld?»

«Eigentlich ja.»

«Hier», sagte sie. «Hier ist Geld. Geh hinunter und iß.»

Er verschwand und kam nicht zurück. Um Mitternacht schloß

sie die Tür ab und legte sich schlafen. Am nächsten Morgen zog sie sich an, ging zu dem Juwelier und kaufte den Ring. «Oh, ich erinnere mich an Sie», sagte der junge Mann, der sie bediente. «Ich habe Sie gestern abend gesehen. Sie warteten draußen, als sich Ihr Sohn nach dem Preis erkundigte.» Das war ein Schlag, der sie zusammenzucken ließ. Sie suchte sich mit dem Gedanken zu trösten, daß sie im fahlen Licht der Straßenlaterne vielleicht älter ausgesehen habe. «Sie sind eine sehr großzügige Mutter», sagte der Verkäufer, während er die Schachtel einpackte. Im Hotel rief sie in Emiles Zimmer an, und als er herunterkam, gab sie ihm den Ring. Seine Freude und Dankbarkeit erschienen ihr als die natürliche Reaktion auf die uralten Liebesbeweise, die ewige Macht der Edelsteine und des Goldes. Sie war sicher, daß bei ihm weder Berechnung noch Habgier im Spiel waren. Da der Nebel den Flugverkehr lahmgelegt hatte, fuhren sie nachmittags mit der Bahn zurück, jeder in einem anderen Wagen.

Emile saß am Fenster und betrachtete die Landschaft. Irgendwo am Südrand von Boston kam der Zug an einer Vorstadtsiedlung vorbei. Die Häuser waren neu und wirkten recht nüchtern, obgleich die Architekten und die Gärtner hier und dort für ein paar Farbflecke gesorgt hatten. Was Emile interessierte, war die riesige, häßliche, brotlaibförmige Granitklippe, die sich mitten in der Siedlung erhob und die Straßen zu kostspieligen Umwegen zwang. Die Flanken dieses Monstrums waren zu steil, als daß sie die Fundamente eines Hauses hätten tragen können. In ihrer Nutzlosigkeit wirkte die Klippe triumphierend eigensinnig und boshaft. Sie war das einzige Stück Landschaft, das sich nicht hatte ummodeln lassen. Man konnte sie nicht in die Luft sprengen, man konnte sie nicht in einen Steinbruch verwandeln und brockenweise abtransportieren. Sie war nutzlos, und sie war unüberwindlich. Ein paar Burschen in Emiles Alter kletterten den steilen Hang hinan, und er vermutete, dies sei ihre letzte Zuflucht.

Es war spät, und es wurde kalt, und er dachte daran, wie oft er in dieser Jahreszeit und um diese Stunde vom Spielen nach Hause gegangen war, um zu lernen. In der Nähe seiner Wohnung gab es einen ähnlichen Felsen, und an Winternachmittagen war er hinaufgeklettert, um Zigaretten zu rauchen und mit den Freunden über die Zukunft zu sprechen. Er erinnerte sich, wie er an der steilen Flanke Halt gesucht und wie das rauhe Gestein an seinem guten Schulanzug gescheuert hatte. Am deutlichsten aber erinnerte er sich, daß er, sobald seine Füße wieder auf ebenem Boden standen, stets das Gefühl gehabt hatte, zu einem ganz neuen Leben zu erwachen, in eine neue Bewußtseinsphase einzutreten, die seiner Vergangenheit so wenig glich wie der Schlaf dem Wachsein. Wenn er in dieser Jahreszeit und um diese Stunde am Fuß jener Klippe stand – im Begriff, nach Hause zu gehen und zu lernen, aber noch zögernd –, dann hatte er mit einem prickelnden Entdeckergefühl die Höfe, die Bäume und die erleuchteten Häuser betrachtet. Wie kraftvoll und interessant war ihm die Welt im Licht des frühen Winters erschienen! Wie neu! Obgleich er jedes Fenster, jedes Dach, jeden Baum und jede Laterne ganz genau kannte, hatte er das Gefühl gehabt, er sehe das alles zum erstenmal.

Wie alt war er geworden seit damals...

Sie trafen sich zehn oder vierzehn Tage später in einem New Yorker Hotel. Melissa kam vor ihm an; sie bestellte Whisky und belegte Brote. Als Emile eintrat, füllte sie die Gläser. Sie tranken, und er verzehrte beide Brote. Melissa trug ein Armband aus silbernen Glöckchen, das sie vor langer Zeit in Casablanca gekauft hatte. Eine reiche alte Verwandte hatte ihr zu Weihnachten eine Mittelmeer-Kreuzfahrt geschenkt, und es war ihr während der ganzen Reise nicht gelungen, das ebenso aufrichtige wie bedrückende Gefühl der Dankbarkeit abzuschütteln. Als sie Lissabon sah, dachte sie: Ach, Tante Martha, wenn du doch Lissabon sehen könntest! Als sie Rhodos sah, dachte sie: Ach, Tante Martha, wenn du doch Rhodos sehen könntest! Als sie bei Sonnenuntergang vor der Kasbah stand, dachte sie: Ach, Tante Martha, wenn du doch sehen könntest, wie purpurn der Himmel über Afrika ist! Daran erinnerte sie sich jetzt, und sie schüttelte die Silberglöckchen.

«Mußt du dieses Armband tragen?» fragte er.

«Natürlich nicht.»

«Ich kann solchen Krimskrams nicht leiden. Du hast soviel hübschen Schmuck – die Saphire. Ich verstehe nicht, warum du das blöde Armband trägst. Diese Glöckchen machen mich wahnsinnig mit ihrem dauernden Gebimmel. So was geht mir auf die Nerven.»

«Entschuldige, Liebling», murmelte Melissa und nahm das Armband ab. Er schien verwirrt zu sein – vielleicht schämte er sich, weil er so schroff gesprochen hatte. Bisher war er nie grob oder rücksichtslos gewesen.

«Manchmal frage ich mich, warum gerade mir das passiert ist», sagte er. «Ich meine, ich hätte mir nichts Besseres wünschen können, das weiß ich. Du bist schön, du bist faszinierend, die faszinierendste Frau, die ich je gesehen habe, aber manchmal frage ich mich – habe ich mich gefragt –, warum es gerade mir passiert ist. Ich meine, manche Jungen finden gleich ein hübsches Mädchen, sie wohnt nebenan, mit den Eltern gibt's keine Schwierigkeiten, sie besuchen dieselbe Schule, dieselben Bälle, sie gehen zusammen aus, sie verlieben sich ineinander und heiraten. Aber ich glaube, bei armen Leuten ist das anders. Neben mir wohnen keine hübschen Mädchen. In der ganzen Straße gibt es kein einziges hübsches Mädchen. Ja, ich bin froh, daß es so gekommen ist, aber ich muß immerzu daran denken, daß es auch anders hätte kommen können, und wie es dann gewesen wäre. Zum Beispiel das Wochenende in Nantucket. Das war das große *football*-Wochenende, und ich sagte mir, da hocken wir nun allein in diesem düsteren alten Haus – es war wirklich düster und trübselig –, während die anderen in ihren Kabrioletts zum Stadion fahren.»

«Ich sehe wohl furchtbar alt aus.»

«O nein. Nein, gar nicht. Das ist es nicht... Nur einmal... Das war auch in Nantucket, nachts, als es anfing zu regnen. Du bist aufgestanden, um das Fenster zu schließen...»

«Und da sah ich furchtbar alt aus?»

«Nur eine Minute lang... Nicht wirklich. Aber trotzdem, du bist an Komfort gewöhnt, du bist anders. Zwei Wagen, massenhaft Kleider. Ich bin bloß ein armer Teufel.»

«Macht das etwas aus?»

«Ja, ich weiß, du denkst, es macht nichts aus, aber es macht sogar sehr viel aus. Wenn du in ein Restaurant gehst, achtest du nie auf die Preise. Dein Mann kann dir alles kaufen, was du dir wünschst, er ist ja reich. Ich aber bin nur ein armer Teufel, so eine Art einsamer Wolf. Das sind wohl die meisten armen Leute. Nie werde ich in so einem Haus wohnen wie du. Nie werde ich einem Club angehören. Nie werde ich ein Sommerhaus am Meer haben. Und ich bin immer noch hungrig», fügte er mit einem Blick auf den leeren Teller hinzu. «Du weißt ja, ich bin im Wachstum. ich muß zu Mittag essen. Bitte, halte mich nicht für undankbar oder unbescheiden, aber ich muß einfach was essen.»

«Geh in den Speisesaal, Liebling», sagte Melissa. «Hier hast du fünf Dollar.» Sie küßte ihn, und als er gegangen war, verließ sie das Hotel.

24

MELISSA WANDERTE aufs Geratewohl durch die Stadt und versuchte, das erste Glied in jener Kette von Ereignissen ausfindig zu machen, die sie dahin gebracht hatten, wo sie jetzt war. Das Gebell eines Hundes? Der Traum von einem Schloß? Die Langeweile auf Mrs. Wishings Tanzabend? Sie fuhr nach Hause – und schaut euch diese reizende Frau an, wie sie in Proxmire Manor aussteigt. Seht, was sie tut. Seht, was ihr geschieht.

Sie trägt einen Nerzmantel und hat keinen Hut auf. In ihrem Wagen, einem Kabriolett, fährt sie den Hügel hinauf zu ihrem Haus, dessen schimmerndes Weiß für ihre Reinheit zu bürgen scheint. Wie kann ein Mensch sündigen, der in einer so wohlanständigen Umgebung lebt? Wie kann ein Mensch, der so viele Hepplewhite-Möbel besitzt – so viele guterhaltene Hepplewhite-Möbel –, die Beute unbezähmbarer Gelüste werden? Mit Tränen in den Augen umarmt sie ihren einzigen Sohn.

Auch die Liebe zu dem Kleinen muß noch in ihrer Seele Platz finden.

Als sie in ihrem Schlafzimmer allein war, krümmte sie sich vor Verlangen und winselte wie eine läufige Hündin. Emile – sein Phantom – schien durchs Zimmer zu gehen; sie wußte genau, wie unbedeutend er war, aber seine Haut leuchtete, er sah aus wie ein goldener Adam. Sie wollte ihn vergessen. Sie sehnte sich nach Absolution. Sie hatte sich einen Liebhaber genommen, aber war das so ungewöhnlich? Vielleicht hatte sie den falschen gewählt, aber das konnte schließlich jedem passieren. Sie dachte flüchtig daran, Moses alles zu beichten, doch sie kannte seinen Stolz und wußte, daß er sie hinauswerfen würde. Ihr war, als sei sie aufgespießt. Sie hatte gehofft, eine natürliche Frau zu sein, eine sinnliche, aber unromantische Frau, die es fertigbringt, sich unbeschwert einen Liebhaber zu nehmen und ihn, wenn es soweit ist, unbeschwert zu verlassen. Was sich ihr offenbart hatte, war die Macht des Schuld- und Lustgefühls in ihr. Sie hatte gegen die Anstandsregeln der sogenannten guten Gesellschaft verstoßen, und nun schien der von ihr verachtete Anstand sie aufgespießt zu haben. Der Schmerz war unerträglich, und sie ging nach unten, um sich einen Drink zurechtzumachen. Sie hätte sich geschämt, die Köchin so früh am Tag um Eis zu bitten, also mischte sie ihren Whisky im Badezimmer mit Wasser und trank ihn dort.

Der Alkohol tat ihr gut. Hastig füllte sie das Glas ein zweites Mal. Wenn sich Emiles Bild auch nicht vertreiben ließ, so konnte sie es doch mit Hilfe des Alkohols in ein anderes Licht rücken. Er kam mit ausgebreiteten Armen auf sie zu und zog sie hinab, aber jetzt erschien er ihr böse, darauf erpicht, sie zu erniedrigen und zu vernichten. Sie war unschuldig gewesen, ihr war Unrecht geschehen! Ihm böse Absichten zu unterschieben war überaus tröstlich. Er hatte sich ihre Unschuld zunutze gemacht. Wenn sie sich allerdings an den Ausflug nach Nantucket erinnerte, wo sie von ihm nur die wohltuendste und sanfteste Lust empfangen hatte – wie konnte sie da von Unschuld reden und behaupten, ihr sei Unrecht geschehen? Die Erquickung der Absolution war dahin, und so hielt sie sich an den Whisky. Als Moses nach Hause kam, war sie ziemlich betrunken.

Moses sagte nichts. Er dachte, sie habe vielleicht eine schlechte Nachricht erhalten. Sie wirkte schläfrig, ließ eine brennende Zigarette auf den Teppich fallen, und auf dem Weg ins Eßzimmer stolperte sie und wäre beinahe hingefallen. Während Moses die Wagen in die Garage fuhr, ging sie zur Hausbar und trank einen kräftigen Schluck aus der Whiskyflasche. Sie war so betrunken, daß sie nicht schlafen konnte. Moses rührte sie nicht an, aber als er neben ihr lag, dachte sie, daß all die Fülle seiner Liebe ihr nicht soviel bedeute wie die kleine Narbe auf Emiles behaartem Bauch. Sobald Moses eingeschlafen war, schlich sie hinunter und schenkte sich Whisky ein. Sie trank bis drei Uhr morgens, aber als sie wieder im Bett lag, war das Bild Emiles, ihres goldenen Adam, noch immer lebendig. Um sich abzulenken, entwarf sie einen Plan zur Renovierung der Küche. Sie entfernte den alten Herd, den Kühlschrank, die Geschirrspülmaschine und den Ausguß, wählte neues Linoleum aus, eine neue Müllzerkleinerungsanlage, neue Lampen, eine neue Farbenzusammenstellung. Lag es an ihrer eigenen Torheit oder an der ihrer Zeit, daß sie, zerrissen von den Schmerzen einer hoffnungslosen Liebe, ihren Seelenfrieden nur finden konnte, indem sie sich einen neuen Herd und neues Linoleum vorstellte?

Am nächsten Nachmittag ging sie zum Arzt. Sie legte sich entkleidet auf den Untersuchungstisch. Das Zimmer war ungemütlich warm. Sie fand, der Arzt berühre sie mit einer mehr als klinischen Behutsamkeit, sagte sich dann aber, dies sei zweifellos der Gipfel ihrer wirren, durch lüsterne Träume, Trunkenheit und eine fast schlaflose Nacht verzerrten Gefühle. Als er ihre Brüste betastete, glaubte sie in seinen Zügen die unverkennbare Melancholie des Verlangens zu sehen. Sie wandte das Gesicht ab, atmete jedoch tief und gequält. Die angesammelten Enttäuschungen, die Sorge um Moses und die Gier nach Emile drohten sie zu überwältigen. Was sollte sie tun? Über das Wetter reden? Die örtliche Bauplanung kritisieren? Er schien die Untersuchung auf laszive Weise zu verlängern, und sie spürte, wie sich die Fesseln ihres Verstandes immer mehr lockerten. Von Begierde überwältigt, streckte sie schließlich die Hand aus und streichelte seinen Nacken. Er ließ es ohne Protest geschehen. Als sie ihn an seiner Kleidung nesteln hörte, schloß sie die Augen. Der Moment war explosiv und kam prompt. Sie verlor fast das Bewußtsein. Während er sich anzog, läutete das Telefon. «Ja, ja», sagte er, «aber du weißt, Ethel, wir rechnen nicht damit, daß sie den heutigen Tag überlebt.» Melissa kleidete sich an und schlüpfte in ihren Pelz. «Wann sehen wir uns wieder?» fragte der Arzt. Sie antwortete nicht. Im Wartezimmer saßen sechs oder sieben Patienten. Einer von ihnen, ein alter Mann, stöhnte vor Schmerzen. Auch sie litt entsetzlich, mehr noch als dieser Kranke, dachte sie, weil *sein* Leiden unverschuldet war. Sie trat auf die Straße, in den Nachmittag hinaus. Die Parkuhren tickten. Hackfleisch und Speck wurden verkauft. In den Anlagen plätscherte ein Springbrunnen. Sie winkte lächelnd einer Bekannten zu, die im Auto an ihr vorbeifuhr. Die Geschicklichkeit, mit der sie die achtbare Frau spielte, war niederschmetternd; sie verabscheute Betrüger. Da schimmerte nun das Licht des Spätnachmittags, und sie in ihrem Elend war davon ausgeschlossen.

War sie krank? Dieses barmherzige Urteil würden die Menschen auf der Straße über sie fällen, und sie rebellierte erbittert dagegen. Denn wenn sie krank war, dann waren es auch Moses, Emile, der Arzt, die Menschheit. Die Welt – in diesem Fall Proxmire Manor – würde ihr ihre Sünden vergeben, wenn sie Dr. Herzog aufsuchte, den sie zuletzt mit einer fetten, rotgekleideten Frau hatte tanzen sehen, und wenn sie sich bei ihm ein, zwei Jahre lang dreimal wöchentlich ihrer Erinnerungen und Wirrungen entledigte. Aber hatte nicht gerade ihr Abscheu vor Anästhesie und Bigotterie sie ins Unglück gestürzt, ihr Widerwillen gegen seelische, sexuelle und geistige Hygiene? Sie konnte nicht glauben, daß sich ihre Sorgen als Verrücktheit bemänteln ließen. Dies war nun einmal ihr Körper, es war ihre Seele, es waren ihre Bedürfnisse.

Ihr kleiner Sohn kam ihr entgegengelaufen, als sie das Haus betrat, und sie umarmte ihn zärtlich. Sobald er wieder in die

Küche gegangen war, trank sie im Badezimmer einen Whisky, um den Schmerz zu betäuben. Dann beschloß sie, sich ihrem Pfarrer anzuvertrauen, und rief bei ihm an. Seine Frau, Mrs. Bascom, war am Apparat und sagte freundlich, Melissa solle doch gleich kommen. Sie fuhr zum Pfarrhaus und wurde von Mrs. Bascom empfangen, die angenehm nach Parfum und Sherry roch. Wahrscheinlich hatte sie den Nachmittag am Bridgetisch verbracht. Melissa wußte, daß es sentimental war, sich nach einem Leben zu sehnen, das um Bridgepartien kreiste, aber angesichts der schlichten Art und der Heiterkeit Mrs. Bascoms wurde dieser Wunsch in ihr übermächtig. Die Pfarrersfrau wirkte so solide wie ein gutgebautes Haus mit hell erleuchteten Fenstern, während Melissa sich allen Unbilden grausam preisgegeben fühlte. Sie wurde ins Wohnzimmer geführt, wo der Pfarrer vor dem Kamin kniete und Papier mit einem Streichholz in Brand setzte. «Guten Abend», sagte er, «guten Abend, Mrs. Wapshot.» Aus irgendeinem Grund sprach er den Namen ‹Wapshit› aus. Er war ein korpulenter Mann mit einem derben Gesicht; sein Haar war grau gefleckt wie der letzte Winterschnee. «Ich dachte, ein Feuerchen wäre jetzt gerade richtig», sagte er. «Nichts regt das Gespräch so sehr an wie ein Kaminfeuer, nicht wahr? Nehmen Sie Platz, bitte, nehmen Sie Platz. Ich muß Ihnen etwas beichten.» Bei diesem Wort zuckte Melissa zusammen. «Der Bridgezirkel meiner Frau, einer ihrer *drei* Bridgezirkel, hat heute nachmittag getagt, und da beschloß ich, mir ein paar freie Stunden zu gönnen. Ja, ich habe den ganzen Nachmittag vor dem Fernsehapparat gesessen. Ich weiß, daß vielen Leuten das Fernsehen mißfällt, aber im Verlauf meiner – wie soll ich sagen? – nachmittäglichen Ausschweifung habe ich einige recht interessante kleine Stücke gesehen. Großartig inszeniert, großartig gespielt. Es sollte mich gar nicht wundern, wenn sich herausstellte, daß heutzutage das darstellerische Niveau im Fernsehen bedeutend höher ist als beim Theater. Da war zum Beispiel ein interessantes Stück über eine Frau, die in Versuchung gerät – ich sage Versuchung, aber es war in keiner Weise anstößig –, ihre Familie zu verlassen, weil sie die Monotonie des bürgerlichen Lebens nicht mehr ertragen kann. Sie hat eine äußerst unangenehme Schwiegermutter. Unangenehm ist vielleicht nicht das richtige Wort, es handelt sich um eine Frau, deren Charakter, wie man sagen könnte, durch eine Reihe unglückseliger Umstände geformt worden ist. Eine herrschsüchtige Frau. Sie hat den Eindruck, daß die Heldin ihren Mann vernachlässigt. Nun, diese Schwiegermutter ist reich, und die jungen Leute haben allen Grund, dereinst mit einer beträchtlichen Erbschaft zu rechnen. Die Familie unternimmt einen Ausflug – ein Picknick an einem See, wirklich meisterhaft gemacht –, und während eines Unwetters ertrinkt die Schwiegermutter. Die nächste Szene spielt in der Kanzlei eines Anwalts. Das Testament wird verlesen, und sie erfahren zu ihrem Erstaunen, daß ihnen die Verstorbene nicht einen einzigen Dollar hinterlassen hat. Nun, diese Wendung der Dinge bewirkt, daß die junge Frau neue Kraftquellen in sich entdeckt und es fertigbringt, sich wieder ihrer Familie zu widmen – ein moralischer Aufschwung sozusagen. Das Stück war wirklich recht aufschlußreich, und mir scheint, wenn wir öfter solche Sendungen sähen und die Sorgen und Probleme anderer Menschen kennenlernten, wären wir vielleicht weniger selbstsüchtig, weniger ichbezogen und würden uns nicht so leicht von unseren eigenen kleinen Problemen überwältigen lassen.»

Melissa hatte gehofft, bei ihm Mitgefühl zu finden. Nun aber schien ihr, sie könne von einem Scheunentor oder einem Stein mehr Verständnis erwarten als von Mr. Bascom. Für einen Augenblick kam er ihr in seiner Stupidität, seiner Vulgarität unverletzlich vor. Doch wenn *er* kein Verständnis für sie hatte, war es dann nicht ihre Pflicht, ein wenig Verständnis oder zumindest Toleranz für ihn aufzubringen, für diesen dicken, einfältigen Mann, der den Albernheiten des Fernsehens Beifall zollte? Was sie rührte, war das Antiquierte seiner Frömmigkeit. Hätte sie beispielsweise den Namen Jesu Christi außerhalb des liturgischen Zusammenhangs gebraucht, so wäre er sittlich entrüstet gewesen. Er konnte nichts dafür, er war nicht der einzige, der sich vergebens bemühte, dem Leiden des Heilands Glut und Realität zu geben. Er hatte versagt; er war ein Versager wie sie, und daher verdiente er Mitleid. Sie spürte, wie gern er ihren Sorgen aus dem Wege gegangen wäre und sich mit ihr über den Wohltätigkeitsbasar, die Baseball-Meisterschaftsspiele, den hohen Preis des Kirchenfensterglases, die Niedertracht des Kommunismus, die Vorteile elektrisch geheizter Bettdecken unterhalten hätte – über alles, nur nicht über ihre Sorgen.

«Ich habe gesündigt», sagte Melissa. «Ich habe gesündigt, und die Erinnerung ist quälend, die Last unerträglich.»

«Wie haben Sie gesündigt?»

«Ich habe Unzucht mit einem jungen Mann getrieben. Er ist noch nicht einundzwanzig.»

«Ist es oft geschehen?»

«Ja, sehr oft.»

«Und auch mit anderen?»

«Mit noch einem. Nur einmal, aber ich habe das Gefühl, daß meine Triebe stärker sind als ich.»

Er schirmte seine Augen mit den Händen ab. Sie sah, daß er betroffen und angewidert war. «In solchen Angelegenheiten», sagte er, ohne aufzublicken, «arbeite ich Hand in Hand mit Doktor Herzog. Ich kann Ihnen seine Telefonnummer geben, oder ich treffe für Sie eine Verabredung, wenn Ihnen das lieber ist.»

«Ich gehe nicht zu Doktor Herzog», antwortete Melissa weinend. «Ich kann nicht.»

Sie verließ das Pfarrhaus, fuhr nach Hause und rief sofort bei Narobi an. Die Köchin hatte schon alles kommen lassen, was an Lebensmitteln benötigt wurde, und so bestellte Melissa einen Kasten Tonic-Wasser, Brunnenkresse und eine Tüte Pfefferkörner. «Wir haben Ihnen bereits heute früh einen Kasten Tonic-Wasser geliefert», sagte Mr. Narobi mürrisch.

«Ja, ich weiß», erwiderte Melissa. «Wir erwarten Gäste.» Bald darauf kam Emile.

«Tut mir leid, daß ich dich in New York habe sitzenlassen», sagte Melissa.

«Schon gut.» Er lachte. «Ich war eben hungrig.»

«Ich möchte mit dir zusammensein.»

Emile nickte. «Schön. Und wo?»

«Das weiß ich nicht.»

«In der Hütte vielleicht», meinte Emile. «Ein paar Freunde und ich, wir haben eine Hütte unten am Bahndamm. Ich muß rasch noch mal ins Geschäft, aber in einer halben Stunde können wir uns treffen.»

«Gut.»

«Man geht über die Eisenbahnbrücke», erklärte er, «und dann hinunter. An der Müllhalde läuft ein Feldweg entlang. Ich werde etwas früher dort sein und dafür sorgen, daß niemand uns stört.»

In der Hütte war es so dunkel, daß sie nicht viel mehr sah als die Wand, an der sie lag. «Weißt du», sagte er, «zu Mittag habe ich Muschelsuppe gegessen und überbackenes Roastbeefsandwich mit Gemüsebeilage und Torte mit Eiscreme, und ich bin immer noch hungrig.»

25

EMILE UND MRS. CRANMER wohnten im ersten Stock eines Zweifamilienhauses. Es war ein Fachwerkhaus, dunkelgrün gestrichen und mit Weiß abgesetzt. Das Grün hatte sich im Regen schwärzlich verfärbt. Solche Häuser treten selten allein auf – man könnte sie den geselligen Typ nennen. Sie sind in den Vorstädten von Montreal anzutreffen, finden sich jenseits der Grenze in den Holz- und Sägewerkstätten des Nordens, gedeihen in Boston, Baltimore, Cleveland und Chicago, überspringen die Weizenstaaten und erscheinen aufs neue in den Stadtrandsiedlungen von Sioux City, Wichita und Kansas City: eine unregelmäßige, gewaltige Kette quasi-nomadischer Behausungen, die sich über den gesamten Kontinent erstreckt.

Auf dem abendlichen Heimweg kam Mrs. Cranmer an dem

Haus vorbei, das ihr gehört hatte, als Mr. Cranmer noch lebte. Es war ein großer Ziegelbau mit Stuckornamenten. Zwölf Zimmer! Ein so geräumiges, so weitläufiges Haus! Einen nach dem anderen beschwor sie die Vorzüge herauf. Die Bank hatte das Haus an eine italienische Familie namens Tomasi verkauft. Obgleich Mrs. Cranmer bemüht war, die Doktrin von der Gleichheit aller Menschen zu akzeptieren, empfand sie Bitterkeit bei dem Gedanken, daß Leute aus einem anderen Land, Leute, denen die Sprache und die Sitten der Vereinigten Staaten noch fremd waren, das Haus eines Menschen besitzen sollten, der hier geboren war. Die wirtschaftlichen Tatsachen waren unabänderlich, und sie kannte sie nur zu gut, aber das konnte die Bitterkeit nicht vertreiben. Das Haus schien noch immer ihr zu gehören, noch immer unter ihrer Obhut zu stehen, es erinnerte sie noch immer an das sorglose Leben, das sie mit Mr. Cranmer geführt hatte. Die Tomasis hielten sich vorwiegend in der Küche auf, und die vorderen Fenster waren meistens dunkel. An diesem Abend aber brannte in einem der Zimmer eine Lampe mit Fransenschirm, und dahinter waren an der Wand die vergrößerten Fotos von Ausländern zu sehen: schnurrbärtige Männer mit Stehkragen und schwarzgekleidete Frauen. Sie kam sich ausgestoßen vor, als sie durch das erhellte Fenster in ein Haus blickte, das einmal der Mittelpunkt ihres Lebens gewesen war. So ging sie denn hastig in ihren hochhackigen Schuhen weiter.

Die Abendzeitung lag im Briefkasten. Für gewöhnlich las Mrs. Cranmer sie in der Küche. Die sensationellsten Berichte drehten sich fast immer um die heimliche moralische Revolution der jungen Männer in Emiles Alter. Sie stahlen, sie plünderten, sie tranken, sie vergewaltigten, und wenn sie eingesperrt wurden, rissen sie in den Zellen die Leitungsrohre heraus. Mrs. Cranmer bedauerte die Eltern der Übeltäter und dankte dem Himmel immer wieder aus tiefstem Herzensgrund dafür, daß Emile ein so guter Junge war. Auch in ihrer Jugend hatte es ähnliche Dinge gegeben, aber damals schien die Welt gemütlicher und nachsichtiger gewesen zu sein. Sie hatte nie herausfinden können, bei wem die Schuld eigentlich lag. Vielleicht hatte sich die Welt für ihren Verstand und ihre Intuition zu schnell verändert. Und es war ja auch niemand da, der ihr half, das Gute vom Schlechten zu scheiden. Wenn sie die Zeitung gelesen hatte, ging sie in ihr Zimmer und legte die schmucken Hüllen ab, die davon kündeten, daß sie die Liebe eines braven Mannes erfahren hatte. Bei ihr gab es keine Nachlässigkeit, keine Schlamperei. Sie zog saubere Hausschuhe und ein sauberes Baumwollkleid an und bereitete dann das Essen. An diesem Abend aber kümmerte sie sich um nichts; sie ging geradewegs in ihr Schlafzimmer, warf sich im Dunkeln aufs Bett und weinte.

Auf dem Heimweg von der Hütte glaubte Emile einen neuen Ernst, einen neuen Aspekt der Reife in sich zu entdecken. Als er die Wohnung betrat, brannte Licht in der Küche, aber seine Mutter stand nicht am Herd, und dann hörte er sie in ihrem Zimmer schluchzen. Er wußte sofort, was geschehen war, obgleich er damit nicht gerechnet hatte. Sein Herz trieb ihn in das dunkle Zimmer, und sie sah völlig verstört aus, mehr denn je wie ein kleines Kind, ratlos, einsam, von Kummer überwältigt. Er fühlte sich erdrückt von soviel Verzweiflung.

«Ich kann es einfach nicht glauben», jammerte sie. «So etwas ist doch nicht möglich. Ich habe dich für einen guten Jungen gehalten, ich habe dem lieben Gott jeden Abend dafür gedankt, und dabei hast du es die ganze Zeit vor meinen Augen getrieben. Mr. Narobi hat mir alles erzählt. Er war heute bei mir im Geschäft.»

«Es ist nicht wahr, Mutter. Was er dir auch erzählt hat, es ist nicht wahr.»

Wie ein Kind wühlte sie ihr Gesicht in das feuchte Kissen, und ihm kam es vor, als wäre sie wirklich ein Kind, seine Tochter, der ein fremder Mann grausam weh getan hatte.

«Ich habe gehofft, daß du das sagen würdest, ich habe gebetet, daß du das sagen würdest, aber ich kann dir nichts mehr glauben. Mr. Narobi hat mir alles erzählt, und warum sollte er mich anschwindeln? So etwas kann er sich doch nicht ausdenken.»

«Es ist nicht wahr, Mutter.»

«Aber warum hat er's mir dann erzählt, warum hat er mit all

diese Lügen erzählt? Er hat gesagt, da ist eine Frau, mit der du herumziehst. Er hat gesagt, daß sie immerzu im Geschäft anruft, auch wenn sie gar nichts braucht, und daß er genau weiß, was gespielt wird.»

«Es ist nicht wahr.»

«Dann möchte ich nur wissen, warum er mich angelogen hat. Vielleicht ist er eifersüchtig», sagte sie hoffnungsfroh. «Weißt du, vorvoriges Jahr hat er mir einen Heiratsantrag gemacht, und als ich ihm erklärte, daß eine zweite Ehe für mich nicht in Frage käme, war er sehr ärgerlich.» Sie setzte sich auf und trocknete ihre Tränen.

«Ja, vielleicht ist es deswegen.»

«Er kam eines Abends, als ich allein war, brachte mir eine Schachtel Pralinen und fragte, ob ich ihn heiraten wollte. Als ich ihn abwies, sagte er wütend, das würde ich eines Tages bereuen. Glaubst du, er legt es jetzt darauf an, daß ich's bereue?»

«Ja, so wird es wohl sein.»

«Ist das nicht komisch? Wegen so etwas will er mir weh tun. Ist das nicht komisch? Die Leute kommen doch auf die sonderbarsten Ideen.»

Sie wusch sich das Gesicht und bereitete dann das Abendessen, während Emile in sein Zimmer ging, berunruhigt wegen des Saphirringes, den er in einer Schublade versteckt hatte. Bestimmt war es sicherer, ihn von jetzt an in der Tasche zu tragen. Er zog die Lade auf und wollte gerade den Ring aus dem Etui nehmen, als etwas ihn zwang, sich umzudrehen. Seine Mutter stand auf der Schwelle. «Gib mir das», rief sie. «Gib mir das, du Teufel! Ja, in dich ist der Teufel gefahren, und durch wessen Schuld? Gib mir den Ring. So hat sie dich also bezahlt! O du schmutzige, verkommene Natter! Bilde dir nur nicht ein, daß ich um dich weinen werde. Meine letzten echten Tränen habe ich am Grab deines Vaters vergossen. Ich weiß, was es heißt, von einem guten Mann geliebt zu werden, und das kann mir niemand nehmen. Du bleibst jetzt in deinem Zimmer, bis ich dich rufe.»

Moses öffnete die Tür, als Mrs. Cranmer am nächsten Abend klingelte. Sie trug Hut, Handschuhe und so weiter, und er konnte sich nicht vorstellen, was sie wollte. Sie war nicht im Wagen gekommen, mußte also von der Bushaltestelle zu Fuß gegangen sein. Zuerst dachte er, sie habe sich in der Adresse geirrt. Sie hätte eine Köchin oder eine Näherin auf Arbeitssuche sein können. Offenbar mußte sie all ihren Mut und ihr Selbstbewußtsein aufbieten, um die Worte auszusprechen, die sie ihm ins Gesicht schleuderte.

«Sagen Sie Ihrer Frau, sie soll meinen Sohn in Ruhe lassen.»

«Wie meinen Sie das?»

«Sagen Sie Ihrer Frau, sie soll meinen Sohn in Ruhe lassen. Ich weiß nicht, hinter wievielen anderen Männern sie her ist, aber wenn ich sie mit meinem Jungen erwische, kratze ich ihr die Augen aus.»

«Wie...? Was...?»

Ihre Kraft war erschöpft. Er machte die Tür zu und rief: «Melissa! Melissa!» Warum antwortete sie nicht? Warum antwortete sie nicht? Er hörte sie die Treppe hinauflaufen und folgte ihr. Die Tür stand offen, und sie saß vor ihrem Toilettentisch, das Gesicht in den Händen verborgen. Mordlust stieg jäh in ihm auf, und so wie er manchmal in der Begierde ihren Körper zu fühlen glaubte, bevor er sie angerührt hatte, schien er jetzt ihren Hals zu fühlen, die Sehnen und Muskeln, die sich unter seinem Würgegriff verkrampften. Zitternd trat er von hinten an sie heran, legte die Hände um ihren Hals, und als sie schrie, erstickte er den Schrei. Dann aber, von Höllenfurcht gepackt, schleuderte er sie zu Boden und ging weg.

26

WAS WAR GESCHEHEN, was war mit Moses geschehen? Von den beiden Wapshots war er der ansehnlichere, der klügere, der natürlichere, und doch schienen die Krisen seiner Zeit ihm, einer einfachen und impulsiven Natur, viel härter zugesetzt zu haben als seinem Bruder Coverly mit dem langen Hals, der abscheulichen Gewohnheit, mit den Fingerknöcheln zu knacken, und den Anfällen von Melancholie und Verdrießlichkeit.

An einem Samstagmorgen tauchte Moses ganz unerwartet in Talifer auf. Sein Bruder putzte gerade die Fenster. Eine Mythologie, die einiges Licht auf die undurchsichtigen Beziehungen zwischen Brüdern werfen könnte, scheint bei Kain und Abel haltzumachen, und vielleicht soll es so sein. In die außerordentliche Freude, mit der Coverly und Moses einander begrüßten, mischte sich, ihnen unbewußt, der Wunsch zu verletzen. Moses belächelte verächtlich die Putzlappen des Bruders. Coverly stellte fest, daß Moses' Gesicht rot und gedunsen war. Moses hatte einen Spazierstock mit silberner Krücke bei sich. Kaum war er im Haus, da schraubte er die Krücke ab und goß sich aus dem Stück einen Gin ein. «Er faßt einen halben Liter», sagte er ruhig. «So einen hätte Vater haben müssen, wie?» Trotz der frühen Stunde trank er seinen Gin so unbekümmert, als hätte die Erinnerung an den Vater und viele andere handfeste Burschen ihn, einen Wapshot, von den Problemen der Enthaltsamkeit und Selbstdisziplin befreit. «Ich bin auf dem Weg nach San Francisco», erklärte er, «und da wollte ich schnell mal guten Tag sagen. Um fünf fliege ich weiter. Melissa und dem Jungen geht's bestens. Einfach prima.»

Er sprach laut und nachdrücklich, denn wie Coverly – und wie Melissa – hatte er die Fähigkeit entwickelt, Geschehnisse der Vergangenheit oder der Gegenwart als nicht geschehen zu betrachten und das, was geschehen könnte, für unmöglich zu halten. Die erste Sorge der Brüder galt dem Geheimnis, das Honora umgab. Coverly hatte bei ihr in St. Botolphs angerufen, jedoch ohne Erfolg. Seine Briefe an Honora waren zurückgekommen. Moses hatte vermutet, ihr Brief über die Steineiche solle verhehlen, daß sie erkrankt sei, aber wie paßte das zu der Behauptung, sie habe eine Straftat begangen? Coverly hätte seinem Bruder das Computerzentrum zeigen oder ihn durchs Fernglas die Abschußrampen besichtigen lassen können; statt dessen fuhr er mit ihm zu der verlassenen Farm, und sie gingen dort im Wald spazieren. Es war ein schöner Wintertag, aber Coverly betrachtete diese Helle und Weite mit Mißmut. Im Obstgarten hingen noch einige verkümmerte Früchte; der Duft und das Plumpsen des Fallobstes schienen ebenso zur Welt zu gehören wie die Meere. Das Paradies, dachte Coverly, muß nach Fallobst gerochen haben. Ein paar welke Blätter wirbelten im Wind, und bei ihrem Anblick fühlte er Sehnsüchte in seinem Innern erwachen. Moses hingegen schien sich vor allem für seinen Durst zu interessieren, denn schon nach kurzer Zeit schlug er vor, einen Schnapsladen zu suchen. Als sie zum Wagen zurückgingen, gab es drüben bei den Rampen eine laute Explosion. Offenbar handelte es sich um einen Fehlstart, der einen Luftalarm zur Folge hatte. Wenn man am blauen Himmel auch keine Flugzeuge sah, so war doch ihr Dröhnen zu hören. Es klang wie das unschuldige Rauschen einer Muschel, die ein alter Mann einem Kind ans Ohr hält.

Sie stiegen in den Wagen und fuhren zu einem Spirituosengeschäft am Ortsrand, fanden es jedoch geschlossen. Im Schaufenster hing ein Schild: «Heute kein Verkauf, damit sich unsere Angestellten ihren Familien widmen können.» In Talifer brach zuweilen eine sporadische und sinnlose Panik aus. Eine Handvoll Männer und Frauen fielen der Verzweiflung anheim und zogen sich in ihre Luftschutzräume zurück, um zu beten und sich zu betrinken. Coverly maß diesen Leuten ebensowenig Bedeutung bei wie den Adventisten in St. Botolphs, die sich ab und zu in Laken hüllten, den Pfarrersberg erklommen und dort auf die Auferstehung der Toten und den Anbruch des Tausendjährigen Reichs warteten. Die Vorstellung von einer totalen Katastrophe scheint ein Teil der menschlichen Phantasie zu sein. Sie fuhren zum Einkaufszentrum und fanden einen Spirituosenladen, der geöffnet war. Moses sagte, er brauche Bargeld, und auf Coverlys Bürgschaft hin löste der Besitzer einen Scheck über hundert Dollar ein. Zu Hause füllte Moses seinen Spazierstock und setzte sich hin, um ausgiebig zu trinken. Um vier Uhr fuhr Coverly den Bruder zum Flughafen. Der Abschied am Haupteingang schien für beide eine kräftige Mischung aus Liebe und Rauflust zu sein.

Drei Tage später rief der Besitzer des Spirituosengeschäfts an und sagte, Moses habe ihm einen ungedeckten Scheck gegeben. Coverly fuhr hin und schrieb seinerseits einen Scheck aus. Am Donnerstag rief ein Motel in der Nähe des Flughafens an. «Ich habe Ihren Namen im Telefonbuch gefunden», sagte der Portier, «und weil es ein so seltener Name ist, dachte ich mir, Sie wären vielleicht mit Mr. Moses Wapshot verwandt. Der Herr wohnt seit Samstag bei uns, und wenn ich die leeren Flaschen zähle, möchte ich annehmen, daß er pro Tag etwa zwei Liter konsumiert. Nicht daß ich mich über ihn beschweren will, keineswegs, aber wenn er das Zeug nicht bald in den Ausguß schüttet, wird's ihm übel ergehen. Ich dachte, ich wollte Sie lieber verständigen, für den Fall, daß er ein Mitglied Ihrer Familie ist.» Coverly sagte, er werde sofort kommen, und fuhr zu dem Motel, aber als er dort eintraf, war Moses nicht mehr da.

27

Es ist zweifelhaft, ob Emile jemals Liebe für Melissa empfunden hatte und ob es außer ihm selbst und dem Geist seines Vaters überhaupt jemanden gab, den er liebte. Ab und zu dachte er an Melissa und kam stets zu dem Schluß, daß er sich nichts vorzuwerfen habe. Was für Leiden sie auch erdulden mochte, er war dafür nicht verantwortlich. Nachdem er von Mr. Narobi auf die Straße gesetzt worden war, schlug er ein Weilchen die Zeit tot und fand dann eine Stellung in dem neuen Supermarkt auf der Anhöhe – dem mit dem Turm. Offiziell wurde er als Lagergehilfe beschäftigt, doch der Geschäftsführer, Mr. Freeley, erklärte ihm, er sei für eine andere Aufgabe vorgesehen. Der Markt war seit zwei Monaten in Betrieb, aber das Geschäft ging schlecht. Die Hausfrauen von Proxmire Manor waren launisch wie verwöhnte Kinder und manchmal auch gereizt, weil ihrem

Leben die tonischen Kräfte der Sehnsucht und der Not fehlten. Mr. Freeley hatte sie am Eröffnungstag den Laden stürmen und die frischen Ansteckorchideen wegschleppen sehen, die jede Kundin erhielt, aber als die Blumen alle waren, hatte er erleben müssen, daß sie herzlos zu ihren alten Freunden, der Grand Union oder der A & P, zurückkehrten. Wie die Heuschrecken kamen sie angeschwärmt, plünderten die Stände mit preiswerten Sonderangeboten und kauften die übrigen Waren anderswo. Dabei war sein Geschäft wirklich einmalig. Breite Glastüren, die sich selbsttätig öffneten, führten zu einem Viktualienmuseum – Regal an Regal, alles voller Konserven, riesige Truhen mit Tiefkühlgeflügel, die Fischabteilung, wo Hummer in einem mit Meerwasser gefüllten Becken krochen, über dem ein kleiner Leuchtturm aufragte. Die Luft war von Musik und sanftem Licht erfüllt. Es gab Belustigungen für die Kinder und Delikatessen für die Feinschmecker, aber niemand – fast niemand ließ sich dort blicken.

Der Laden war ein Filialbetrieb, und die Statistiker im Zentralbüro hatten die Launenhaftigkeit der verwöhnten Hausfrauen einkalkuliert. Die Damen liebten den Wechsel, und so würden sie ihre Gunst früher oder später Mr. Freeleys Museum zuwenden. Man mußte nur warten und ständig für Hochglanz sorgen. Aber die Damen zögerten länger, als die Statistiker erwartet hatten, und schließlich wurde Mr. Freeley angewiesen, eine großzügige Werbekampagne durchzuführen. Zu Ostern sollten tausend Plastikeier in den Gärten und Grünanlagen des Ortes versteckt werden. Alle enthielten einen Gutschein für ein Dutzend frischer Landeier. Zwanzig glückliche Finder konnten außerdem einen Gutschein für ein Fläschchen teuren französischen Parfums einlösen, und zehn weitere bekamen einen Außenbordmotor. Fünf Eier – die goldenen – berechtigten zu einem dreiwöchigen Ferienaufenthalt (für zwei Personen) in einem Luxushotel in Madrid, Paris, London, Venedig oder Rom, alles inklusive. Der Erfolg war enorm. Die Hausfrauen strömten in Scharen herbei, denn sie nahmen an, daß einer der Angestellten die Eier verstecken würde, und wollten herausbekommen, um wen es sich handelte. «Die Erfahrung hat uns gelehrt», las Freeley in den Erläuterungen, «daß es in jedem Ort zahlreiche Hausfrauen gibt, die vor nichts zurückschrecken, um die Identität des Eierverteilers und die vermutlichen Verstecke zu ermitteln. In manchen Fällen trat dabei eine erstaunliche Unmoral zutage.» Es war Emile, der den Auftrag erhielt, die Eier zu verstecken. Hätte sich Mr. Freeley bei Narobi erkundigt, dann wäre seine Wahl bestimmt nicht auf Emile gefallen, aber er fand, der Junge sehe ehrlich und sogar tugendhaft aus. In seinem Büro erklärte er Emile die Einzelheiten. Man hatte ihm eine Skizze geschickt, auf der die Verstecke eingezeichnet waren. Die Eier mußten in der Nacht zum Ostersonntag zwischen zwei und drei Uhr versteckt werden. Emile sollte über seinen Lohn hinaus eine Prämie in Höhe von fünfundzwanzig Dollar bekommen, und im Interesse der Geheimhaltung durfte Mr. Freeley bis Ostern nicht mehr mit ihm reden.

Am Abend vor Ostern wurde der Laden um sechs Uhr geschlossen. Der letzte Lilientopf war verkauft, aber noch immer trieben sich einige Hausfrauen zwischen den Regalen herum und versuchten, den Lagergehilfen das Geheimnis der Eier abzuschmeicheln. Um Viertel nach sechs wurden die Türen verriegelt, um halb sieben erloschen die Lichter, und nun war Mr. Freeley in seinem Büro allein mit den Eiern. Er holte die Skizze aus dem Safe und betrachtete sie sehr genau. Ein paar Minuten später kam Emile die Treppe herauf. Alle anderen waren nach Hause gegangen. Mr. Freeley zeigte ihm den Schatz und gab ihm die Skizze. Sein Plan war, die Eierkisten in Emiles Auto zu packen. Die beiden verabredeten, sich um zwei Uhr früh vor Emiles Haus zu treffen; von dort aus würden sie zu ihrem Unternehmen starten. Bevor sie die Eier aus Mr. Freeleys Büro zum Wagen schafften, untersuchten sie sorgfältig die Mülleimer und die leeren Kartons auf dem Hof, um sicherzugehen, daß sich dort keine Hausfrau verborgen hielt. Dann wurden der Kofferraum und der Rücksitz des Wagens mit Kisten vollgeladen. Es dämmerte, als sie mit ihrer Arbeit anfingen, und es war finstere Nacht, als sie alles verstaut hatten. In einer angenehmen Verschwöreratmosphäre reichten sie einander die Hand und trennten sich. Emile fuhr so behutsam nach Hause, als wären die Eier nicht nur wertvoll, sondern auch äußerst zerbrechlich. Die Macht des Glücks und der Aufregung, die ihnen innewohnte, schien geradezu fühlbar. Er stellte den Wagen in die alte Garage hinter dem Haus und sicherte das Tor mit einem Vorhängeschloß. Er war nervös und ein wenig bedrückt von der Furcht, daß etwas schiefgehen könnte. Die Sache war nicht herausgekommen, aber auch nicht restlos geheim geblieben. Mindestens zehn Leute im Laden waren durch einen Eliminationsprozeß zu der Überzeugung gelangt, daß niemand anders als er mit dem Verstecken der Eier betraut worden sei, und er hatte eine Menge Fragen über sich ergehen lassen müssen.

Seit es für Mrs. Cranmer feststand, daß Melissa die Unschuld ihres Sohnes ausgenutzt hatte, lebten Emile und sie wieder in friedlicher Gemeinsamkeit. Trotz ihres Alters und ihrer Sorgen war Mrs. Cranmer noch imstande, mit dem Enthusiasmus eines Schulmädchens neue Freundschaften zu schließen. Sosehr es sie kränkte, von ihren Nachbarn übersehen zu werden, sosehr freute sie sich, wenn jemand von ihr Notiz nahm. Vor kurzem hatte sie sich mit einer Frau in Remsen Park – dem billigen Viertel – angefreundet und verplauderte nun viel Zeit mit ihr am Telefon. Auch jetzt, als Emile nach Hause kam, telefonierte sie. Emile las die Zeitung, während er auf das Ende des Gesprächs wartete. Mr. Freeleys Propaganda-Spezialisten hatten die Rückseite des Blattes gekauft und sie überaus wirkungsvoll gestaltet, mit Bildern aus den fünf europäischen Großstädten und der Versicherung, man brauche nichts weiter zu tun, als morgens in den Vorgarten zu schauen, und schon sei man unterwegs.

Sie aßen in der Küche. Als das Geschirr gespült war, kehrte Mrs. Cranmer ans Telefon zurück. Nun sprach sie über die Eier, und Emile vermutete, daß an diesem Abend viele Unterhaltungen um dieses Thema kreisten. Mrs. Cranmer war nicht auf den Gedanken gekommen, man könnte ihren Sohn auserwählt haben, und er war dankbar dafür. Er setzte sich vor das Fernsehgerät. Gegen neun Uhr hörte er einen Hund bellen. Er ging durch den Flur in sein Zimmer und blickte zum Fenster hinaus, aber es war niemand an der Garage. Um halb elf legte er sich zu Bett.

Mr. Freeley war sehr glücklich an diesem Abend. Der Umsatz war beträchtlich gestiegen, und er hatte das Gefühl, die Reisen nach Madrid, Paris, London, Rom und Venedig, die bald im taufeuchten Gras versteckt liegen würden, seien die Frucht seiner eigenen Großmut, seiner eigenen überströmenden Menschenliebe. Als er seiner Frau in der Küche einen Kuß gab, sagte er sich, sie sei noch genauso begehrenswert wie damals vor vielen Jahren, als sie Hochzeit feierten. Er begehrte sie glühend und sah auf die Uhr, um festzustellen, wie lange es noch dauern würde, bis sie ungestört waren. Im Ofen brutzelte ein Braten, und sie machte sich aus seiner Umarmung los, um das Fleisch zu begießen. Dann mußte sie den Tisch decken, das Jüngste baden, das Spielzeug aufsammeln, und während sie all diese notwendigen Arbeiten verrichtete, sah er, wie die Blässe der Müdigkeit ihr Gesicht überzog, und er begriff, daß sie, wenn das Geschirr gespült, die Wäsche gebügelt, das Wiegenlied gesungen und das Nachtgebet mit den älteren Kindern gesprochen war, vermutlich nicht mehr die Kraft besitzen würde, auf seine leidenschaftlichen Liebkosungen zu reagieren. Dieser Gedanke bereitete ihm einiges Unbehagen, und so entschloß er sich nach dem Essen zu einem Spaziergang. Er wanderte nach Parthenia hinüber und dachte mit schlechtem Gewissen daran, daß dort nur wenige Eier versteckt werden sollten.

Supermärkte und soziale Veränderungen hatten die meisten Läden in Parthenia ruiniert. Die Hausmauern waren mit schmutzigen Worten und Zeichnungen bekritzelt; in einem Schaufenster mit dem Schild ZU VERMIETEN hatte man Grabkränze aus trockenem Moos und falschem Buchsbaum ausgestellt. Einer der Kränze hatte die Form eines Herzens, und quer über die Herzkammern zog sich eine Schleife mit der Aufschrift «Mutter und Vater». Das war die Water Street, das Jagdrevier der Halbstarken. In einem Torweg sah Mr. Freeley drei Burschen stehen, die ihm bekannt vorkamen.

Eine Woche zuvor war Mr. Freeley zur Osterfeier der höheren

Schule gegangen, um seine Tochter singen zu hören. Er hatte sich etwas verspätet, und so blieb er hinten im Saal an der Tür stehen. Obwohl das Mädchen seines Wissens nicht musikalischer war als andere auch, hatte man sie für ein Solo ausersehen. Schade, daß er zu spät gekommen war und keinen Sitzplatz mehr erwischt hatte. Neben ihm standen ein paar Halbstarke. Sie unterhielten sich ungeniert und scharrten mit den Füßen, so daß es Mr. Freeley schwerfiel, sich auf den Gesang der Kinder zu konzentrieren. Die Burschen gingen hinaus, kamen wieder herein und schienen sich nicht für die Darbietung zu interessieren. Das ist die Sorte, die auf alles pfeift, dachte Mr. Freeley. Sie spielen weder Baseball noch Rugby oder sonst etwas, sie lernen nicht, sie laufen nicht Schlittschuh auf der Eisbahn, sie tanzen nicht auf den Schulabenden, aber sie umkreisen drohend all diese Veranstaltungen, lungern stets in einem Torweg oder auf einer Schwelle, bald im Licht, bald im Schatten, wie heute abend.

Nun begann der Klavierspieler die Einleitung zum Solo herunterzuhämmern, und Mr. Freeley sah seine Tochter schüchtern aus den Reihen des Chors an den vorderen Rand des Podiums treten. Gleichzeitig verließ einer der Halbstarken seinen Schattenplatz an der Tür und gesellte sich zu einem Mädchen, das vor Mr. Freeley stand. Die beiden versperrten ihm den Blick auf seine Tochter. Er rückte nach links und nach rechts, aber der Bursche und das Mädchen waren ihm immer im Weg, so daß er nicht viel von seinem Kind wahrnahm. Um so besser aber konnte er den Halbstarken und seine Manöver mit dem Mädchen beobachten. Er sah, wie er den Arm um die Schultern des Mädchens legte. Er hörte ihn irgend etwas flüstern. Und dann – zu den Klängen von «Ich weiß, daß mein Erlöser lebt» – schob der Bursche die Hand in den Ausschnitt des Mädchens. Mr. Freeley packte die beiden derb an den Schultern, drängte sie auseinander und sagte so laut, daß seine Tochter irritiert den Kopf zur Tür wandte: «Laßt das sein oder geht raus. Hier ist nicht der Ort für so etwas.» Er zitterte vor Wut und hätte den Burschen am liebsten geohrfeigt. Um seine Fassung wiederzuerlangen, verließ er den Saal und stellte sich auf die Vortreppe des Schulhauses.

Mühsam zündete er sich eine Zigarette an. Er war so verstört, daß er sich fragte, ob es nicht eher die Sorge um die eigene Tochter sei, die ihm so zu schaffen machte. Als Vater und als Bürger war er entrüstet über die unpassende Szene, die sich soeben vor seinen Augen abgespielt hatte, noch dazu während einer Osterfeier in einem Gebäude, das wenigstens dem Sinne nach der Unschuld geweiht war. Er rauchte die Zigarette zu Ende und kehrte dann in den Saal zurück. Die Halbstarken traten zur Seite, um ihn vorbeizulassen, und er spürte den nackten Haß, der ihm entgegenschlug.

Die Burschen im Torweg der Water Street hatten die gleiche lauernde Haltung, zeigten die gleiche Vorliebe für das Halbdunkel, und für ihn waren sie von einer so abstoßenden Fremdheit, als stammten sie nicht aus einer anderen Schicht oder einem anderen Viertel, sondern wären von einem bösartigen Planeten herabgesaust. Beim Näherkommen sah er, daß sie eine Whiskyflasche herumgehen ließen. Der Vorwurf, sie zeien zügellos und verderbt, konnte ihnen nichts anhaben, denn Zügellosigkeit und Verderbtheit waren ja das, was sie erstrebten. Als er an dem Torweg vorbeiging, roch er den Whisky. Dann traf ihn ein Schlag auf den Hinterkopf, und er verlor das Bewußtsein.

Der Wecker läutete um halb zwei. Während Emile sich rasierte, knallte ein Windstoß die Zimmertür zu, und seine Mutter erwachte. Ihre schlaftrunkene Stimme klang heiser und schien einer viel älteren Frau zu gehören. «Emile... Bist du krank?»

«Nein, Mama, es ist alles in Ordnung.»

«Du bist doch nicht krank? Fehlt dir was, Liebling? Ist dir die Krabbenpastete nicht bekommen?»

«Mir fehlt gar nichts, Mama.»

«Ist dir schlecht?» Sie war noch immer benommen und sprach heiser. Dann räusperte sie sich, und das schien nicht nur ihre Stimme, sondern auch ihren Kopf klarzumachen. «Emile!» rief sie. «Es sind die Eier!»

«Ich muß jetzt gehen, Mama», sagte er. «Du brauchst dich nicht aufzuregen. Zum Frühstück bin ich wieder da.»

«Oh, es sind die Eier, nicht wahr?»

Er hörte das Bett knarren, als sie sich aufrichtete und die Füße auf den Boden setzte, aber bevor sie die Tür ihres Zimmers erreicht hatte, war er schon draußen und lief die Treppe hinunter. «Zum Frühstück bin ich wieder da», rief er. «Dann erzähle ich dir alles.»

Die Sterne funkelten. Um diese Jahreszeit blühte noch nichts außer einigen Schneeglöckchen in den Gärten, und die einzige Wildblume war die stinkende Zehrwurz im Straßengraben, aber in der Luft hing ein zarter Erdgeruch, aromatisch wie Rosenduft, und Emile blieb stehen, um Lungen und Kopf damit zu füllen. Wie schön sah die Welt im Licht der Straßenlaternen und der Sterne aus, und wie jung, sogar in ihrer Schäbigkeit. Die Erde, leicht mit Laub, Moos, Lauchgras und frühem Klee bedeckt, wartete auf den Schatz, auf die kostbaren Ostereier.

Als um Viertel nach zwei noch immer nichts von Mr. Freeley zu sehen war, wurde Emile unruhig. Es war so still, daß er ein Auto schon von weitem hätte hören müssen, und er hörte nichts. Er wollte Hilfe haben, er wollte den Auftrag nicht allein ausführen, aber um zwanzig nach zwei begriff er, daß ihm nichts anderes übrigblieb. Vorsichtig öffnete er das Garagentor, das schief in den Angeln hing und über den Kies scharrte. Er warf einen Blick auf den Rücksitz. Der Schatz war unversehrt. Als er den alten Wagen auf die Straße hinausmanövrierte, sah er, daß weit und breit nur ein einziges Licht brannte, nämlich im Wohnzimmer seiner Mutter. Er war viel zu aufgeregt, um sich auszumalen, was sie wohl anstellen würde – übrigens war sie schon eifrig dabei. Sie telefonierte mit ihrer Freundin in Remsen Park. «Emile ist eben losgefahren, um die Eier zu verstecken», sagte sie. «Vor ein paar Minuten hat er das Haus verlassen. Und weißt du, irgendwie habe ich das Gefühl, er wird sie in der Nähe des Delos Circle verstecken. Ich meine, es würde Freeley doch ähnlich sehen, alles den reichen Snobs zuzuschanzen und seine Freunde in Remsen Park zu vergessen. Würde es ihm nicht ähnlich sehen?»

In zwei Stunden ist alles erledigt, dachte Emile, während er vom Rückwärtsgang in den ersten schaltete. Der Erfolg war nahe, und nun kam ihm erst zum Bewußtsein, wie schwer die Verantwortung auf seiner Seele gelastet hatte. In einem Eckhaus brannte Licht, aber es war ein schmales, dicht verhangenes Fenster, vermutlich ein Badezimmerfenster. Während er noch hinsah, erlosch das Licht. Von der hochgelegenen Turner Street am Golfplatz konnte er den ganzen Ort überblicken, konnte sehen, wie ebenmäßig und beruhigend die Dunkelheit war, wie tief der Ort schlief, und er lächelte bei dem Gedanken an all die vielen Männer, Frauen, Kinder und Hunde, die durch labyrinthische Träume wanderten. Er stand neben den Scheinwerfern seines Wagens und las die Anweisung durch. Acht Eier an der Ecke Delwood Avenue und Alberta Street, drei Eier in der Alberta Street, zehn Eier an der Kreuzung des Delos Circle und der Chestnut Lane.

Die Hazzards wohnten an der Ecke Delwood Avenue und Alberta Street. Mrs. Hazzard war wach. Ein böser Traum hatte sie gegen zwei Uhr aus dem Schlaf schrecken lassen, und nun saß sie rauchend am offenen Fenster. Sie dachte an die Eier – an die mit den Reisegutscheinen – und fragte sich, ob man auch in der Alberta Street welche verstecken würde. Sie wäre so gern nach Europa gefahren. Dieser Wunsch entsprang eher dem Neid als der Sehnsucht. Im Grunde wollte sie gar nicht die Welt sehen, sondern das, was andere gesehen hatten. Wenn sie in der Zeitung las, Venedig versinke allmählich im Wasser und der Schiefe Turm zu Pisa werde demnächst einstürzen, dann war sie nicht etwa traurig, weil diese Wunder verschwinden sollten. Sie empfand es vielmehr als unsagbar bitter, daß Venedig von den Wellen überspült werden würde, bevor sie, Laura Hazzard, es gesehen hatte. Sie war auch der Meinung, niemand wisse die Freuden des Reisens besser zu würdigen als sie. Wenn Freunde und Verwandte mit Fotos und Andenken aus Europa zurückkehrten, lauschte sie ihren Berichten mit dem Gefühl, daß sie selbst viel lebhaftere Eindrücke, viel schönere Andenken und Fotos mitgebracht und sich in einer Gondel viel anmutiger ausgenommen hätte. Aber in ihren Neid mischten sich auch einige zärtliche Empfindungen. Das Reisen war für sie mit der Herrlichkeit und dem Pathos der Liebe verknüpft, sie stellte es sich als eine Verkörperung der innigsten Regungen vor. In der Liebe hatte sie das alles gespürt: einen Himmel, der tiefer war als der blaue Himmel der nördlichen Hemisphäre, weitläufige Hallen und Treppen, hohe Gewölbe und Kuppeln, all das Drum und Dran der gewaltigen Vergangenheit. Darüber dachte sie nach, als sie ein Auto um die Ecke biegen und halten sah. Sie erkannte Emile und beobachtete, wie er die Eier im Gras versteckte. Dieser Ablauf der Begebenheiten – der Alptraum, der sie geweckt hatte, ihre Grübeleien am offenen Fenster und nun der junge Mann im Sternenlicht – kam ihr wundersam vor, und in ihrer Erregung rief sie Emiles Namen.

Als er Laura Hazzards Stimme hörte, packte ihn Verzweiflung. Wie sollte er ungeschehen machen, daß sie ihn bei seinem heimlichen Tun erwischt hatte? Den Hals konnte er ihr ja nicht gut umdrehen. «Pst!» machte er und blickte zum Fenster hinauf, aber sie war schon weg, und wenig später kam sie auf ihn zugerannt, barfuß und im Nachthemd. «O Emile», rief sie, «ich glaube, mir ist eines zugedacht. Wissen Sie, ich konnte nicht schlafen, und wie ich so am Fenster saß, sah ich Sie vorfahren. Ich muß ein goldenes haben, Emile! Geben Sie mir ein goldenes.»

«Es soll doch geheim bleiben, Mrs. Hazzard», flüsterte Emile. «Niemand darf wissen, wo ich die Eier verstecke. Und suchen dürfen Sie erst morgen früh. Bitte, gehen Sie wieder ins Haus.»

«Wofür halten Sie mich, Emile? Für ein kleines Mädchen? Geben Sie mir ein goldenes Ei, dann gehe ich sofort ins Haus, aber vorher rühre ich mich nicht vom Fleck.»

«Seien Sie doch vernünftig, Mrs. Hazzard. Ich verstecke kein einziges Ei mehr, wenn Sie nicht ins Haus gehen.»

«Ich will ein goldenes Ei haben. Geben Sie mir eins von den goldenen, sonst bediene ich mich selbst.»

Mrs. Hazzards Gezeter weckte die alte Mrs. Kramer, die nebenan wohnte. Sie war sogleich hellwach, setzte ihr Gebiß ein, schlüpfte in die Pantoffeln und eilte ans Fenster. Ein Blick, und sie begriff, was sich da draußen abspielte. Sie lief zum Telefon und rief Helen Pincher an, ihre Tochter, die drei Blocks weiter in der Millwood Street wohnte. Helen fuhr aus tiefem Schlaf hoch, hielt das Telefon für den Wecker, versuchte, das Geklingel abzustellen, schüttelte den Wecker, machte schließlich Licht und merkte nun, daß es das Telefon war. «Helen, ich bin es, Mutter», sagte die alte Frau. «Sie verstecken die Ostereier. Direkt vor meinem Haus. Ich kann es vom Fenster aus sehen. Komm rasch her!»

Mr. Pincher hatte das Läuten verschlafen, aber das Licht und Helens entzückter Aufschrei weckten ihn. Er sah sie den Hörer auflegen und zur Tür hinauslaufen. Seit etwa einem Monat sorgte sich Mr. Pincher ernstlich um seine Frau. Dreimal hatte sie das Bankkonto überzogen, dreimal in einer Woche hatte sie vergessen, rechtzeitig zu tanken, sie war ohne Strümpfe zur Hochzeit der Gripsers gegangen, sie hatte ihr Schlangenarmband verloren und seine schöne Lederjacke ruiniert, indem sie sie in die Waschmaschine stopfte. Jedesmal hatte sie gesagt: «Ich bin wohl nicht mehr ganz richtig im Kopf.» Als er nun draußen Schritte hörte und aus dem Fenster blickte, sah er sie im Nachthemd die Straße entlanglaufen und war überzeugt, daß sie wirklich den Verstand verloren hatte. Er zog den Bademantel an, aber die Pantoffeln konnte er nicht finden, und so rannte er barfuß hinter ihr her. Sie hatte einen Vorsprung von gut einem Häuserblock, und er rief laut: «Helen, Helen, komm doch zurück! Komm nach Hause, Liebling!» Er weckte die Barnstables, die Melchers, die Fitzroys und die DeHovens.

Emile war inzwischen ins Auto gestiegen. Mrs. Hazzard rüttelte verzweifelt an der anderen Tür, aber ohne Erfolg. Er wollte den Motor anlassen, war jedoch so nervös, daß er ihn abwürgte. Dann kam Helen Pincher ins Scheinwerferlicht gelaufen. Ihr Nachthemd war durchsichtig, und die Lockenwickler in ihrem Haar sahen aus wie ein Krone. Ihre Mutter hing aus dem Fenster und feuerte sie an. «Da sind sie, Helen, da sind sie!» Hinter ihr schrie Mr. Pincher: «Komm zurück, Liebling, komm zurück!»

Der Motor war gerade zu neuem Leben erwacht, als Helen den Kopf zum Wagenfenster hereinstreckte. «Ich will die Parisreise haben, Emile», keuchte sie.

Emile legte den Gang ein, und während er langsam einkuppelte, gesellte sich Mr. Pincher zu ihnen. «Halten Sie an, Sie Idiot!» brüllte er. «Sie ist krank!» Nun sah Emile im Licht der Scheinwerfer ein Dutzend oder noch mehr Weiber in Nachthemden anrücken. Alle schienen sie Kronen zu tragen. Er fuhr vorsichtig weiter, aber einige Frauen stellten sich ihm in den Weg, und er mußte zweimal anhalten, damit sie nicht zu Schaden kamen. Mrs. DeHoven machte sich das zunutze und ließ die Luft aus dem einen Hinterreifen.

Emile fühlte, wie der Wagen hinten absackte. Er wußte, was passiert war, fuhr jedoch langsam weiter. Der platte Reifen schleifte auf der Bremstrommel, und es war unmöglich, das Tempo stark zu beschleunigen, aber er hoffte, daß er seinen Verfolgerinnen trotzdem entwischen würde. Die Alberta Street führte hier steil bergab. Links lag unbebautes Gelände. Die Besitzerin (die alte Mrs. Kramer) verlangte zehntausend Dollar für jeden Morgen Land, und bisher hatte sich kein Käufer gefunden. Gras und Gestrüpp hatten den Boden überwuchert, und an allen Bäumen waren Name und Telefonnummer eines Grundstücksmaklers angenagelt. Emile dachte, wenn er den Delos Circle erreichen könnte, werde er vielleicht davonkommen. Bergab ging es flott voran, aber gerade als der Delos Circle im Scheinwerferlicht auftauchte, erblickte er die Hausfrauen von Remsen Park, dreißig bis vierzig an der Zahl, fast alle in langen Morgenröcken und mit massiv wirkenden Kronen. Er riß den Wagen nach links, fuhr über die Bordschwelle und den Bürgersteig auf das Baugelände und weiter bis zum äußersten Ende des Grundstücks. Nun saß er zwar in der Falle, hatte aber noch ein wenig Zeit zur Verfügung. Er schaltete den Motor und die Scheinwerfer ab, lief nach hinten, öffnete den Kofferraum und machte sich daran, die Eier in das hohe Gras zu werfen. Schwungvoll schleuderte er sie so weit wie möglich, und dadurch gelang es ihm, sich die anrükkende Schar vom Leibe zu halten. Als sein Arm erlahmte, nahm er die Eierkisten und kippte ihren Inhalt ins Unkraut. Alle Eier (bis auf eines) lagen im Gras, bevor die Frauen bei ihm angelangt waren. Er richtete sich auf. In ihren Nachtgewändern glichen Sie

Engeln, und er hörte sie vor Gier und Erregung keuchen. Mit einem einzigen Ei in der Tasche – einem goldenen – schlug er sich in die Büsche.

Der Schmerz rief Mr. Freeley ins Bewußtsein zurück. Er hatte das Gefühl, sein Schädel sei zertrümmert. Dann entdeckte er, daß er sich in einem Keller befand und mit Draht an einen Pfosten gebunden war. Er zitterte vor Kälte, denn er hatte nichts an außer der Unterhose. Zuerst befürchtete er, den Verstand verloren zu haben, aber der scharfe Schmerz in seinem Kopf brachte ihn bald zu klarer Besinnung. Mr. Freeley war ziemlich dick; graugesprenkeltes Haar bedeckte wie eine Matte seine Brust. Die Drähte, mit denen er gefesselt war, schnitten so tief in die fleischigen Arme ein, daß seine Hände wie abgestorben waren. Er schrie gellend um Hilfe, aber nichts geschah. Man hatte ihn überfallen und beraubt, und nun war er hilflos in irgendeinem Keller eingesperrt. Die Situation war so empörend und erschreckend, daß ihm schien, sein Gehirn sei bloßgelegt. Nach einer Weile hörte er Schritte und Stimmen, die Stimmen der Rowdies. Einer nach dem anderen kamen sie in den Keller herunter. Es waren die drei von vorhin: der Anführer, dann einer mit einem runden Gesicht und ein magerer, blasser Bursche mit langem Haar.

«Na, Hühnchen», sagte der Anführer und sah ihn an.

«Was wollt ihr von mir?» fragte Mr. Freeley. «Mein Geld habt ihr ja schon. War es wegen dem Mädchen in der Schule?»

«Ich weiß von keinem Mädchen in keiner Schule», erwiderte der Anführer. «Mir gefällt deine Nase nicht, Hühnchen, das ist alles. Was hast du denn, Hühnchen? Warum zitterst du so? Hast du Angst, wir foltern dich mit Streichhölzern und solchem Zeug?» Er zündete ein Streichholz an und hielt es dicht an Freeleys Haut, ohne ihn mit der Flamme zu berühren. «Schaut euch das Hühnchen an. Das Hühnchen hat Angst vor dem Sterben. Jesus, hört doch bloß, wie das Hühnchen gackert!»

Mr. Freeley brüllte. Er sah den Fußboden zuerst nach links, dann nach rechts kippen und verlor wieder das Bewußtsein.

Irgendwann fühlte er, daß man ihn anfaßte. Er wurde losgebunden. Als sich die Drähte lockerten, schoß das Blut in die Arme zurück. Er wäre hingefallen, hätte ihn nicht jemand aufgefangen. Es war der Blasse mit dem langen, fettigen Haar. Von ihm gestützt, wankte Mr. Freeley zu einem alten Autositz, der in der Ecke lag, und ließ sich darauf niedersinken.

«Wo sind die anderen?» fragte er.

«Abgehauen», erwiderte der Bursche. «Als Sie zusammenklappten, kriegten sie's mit der Angst.»

«Und Sie?»

«Ich habe immerzu Angst.»

«Was wollen Sie von mir?»

«Ich? Gar nichts. Es ist, wie er gesagt hat. Ihre Nase gefällt ihm nicht. Möchten Sie Wasser?»

«Ja.»

Der Bursche holte Wasser und hielt ihm das Glas an den Mund.

«Wann kann ich gehen?»

«Jederzeit», sagte der Bursche. «Ihr Anzug liegt oben. Er hat keinem gepaßt. Harry hat die Uhr genommen. Ich habe nichts genommen. Bye-bye.»

Damit schlüpfte er zur Tür hinaus. Mr. Freeley betastete seine Arme und Beine. Alles schien soweit in Ordnung zu sein. Leicht schwankend ging er nach oben. Sein Anzug lag neben der Tür, und als er ins Freie trat, sah er, daß die Burschen ihn in ein verlassenes Gasthaus am Stadtrand geschleppt hatten.

Mr. Freeley ging zu Fuß nach Hause. Emile tat das gleiche, aber sein Weg führte ihn in eine andere Richtung. Er erreichte über mehrere Hinterhöfe die Turner Street und stieg bergan. Die Szene war apokalyptisch. Aus den Häusern drang das Geschrei verlassener Kinder, und die meisten Haustüren standen offen, als hätte der Erzengel Gabriel seine Posaune ertönen lassen. Auf dem Gipfel des Hügels bog Emile zum Golfplatz ab und setzte sich dort ins Gras, um auf den Tagesanbruch zu warten. Er war müde, glücklich und vergnügt, befreit von seiner Verantwortung und einer noch viel schwereren Bürde. Etwas war geschehen.

Etwas hatte sich verändert. Wie jeder Zeitungsleser trug er die Angst mit sich herum, irgendein besoffener Feldwebel könnte den Planeten einäschern, und in einem anderen Teil seines Wesens saß die leidenschaftliche Sehnsucht nach einem friedlichen Leben im Kreise seiner Altersgenossen. Trotz seiner Jugend war auch er von der allgemeinen Schwäche erfaßt worden. Manchmal lauschte er dem Herzschlag des Planeten, als sei die Erde ein melancholischer Hypochonder, mit großer Kraft und Schönheit begabt und zugleich von der Vorahnung eines jähen und sinnlosen Todes besessen. Nun aber schien der Augenblick der Gefahr überwunden, und er hatte das freudige Empfinden, die erhabenen und friedlichen Werke der Menschen seien ewig. Er konnte seine Stimmung nicht beschreiben, er konnte die Dämmerung nicht beschreiben, er konnte nicht einmal den fernen Pfiff einer Lokomotive beschreiben oder die Form des Baumes, unter dem er saß. Er konnte nur bewundernd zuschauen, wie das gewaltige Faß der Nacht sich bis in die letzten Winkel mit dem hellen Licht des Tages füllte, während die Vögel in den Wipfeln trillerten wie eine Schar Engel, die ihren Hunden pfeifen.

Auf dem Heimweg machte er vor Melissas Haus halt und legte das goldene Ei mit der Romreise in ihren Vorgarten.

Dritter Teil

28

Mochte Honora auch fern von Italien geboren und aufgewachsen sein, ihre Vertrautheit mit den Fotos der römischen Denkmäler machte die Ankunft der alten Dame in dieser Stadt gewissermaßen zu einer Heimkehr. In ihrer Kindheit hatte ein großes braunes Bild mit dem Grabmal des Hadrian in ihrem Schlafzimmer gehangen. Wenn sie, eben erst von einer Krankheit genesen, vor sich hindämmerte, hatten die Trommelform des Bauwerks und der sprungbereite Engel einen festen Platz in ihren Träumen eingenommen. Im hinteren Flur gab es ein Bild mit der Engelsbrücke, und zwei große Fotos der Kaiserforen waren von Raum zu Raum gewandert, immer weiter nach hinten, bis sie schließlich im Zimmer der Köchin landeten. Rom war Honora also zum Teil sehr vertraut. Aber was macht man in Rom? Man sucht den Papst auf. Honora erkundigte sich beim American Express, wie das zu bewerkstelligen sei. Man war sehr hilfsbereit und schickte sie zu einem Priester am amerikanischen Seminar. Der Priester war höflich und entgegenkommend. O ja, eine Audienz lasse sich wohl arrangieren. Vierundzwanzig Stunden vor dem Termin werde sie die Einladung erhalten. Sie müsse dunkle Kleidung und einen Hut tragen, und falls sie ein paar Medaillen gesegnet haben wolle, könne er ihr ein Geschäft empfehlen – er gab ihr die Adresse –, wo man ein schönes Sortiment religiöser Medaillen mit zwanzig Prozent Rabatt verkaufe.

Er erklärte taktvoll, daß der Heilige Vater das Englische besser spreche als verstehe. Sollte er vergessen, ihre Medaillen zu segnen, so möge sie sie als durch seine Nähe gesegnet betrachten. Honora war natürlich gegen Medaillen, aber sie wußte, daß viele ihrer Freunde sich über eine geweihte Medaille freuen würden, und so kaufte sie eine Kollektion. Eines Abends, als sie in ihre *pensione* zurückkehrte, wurde ihr eine Karte vom Vatikan überreicht: Die Audienz war für zehn Uhr am nächsten Vormittag festgesetzt worden. Sie stand früh auf und kleidete sich an. Ein Taxi brachte sie zum Vatikan, wo ein Herr in tadellosem Abendanzug sich nach ihrem Namen erkundigte und um die Einladungskarte bat. Ihren Namen sprach er ‹Wamschang› aus. Er ersuchte sie, die Handschuhe abzulegen. Sein Englisch war so italienisch gefärbt, daß sie ihn nicht verstand. Erst nach einigem Hin und Her begriff sie, daß man in Gegenwart des Heiligen Vaters keine Handschuhe trug. Der Herr geleitete sie eine hohe Marmortreppe hinauf. Zweimal mußte sie stehenbleiben, um sich auszuruhen und Luft zu schöpfen. Dann wartete sie lange in einem Vorzimmer. Es war schon elf Uhr vorbei, als ein zweiter Herr eine Flügeltür öffnete und Honora in einen riesigen *salone* führte, wo der Heilige Vater vor seinem Thron stand. Sie küßte seinen Ring, und ein dritter Herr forderte sie auf, sich zu setzen. Er hielt ein silbernes Tablett in der Hand, und sie sah, daß mehrere Schecks darauf lagen. Nie wäre sie auf den Gedanken gekommen, daß man während der Audienz einen Beitrag für die Kirche von ihr erwartete. Hastig legte sie ein paar Lire auf das Tablett. Sie fühlte sich nicht eingeschüchtert, aber sie spürte in der Atmosphäre etwas Heiliges, die Aura einer großartig organisierten Macht, und sie betrachtete den Papst mit aufrichtiger Ehrfurcht.

«Wie viele Kinder haben Sie, Madame?» fragte er.

«Oh, ich habe keine Kinder», sagte sie mit lauter Stimme.

«Wo sind Sie zu Hause?»

«Ich komme aus St. Botolphs. Es ist ein kleiner Ort. Sie werden ihn wohl nicht kennen.»

«San Bartolomeo?» Die Stimme des Heiligen Vaters klang interessiert.

«Nein», antwortete sie. «Botolphs.»

«San Bartolomeo di Farno», sagte der Papst, «di Savigliano, Bartolomeo il Apostolo, il Lepero, Bartolomeo Capitanio, Bartolomeo degli Amidei.»

«Botolphs», wiederholte sie verzagt. Und plötzlich fragte sie:

«Haben Sie jemals den Osten der Vereinigten Staaten im Herbst gesehen, Heiliger Vater?» Er hörte aufmerksam zu und lächelte, erwiderte aber nichts. «Ach, es ist ein herrlicher Anblick!» rief sie schwärmerisch. «Bestimmt gibt es auf der ganzen Welt nichts Ähnliches. Diese überwältigende Fülle von Gelb und Gold! Natürlich sind die Blätter wertlos, und ich bin schon so alt und lahm, daß ich jemanden bezahlen muß, damit er sie zusammenharkt und verbrennt, aber sie sind so schön, und man hat den Eindruck unermeßlichen Reichtums – oh, ich meine das natürlich im übertragenen Sinne. Wohin man schaut, man sieht überall goldene Bäume, überall Gold.»

«Ich möchte Ihre Familie segnen», sagte der Papst.

«Vielen Dank.»

Sie neigte den Kopf. Er sprach den Segen auf lateinisch, und als sie den Eindruck hatte, er sei fertig, sagte sie laut: «Amen.» Damit war die Audienz beendet. Einer der Herren führte sie hinunter, sie spazierte an der Schweizer Garde vorbei und kehrte zu den Kolonnaden zurück.

Melissa und Honora begegneten einander nicht. Melissa wohnte mit ihrem Sohn und einer *donna di servizio* auf dem Aventin und arbeitete in einem Tonfilmatelier nahe der Piazza del Popolo, wo italienische Filme synchronisiert wurden. Sie war die englische Stimme der Maria Magdalena, der Delila und der Lieblingsfrau des Herkules, aber sie litt an der römischen Melancholie. Diese Melancholie ist nicht virulenter als die New Yorker oder Pariser Abart, hat jedoch ihre Besonderheiten und kann einen so alltäglichen Anblick wie den einer toten Maus in einer Falle apokalyptisch erscheinen lassen. Natürlich war bei Melissa auch Heimweh im Spiel, allerdings nicht in Form von klaren Bildern, die das Pathos, die Lieblichkeit und die Kraft des amerikanischen Lebens heraufbeschworen hätten. Sie sehnte sich nicht nach Kanufahrten auf dem Delaware, sie hatte auch nicht den Wunsch, noch einmal an den dämmerigen Ufern des Susquehanna zu sitzen und Ziehharmonikamusik zu hören. Wenn sie den Corso entlangging, bedrückte sie der Kummer, daß sie nicht die einfachste Bemerkung verstand und von allen beschwindelt wurde. Die Piazza Colonna an einem Regentag bedrückte sie: Ein Fremdenführer schleppte sie immer wieder rund um die Markussäule und beklagte sich über die Jahreszeit und die schlechten Geschäfte. Der Winterregen bedrückte sie: Er war so kalt, daß ihr die Heerscharen der nackten Götter und Heroen auf den Giebeln leid taten, die nicht einmal ein Feigenblatt hatten, um sich vor der Nässe zu schützen. Die Feuchtigkeit des Forums bedrückte sie, die Kälte auf den Treppen aus dem 17. Jahrhundert und in den elenden römischen Küchen mit ihrem Metzgermarmor, dem Fliegenschmutz an den Wänden und den fleckigen Muttergottesbildern über einem schadhaften Gasherd. Es war der Herbst, der sie bedrückte, der Herbst in einer europäischen Stadt, wo ständig Krieg in der Luft liegt, es war das Welken der Blumen, die in den höchsten Ritzen der Aurelianischen Mauer wachsen, es waren die Grasbüschel, die zwischen den Zehen der marmornen Heiligen und Engel auf den Kuppelkränzen römischer Kirchen sprießen. Es war jener Saal auf dem Kapitol, wo die römischen Porträtbüsten aufgestellt sind: Statt einen Hauch kaiserlicher Macht zu spüren, wurde sie an jenen Zweig ihrer Familie erinnert, der nordwärts nach Wisconsin gezogen war, um Weizen anzubauen. Es war, als sähe sie Tante Barbara und Onkel Spencer vor sich, Kusine Alice und die Vettern Randall und James. Diese alten Römer hatten die gleichen klaren Züge, das gleiche dichte Haar, den gleichen Blick, aus dem Nachdenklichkeit, Mut und Besorgnis sprachen. Ihre königlichen Gemahlinnen waren Hausmütter und saßen auf ihren Marmorthronen, als hätten sie soeben den Braten in den Ofen geschoben und warteten nun auf die Heimkehr ihrer Männer von den Feldern.

Sie versuchte, mit wachsamer Miene durch die Straßen zu eilen – gefesselt von der geschichtlichen Tragödie des heutigen Europa –, sie versuchte so auszusehen wie die meisten Leute auf den Straßen, aber der Liebreiz ihres Lächelns verriet deutlich, daß sie keine Römerin war. Wenn sie in den Borghesischen Gärten spazierenging, spürte sie die Last der Gewohnheit, die eine Frau ihres Alters oder jeden beliebigen Alters aus dem einen Land in das andere mitschleppt: Gewohnheit des Essens, des Trinkens, des

Ruhens, der Kleidung, des Sorgens, des Hoffens und, in ihrem Falle, der Todesangst. Das Licht in den Gärten schien den Umfang dieses Gepäcks zu betonen; es war, als sei die ganze Szenerie mitsamt den fernen Hügeln für Menschen geschaffen, die mit weniger Ballast reisten. Sie ging an den dick bemoosten Fontänen vorbei, und welke Blätter schwebten zwischen den marmornen Helden herab: Helden mit Fliegerkappen, Helden mit Bärten, Helden mit Lorbeerkränzen, Helden im Gehrock und mit Vatermördern, an deren Marmorgesichtern die Witterung und der Zahn der Zeit teils mehr und teils weniger genagt hatten. Bekümmert wanderte sie weiter und fand Gefallen an jener Ruhe, die mit den Schatten hoher Bäume auf Menschenschultern herabsinkt. Sie sah eine Eule aus einer Ruine auffliegen. An einer Wegbiegung roch es nach Ringelblumen. Der Garten war voller Liebender, die ungeniert Zärtlichkeiten tauschten. Melissa beobachtete ein Paar, das sich neben einem Springbrunnen küßte. Plötzlich setzte sich der Mann auf eine Bank und entfernte ein Steinchen aus seinem Schuh. Ob dieser Vorgang nun eine Bedeutung hatte oder nicht, Melissa merkte jedenfalls, daß sie aus Rom weg wollte, und am Abend stieg sie in einen Zug, der zu den Inseln fuhr.

29

Emile war fast den ganzen Sommer arbeitslos. Im Herbst kam Onkel Harry zu Besuch, der Bruder seiner Mutter, ein netter, untersetzter Mann, der in Toledo ein Geschäft für Schiffsausrüstungen betrieb und jetzt auf dem Wege zu einem Kongreß in New York war. Dank seinen Beziehungen konnte er Emile eine Heuer an Bord eines der Dampfer verschaffen, die nach Neapel oder Rotterdam fuhren. Emile war sofort damit einverstanden. Bald darauf schrieb Onkel Harry aus Toledo, Emile könne Ende der Woche auf der *Janet Runckle* in See stechen.

Emile kaufte sich in einem Reisebüro in Parthenia eine Buskarte nach Toledo, nahm Abschied von seiner Mutter und fuhr nach New York. Der Bus sollte um neun Uhr abends abgehen, aber bereits um acht hatten sich mehr als ein Dutzend Fahrgäste an der Haltestelle eingefunden. Es waren Reisende, das merkte man an ihrer gepflegten Kleidung, ihren scheuen Blicken, ihren neuen Koffern. Jedes Volk besitzt eine Stätte – ein Schlachtfeld, ein Grabmal oder eine Kathedrale –, wo sein nationales Wesen, sein nationales Streben am deutlichsten zum Ausdruck kommen. Für diese Menschen hier schienen die Bahnhöfe, Flughäfen, Bushaltestellen und Piers ihres Landes die Stätten zu sein, wo sie und ihresgleichen Größe fanden. Die meisten hatten etwas Puritanisches an sich. Ihre Schuhe drückten, die Handschuhe waren steif, die Kopfbedeckung oberlastig, aber diese adrette Kleidung schien anzudeuten, daß sie die uralten Reiselegenden – Theseus und der Minotaurus – noch nicht ganz vergessen hatten. Ihre Augen waren völlig wehrlos, und sie hielten sie fest auf die Koffer, das Pflaster oder das unbeleuchtete Schild über dem Bussteig gerichtet, als fürchteten sie, daß ein Blickwechsel mit einem Bösewicht den Sturz in einen erotischen Abgrund zur Folge haben könnte. Um zwanzig vor neun leuchtete das Schild auf und zeigte das Wort TOLEDO. In die Wartenden kam Bewegung. Sie standen auf, drängten nach vorn, die Gesichter voller Licht, als hätte sich soeben der Vorhang über einem neuen Leben gehoben, über einem Paradies voller Schönheit, obgleich es sich in Wirklichkeit nur um die Sümpfe von Jersey, die Tag und Nacht geöffneten Restaurants, die Ebenen Ohios und ein paar unruhige Träume handelte. Die Fenster des Busses waren aus grünem Glas, und als sie zur Stadt hinausfuhren, brannten alle Straßenlaternen grünlich, so daß man glauben konnte, die ganze Welt sei ein Park.

Emile schlief gut und wachte im Morgengrauen auf. Während des Tages fuhren sie durch Ohio. Das grüne Fensterglas gab der Landschaft ein krankes Aussehen, als wäre die Sonne erkaltet und das Ende des Planeten stünde bevor. Und in diesem seltsamen Licht reisten die Menschen nach wie vor per Anhalter, mähten Getreide und verkauften Gebrauchtwagen. Gegen Abend erreichten sie die Außenbezirke von Toledo, aber es hätte ebensogut Parthenia sein können. Da gab es Würstchenbuden und Stände, an denen frisches Gemüse verkauft wurde, es gab Gebrauchtwagenplätze mit Lichtgirlanden, ein Hunde- und Katzenspital, eine Frau im Badeanzug, die einen Rasenmäher vor sich herschob, und eine Schwangere, die Wäsche aufhängte, und Emile bemerkte, daß auch die Ulmen und die Ahornbäume die gleichen waren, und auf den Feldern wuchsen hier wie dort Mohrrüben, und solange man die Stadtmitte nicht erreicht hatte, war es unmöglich zu sagen, ob man sich in Parthenia oder in Toledo befand.

Die übrigen Reisenden gingen ihrer Wege, Emile aber blieb mit seinem Koffer an einer Ecke stehen. Die Luft roch nach Gras. Vielleicht kam der Geruch von den Feldern am Stadtrand oder vom See. Die Straßenlaternen brannten, und die Schaufenster waren erleuchtet, aber noch verbreitete die sinkende Sonne einen rosigen Schimmer, und er spürte die gleiche Erregung, die ihn stets im Stadion befiel, wenn in der zweiten Halbzeit die Scheinwerfer aufflammten, während der Himmel noch blau war. Es war nicht kalt, aber er fröstelte; die Luft hier im Flachland schien rauher zu sein als in Parthenia. Er fragte einen Polizisten, wie er zur Union Hall käme. Es war ein weiter Weg. Das Tageslicht war erloschen, und er wanderte im Licht der Schaufenster, der Restaurants und Kneipen durch die Straßen. Die Union Hall war noch leer: grüne Wände, ein geölter Fußboden, Bänke zum Warten. Ein Mann hinter einem Schalter nahm Emiles Beitrag – dreißig Dollar – entgegen und teilte ihm mit, sein Onkel habe schon alles geregelt. Im Laufe des Abends werde die Mannschaft an Bord gehen, und die Anker würden gelichtet, sobald die Fracht gestaut sei. Emile setzte sich und wartete auf die anderen.

Nach einer Weile kam der Koch, ein kleiner Mann in braunem Straßenanzug; er begrüßte seinen Kollegen hinter dem Schalter und machte sich mit Emile bekannt. Er hatte einen fahlen Teint; seine Nase war nach einem Bruch nicht gerichtet worden. Das war das erste, was einem auffiel, das und der Affenblick. Die gebrochene Nase beherrschte das Gesicht, und die breiten Nüstern gaben dem schlauen Leuchten in seinen Augen jenes Affenhafte, das zuweilen boshaft wirkte und zuweilen so nachdenklich wie der Blick irgendeines Affen im Zoo, der die Sonntagnachmittagsbesucher mustert. «Du siehst genauso aus wie ein Kumpel, der voriges Jahr mit uns gefahren ist», sagte er. «Ein gewisser Paff. Er bekam ein Hochschulstipendium und hängte den Seemannsberuf an den Nagel. Du siehst genauso aus wie er.»

Emile freute sich, daß er jemandem ähnlich sah, der ein Hochschulstipendium erhalten hatte. Die Intelligenz dieses unbekannten Doppelgängers schien auf ihn abzufärben. Nach und nach trafen nun auch die übrigen Besatzungsmitglieder ein, und jeder sagte ihm, wie sehr er Paff ähnele. Der erste Offizier war ein junger Mann, der seine Mütze wie ein Baseballspieler in den Nacken geschoben hatte und einen vergnügten, draufgängerischen, aber keineswegs streitsüchtigen Eindruck machte. Der zweite Offizier war ein alter Mann mit schütterem Schnurrbart und in einer abgeschabten Uniform. Er holte ein Foto seiner Tochter aus der Brieftasche und zeigte es Emile: ein Mädchen im Ballettröckchen, das auf dem Dach eines Mietshauses posierte. Dann gesellte sich der Steward zu Emile und dem Koch, ein junger Mann mit jener leicht erkennbaren Vornehmheit, die in den Torfhütten Nebraskas gezüchtet wird – eine Art der Eleganz, die der äußersten Verzweiflung entspringt. Insgesamt waren sie fünfunddreißig Mann. Als letzter kam ein dunkelhäutiger Bursche, der ein Paar Hanteln bei sich hatte.

Taxis brachten sie zum Hafen. Emile saß vorn zwischen dem Fahrer und dem Koch und versuchte, einen Eindruck von Toledo zu gewinnen. Er sah Lichter, Häuser, in der Ferne einen Fluß, und es mußte in der Nähe einen Strand geben, weil auf der Gegenfahrbahn viele Leute in Badeanzügen heimwärts fuhren. Emile spürte mit tiefem Unbehagen, daß es ihm nicht gelungen war, seiner Anwesenheit in Toledo Realität zu verleihen, daß er den besseren Teil seiner selbst in Parthenia zurückgelassen hatte. Sie überquerten Bahngleise und kamen in eine finstere Gegend, wo es vor allem Raffinerien und Kneipen zu geben schien. Sie hielten an einem Tor. Ein Uniformierter winkte sie herein, als er den Koch erkannte, und nun ging es durch eine Wildnis, bis sie hinter einer Wegbiegung in einen riesigen Lichtkreis gelangten. Motorenlärm schlug ihnen entgegen. Hier, in einer nächtlichen Welt, wurde die *Janet Runckle* beladen, ohne Rücksicht darauf, daß die Sonne schon vor zwei oder drei Stunden an den Ufern des Lake Erie untergegangen war. Wie die Musik einer romantischen Agonie erfüllte der Lärm der Kräne, Winden, Erzschaufeln, Hubstapler, Fallbodenfahrzeuge und Schiffspfeifen die Luft.

Die Passagiere gingen um Mitternacht an Bord. Als erster kam ein alter Mann in Begleitung seiner Frau oder Tochter. Er ging mit festem Schritt über die lange Laufplanke, aber die Frau fürchtete sich, ihm zu folgen. Schließlich legte man ihr nahe, die hochhackigen Schuhe auszuziehen, und zwei Matrosen – einer vorn, einer hinten – bugsierten sie an Bord. Dann erschien ein Ehepaar mit drei Kindern. Eines der Kinder weinte. Als letzter traf ein junger Mann mit einer Gitarre ein. Um vier Uhr begann Emiles Dienst. Er trug Paffs Ölzeug und spritzte mit den anderen Mitgliedern der Wache die Decks ab. Der Kapitän hatte für fünf Uhr einen Schlepper bestellt, aber als sich der Schlepper verspätete, wurden zwei Matrosen im Bootsmannssitz über Bord gehievt, damit sie das Schiff mit Hilfe von Winden und Tauen in die Fahrrinne manövrierten. Bei Tagesanbruch stachen sie in See, und Emile wünschte sich beim Anblick des Morgensterns eine glückliche Fahrt.

Die Frühwache spülte die Decks ab und scheuerte Aufbauten und Ruderhaus mit Seife und Wasser. Die Nachmittagswache kratzte Farbe ab. Die Arbeit war leicht und der Umgangston fröhlich, aber das Essen war miserabel. So etwas Abscheuliches hatte Emile noch nie gegessen. Zum Frühstück gab es Rührei aus Eipulver, zum Mittagessen fettes Fleisch mit Kartoffeln, das Abendbrot bestand aus Aufschnitt und Käse. Emile war immerzu hungrig, und sein Hunger führte zu einem tiefen Zerwürfnis zwischen ihm und der Welt. Der Teller mit Aufschnitt und Käse, vor dem er allabendlich saß, schien die menschliche

Dummheit und Gleichgültigkeit zu verkörpern wie ein Sakrament. Seine Bedürfnisse, sein Streben, seine Lebenszeit – alles wurde verkannt, und der Käse und die Wurst machten die Sache noch schlimmer. Eines Abends verließ er zornig die Kombüse und ging an Deck. Bald darauf kam Simon ihm nach, der Bursche mit den Hanteln. «Diese *Runckle*», sagte Simon, «ist in der ganzen Welt für ihren miesen Fraß berüchtigt.»

«Ich habe Hunger», klagte Emile.

«In Neapel haue ich ab», verkündete Simon. «Ich habe vierhundert Dollar in Reiseschecks. Komm mit mir.»

«Ich habe Hunger», wiederholte Emile.

«Ich kenne in Neapel ein amerikanisches Restaurant», sagte Simon. «Da gibt es Roastbeef und Kartoffelpüree. Sogar ein Clubsandwich kriegt man dort. Komm mit mir.»

«Wo soll's denn hingehen?» fragte Emile.

«Nach Ladros», erwiderte Simon. «Da findet eine Schönheitskonkurrenz statt, bei der ich mitmachen will. Man muß seine Chancen im Leben wahrnehmen, und eines ist mir klar: Ich sehe gut aus. Sogar sehr gut. Das ist mein einziges Plus, und daraus will ich Kapital schlagen, bevor es zu spät ist. Auf Ladros kann man bei dieser Konkurrenz zwei- bis dreitausend Dollar schnappen.»

«Du bist verrückt», meinte Emile.

«Also eitel bin ich, soviel steht fest», sagte Simon. «Ich bin ein sehr eitler Mensch. Nie gehe ich an einem Spiegel vorbei, ohne hineinzuschauen und mir zu sagen: Da geht ein sehr gut aussehender Mann. Na, wie ist's? Kommst du mit? Dann können wir in diesem Restaurant essen. Apfelkuchen. Steaks.»

«Am liebsten mag ich Blaubeerkuchen», bemerkte Emile. «Und Zitronenbaiser. Und Aprikosentorte.»

Verdrießlich betrachtete Emile die Azoren über einen Teller mit Aufschnitt und Käse hinweg. Gibraltar war Hackfleischbraten. An der spanischen Küste aß er wässerige Spaghetti, und als sie eines frühen Morgens in Neapel anlegten, wußte er, daß ihm keine Wahl blieb, so gleichgültig er Simons Ambitionen auch gegenüberstand. Am Vormittag verließen sie die *Janet Runckle* und gingen in das amerikanische Restaurant, wo Emile zwei Portionen Schinken mit Ei und ein Clubsandwich vertilgte und sich zum erstenmal seit Toledo wieder als Mensch fühlte. Nachmittags fuhren sie bei stürmischer See nach Ladros. Simon wurde seekrank. Die Veranstalter des Schönheitswettbewerbs hatten ihr Hauptquartier in einem Café an der Piazza aufgeschlagen, und obwohl Simon noch grün im Gesicht war, ging er sofort hin, um sich eintragen zu lassen und die Teilnehmergebühr zu bezahlen. Sie übernachteten in einem Schlafsaal nahe dem Hafen, wo bereits fünfundzwanzig oder dreißig Bewerber hausten. Simon arbeitete gewissenhaft an seiner körperlichen Ertüchtigung. Er rieb sich mit Öl ein, lag in der Sonne und trug, genau wie die anderen, eine winzige Badehose, einen sogenannten Slip. Morgens mietete er ein Ruderboot, um seine Muskeln zu stählen. Nach der Siesta trainierte er mit den Hanteln. Emile, der eine solide amerikanische Badehose trug, ruderte morgens mit ihm und hatte seinen Spaß daran, von den Felsen ins Wasser zu springen.

Es war sehr heiß, und Ladros wimmelte von Touristen, aber das Meer hatte eine Farbe, wie Emile sie noch nie gesehen hatte, und es lag etwas in der Luft, was das Gewissen außer Kraft setzte und die weißen Strände und dunklen Wasser seiner Heimat fern und fremd erscheinen ließ. Es war, als hätte er während der Fahrt über den Golf von Neapel seine Skrupel verloren. Der Wettbewerb sollte am Samstag stattfinden, und am Freitag erkrankte Simon an einer Fleischvergiftung. Emile besorgte ein Medikament aus der Apotheke, aber Simon schlief in der Nacht fast gar nicht und war morgens zu schwach, um aufzustehen. Emile bedauerte ihn sehr und hätte ihm gern geholfen. Nun hatte der Ärmste seine Ersparnisse für nichts und wieder nichts geopfert. Gewiß, sein Ehrgeiz war lächerlich, aber konnte man ihn dafür tadeln? Als Simon bat, Emile möge an seine Stelle treten, stimmte er schließlich zu. Es war die rohe Gewalt der Langeweile, die ihn dazu zwang, denn er hatte nichts anderes zu tun. Er befestigte Simons Nummer an seiner Badehose und begab sich kurz nach vier Uhr zur Piazza. Das untere Ende der Straße war noch in heißes, helles Sonnenlicht getaucht, aber der Platz lag im Schatten. Sie mußten lange warten. Dann kam eine Schiffsladung englischer Touristen an, und als alle Tische am Rande des Platzes besetzt waren, begann das Defilee in der Reihenfolge der Nummern.

Emile wollte nicht mürrisch dreinschauen, denn das wäre Simon gegenüber unfair gewesen, aber er wollte unbeteiligt wirken und damit zum Ausdruck bringen, daß dies nicht seine Idee sei, nicht das, was er begehre. Ohne die Gesichter ringsum zu beachten, starrte er auf eine Reklame für San Pellegrino-Mineralwasser an einer Hausmauer hinter dem Café. Was hätte seine Mutter von ihm gedacht, sein Onkel, der Geist seines Vaters? Wo war das dunkle Haus in Parthenia, in dem er einmal gewohnt hatte? Als er die Piazza überquert hatte, stand er mit den anderen wartend herum. Dann wurden sie ins Café geführt, und erst jetzt merkte er, daß sie nur noch zehn Mann waren und daß er zu den Siegern zählte.

Es begann zu dunkeln; der Himmel vertiefte sich zu jener Traubenfarbe, die Emile das beruhigende Gefühl gab, er sei gar nicht so schrecklich weit von zu Hause entfernt. Auf der Piazza drängten sich jetzt die Menschen. Die zehn Auserwählten tranken an der Theke Kaffee und Wein, zusammengehalten von einem gemeinsamen Erlebnis und einem fragwürdigen Sieg, getrennt durch die Sprachschwierigkeiten. Emile, der zwischen einem Franzosen und einem Ägypter stand, konnte nur ein paar italienische Brocken hinwerfen und albern, aber hoffnungsfroh lächeln, um zu beweisen, daß er freundlich und selbstbeherrscht war. Als es immer dunkler auf der Piazza wurde und im Café die nackten Glühbirnen aufflammten – sie waren sinnvoll und sparsam so angeordnet, daß sie den Mixern bei der Arbeit leuchteten und niemandem schmeichelten –, da hätten die zehn jungen Leute, wäre nicht der Mangel an Bekleidung gewesen, eine Gruppe von Arbeitern, Büroangestellten oder Geschworenen sein können, die schnell mal einen heben, bevor sie heimgehen, dorthin, wo ihr Leben sein Zentrum hat und wo sie mit Sehnsucht erwartet werden. Emile wußte nicht, was jetzt geschehen würde, und bat den Besitzer des Cafés pantomimisch, es ihm zu erklären. Die Erklärung war weitschweifig, und es dauerte lange, bis Emile begriff, daß sie, die zehn Sieger, auf der Piazza versteigert werden sollten. «Aber ich bin Amerikaner», protestierte Emile. «Bei uns ist so etwas nicht üblich.»

«*Niente, niente*», sagte der Mann freundlich und versicherte, wenn sich Emile nicht verkaufen lassen wolle, so stehe es ihm frei zu gehen. In seiner Heimat wäre Emile entrüstet abgezogen, aber er war nicht in seiner Heimat, und die Neugier oder ein noch mächtigerer Impuls hielt ihn fest. Erschrocken fragte er sich, ob die fremde Umgebung, die Lichter, die Umstände tatsächlich bewirken könnten, daß er gegen die Moral verstieß. Um seinen Charakter zu stärken, versuchte er, sich an die Straßen von Parthenia zu erinnern, aber sie waren weltenfern. Trifft es zu, daß der Charakter zum Teil durch Räume, Straßen, Stühle und Tische geformt wird? Läßt sich die Moral wirklich durch Landschaften und bestimmte Speisen beeinflussen? War er unfähig gewesen, seine Persönlichkeit, seinen Sinn für Gut und Böse über den Golf von Neapel mitzunehmen?

Auf der Piazza begann eine Kapelle zu spielen, und hinter dem Café wurden einige Böllerschüsse abgefeuert. Dann öffnete der *padrone* die Tür und rief einen Mann namens Iwan, der seinen Gefährten zulächelte, bevor er auf die Terrasse hinausging und sich auf einen Block stellte. Offenbar nahm er diese Wendung der Dinge mit Grazie hin. Emile stand jetzt auch auf der Terrasse, halb verborgen hinter einer Akazie. Das Bieten begann heiter, es wirkte wie ein Scherz, aber bald wurde ihm klar, daß es hier um das Fell des jungen Mannes ging. Rasch war man bei hundertfünfzigtausend Lire angelangt. Dann wurde langsamer geboten; die Erregung der Menge trug erotische Züge. Iwan schaute gleichmütig drein, aber man sah sein Herz klopfen. War das Sünde? fragte sich Emile, und wenn ja, warum schien es dann für jeden der Anwesenden so charakteristisch zu sein? Hier wurden die höchsten Wonnen des Fleisches feilgehalten, hier gab es die Höhlen und die schönen Himmel des Genusses, die Paläste und die Treppen, den Donner und den Blitz, den großen König und den angetrunkenen Seemann, und die Stimmen der Bietenden klangen, als hätten sie nie etwas anderes ersehnt. Bei zweihundertfünfzigtausend war Schluß. Iwan stieg von dem Block und ging ins Dunkel hinein, wo jemand im Wagen wartete. Emile hörte den Motor anspringen und sah, wie die Scheinwerfer des davonfahrenden Wagens die verfallenen Mauern beleuchteten.

Nun kam ein Ägypter namens Ahab an die Reihe, aber mit ihm stimmte etwas nicht. Er lächelte allzu wissend, schien allzu bereit, sich verkaufen zu lassen und das zu tun, was von ihm erwartet wurde. Der Zuschlag erfolgte schon nach wenigen Minuten bei fünfzigtausend Lire. Ein Mann namens Paolo stellte die erotische Atmosphäre wieder her, und wie zuvor bei Iwan wurde langsam, mit heiserer Stimme geboten. Dann kletterte ein gewisser Pierre auf den Block, und es dauerte eine Weile, bis das Bieten in Gang kam.

Auch mit ihm stimmte etwas nicht. Vielleicht hatte er zuviel Wein getrunken, oder er war müde, jedenfalls stand er da wie ein Stock. Sein Slip war so knapp geschnitten, daß man die Schamhaare sah, seine Pose war annähernd klassisch – die eine Hüfte nach vorn geschoben, die Hand graziös auf den Schenkel gestützt –, klassisch und uralt, als wäre er oft in den Alpträumen der Menschen aufgetaucht. Dies war das Antlitz der Liebe ohne Gesicht, ohne Stimme, Duft und Erinnerung, es war ein Reiben und ein Wälzen ohne eine Spur von Persönlichkeit. Hier trat all die Torheit, Rachsucht und Geilheit in der Liebe zutage, und dieser Anblick schien in der verderbten Menge ein eigensinniges Anstandsgefühl zu wecken. Lieber studierten sie die Preise auf der Speisekarte, als daß sie ihn betrachteten. Pierres Miene war verschlagen, und er trug seine Laszivität offener zur Schau als die anderen, aber anscheinend interessierte das niemanden. Die Atmosphäre hatte sich fast unmerklich verändert. Zehntausend Lire. Zwölftausend. Dann kam kein Angebot mehr. Emile fand es schmachvoll und sündhaft, daß Pierre, der gewillt war, die geheiligten und geheimnisvollen Riten für den unheiligsten Lohn zu vollziehen, von niemandem begehrt wurde. Mußte er nun trotz aller Bereitschaft zur Sünde eine stille Nacht im Schlafsaal verbringen und Schafe zählen? Etwas war hier nicht in Ordnung, ein Versprechen, wenn auch ein unsittliches, war gebrochen worden. Emile schwitzte vor Scham über seinen Gefährten, denn lüstern und nicht begehrt zu sein, erschien ihm als die krasseste Unanständigkeit. Schließlich brachte es Pierre auf zwanzigtausend Lire. Der *padrone* wandte sich nun an Emile und fragte, ob er sich's überlegt habe. Voller Stolz, fest entschlossen zu beweisen, daß ihm nicht passieren könne, was Pierre passiert war, trat Emile vor, stieg auf den Block und blickte kühn in die Lichter der Piazza, als wolle er auf diese Weise der Welt trotzen.

Es wurde recht lebhaft geboten, und der Zuschlag erfolgte bei hunderttausend Lire. Er sprang vom Podium und ging zwischen den Tischen auf die Frau zu, die ihn ersteigert hatte. Es war Melissa.

Sie fuhr mit ihm in die Berge hinauf und durch das Tor einer Villa, wo er im Garten das laute Plätschern eines Springbrunnens und Nachtigallengesang hörte und wo er entdeckte, daß er seinen Sinn für Gut und Böse nicht über den Golf mitgenommen hatte. So vollkommen war dieser Ausbruch der Lust, dieses Sichbefreien von den Bürden seines Lebens, daß ihm war, als vernichte und erneuere er sich ungestüm, als zerschlage er seinen Geist und erbaue ihn neu auf einer höheren, von der Erde und ihrem Kalender losgelösten sinnlichen Ebene.

Im Garten war ein Wasserbecken, in dem sie schwammen, und sie aßen auf der Terrasse. Sechs schwarze Hunde bewachten sie, Dienstboten servierten Speisen und Getränke, kamen und gingen. Er hatte jeden Zeitbegriff verloren, aber sicherlich war schon eine Woche oder mehr vergangen, als sie eines Morgens sagte, sie müsse nach Ladros fahren und etwas besorgen, werde jedoch zum Mittagessen zurück sein.

Es wurde ein Uhr, zwei Uhr, und schließlich aß er allein auf der Terrasse. Die Mädchen räumten den Tisch ab und gingen dann nach oben, um Siesta zu halten. Das Tal war still. Emile legte sich neben dem Schwimmbecken ins Gras und wartete auf Melissa. Eine erotische Gier quälte ihn, und er entbehrte Melissa so schmerzlich wie ein Süchtiger die Droge, die man ihm vorenthält. Die schwarzen Hunde lagen um ihn herum. Zwei von ihnen brachten dauernd Stöcke an, die er werfen sollte. Sie waren hartnäckig und unermüdlich. Immer wieder legten sie einen Stock vor ihn hin, und wenn er ihn nicht sofort warf, bellten sie und forderten Beachtung. Er hörte ein Auto auf der Straße und dachte, in fünf Minuten werde sie bei ihm sein, aber das Auto fuhr vorbei. Er sprang ins Bassin und schwamm bis zum anderen Ende, aber als er aus dem kalten Wasser stieg, umfing ihn die heiße Sonne so zärtlich, daß sein Verlangen nach Melissa nur noch heftiger wurde. Die Blumen im Garten kamen ihm aphrodisisch vor, und sogar das Blau des Himmels war wie ein Teil der Liebe. Er durchquerte noch einmal das Becken und legte sich an einer schattigen Stelle ins Gras. Die Hunde gesellten sich sogleich zu ihm; die beiden, die so gern apportierten, kläfften und winselten, damit er Stöcke werfe.

Er zerbrach sich den Kopf, weshalb sie nach Ladros gefahren war. Was gab es schon zu besorgen, wenn die Köchin die Lebensmittel und den Wein kaufte? Er fragte sich, ob Melissa, die seiner Berührung und seinen Blicken nicht widerstehen konnte, imstande sei, der Berührung und den Blicken irgendeines anderen Mannes zu widerstehen. Stieg sie vielleicht in diesem Augenblick an der Seite eines Fremden eine Treppe hinauf? Dem Grad seiner Freude an ihrer ungehemmten Sinnlichkeit entsprach genau der Grad seiner Eifersucht. Überzeugt, daß Treue und Beständigkeit nicht zu ihren Tugenden gehörten, fuhr er fort, Stöcke für die Hunde zu werfen.

Er warf Stöcke, als handle es sich um eine ernste Aufgabe, als liege ihm das Wohlergehen und die Belustigung der Hunde am Herzen. Warum aber? Sie gefielen ihm nicht, sie mißfielen ihm nicht. Nach einigem Überlegen kam er zu dem Schluß, daß er sich den Hunden verpflichtet fühlte. Anscheinend herrschte da eine Wechselbeziehung, als wäre er in einem früheren Leben ein Hund gewesen, abhängig von den Launen eines Fremden, oder als könnte er eines Tages in einen Hund verwandelt werden, der darum bettelte, daß man ihn ins Haus lasse. Die Geduld, mit der er Stöckchen warf, schien verpflichtend zu sein und Lohn zu verheißen. Aber wo war Melissa? Weshalb war sie nicht bei ihm? Er versuchte, sie sich bei einer harmlosen Besorgung vorzustellen, doch es wollte ihm nicht gelingen. Von Zorn und Qual überwältigt, setzte er sich mit einem Ruck auf, und auch die Hunde hoben die Köpfe. Ihre goldenen Augen und ihr Gewinsel steigerten seinen Ärger. Er ging in den *salone*, um etwas zu trinken, und da er die Tür offenließ, folgten ihm die Hunde. Während er an der Hausbar stand, saßen sie hinter ihm, als erwarteten sie, daß er mit ihnen spreche. Das Haus war still, die Mädchen schliefen wohl. Plötzlich packte ihn die Wut über Melissas Nutzlosigkeit, ihre Verdorbenheit, und die Tiere blickten ihn an, als eile diese Stunde einem Höhepunkt entgegen, der ihnen wohlbekannt war, als nähere er sich einem kritischen Moment, der sie alle betraf, als strebten ihre Stummheit und seine Begierde, seine Eifersucht, sein Zorn aufeinander zu. Er lief nach oben und zog sich an. Bis nach Ladros war es eine Stunde zu gehen. Er erwartete nicht, ihrem Wagen zu begegnen, weil er jetzt überzeugt war, daß sie mit einem neuen Liebhaber zurückkehren und er, Emile, sich in einen Hund verwandeln werde. Aber als sie ihm dann begegnete und anhielt, und als er hinten im Wagen allerlei Pakete liegen sah, da fiel seine moralische Entrüstung in sich zusammen. Er fuhr mit ihr in die Villa, und am Ende der Woche reisten sie gemeinsam nach Rom.

30

EINES VORMITTAGS, als Honora in ihre *pensione* zurückkehrte, kam Norman Johnson im Vestibül auf sie zu. «Miss Wapshot», rief er, «ach, wie ich mich freue, Sie zu sehen! Es ist so schön, jemanden zu treffen, der Englisch spricht. In den Schulen hier soll ja Englisch gelehrt werden, aber die meisten Leute, denen ich begegnet bin, können nur Italienisch. Wollen wir uns nicht setzen?» Er öffnete seine Aktenmappe und zeigte ihr den Auslieferungsbefehl, eine Abschrift des vom Bezirksgericht in Travertine erlassenen Urteils und eine Verfügung zur Beschlagnahme ihres gesamten Vermögens. Offensichtlich schämte er sich, soviel beglaubigte Macht in den Händen zu halten, und er tat Honora leid. «Seien Sie unbesorgt», sagte sie und berührte leicht sein Knie. «Regen Sie sich meinetwegen bitte nicht auf. Es ist ganz allein meine Schuld. Ich hatte eben zu große Angst vor dem Armenhaus. Mein Leben lang habe ich Angst vor dem Armenhaus gehabt. Schon als kleines Mädchen. Wenn Mrs. Bretaigne mich im Auto mitnahm, um mir das Herbstlaub zu zeigen, machte ich immer die Augen zu, wenn wir am Armenhaus vorbeikamen. Aber jetzt habe ich Heimweh und will zurück. Ich werde mein Geld von der Bank holen, und dann fliegen wir nach Hause.»

Sie gingen zum American Express, nicht als Häscher und Häftling, sondern als gute Freunde. Johnson wartete unten, während sie ihr Konto auflöste, und als sie zu ihm trat, hielt sie ein dickes Bündel Zehntausend-Lire-Scheine in der Hand. «Ich hole ein Taxi», sagte er. «Sie können nicht mit all dem Geld durch die Stadt gehen. Das ist viel zu gefährlich.» Er führte sie hinaus auf die Piazza di Spagna.

Es war ein heller Wintertag. In Fregene hatte man wohl schon die Badeflöße auf Rollkarren verladen und die Badehütten zugesperrt; gewiß lag auf den Olivenbäumen ein melancholisches Licht; sicherlich waren die *Zuppa-di-pesce*-Schilder heruntergefallen oder hingen nur noch an einem Nagel. Die Schwalben waren fortgeflogen. In Rom war es in der Sonne heiß, im Schatten kalt. Das weiche, klare Licht verstärkte den wunderlichen Gezeiten-Eindruck dieser alten, dichtbevölkerten Stadt: Es war, als sei der Tiber – eine Flut dunklen Wassers – irgendwann in der Vergangenheit über seine Ufer getreten und habe die Häuser und Kirchen bis zu den Giebelfeldern verfärbt, während weiter oben der Kalkstein noch immer bleich war. Die Gras- und Kapernbüschel, die trotz der späten Jahreszeit aus jeder Ritze wucherten, erinnerten so sehr an Schamhaare, daß sie dem berühmten Platz ein groteskes Aussehen gaben. Amerikaner kamen aus dem Büro des Express und lasen die neuesten Nachrichten aus der trauten Heimat. Da die meisten von Zeit zu Zeit lächelten, schienen es vorwiegend spaßige Nachrichten zu sein. Im Gegensatz zu den Italienern bewegten sich die Amerikaner, als paßten sie ihre Schritte einem bestimmten unvergessenen Gelände an – einem Tennisplatz, einem Strand, einem gepflügten Acker –, und sie schienen gänzlich unvorbereitet für jede Veränderung, für den Tod, für den Ablauf der Zeit. Es waren etwa hundertfünfzig Menschen auf dem Platz, als Honora ihn betrat und zum Himmel aufblickte. Ein dänischer Tourist knipste seine Frau auf der Spanischen Treppe. Ein amerikanischer Matrose hielt den Kopf unter die Fontäne. Das Mariendenkmal war mit frischen Blumen geschmückt. Die Luft roch nach Kaffee und Ringelblumen. In einem Café auf der anderen Seite des Platzes tranken sechzehn deutsche Touristen Kaffee. Elf Uhr achtzehn vormittags.

Eine barfüßige Bettlerin in grünen Lumpen und mit einem Säugling auf dem Arm näherte sich Honora. Sie wurde mit einem Geldschein beschenkt. Weitere Banknoten erhielten ein Mann in gestreifter Schürze, ein kleiner Junge in weißem Kittel mit einem Kaffeetablett, eine hübsche Hure, die ihren Mantel am Hals zuhielt, eine krummrückige Frau, deren Hut an einen Papierkorb erinnerte, drei deutsche Priester in Karmesinrot, drei Jesuiten in schwarzen Kutten mit lavendelfarbenen Paspeln, fünf barfüßige Franziskaner, sechs Nonnen, drei junge Frauen in der schäbigen schwarzen Tracht der römischen Dienstmädchen, ein Verkäufer aus einem Souvenirladen, ein Friseur, ein Zuhälter, drei Büroangestellte, deren Finger von violetter Amtstinte fleckig waren, eine verarmte Marchesa, deren schadhafte Handtasche mit den Fotos verlorener Villen, verlorener Häuser, verlorener Rennpferde, verlorener Hunde vollgestopft war, ein Geiger, ein Posaunist und ein Cellist, die zur Orchesterprobe gingen, ein Taschendieb, ein Seminarist, ein Antiquitätenhändler, ein Dieb, ein Trottel, ein Müßiggänger, ein arbeitsuchender Sizilianer, ein dienstfreier Carabiniere, eine Köchin, ein Kinderfräulein, ein amerikanischer Romanschriftsteller, ein Kellner aus dem

Inglese, ein schwarzer Schlagzeuger, der Vertreter einer Arzneimittelfirma und drei Blumenverkäuferinnen. Es lag keine Spur von Nächstenliebe in Honoras Freigebigkeit. Sie kam gar nicht auf den Gedanken, daß sie hier etwas Gutes tat. Der Impuls, ihr Geld zu verschleudern, war so unbezwinglich wie ihre Liebe zum Feuer. Eigennützig strebte sie nach dem berauschenden Gefühl der Sauberkeit, der Unbeschwertheit und Nützlichkeit. Geld war Dreck, und dies war ihre Reinigung.

Mittlerweile waren die Dächer rund um den Platz schwarz von Menschen. Ein Angestellter des American Express kletterte aus dem Fenster, rutschte über die Markise und landete neben Honora auf dem Bürgersteig. Neugierige Zuschauer standen knietief im Wasser der Fontäne. Dann kamen berittene Carabinieri die Via Condotti entlang. Honora machte kehrt und stieg die Treppe hinauf, während tausend Stimmen sie im Namen des Vaters, des Sohnes und des Heiligen Geistes segneten.

31

CAMERON WAR IN NEU-DELHI, und bis zu seiner Rückkehr hatte man Coverlys Dienstausweis verlängert. Da Brunner nach England gereist war, hatte Coverly keine Möglichkeit zu erfahren, wann der alte Mann zurückkommen würde. Eines Tages erhielt er ein Schreiben vom staatlichen Wohnungsamt mit der Anweisung, sein Haus binnen zehn Tagen zu räumen. Er nahm das mit gemischten Gefühlen zur Kenntnis. Das Leben in Talifer schien beendet zu sein – sofern es jemals begonnen hatte. Als Programmierer konnte er mühelos eine neue Stellung finden, und für Betsey war die Aussicht, Talifer zu verlassen, gleichbedeutend mit der Verheißung eines neuen Lebens. Um diese Zeit traf ein Telegramm aus St. Botolphs ein: SOFORT KOMMEN. So etwas war er von Honora nicht gewohnt, und es beunruhigte ihn. Er packte seinen Koffer und brach auf. Spät am nächsten Nachmittag erreichte er St. Botolphs. Während der Fahrt hatte es geregnet, aber als sie sich dem Meer näherten, ging der Regen in Schnee über. Die kahlen Bäume und die elenden Hütten am Bahndamm färbten sich weiß, und Coverly fand, daß der Schnee ihnen Pathos und Schönheit verlieh. Bei all dem Weiß wurde ihm leichter ums Herz. Als er aus dem Zug stieg, war Mr. Jowett nirgends zu sehen, und der Bahnhof lag verlassen da. An den Fenstern des *Viaduct House* stand niemand, dem er hätte zuwinken können, und das Futtermittelgeschäft war geschlossen. Auf dem Marktplatz begegnete er einer Prozession von Männern und Frauen, die aus dem Pfarrhaus der Christuskirche kamen. Es waren acht Personen, und sie gingen zu zweien. Alle Männer, bis auf einen, der barhäuptig war, trugen Zipfelmützen. Coverly hielt sie für Armenhäusler, die an einer Andacht oder irgendeiner wohltätigen Veranstaltung teilgenommen hatten. Einer von ihnen, ein knochiger Mann, schien schwachsinnig zu sein, denn er murmelte vor sich hin: «Bereuet, bereuet, euer Ende ist nahe. Engelstimmen haben mir gesagt, wie ich dem Herrn wohlgefällig sein kann ...» – «Sei still, Henry Saunders», sagte eine große Negerin, die neben ihm ging. «Sei schön still, bis wir im Bus sitzen.» An der Ecke stand ein Bus mit der Aufschrift: HUTCHINS BLINDENANSTALT. Coverly beobachtete, wie der Fahrer ihnen beim Einsteigen half, und ging dann die Boat Street entlang.

Eine Krankenschwester öffnete ihm die Tür. Ihr wissendes Lächeln schien anzudeuten, sie habe eine Menge über ihn gehört und sich bereits eine ungünstige Meinung gebildet. «Miss Wapshot hat immerzu nach Ihnen gefragt», flüsterte sie. «Die Ärmste erwartet Sie schon den ganzen Tag.» Warum sprach sie so vorwurfsvoll? Coverly hatte ja telegraphiert, und sie wußte genau, wann er ankommen würde. «Ich bin in der Küche», sagte die Schwester und entfernte sich. Das Haus war schmutzig und kalt. Die Wände, die er einfarbig in Erinnerung hatte, waren jetzt tapeziert: dunkelrote Rosen und schwarzes Gitterwerk. Er betrat auf Zehenspitzen das Wohnzimmer und dachte im ersten Augenblick, sie sei tot.

Sie war in einem schäbigen Ohrensessel eingeschlafen. In den Monaten, seit er sie zuletzt gesehen hatte, war sie stark abgemagert. Sie sah schrecklich elend aus. Früher war sie kräftig gewesen – robust, wie sie gesagt hätte –, und jetzt war sie gebrechlich. Nur das Löwengesicht und die kindliche Fußstellung waren unverändert. Sie schlief weiter, und er blickte sich im Zimmer um. Es wirkte ebenso vernachlässigt wie der Flur. Staub, Spinnweben und eine geblümte Tapete. Keine Gardinen. Durch die hohen Fenster war der weiße Schnee zu sehen. Nun erwachte sie.

«Ach, Coverly.»

«Liebe Honora.» Er küßte sie und setzte sich auf einen Schemel neben dem Sessel.

«Wie schön, daß du da bist, mein Junge. Ich freue mich so, daß du kommen konntest.»

«Ich freue mich auch.»

«Weißt du, was ich gemacht habe, Coverly? Ich bin nach Europa gefahren. Ich hatte keine Steuern bezahlt, und Richter Beasely, der alte Esel, behauptete, man würde mich einsperren. Da bin ich nach Europa gefahren.»

«War es denn schön?»

«Erinnerst du dich an die Tomatenschlachten?» fragte Honora, und er überlegte, ob sie den Verstand verloren habe.

«Ja.»

«Nach dem ersten Frost durftet ihr Jungen auf mein Tomatenfeld kommen und euch gegenseitig mit Tomaten bombardieren. Wenn die Tomaten alle waren, habt ihr mit den Visitenkarten der Kühe geworfen.» Daß sie einen dampfenden Kuhfladen als Visitenkarte bezeichnete, war charakteristisch für die Prüderie der alten Damen des Städtchens. «Und wenn ihr alle Visitenkarten und alle Tomaten geworfen hattet, konnte man euch nur noch mit der Feuerzange anfassen. Aber wenn euch jemand gefragt hätte, ob es schön war, dann hättet ihr gewiß ja gesagt. So geht's mir mit der Europareise.»

«Aha», sagte Coverly.

«Ich habe mich verändert, nicht wahr?» fragte Honora. «Findest du nicht, daß ich mich verändert habe?» Sie sprach leichthin, und ihre Stimme klang hoffnungsvoll, ja sogar ein wenig bittend, als sollte er glaubhaft versichern, sie habe sich gar nicht verändert – und dann würde sie in den Garten gehen und das Laub zusammenharken, bevor der Schnee es zudeckte.

«Ja.»

«Ja, ich glaube, ich habe mich verändert. Ich habe abgenommen. Aber ich *fühle* mich viel besser», fügte sie in streitsüchtigem Ton hinzu. «Wenn ich nicht mehr ausgehe, dann nur deshalb, weil ich gemerkt habe, daß mich die Leute nicht sehen mögen. Es macht sie traurig. Ich bin wie der Todesengel.»

«O nein, Honora», sagte Coverly.

«Doch, doch. Warum auch nicht? Ich sterbe.»

«O nein.»

«Ich sterbe, Coverly, ich weiß es, und ich will auch sterben.»

«So darfst du nicht reden, Honora.»

«Und warum nicht?»

«Weil das Leben ein Geschenk ist, ein geheimnisvolles Geschenk», sagte er kraftlos, obgleich diese Worte für ihn bedeutungsvoll und gewichtig waren.

«Nanu», rief sie, «du gehst wohl neuerdings oft in die Kirche.»

«Manchmal», gab er zu.

«Hochkirche oder Freikirche?»

«Freikirche.»

«Deine Familie», sagte sie, «hat sich immer zur Hochkirche bekannt.»

Es klang streng und trocken. Hier regte sich noch einmal der alte Widerspruchsgeist, auf den sie sich von jeher soviel zugute getan hatte, aber sie war offenbar schon zu schwach, um sich energisch zu äußern. Sie sah, daß Coverly die häßliche Tapete betrachtete, und sagte: «Ach, sind dir meine Rosen aufgefallen?»

«Ja.»

«Ich fürchte, sie sind ein Mißgriff. Weißt du, als ich nach Hause kam, rief ich Mr. Tanner an und bat ihn, mir Tapeten mit Rosenmuster zu bringen, damit ich mich an den Sommer erinnern könnte.» Vornübergebeugt im Sessel sitzend, hob sie den Kopf, die Augen und musterte mit verstörtem Blick die Rosen. «Sie gehen mir schrecklich auf die Nerven, aber es ist zu spät, das zu ändern.»

Coverly betrachtete die Wand, Honoras ‹Mißgriff›. Die Blumen hatten weder die Farbe noch die Form richtiger Rosen. Die Knospen waren phallisch, und die Blüten sahen aus wie fleischfressende Pflanzen mit weit aufgesperrtem Rachen. Wenn diese blütenblättrigen Fliegenfänger an die Rosen des Sommers erinnern sollten, dann waren sie in der Tat ein Mißgriff. Sie erinnerten an Finsternis, an Fäulnis, und Coverly fragte sich, ob Honora sie vielleicht absichtlich ausgewählt habe, weil sie ihrer Stimmung in diesem Lebensabschnitt entsprachen.

«Würdest du mir wohl etwas Whisky bringen, Coverly», sagte sie. «Er steht in der Speisekammer. *Sie* wage ich nicht zu bitten.» Honora deutete mit einer Kopfbewegung auf die hinteren Regionen des Hauses, wo sich die Krankenschwester aufhielt. Sie legte die linke Hand an den Mund, vermutlich, um die Stimme gegen die Tür hin abzuschirmen, sprach jedoch in einem so verächtlich zischenden Ton, daß es bis in den Flur zu hören sein mußte. «Sie *trinkt*», teilte sie Coverly mit und rollte die Augen in Richtung der Küche, für den Fall, daß ihm die Pointe entgangen sein sollte.

Coverly wunderte sich, daß die alte Dame um Whisky bat. Bei Familienzusammenkünften hatte sie zwar gelegentlich einen Schluck getrunken, aber stets unter lauten Protesten und Vorbehalten, als könnte ein einziger Whisky mit Soda sie bewußtlos zusammenbrechen lassen oder, noch schlimmer, sie dazu verführen, daß sie auf einem Tisch tanzte. Coverly ging durch das Eßzimmer. Auch hier traten die beiden Veränderungen zutage, die er konstatiert hatte: Verfall und Rosenwahn. Die Wände waren mit schwärzlichen Rosen bedeckt, und der Tisch zeigte unter einer dicken Staubschicht zahlreiche Kratzer und Ringe. Auf einem der Sessel lagen ein abgebrochenes Stuhlbein und eine Armlehne. Das Haus war verkommen, aber wenn es mit ihr zu Ende ging, wie sie gesagt hatte, so schien sie sich dem Grab in der

Schale ihres Hauses zu nähern, als wäre sie eine Schnecke oder ein Nautilus.

«Kann ich etwas für Sie tun, Mr. Wapshot?» Das war die Schwester, die müßig neben dem Ausguß saß.

«Ich suche Whisky.»

«Er steht im Marmeladenregal. Eis ist keines da, aber sie tut nie Eis in ihre Getränke.»

Whisky war in Mengen vorhanden. Im Regal stand eine halbe Kiste Bourbon, und mindestens zwei Dutzend leere Flaschen waren über den Boden verstreut. Das fand er rätselhaft. Hatte die Schwester all den Whisky bestellt und ihn heimlich in der Küche getrunken?

«Wie lange sind Sie schon als Pflegerin bei Miss Wapshot?» erkundigte er sich.

«Oh, ich pflege sie gar nicht», erwiderte die Schwester. «Ich bin nur heute hier, damit es besser aussieht. Miss Wapshot dachte, Sie würden sich Sorgen machen, wenn Sie sie allein fänden, deshalb bat sie mich herzukommen.»

«Ist sie sonst immer allein?»

«Sie will's ja nicht anders haben. Es gibt viele Leute, die gern kommen und ihr eine Tasse Tee machen würden, aber sie läßt niemanden herein. Sie ißt auch nichts mehr. Sie trinkt nur.»

Coverly betrachtete prüfend die Krankenschwester, um herauszufinden, ob sie, wie Honora behauptet hatte, betrunken sei. Wollte sie vielleicht ihr Laster auf die alte Frau abwälzen?

«Weiß der Arzt davon?» fragte er.

«Der Arzt? Ha! Den läßt sie nicht über die Schwelle. Sie bringt sich systematisch um. Ja, das tut sie! Sie weiß, daß der Doktor sie operieren will, und sie fürchtet sich vor dem Messer.»

Sie sagte das so mitleidslos, als wäre sie die Fürsprecherin des Messers, seine Priesterin, und Honora die Abtrünnige. Das also war es. Was sollte er tun? Es war undenkbar, daß er ihr den Krankenschwesterschwindel und die leeren Flaschen vorhielt. Sie würde alles abstreiten und sich außerdem tief gekränkt fühlen, weil er so roh gegen die Gesetze jenes Possenspiels verstieß, mit dem sie einander zu täuschen suchten.

Er ging durch das Eßzimmer zurück, dessen Verfall ihn an den Tod gemahnte, mit dem sich Honora so tapfer auseinandersetzte. Er erinnerte sich, daß er einmal am Strand von Cascada entlanggegangen war, einen Sack voller Miesmuscheln auf dem Rücken. Wie hört sich das Meer an? Meistens wie Löwen, das offenbarte Schicksal, die letzten Karten, die man zugeteilt bekommt, Trümpfe, so groß wie Kopfsteine. Wumm, sagt das Meer. Und worauf lief Coverlys fromme Einsicht in die Metamorphose hinaus? Er glaubte, am Strand den Übergang von einer Lebensform in die andere zu sehen. Das Seegras welkt, verdorrt, fliegt wie eine Schwalbe auf dem Wind dahin, und der mißmutig dreinblickende Tourist wird aus dem Stück Treibholz, das er in der Hand trägt, einen Lampensockel schnitzen. Malachit und Amethyst bezeichnen die Flutgrenze der vergangenen Nacht, der Strand ist von den gleichen Linien genarbt wie der Himmel über ihm. Man scheint in einem Drehpunkt des Wandels zu stehen, hier ist die Barriere, hier, wie die Woge fällt, ist die Trennungslinie zwischen dem einen und dem anderen Leben. Aber, so fragte sich Coverly, wird mich das alles davon abhalten, um Gnade zu flehen, wenn die Stunde kommt?

«Vielen Dank, mein Lieber.» Honora trank durstig und sah ihn aus zusammengekniffenen Augen an. «Ist sie betrunken?»

«Das glaube ich nicht», antwortete Coverly.

«Sie verbirgt es. Ich möchte, daß du mir dreierlei versprichst, Coverly.»

«Ja.»

«Versprich mir, daß du mich nicht ins Krankenhaus schaffst, wenn ich etwa das Bewußtsein verliere. Ich wünsche in diesem Hause zu sterben.»

«Ich verspreche es.»

«Versprich mir, daß du nicht um mich trauerst, wenn ich tot bin. Mein Leben ist vorbei, das weiß ich. Ich habe alles getan, was ich tun mußte, und vieles, was ich mir hätte ersparen können. Natürlich wird alles konfisziert werden, aber erst im Januar, hat Mr. Johnson gesagt. Ich habe ein paar nette Leute zum Weihnachtsbraten eingeladen, und ich möchte, daß du dann hier bist und sie empfängst. Maggie wird kochen. Versprich es mir.»

«Ich verspreche es.»

«Und dann versprich mir, daß du... daß du... Ach, da war noch was, aber im Augenblick will's mir nicht einfallen. Ich glaube, jetzt werde ich mich ein bißchen hinlegen.»

«Kann ich dir helfen?»

«Ja. Du kannst mich zum Sofa führen und mir dann etwas vorlesen. Neuerdings lasse ich mir gern vorlesen. Ach, weißt du noch, wie ich dir vorgelesen habe, wenn du krank warst? Bei *David Copperfield* haben wir immer so geweint, daß ich nicht weiterlesen konnte. Erinnerst du dich, wie wir geweint haben, du und ich?»

Die Fülle des Gefühls in dieser Reminiszenz ließ ihre Stimme frischer klingen, fast wie die Stimme eines jungen Mädchens. Er half ihr aus dem Sessel, führte sie zu dem alten Roßhaarsofa und breitete, als sie sich ausgestreckt hatte, eine Wolldecke über sie. «Mein Buch liegt auf dem Tisch», sagte sie. «Ich lese wieder mal *Der Graf von Monte Christo*. Kapitel zweiundzwanzig.» Coverly holte das Buch und begann zu lesen.

Die Erinnerung daran, daß sie ihm vorgelesen hatte, war nicht bildhaft, sie war eher eine Empfindung. Er konnte sich auch nicht an die Tränen erinnern, die sie an seinem Bett über David Copperfields Schicksal vergossen hatte, wohl aber an die heftigen und wirren Gefühle, die sie zurückließ, wenn sie wegging. Jetzt las er mit Unbehagen, ohne daß er einen Grund dafür hätte angeben können. Honora hatte ihm vorgelesen, als er ein krankes Kind war; nun las er ihr vor, während sie auf den Tod wartete. Der Kreis schloß sich, aber warum hatte er das Gefühl, daß sie, wie sie da hilflos und schwach auf dem Sofa lag, die Macht hatte, ihm durch Zauberkünste zu schaden? Nie war sie ihm anders als mit Großmut und Güte begegnet: Warum also widerstrebte es ihm so sehr, ihr diesen kleinen Dienst zu erweisen? Er bewunderte das Buch, er liebte die alte Frau, und kein Zimmer auf Erden war ihm so vertraut wie dieses: Warum also hatte er das Gefühl, er sei in eine Falle getappt, zu der eine vorgeschobene Krankenschwester, eine Kiste Whisky und ein altes Buch gehörten? Als er ein paar Seiten gelesen hatte, schlief sie ein, und er hörte auf. Ein wenig später öffnete die Krankenschwester die Tür. Sie trug einen schwarzen Hut und über ihrer Tracht einen schwarzen Mantel. «Ich gehe jetzt», flüsterte sie. «Ich muß das Abendessen für meine Familie kochen.» Coverly nickte. Dann hörte er, wie sich ihre Schritte entfernten und wie die Haustür ins Schloß fiel.

Er trat an das hohe, schmutzige Fenster, um den Schnee zu betrachten. Am Horizont sah er ein gelbes Licht, nicht zitronenfarben, sondern von einem unbestimmten Gelb, das Licht einer Laterne, einer Lampe, eines Lampions, Lichtschein hinter Papier, etwas, was ihn an die Kindheit und ihre Gartenfeste erinnerte, isoliert jetzt durch die späte Stunde und die Jahreszeit.

«Coverly?» murmelte Honora, aber sie sprach im Schlaf. Er kehrte zu seinem Stuhl zurück. Er sah, wie mager und elend sie war, tröstete sich jedoch mit dem Gedanken, die Kraft ihres Geistes sei ungebrochen. Sie hatte nicht nur unabhängig gelebt, sie schien sogar zuzeiten eine eigene Kultur entwickelt zu haben. Die Art, wie sie sich dem Tod näherte, war frei von Beschönigungen. Ihre Riten waren kühn, einzigartig und geheimnisvoll. Die Düsterkeit und der Verfall ihres geliebten Hauses, die vorgeschobene Krankenschwester, die Rosen mit dem klaffenden Schlund – das alles schien sie sorgsam arrangiert zu haben, so wie früher einmal die Menschen, wenn es ans Sterben ging, sich vertrauensvoll mit Speise und Trank für eine lange Reise ausrüsteten.

«Coverly!» Sie war aufgewacht und hob den Kopf aus den Kissen.

«Ja.»

«Coverly – eben habe ich die Pforten des Himmels gesehen.»

«Wirklich, Honora? Wie sahen sie aus?»

«Ach, das kann ich dir nicht sagen, etwas so Schönes läßt sich nicht beschreiben, aber ich habe sie gesehen, Coverly, ja, ich habe sie gesehen.» Strahlend setzte sie sich auf und trocknete ihre Tränen. «Ach, war das schön! Die Pforten und die himmlischen Heerscharen mit bunten Flügeln – und ich habe sie gesehen. Ist das nicht herrlich?»

«Ja, Honora.»

«Gib mir noch einen Schluck Whisky.»

Leichten Herzens ging er durch die dunklen Räume, so glücklich, als hätte er an ihrer Vision teilgehabt. Er machte zwei Drinks zurecht und sagte sich, daß sie trotz allem unsterblich sei. Sie würde zu atmen aufhören und im Familiengrab beigesetzt werden, aber die Frische ihres Bildes in seinem Gedächtnis war unveränderlich, und immer wenn es Entschlüsse zu fassen galt, würde sie bei ihm sein. Auch wenn sie längst zu Staub zerfallen war, würde sie unbehindert durch seine Träume schreiten, seine und seines Bruders Schlechtigkeit durch Gewissensbisse bestrafen, ihre guten Werke aber durch Frohsinn belohnen. Sie würde selbst dann noch über die Freunde und Geliebten der Wapshots ein weises Urteil fällen, wenn der Grabstein bereits von Moos überwuchert, der Sarg von Winterfrösten zerstört war. Das Gute und das Böse in der alten Frau waren unvergänglich. Er kehrte mit den Gläsern zu ihr zurück und warf ein Holzscheit aufs Feuer. Sie sagte nichts mehr, aber er füllte zweimal ihr Glas nach.

Um halb sieben rief er Dr. Greenough an. Der Arzt, der gerade bei Tisch saß, kam ungefähr eine Stunde später. Er stellte den Tod fest und erklärte, sie sei verhungert.

Coverly nahm als einziges Familienmitglied an Honoras Begräbnis teil. Moses war unauffindbar, und Betsey konnte nicht kommen, weil sie den Haushalt in Talifer auflösen mußte. Melissa war verschwunden, und wir sehen sie zum letztenmal in einem Bus, der zwischen einem Vorort von Rom und der Innenstadt verkehrt. Es ist kurz vor Weihnachten, aber davon merkt man nicht viel. Die Locke, die sich auf Emiles Stirn ringelt – entweder ist sie sein Werk oder das des Friseurs –, gibt ihm ein schelmisches, knabenhaftes und etwas dümmliches Aussehen. Er ist offenbar beschwipst und hat natürlich Hunger. Melissas Haar ist rot gefärbt. Das Zusammenleben mit einem sehr viel jüngeren Mann – und sie leben zusammen –

hat unter anderem bewirkt, daß sie wie eine junges Mädchen auftritt. Sie hat sich angewöhnt, die Achseln zu zucken und den Kopf bald nach links, bald nach rechts zu drehen. Im Gegensatz zu manchen Emigranten schämt sie sich nicht, Englisch zu sprechen. Ihre melodische Stimme ist im ganzen Bus zu hören. «Ich weiß, daß du hungrig bist, Darling», sagt sie. «Ich *weiß* es, aber ich kann wirklich nichts dafür. Wir waren doch zum Lunch eingeladen. Ich erinnere mich *deutlich*, daß sie uns zum Lunch eingeladen hat. Meiner Meinung nach ist folgendes passiert: Nachdem sie uns zum Lunch eingeladen hatte, wurden *sie* von den Parlapianos zum Lunch eingeladen, und da beschlossen sie, uns abzuwimmeln, uns mit einem Drink abzuspeisen. Als wir ankamen, fiel mir gleich auf, daß der Tisch nicht gedeckt war, und da *wußte* ich, daß irgendwas nicht stimmte. Ich finde, sie hätte anrufen und die Verabredung rückgängig machen müssen. Das wäre schon unhöflich genug gewesen, aber daß sie uns in dem Glauben läßt, wir würden etwas zu essen bekommen, und dann, wenn wir den weiten Weg hinter uns haben, stellt sich heraus, daß die Herrschaften eingeladen sind – also das ist wohl der Gipfel der Unhöflichkeit. Wir können es nur vergessen, einfach vergessen. Sobald wir in Rom sind, gehe ich einkaufen und koche dir ein schönes Mittagessen...»

Und sie tut es. Sie geht in den Super-Mercato Americano, zieht ein metallisch klirrendes Wägelchen aus einer Kette von Hunderten und schiebt es zwischen den Regalen mit amerikanischen Lebensmitteln vor sich her. Gramerfüllt, verwirrt, von den Schlägen, die das Leben ihr versetzt hat, betritt sie diesen Pfad, in der Hoffnung auf Trost und Erquickung. Ihr Gesicht ist blaß. Eine Haarsträhne klebt an ihrer Wange. Tränen lassen ihre Augen glasig erscheinen, aber die Halle ist voller Menschen, und sie ist nicht die erste und nicht die letzte Frau in der Geschichte dieses Ladens, die ihre Lebensmittel mit tränenfeuchten Wangen einkauft. Teilnahmslos läßt sie sich treiben, bewegt sich inmitten der fremden Ausländer, als wären sie die Bäche und Kanäle ihres Alltags. Kein Weidenbaum wächst an diesem Menschenstrom, und doch gleicht sie am ehesten Ophelia, wie sie da ihre phantastische Girlande windet – nicht aus Ranunkeln, Nesseln und langen Rauten, sondern aus Salz, Pfeffer, Bab-o, Kleenex, tiefgekühlten Fischklößen, Lammpasteten, Hackfleisch, Brot, Butter, Salatsauce, einem amerikanischen Serienheft für den Sohn und einem Nelkenstrauß für sich selbst. Wie Ophelia singt sie Bruchstücke alter Lieder vor sich hin – «Was man nicht vergessen soll, Winstons schmecken wundervoll... Strahlend sauber, strahlend weiß» –, und als ihre phantastische Girlande oder Krone vollendet ist, bezahlt sie die Rechnung und schleppt ihre Trophäen weg, eine Leidensgestalt, nicht weniger würdig als jede andere auch.

32

BETSEY UND BINXEY kamen am Tag vor Weihnachten an, und Coverly holte sie vom Bahnhof ab. «Ich bin müde», jammerte Betsey. «Ich bin todmüde.» – «War die Bahnfahrt so schlimm, Herzchen?» fragte Coverly. «Gräßlich war sie», sagte Betsey, «einfach gräßlich. Tu mir den einzigen Gefallen und rede nicht davon. Ich möchte bloß wissen, warum wir so weit fahren mußten, um Weihnachten zu feiern. Wir hätten ebensogut nach Florida fahren können. Ich war in meinem ganzen Leben noch nicht in Florida.»

«Ich habe Honora versprochen, daß wir Weihnachten hier feiern.»

«Aber du hast doch geschrieben, daß sie tot ist, tot und begraben.»

«Ich habe es ihr versprochen.» Einen Augenblick lang fühlte er sich hilflos angesichts dieser Unvereinbarkeit; er hatte das Gefühl, sein Blut sei durch Ärger oder Verzweiflung in etwas Klebriges und Sprudelndes verwandelt worden, vielleicht in Coca-Cola. Es war undenkbar, der alten Frau gegenüber wortbrüchig zu werden – damit hätte er gegen seine Würde verstoßen –, andererseits aber war ihm klar, daß Betsey einfach nicht begreifen konnte, weshalb er ihr all diese Anstrengungen zumutete. Coverly ging neben seiner Frau in der leicht geduckten Haltung eines unterlegenen Sexualkombattanten, während Betsey sich sehr aufrecht hielt, den Kopf sehr hoch trug und jede Krume Selbstbewußtsein, die ihr Mann fallen ließ, gierig aufzusammeln schien. Coverly hatte getan, was er konnte, um das Haus in Ordnung zu bringen. In den Kaminen brannte Feuer, er hatte einen Baum geschmückt und Geschenke für seinen Sohn und seine Frau daruntergelegt. «Ich muß Binxey zu Bett bringen», sagte Betsey ungehalten. «Warmes Wasser zum Baden gibt's hier wohl nicht, wie? Komm, Binxey, komm mit Mami nach oben. Ich bin *todmüde.*»

Nach dem Essen wartete Coverly auf die Weihnachtssänger, aber entweder existierten sie nicht mehr, oder sie hatten die Boat Street von ihrer Route gestrichen. Um halb elf begannen die Glocken der Christuskirche zu läuten. Er zog den Mantel an und verließ das Haus. Als er sich dem Kirchenportal näherte, verstummten die Glocken. Vor ihm gingen drei Frauen; er kannte keine von ihnen. Sie gehörten anscheinend nicht zusammen und waren alle drei über die Mitte des Lebens hinaus. Die erste trug einen trommelförmigen Hut mit einem Besatz aus Metallplättchen, in denen die Lichter der Stadt wie eine lockende Reklame blitzten. Kauft Texadrol? Fluffodrin? Supersichere Reifen? Er suchte in ihrem Gesicht nach dem Text, aber dort stand nichts geschrieben als Ehe, Kindbett, ein wenig Freude, ein wenig Leid. Die beiden anderen Frauen hatten ähnliche Hüte auf. Er wartete, bis sie die Kirche betreten hatten, folgte ihnen dann und entdeckte, daß er und diese drei Frauen die einzigen Besucher des Weihnachtsgottesdienstes waren.

Er ging zu einer der vorderen Bänke, beugte die laut knackenden Knie und betete, eingehüllt von dem episkopalischen Geruch uralten Regens. Mr. Applegate kam ohne Soutane herein, zündete die Kerzen an und kehrte in die Sakristei zurück. Gleich darauf trat er mit der Hostie vor den Altar. «Allmächtiger

Gott», intonierte er, «dem alle Herzen offen, alle Begierden bekannt und keine Geheimnisse verborgen sind, reinige die Gedanken unserer Herzen mit der Eingebung Deines Heiligen Geistes…»

Die Resonanz der Messe hatte an diesem Weihnachtsabend in dem düsteren Gotteshaus etwas von dem Glanz einer elisabethanischen Prozession. Nach der Hauptbitte oder Beichte breiteten sich die deklamatorischen Wendungen in voller Glorie aus, und die gemurmelten Responsorien waren gleichsam mit Karmesin und Gold bestickt. So wird es weitergehen, dachte Coverly, über das Gotteslamm, das Gloria und die Benediktion, bis das letzte Amen sozusagen die Tür hinter diesem verbalen Pomp schließt. Plötzlich aber horchte er auf. Hier geschah etwas Seltsames und Verkehrtes. Mr. Applegates Tonfall war theatralisch, doch viel auffälliger waren seine lässige Haltung und das gelangweilte, hochmütige Hantieren mit den heiligen Worten. Als sich der Geistliche dem Altar zuwandte, um zu beten, sah Coverly, wie er taumelte und haltsuchend nach der Spitzendecke griff. War er krank? Altersschwach? Die Frau mit dem glitzernden Hut beugte sich zu Coverly und flüsterte: «Er ist schon wieder betrunken.» Und so war es. Verächtlich und frech las er die Messe, als wäre sein Rausch eine Form der Weisheit. Er torkelte vor dem Altar hin und her, brachte die allgemeine Beichte mit der Aufforderung zum Morgengebet durcheinander und sagte immer wieder: «Jesus Christus, erbarme Dich unser. Lasset uns beten.» Er schien den Faden endgültig verloren zu haben. Die Regeln der heiligen Kommunion erlauben den Kommunikanten nicht, im Falle einer solchen Katastrophe einzugreifen, und so blieb der kleinen Gemeinde nichts übrig, als ihn weiterstolpern zu lassen. Plötzlich breitete er die Arme aus, fiel auf die Knie und rief: «Lasset uns beten für alle, die auf den Landstraßen, Schnellstraßen, Hauptverkehrsstraßen und Autobahnen getötet oder schwer verletzt worden sind. Lasset uns beten für alle, die bei Notlandungen, bei Zusammenstößen in der Luft und beim Anprall gegen Berghänge verbrannt sind. Lasset uns beten für alle, die durch Rasenmäher, Kreissägen, elektrische Heckenscheren und andere Motorwerkzeuge zu Schaden gekommen sind. Lasset uns beten für alle Alkoholiker, welche die Tage, die der Herr geschaffen hat, in Schoppen und Krügen messen.» Hier schluchzte er laut auf. «Lasset uns beten für die Lüstlinge und die Unreinen...» Die drei Frauen, voran die mit dem blitzenden Hut, verließen die Kirche, bevor das Gebet beendet war, und Coverly blieb allein zurück, um Mr. Applegate mit seinem Amen zu unterstützen. Der Pfarrer brachte die Sache hinter sich, legte die Meßgewänder ab, löschte die Kerzen und eilte zu seiner in der Sakristei versteckten Ginflasche, während Coverly in die Boat Street zurückkehrte. Das Telefon läutete.

«Coverly? Hallo, Coverly, hier spricht Hank Moore im *Viaduct House*. Es geht mich ja nichts an, aber ich dachte, vielleicht würdest du gern wissen, wo dein Bruder steckt. Er ist hier, und er hat die Witwe Wilston bei sich. Ich mische mich sonst nicht in anderer Leute Angelegenheiten, aber ich dachte mir, du würdest vielleicht gern wissen, wo er steckt.»

Es war Weihnachtsabend im *Viaduct House*, doch die Szene im oberen Stock war ausgesprochen heidnisch. Zwar spielte sie nicht in einem heiligen Hain, und das Wassergeplätscher stammte nicht von einer rieselnden Quelle, sondern von einem defekten Wasserhahn, aber Moses, der Satyr, blickte seine Bacchantin mit lüsternem Grinsen an. Die Luft war blau von Rauch. Mrs. Wilstons Locken hingen wirr um das gerötete Gesicht, ihr Lächeln war das verzückte, wollüstige Lächeln der Selbstvergessenheit, und in der rechten Hand hielt sie ein wunderschönes Glas mit wunderschönem Bourbon. Ihre Wangen – deren hängende Form sich in den Brüsten massiv wiederholte – waren sehr fleischig. «Paß mal auf, Moses Wapshot», sagte sie, «hör mir gut zu. Ihr Wapshots habt euch immer für was Besseres gehalten, aber ich will dir was sagen, will dir was sagen, also ich weiß nicht mehr, was ich dir sagen will...» Sie lachte. Mit der Fähigkeit, zusammenhängend zu denken, war sie auch die Stacheln und Dornen des Lebens losgeworden. Sie war wach, und doch träumte sie. Moses, nackt wie jeder Satyr, schmatzte mit den Lippen und stand auf. Sein Gang war schwerfällig, kriegerisch und ein wenig gehetzt – der Gang eines Mannes, der einen Schnapsladen verläßt, nachdem er eine Flasche Gin mit einem ungedeckten Scheck bezahlt hat. Er kam auf Mrs. Wilston zu, küßte sie feucht auf diverse Körperteile, nahm sie in die Arme und hob sie hoch. Sie seufzte vor Behagen und schmiegte sich an ihn. Mit seiner reizenden Last steuerte er auf das Bett zu. Er schwankte nach links, fing sich wieder, schwankte nach rechts. Alles drehte sich um ihn, schneller und schneller – rums. Das ganze *Viaduct House* hallte wider von dem Krachen, dann trat eine unheimliche Stille ein. Er lag quer über ihr, die Wange am Teppich, der angenehm staubig roch wie die Wälder im Herbst. Ach, wo waren sein Hund, seine Flinte, seine schlichte Lebensfreude? Mrs. Wilston, die noch so dalag, wie sie hingefallen war, sprach zuerst. Ohne Zorn, ohne Ungeduld. Sie lächelte. «Trinken wir noch eins», schlug sie vor. In diesem Augenblick öffnete Coverly die Tür. «Komm nach Hause, Moses», sagte er. «Komm nach Hause, Bruder. Es ist Heiligabend.»

Der Weihnachtstag war von blendender Klarheit, als Coverly morgens aufwachte und Betsey liebkoste. Die Eisblumen am Fenster waren wie Schrapnells geformt, die zugefrorenen Scheiben destillierten und verstärkten das Licht. Maggie kam früh ins Haus, brachte die Heizung in Gang, und nach einer Weile strömten heiße Luft und Kohlengas aus den Klappen. Binxey holte aus seinem Strumpf die Geschenke, die Coverly ihm gekauft hatte, und sie frühstückten zusammen in der warmen Küche an einem Holztisch, der so glatt und porös war wie Kernseife. Die Küche war durchaus nicht dunkel, aber das gleißende Sonnenlicht auf dem Schnee draußen ließ sie höhlenhaft erscheinen.

Moses erwachte in einem niederschmetternden Paroxismus der Angst, in heftigster Melancholie. Das strahlende Licht, die Geburt Christi, alles kam ihm wie eine alberne Bauernfängerei vor, auf die ein Dummkopf wie sein Bruder natürlich hereinfiel, während er den Schwindel durchschaute und die Nichtigkeit aller Dinge erkannte. Der Schaden, den er seinen Nerven und seinem Gedächtnis zugefügt hatte, war weniger qualvoll als das

Gefühl einer herannahenden Katastrophe, eines Verhängnisses, das ihn erbarmungslos zerbrechen würde, ohne sich ihm zu offenbaren. Seine Hände zitterten, und es konnte nicht mehr lange dauern, bis er zu schwitzen begann. Das war der Todeskampf, aber zum Glück kannte er ja den Weg zum ewigen Leben: die Bourbonflaschen, die Honora im Marmeladenregal zurückgelassen hatte. Beim Rasieren und Ankleiden dachte er nur an Bourbon, und als er in die Küche hinunterging, wo die anderen am Tisch saßen, da sah er sie nicht als seine Angehörigen, sondern als grausame Hindernisse zwischen ihm und den Alpenlandschaften in einer Flasche Schnaps. Maggie brachte ihm Kaffee und Orangensaft, harmlose Getränke, die er mit Ekel betrachtete. Wie sollte er es anstellen, daß die anderen die Küche verließen? Hätte er doch nur daran gedacht, ein paar Geschenke zu kaufen und sie unter den Baum zu legen! Dann wäre er vielleicht für eine Minute allein geblieben. «Marmelade», rief er plötzlich. «Ich will Marmelade zum Toast.» Er lief in die Speisekammer und machte die Tür hinter sich zu.

Als Coverly nach dem Frühstück das Eßzimmer durchquerte, sah er, daß Maggie den Tisch für zwölf Gäste gedeckt hatte. Wer würde wohl kommen? Honora hatte immer viele Leute zu Weihnachten eingeladen. Schon bald nach dem Erntedankfest begann sie, in Zügen, Bussen und Wartesälen nach Menschen auszuschauen, deren Gesichter das unauslöschliche Zeichen der Einsamkeit trugen. Intuition und langjährige Übung hatten ihren Blick geschärft, so daß sie stets die Richtigen herausfand. Da sich jedoch, wie sie sehr wohl wußte, der Hang zur Einsamkeit durch das Leben aller Menschen zieht, wurden von den Einladungen, die sie aussprach, die wenigsten angenommen. Die Fremden wandten sich ab, und Honora erriet, daß sie die Feiertage lieber in einem kahlen Zimmer verbrachten, als ihr oder auch nur sich selber einzugestehen, was ihnen fehlte: Freunde und Verwandte und ein reichgedeckter Tisch. Eigensinniger Stolz war Honoras schlimmster Gegner, aber der Wunsch, ihr Haus mit Gästen zu füllen, schien genau wie ihre Liebe zum Feuer und ihre Gleichgültigkeit gegenüber dem Geld ein Urinstinkt zu sein. Einmal war sie am Weihnachtsmorgen zum Bahnhof gegangen und hatte die Stromer abgeholt, die sich am Kohlenofen des Wartesaals wärmten.

Nach dem Frühstück befreite Coverly den Gehsteig vom Schnee. Das laute Klirren der Schaufel auf dem Pflaster hatte einen eigenen, törichten Reiz. Diese kunstlose Musik, diese schlichte Tätigkeit beschworen den Geist Leanders herauf, und zwar in einer glücklicheren Rolle, als er sie im Verfall des alten Hauses in der River Street hatte spielen müssen. Die blendende Helle des Schnees schien zu klingen und zu vibrieren wie ein Wasserglas, dessen Rand mit feuchtem Finger gerieben wird, aber schon jetzt, so früh am Tage, sah man den Glanz des Lichtes sich wandeln, sah, daß es das Licht eines der kürzesten Tage im Jahr war.

Die Bretaignes und die Dummers erschienen um elf. Maggie bot ihnen Sherry und Himbeerpunsch an. Inzwischen funkelten Moses' Augen schon so hart und boshaft, daß die Gäste nicht lange blieben. Es war kurz vor zwölf, als Coverly vom Fenster aus den gelben Bus mit der Aufschrift HUTCHINS BLINDENANSTALT erblickte, denselben, den er am Abend seiner Ankunft gesehen hatte. Der Bus hielt vor dem Haus, Coverly lief die Treppe hinunter und ließ die Flurtür offen. «Wapshot?» fragte der Fahrer. «Ja», sagte Coverly. «Ich bringe die Leute, die Sie zum Weihnachtsessen eingeladen haben», erklärte der Fahrer. «Um drei soll ich sie wieder abholen.» – «Wollen Sie nicht hereinkommen?» fragte Coverly. «O nein, vielen Dank», sagte der Fahrer. «Ich bin mit dem Magen nicht in Ordnung und will nur eine Suppe essen. Im Ort kriege ich schon etwas. Truthahn und all das fette Zeug kann ich nicht vertragen. Aber man muß sie die Stufen hinaufführen. Ich werde Ihnen helfen.»

Coverly öffnete die Wagentür und sagte zu der Schwarzen, die er auf dem Marktplatz gesehen hatte: «Fröhliche Weihnachten. Ich bin Coverly Wapshot. Wir freuen uns sehr, daß Sie gekommen sind.» – «Fröhliche Weihnachten, fröhliche Weihnachten», erwiderte sie, während aus einem Kofferradio, das sie bei sich trug, ein hundertstimmiger Chor ertönte. «Es sind sieben Stufen», sagte Coverly, «und dann noch eine ins Haus.» Mit dem Vertrauen der Hilflosen nahm die Frau seinen Arm und hob ihr Gesicht zum strahlenden Himmel. «Ich sehe ein wenig Licht», flüsterte sie. «Nur ein wenig. Es muß heute sehr hell sein.» – «Ja, sehr hell», bestätigte Coverly. «Fünf, sechs, sieben.» – *«Joyeux Noël»*, sagte Moses mit einer Verbeugung. «Darf ich Ihnen den Mantel abnehmen?» – «Nein, danke», antwortete die Frau. «Ich habe unterwegs so gefroren und möchte ihn anbehalten, bis ich mich aufgewärmt habe.» Moses führte sie in den Salon, und der Fahrer folgte mit dem knochigen Propheten, der in einem fort murmelte: «Herr, erbarme Dich, Vater im Himmel, erbarme Dich und schenke uns Deinen Frieden.» – «Sei still, Henry Saunders, sei still», sagte die Schwarze. «Du verdirbst allen den Spaß.» Ihr Radio sang «Stille Nacht...»

Es waren insgesamt acht Personen. Die Männer trugen Zipfelmützen, die ihnen anscheinend mit Ungeduld und Strenge über die Ohren gezogen worden waren; gewiß hatte der Pfleger es eilig gehabt, weil zu Hause sein Weihnachtsbraten wartete. Als alle Gäste im Salon versammelt waren, blickte Coverly in die Runde und versuchte herauszufinden, ob Honora eine weise Wahl getroffen hatte. Er kam zu dem Schluß, daß diese acht blinden Gäste wohl am meisten von dem Rohstoff menschlicher Güte wußten. Sie waren im Straßenverkehr auf die Hilfe von ungesehenen Fremden angewiesen, sie vermochten durch eine Berührung die Freundlichen von den Selbstgerechten zu unterscheiden, sie wußten um die Teilnahmslosigkeit derer, die nicht auffallen wollten und daher den Hilflosen ihren Beistand verweigerten, sie rechneten auf Schritt und Tritt mit der Gutherzigkeit, und sie schienen eine Landschaft mitzubringen, deren Finsternis an Intensität den Glanz des Tages übertraf. Ein böses Geschick hatte ihnen das Augenlicht genommen, aber ihre Blindheit schien nicht ein Gebrechen zu sein, sondern gesteigerte Einsicht, als sei der Urmensch blind gewesen und ihr Zustand entspreche den ursprünglichen menschlichen Bedingungen. Sie hatten die Geheimnisse der Nacht in das Wohnzimmer mitgebracht; sie waren die Fürsprecher der Gequälten, der Elenden, der Geschlagenen, der Entgleisten, der Nieten, derer, die von versäumten Flugzeugen, Zügen, Schiffen und Gelegenheiten träumen und beim Erwachen die leere Rollbahn sehen, den leeren Wartesaal, das Hafenbecken, in dem kein Schiff mehr liegt; sie waren die Fürsprecher all derer, die den Tod fürchten. Still, geduldig, schüchtern saßen sie da, bis Maggie hereinkam und sagte: «Das Essen ist aufgetragen, und wenn ihr jetzt nicht gleich zu Tisch kommt, wird alles kalt.» Einer nach dem anderen wurden die Blinden durch den hellen Flur ins Eßzimmer geleitet.

Das ist also alles, und nun heißt es Abschied nehmen. Es ist Herbst hier in St. Botolphs, wo ich gelebt habe, und wie schnell ist er gekommen, der Herbst! Im Morgengrauen höre ich das Schnattern der Gänse, ein seltsames Alarmgeschrei, heiser wie der Pfiff der B & M-Güterzüge. Ich schaffe das Boot in den Schuppen und rolle das Tennisnetz ein. Das Licht hat seine sommerlichen Bestandteile verloren, es ist scharf und klar. Der Himmel sieht aus, als sei er zurückgewichen, aber er hat nichts von seinem Glanz eingebüßt. Der Flugverkehr ist lebhaft, und meine nomadischen Landsleute, ausgerüstet mit Sporthosen und Lokkenwicklern, sind wieder einmal unterwegs. Die Auffassung, daß unser Leben eine ständige Wanderung ist, scheint bis in diese provinzielle Einöde gedrungen zu sein. Mrs. Bretaigne hat ihren Swimmingpool aus blauem Kunststoff zum Trocknen über die Wäscheleine gehängt. In Travertine hat eine Dame auf ihrem Pfefferminzbeet eine Leiche gefunden. Die Grabstätte, in der Honora und Leander ruhen, ist mit einem grünen Rasenteppich bedeckt, der wie ein Lächeln die ungestüme Wandlung zum Staub überzieht. Ich packe meine Koffer und gehe zum Fluß, um ein letztes Mal zu baden. Ich liebe dieses Gewässer und seine Ufer, liebe es so unsinnig, als könnte ich den Anblick heiraten und mit nach Hause ins Bett nehmen. Um vier Uhr ertönt die Sirene der Tafelsilberfabrik; das Geschrei der Möwen am blauen Himmel klingt wie das Gackern übergeschnappter Legehennen.

Auch jetzt noch, so spät im Jahr, fahren die Williams nach Travertine hinüber und baden in dem dunklen, nahrhaften

Meer. Nach dem Abendessen geht Mrs. Williams ans Telefon und sagt zu dem Fräulein vom Amt: «Guten Abend, Althea, würden Sie mich wohl mit Wagners Eiskonditorei verbinden.» Mr. Wagner empfiehlt seinen Kaffee und liefert einige Minuten später ein halbes Pfund; sein Fahrrad klirrt und klappert in der Herbstdämmerung, daß man denken könnte, es sei mit Glöckchen behangen. Sie spielen eine Partie Whist, geben sich einen Gutenachtkuß und gehen ins Bett, um zu träumen. Mr. Williams, heimgesucht von einer erderschütternden, zermürbenden, nagenden, plagenden Gier nach Liebe, umarmt im Traum die chinesische Kellnerin aus dem Restaurant *Pergola* in Travertine. Mrs. Williams, die nicht einschlafen kann, sendet eine Reihe hübscher kleiner Gebete wie bunte Rauchwölkchen zum Himmel empor. Mrs. Bretaigne träumt, daß sie sich in einem fremden Ort befindet und um drei Uhr morgens an der Tür eines Fachwerkhauses klingelt. Sie sucht ihre Wäsche, aber die fremde Frau, die ihr öffnet, ruft aufgeregt: «Oh, ich dachte, es wäre Francis, ich dachte, Francis wäre nach Hause gekommen!» Mr. Bretaigne träumt, daß er mit seiner Forellenangel in einem Bach steht, dessen Steine so zusammenhängend angeordnet sind wie die in einer Ruine und den Sinn der Vergangenheit so tief in sich bergen wie die Straßen und Basiliken einer alten Stadt. Mrs. Dummer träumt, daß sie einen der Wasserwege des Schlafes befährt, während Mr. Dummer neben ihr das Matterhorn besteigt. Jack Brattle träumt von einem Rasen ohne Quecken, einer Zufahrt ohne Unkraut, einem Garten ohne Blattläuse oder Schwarzfleckigkeit, von einer Obstplantage ohne Raupen. Im Nebenzimmer träumt seine Mutter, daß sie von dem Gouverneur von Massachusetts und dem Leiter des staatlichen Verkehrsamtes gekrönt wird, in Anerkennung der beispiellosen Sorgfalt, mit der sie die Geschwindigkeitsbegrenzungen, Verkehrsampeln und Stopschilder beachtet hat. Sie trägt ein wallendes weißes Gewand, und Tausende klatschen ihrer Tugend Beifall. Die Krone ist erstaunlich schwer.

Bald nach Mitternacht bricht ein Gewitter los, und mein letzter Blick auf St. Botolphs zeigt mir den Ort im Flackerlicht der

Explosionen. Ich weiß, wie übel die Zeit diesem schlichten Städtchen mitspielen wird. Blitze zucken um den spitzen Turm der Christuskirche, die ein Symbol des allumfassenden Ringens mit Gut und Böse ist, und ich wiederhole die Worte, die man damals, als Leander ertrank, auf einem Zettel in seiner Brieftasche fand: «Bedenken wir, daß die Seele des Menschen unsterblich ist, wohl imstande, jegliches Gute und jegliches Böse zu ertragen.» Eine Klanghöhle, eine Art Schlucht in der Stille der Provinznacht öffnet sich über den ganzen Himmel hin, und das Holzdach, unter dem ich stehe, verstärkt das Geräusch des Regens. Ich werde niemals hierher zurückkehren, und sollte ich es doch einmal tun, so wird nichts geblieben sein, nichts außer den Grabsteinen, die berichten, was geschehen ist; nichts wird mehr dasein, überhaupt nichts.

Rowohlts Amerika

Paul Auster
Die New York-Trilogie *Stadt aus Glas / Schlagschatten / Hinter verschlossenen Türen*
(rororo 12548)
Jeder der drei Romane wirkt zunächst wie ein klassische Kriminalgeschichte, aber bald stimmen die vordergründig logischen Zusammenhänge nicht mehr. Schritt für Schritt wird der Leser in ein Spiel mit seinen eigenen Erwartungen verstrickt. «Eine literarische Sensation!» *Sunday Times*

Nicholson Baker
Vox *Roman*
Deutsch von Eike Schönfeld
192 Seiten. Gebunden
Zwei Menschen sprechen über Sex - am Telefon. «Vox» ist ein erotischer Roman im besten Sinne und eine kunstvoll, lebensfrohe, ebenso ungehemmte wie vorurteilsfreie Auseinandersetzung mit Sexualität heute.

William Boyd
Stars und Bars *Roman*
(rororo 12803)
Mit himmelschreiender Komik erzählt William Boyd die Geschichte von einem feinsinnigen Briten, der nach Amerika kommt und sein blaues Wunder erlebt. «Eine Farce – aber eine raffinierte!» *Nürnberger Nachrichten*

Robert Olmstedt
Jagdsaison *Roman*
Deutsch von Klaus Modick
288 Seiten. Gebunden
«Ein bemerkenswerter Roman, der die prekäre Balance zwischen spannendem Thriller und lyrischer Fabel hält.»
The New York Times Book Review

3292/2

rororo Literatur

Luanne Rice
Ein Leben für Nick *Roman*
(rororo 12632)
Alles zu haben heißt auch, alles wieder verlieren zu können. Dieser Gedanke beschäftigt Georgina Swift, die in scheinbar behüteten Verhältnissen lebt und ihren Mann Nick, den scheinbar tadellosen, erfolgreichen Wall Street-Anwalt, abgöttisch liebt...

John Irving
Garp und wie er die Welt sah
Roman
(rororo 5042)
«Diese Geschichte ist so absurd, so komisch, so tränentreibend, so kühl und sachlich, so wirklich und genau, daß man das Buch nicht wieder los wird.»
Nürnberger Nachrichten

Tom Robbins
Salomons siebter Schleier
Roman
Deutsch von Pociao
540 Seiten. Gebunden
Der Altmeister des Underground-Romans, läßt die verrücktesten Typen, die schärfsten Sprüche und provokantesten Gedanken über die Seiten tanzen.